비밀 정원

제4회 혼불문학상 수상작

비밀정원

박혜영 장편소설

다산
책방

차례

귀향

삼거리에 여행가방 두 개를 내려놓고 택시는 가버렸다. 나는 먼지를 비켜 서 있다가 길 한복판으로 나섰다.

노관의 기와지붕 물매 사이로 해가 저물고 있었다. 뒤 언덕의 능선은 노란 복숭아 색으로 칠해지다가 어스름으로 경계를 지워나갔다. 나는 붓 끝에서 어둠이 묻어날 때까지 길 위에 그대로 서 있었다.

노관으로 들어가는 도중에 연못 둔덕으로 올라가보았다. 못 바닥에는 검은 연 줄기들이 살얼음에 목이 조여 있고 둑에는 서리 맞은 풀들이 말라붙어 있었다. 앞마당을 들어서자 초저녁 하늘에 만선의 보름달이 흰 돛을 펼치는 중이었다. 빗장이 걸린 대문을 흔들어보았다.

'……열쇠가?'

둥근 화단 옆을 지나 동녘마당 끝의 헛간으로 들어섰다. 그곳에서는 마른 장작과 볏짚, 흙벽 냄새가 났다. 기둥에 걸린 주물 열쇠가 손

끝에 닿아 '쨀랑' 소리를 냈을 때 나는 묘한 기분에 빠져들었다. 모든 것이 다시 어느 날 저녁으로 되돌아온 것 같았다.

외출에서 돌아왔던 날 저녁, 어머니는 등 뒤에서 끊임없이 떠들어대는 나에게 주의를 주었었다. '요야, 열쇠를 맞추는데 혼란스럽구나.'

어머니와 함께 문을 열고 집 안으로 들어갈 것 같은 행복감에 목이 메어왔다. 나는 소년이고 세상은 다듬이질한 이불깃처럼 정돈되어 있었다. 내일 아침과 미래는 문 밖에서 약간 허리를 굽히며 나를 맞이할 것 같았다.

쇠 열쇠를 외투 주머니에 꽂고 화단의 오솔길을 거닐었다. 푸른 달빛이 도장나무와 목단의 가지 위를 미끄러지면서 잔가지로 얽힌 철쭉 사이로 숨어들었다. 화단 사이의 길은 엎어진 서랍처럼 마른 풀줄기와 돌덩이로 뒤섞여 있었다. 아이일 적에 수없이 뛰어다녔던 철쭉나무 아래의 동그란 길을, 매달리고 오르내렸던 단풍나무와 도장나무의 낮은 가지들을 그리고 신비한 기분으로 문을 나서게 했던 푸른 달빛을 차례로 둘러보았다.

불을 켰을 때 안채 대청에는 모든 것이 놀랄 만큼 제자리에 있었다. 늘 어머니가 앉곤 하시던 색 바랜 우단 의자가 쇠 난로를 향해 있고 그 앞에는 볼품없는 다리를 가진 느티나무 탁자가, 그 위에는 바느질 바구니와 성경책이, 지게문 옆의 쇠못에는 묘자 아주머니가 젖은 손을 닦고 걸어둔 수건이 그대로 있었다. 안당은 그동안 시간을 가두어 둔 것처럼 그토록 태연해 보였다.

구석에 선 낡은 괘종시계는 두시 삼십분을 가리킨 채 멈추어 있었다. 시계의 부속품들이 그 시간에 파업을 결정한 것 같았다. 그제야 비행기를 타고 이틀에 걸쳐 먼 길을 온 것이 생각났다.

쇠 난로에 불을 피우자 낡은 연통의 이음새로 파란 연기가 새어나 왔다. 데워진 공기는 대청마루의 들보 위를 돌아 바닥으로 내려왔다. 의자를 잇대어 길게 누우니 몸이 녹으면서 눈이 절로 감겼다.

'여기는 노관이야. 나는 지금 노관에 있어!'

어린 시절

아버지

아버지는 나를 '울보 요요'라고 불렀다. 목말을 태운 그의 어깨는 어디든지 움직였다. 천장과 벽이 기우뚱거렸다.

어머니가 손가락으로 이것저것을 가리키며 이름을 붙였다. 단추, 등잔, 창문, 별이 생겼다. 그것은 둥글고 밝고 열리고 빛났다. 나도 그 이름들을 불러보았으나 어머니와는 다른 소리가 났다. 목욕물은 따스했다. 셔츠 목에 머리를 끼우면 금방 지나갔다. 어둡고 다시 환해졌다.

할머니는 나를 마주칠 때마다 허리춤에서 구겨진 신문지를 꺼내 콧물을 닦아주었다. 할머니의 갈색 토끼털 배자에서는 좀약 냄새가 났다. 할머니는 내가 어머니와 시내로 외출할 때마다 내 가슴에 손수건을 달아주는 것을 잊지 않았다. 할머니가 손수건에 옷핀을 꽂는 동안 어머니는 앞마당에서 나를 기다렸다.

섬돌 계단 아래로 두발을 맞춰 뛰어내리면 어머니는 장바구니를 들지 않은 손으로 내 손을 잡아주었다. 나는 삼거리까지 길게 경사진 길을 굴렁쇠처럼 혼자 굴러갔다. 왼 어깨 너머로 염소 우리와 태경이네의 막서리 집과 연못이 지나갔다. 길가에 선 감나무들이 오른편으로 한 칸씩 지나가고 그 뒤로 넓게 펼쳐진 뽕나무 밭이 푸른 물결처럼 반짝거렸다.

태경아범이 기다리고 있는 삼거리에 이르면 어머니는 나를 안아 달구지 위에 앉혔다. 소달구지는 윗길로 올라갔다. 소는 주름진 목에 달린 놋쇠 방울이 흔들릴 때마다 게으른 걸음을 떼어놓았다. 도르래가 달린 우물과 은빛 양철지붕의 상엿집, 늙은 은행나무가 소처럼 느리게 걸어갔다. 철길에 꿰인 작은 언덕들이 소등처럼 구불구불 움직였다. 면사무소와 방앗간, 정류소가 있는 면소거리에 도착하면 방울은 멈추고 소는 걸음 떼기를 잊어버렸다.

"차도가 좀 있는지요?"

방앗간 주인인 새렛영감이 머릿수건을 벗으며 어머니에게 인사했다. 그의 눈썹과 콧잔등에는 눈사람처럼 하얀 곡식가루가 쌓여 있다.

"덕분입니다."

어머니는 머리를 숙여 답인사를 하고는 나의 손을 잡아당겼다.

새렛영감이 이번에는 나를 향해, "몇 살이냐?"고 물었다.

그는 내 나이를 자주 잊어버리는 모양으로 몇 번이나 대답해주었던 기억이 있다.

"여섯 살입니다." 하고 나는 어머니가 손을 잡아당기니 그만 가보아야겠다는 표정을 지었다.

정류장에 이르면 어머니는 내 가슴의 손수건을 떼내 주머니 속에 넣어주었다. 가슴에 달려 있는 손수건은 나를 코흘리개로 보이게 할 것이었다. 난 기분이 으쓱해졌다.

시장 거리의 바닥에는 단을 묶은 채소와 방금 물을 떠나온 생선, 상자에 담긴 참빗과 머릿기름, 긴 막대기 끝에 매달린 검은 고무줄, 요란한 색깔의 옷감 두루마리 들이 줄지어 있다. 그 장터 한복판으로 목줄을 맨 검은 염소들이 흩어지며 걷다가 줄이 당겨지면 다시 모이면서 지나갔다.

어머니는 사거리에서 나를 안고 건널목을 건넜다. 산업은행, 자전차 수리점, 시계방을 지나갔다. 극장 앞에는 양산을 펼쳐 든 아가씨들이 매표소 앞에서 서성거리고 영화 간판을 입은 아저씨가 외치고 있다.

"총천연색! 시네마스코프! 개봉박두!"

담쟁이덩굴이 이층 벽 전체를 덮은 도립병원에 도착하면 복도 끝의 병실로 갔다. 아버지는 주름 하나 없는 흰 시트를 펴서 덮고는 천장을 향해 누워 있다.

"요야, 아버지는 네 이야기를 듣고 싶어 하신단다."

어머니는 철제 접이식 의자를 병실 창가로 옮겨 앉으면서 말했다.

난 침대 위에 앉아 병원으로 오면서 지나온 거리들을 이야기했다. 내가 손짓으로 설명할 때마다 아버지는 체인, 태엽, 확대경, 매표소라고 알려주었다. 아버지는 참 많이도 알고 있었다. 거리의 이야기는 금방 끝이 났다. 창유리에 부딪히는 파리의 영롱한 날개를 따라가다가 문득 아버지에게 물어볼 것이 생각났다.

"자전차 수리점에는 왜 자전거가 없지요?"

그곳에는 살이 부러진 바퀴, 끊어진 체인과 목이 잘린 안장들뿐이었다. 아버지는 내가 한 말을 그대로 되돌려주었다.

"너는 왜 그렇다고 생각하느냐?"

나는 그것을 알아내려고 잠시 생각을 했다.

"뒤에 앉아 있던 아주머니가 밤새 자전거를 모조리 망가뜨리는 거예요. 낮에 기름 때 묻은 아이에게 일을 시키려고요."

나는 이 생각이 틀림없다는 표시로 고개를 한 번 끄덕였다. 아버지는 밭은기침을 했다. 어머니는 나를 침대에서 내려주었다. 하얀 벽과 흰 옥양목 커튼을 둘러보던 나는 사물함 위의 양은주전자처럼 심심해졌다.

그때 어머니가 허락과 당부를 내 손 안에 쥐어주며 말했다.

"요야, 나가서 놀아라!" 오른손이다.

"멀리 가면 길을 잃는다!" 왼손이다.

나는 두 주먹을 꼭 말아쥐고 복도를 달음박질쳐서 라일락꽃이 활짝 핀 병원의 뜰로 뛰어나갔다.

할머니

안방 툇마루에는 새끼를 세 번이나 낳았고 나보다 두 살이나 나이를 더 먹은 사춘이가 늘 앉아 있다. 그 개는 갈색 꼬리를 끌어당기고 앞다리 위에 물동이처럼 머리를 고정시키고는 자거나 졸거나 둘 중에 하나를 골라 했다. 사춘이는 구렁이처럼 몸을 말고 있다가 할머니가 문을 나서면 느린 걸음으로 어디든지 따라 나섰다. 사춘이의 맨발은 마루 걸레질을 하는 여희와 재순이에게 언제나 두통거리였다. 그러나 할머니는 집 안 사람들에게 사춘이에게도 자신에게와 똑같은 존경을 요구해 곤혹스럽게 했다. 재순이가 마루를 지나다가 사춘이의 배를 밟았을 적에, 할머니는 "사춘이가 왜 그리 소리를 질렀는지 물어봐다우"라고 했었다.

앓던 천식이 더욱 심해져서 바깥거동을 하지 못하자 할머니는 안방으로 사람들을 불러들였는데 그때마다 베개 머리에 달아놓은 차임벨을 사용했다. 그 벨에는 목침만 한 건전지가 달려 있었다. 안마당과 동녘마당, 서녘마당, 뒷마당, 사당이 있는 언덕에까지 스피커가 연결되어 있어 누구든지 그 벨소리에서 벗어날 수가 없었다. 급기야 노관 사람들은 벨이 울리는 길이와 횟수, 속도로 할머니의 의중을 알아차릴 수 있게 되었다. 다른 일을 하다가도 제각기 알아듣고는 "에구, 다리를 주무르라네." "상을 올리라는구먼." "약 드실 시간이야." 하고 할머니 방으로 달려갔다.

나도 그 벨소리가 나면 집 안 어디서든 하던 놀이를 접고 즉시 할머니 방으로 뛰어갔다. 할머니는 손님이 사온 양과자들을 머리맡의 문갑에 넣어두고 내가 할머니 방에 들를 때마다 하나씩 꺼내주었다. 한 번 방문에 한 개씩, 그 규칙은 전적으로 할머니가 정한 것이었다.

안채 대청마루에는 미국제 손재봉틀이 검은 염소처럼 앉아 있었다. 그곳에는 재봉틀을 빌려 쓰는 동네 아낙들 몇 명이 항상 모여 있다. 어떤 이는 재봉틀을 돌리고 어떤 이는 손바느질을 하며 둘러앉아서 작은 목소리로 그 자리에 없는 사람들의 이야기를 서로 주고받았다.

할머니는 나에게 이야기를 들려줄 때는 언제나, "내 친구가 하나 있었는데 말이다." 하고 시작했다.

"그가 어느 날 복숭아를 먹다가 복숭아씨를 삼키게 되었단다. 얼마 시간이 지나자 그의 머리 위에서는 복숭아나무가 자라기 시작했지."

할머니는 이야기를 하다가 내가 당신의 말을 잘 듣고 있는지를 알고자 했다.

"내가 조금 전 뭐라고 했더라? 어디까지 말했지? 이요, 네가 말해 주어야겠다."

난 귀를 열고 할머니가 넣었던 말을 도로 꺼냈다.

"머리 꼭대기에서 복숭아나무가 자라났지요."

할머니는 그제야 생각이 난 듯 말했다.

"아, 그랬었지? 복숭아나무는 그의 머리 위에서 자꾸 자라서 가지가 뻗고 잎이 무성해졌어. 그리고 가지에는 복숭아가 주렁주렁 열리고 나뭇잎은 커다란 그늘을 만들었지. 그 그늘 아래에서 어떤 이들은 장기를 두고 어떤 이들은 길쌈을 하면서 여름을 보냈단다. 나도 그 나무 아래에 가본 일이 있어. 열매는 아주 달고 그늘은 아주 시원하지."

나는 이야기를 들으면서 머리에 무거운 복숭아나무를 키우는 할머니 친구의 가련한 목을 내내 생각하였다. 나는 마침내 묻고야 만다.

"그 사람은 걸을 수 있나요?"

"걸을 수 있고말고!"

할머니는 한 치의 의심도 하지 말라는 듯 즉시 말하고 "오래 전에는 노관을 방문한 적도 있단다"라고 해서 나를 더욱 혼란에 빠뜨렸다.

할머니에게는 이런 튼튼한 목을 가진 친구 외에도 많은 친구들이 있었는데, 삼천갑자를 산 '동방삭', 꿀 강아지와 떡 나무를 파는 '김선달'과 해운정 왕고모부님을 신선의 나라로 데리고 간 '조대집' 등이었다.

"내 친구 동방삭이 저승사자에게 그런 말만 하지 않았어도 지금까지 살아 있을 텐데, 정말 아깝지 뭐냐." 하고 할머니는 힐끗 나를 쳐다보곤 했는데, 나에게 그 친구의 안부를 물어봐달라는 표시였다.

"동방삭이 무슨 말을 했는데요?"

"동방삭은 삼천갑자 동안이나 저승사자들을 교묘하게 속이고 살고 있었지. 저승사자들이 아무리 동방삭을 저승으로 끌고 가려고 해도 잡을 수가 없었단다. 그래서 저승사자 하나가 꾀를 냈지. 냇가에서 숯을 씻고 있었던 거야. 마침 동방삭이 그곳을 지나가다가, '내 삼천갑자를 살았어도 숯을 씻는 사람은 처음 보았소'라고 말했단다. 그러자 저승사자는 그가 동방삭임을 알고는 꼭 붙잡아서 저승으로 데리고 갔지."

그렇게 할머니의 친구인 동방삭은 명백히 죽은 것이다. 할머니의 다른 친구들처럼 동방삭이 혹시 노관을 방문할지도 모른다는 걱정은 하지 않아도 되었다. 할머니의 옛 친구들은 내가 가보지 못한 저 산 너머의 어떤 나라에 살고 있다. 그 친구들은 한밤의 어둠 속에서는 별처럼 더욱 또렷이 내 주변을 맴돌고 있다.

초상

할머니는 해 뜨는 쪽으로 일곱 발자국 걸어나가 바가지에 담긴 물을 입으로 뿜어내고는 시퍼런 새벽하늘에 소리쳤다.

"악몽은 책 초목하고 호몽은 성 주옥이라."

동녘하늘 밖으로 까마귀 한 마리가 마른 울음소리를 내며 날아갔다.

"휘이, 휘어이! 네 애비는 소금 팔러 가고 네 애미는 콩 팔러 갔다. 어서 가거라, 어서 가!"

할머니는 까마귀에게 비어 있는 제 집으로 돌아갈 것을 명령했다. 까마귀는 아직 깨어나지 않은 검은 숲으로 멀리 사라져갔다.

"상서롭지 않은 일이야."

할머니는 혼잣말로 중얼거리면서 새벽 나절 내내 무엇에 쫓기는 듯 마당가를 서성거리고 골몰한 생각에 잠겼다가는 놀란 표정으로 집 안 구석구석을 자세히 살폈다.

태경아범이 쓸고 지나간 싸리 빗자루 자국이 흙 마당에 빗금으로 남아 있는 이른 아침이었다. 마름 아저씨가 파초 아래 짐 자전차를 팽개치고 안마당으로 급하게 들어섰다.

"노관 마님! 큰마님!" 하고 그가 소리쳤을 때 할머니는 온갖 불운한 일을 떠올리며 마땅히 일어날 한 가지 일은 억지로 미루고 있었다. 할머니는 안방에서 버선발로 뛰어나와 마름 아저씨를 황망히 맞았다.

"새벽에 도립병원에서 큰서방님이 돌아가셨다는 전갈입니다요."

마름 아저씨는 할머니가 기어코 밀쳐두고자 한 불행이 마침내 일어났음을 전했다. 그는 그 일이 마치 자신의 잘못이기라도 한 듯 머리를 조아리고 두 손을 비볐다.

"숙직하던 면소 직원이 병원 전화를 받고는 방금 제 집까지 달려와 전해줬구먼요."

언덕 위에는 키가 큰 소나무들이 나란히 줄지어 서서 뒤편의 푸른 하늘에 울타리를 치고 있었다. 댓가지 끝에 매달린 붉은 비단천이 바람에 흔들리며 앞장섰고 그 뒤로는 수세미 모양의 삼베 천과 한지에 검은 글씨를 쓴 만장들이 따랐다. 연못가를 지날 때는 길에 상여를 내려놓고 도포 입은 어른들이 도제를 지냈다. 상여 뒤를 따르는 친지들은 멈춰 서서 곡을 했다. 검은 양복 위에 삼베 상복을 덧입고 굴건을 쓴 나는 맨 앞에 서서 그들의 울음이 그치기를 기다렸다.

인제 가면 언제 오나
멀고 먼 저승길

달원이 영감이 선소리를 엮어내면 상여꾼들은, "어이, 어이." 하고 소리를 이어갔다.

쉬어 가소 쉬어 가소
한 번 가면 못 오는데
이리저리 살펴보고

가다가도 돌아보소

상여꾼들의 구성진 소리가 노를 젓는 것처럼 구불구불 상여를 언덕 위로 밀고 갔다. 사월이고 봄이어서 알록달록한 종이꽃을 단 상여 위로는 민들레 솜과 하얀 나비가 날았다.

나는 붉은 흙을 한 줌 쥐고 구덩이 아래로 내려놓은 아버지의 관 위로 던졌다. 그러자 일꾼들은 일제히 양 옆에 파놓았던 흙을 삽으로 떠서 무덤을 메우기 시작했다. 관 위로 떨어지는 흙덩이의 무거운 소리는 끝없는 구멍으로 새어나가 다시는 되돌아오지 않았다.

태경이

묘자 아주머니의 흰 광목 앞치마에는 내가 달려들어 안길 때 찍어놓은 손자국들이 늘 묻어 있었다. 묘자 아주머니는 내 손을 자주 씻어주었으나 손 안에는 어느새 그녀가 금지한 물건들, 나무 막대기나 풀뿌리, 새둥지 부스러기가 쥐어져 있었다. 묘자 아주머니는 나를 허리춤에 자루처럼 끼우고는 흙투성이의 손을 씻길 때마다 '훌륭한 사람이 되려면', 하고 금지해야 할 사항들을 말하고는 했다. 그것들은 내가 매일 즐겨하는 일들로, 참아야 할 이유란 이 '훌륭한'이란 말뿐이었다.

나는 묘자 아주머니의 '훌륭한'이란 말을 이해하기가 힘들었는데, 사춘이가 세 번째 새끼를 여섯 마리 낳았을 때도 '훌륭한 개'라고 했고 어머니가 십자수를 완성한 식탁보를 펼쳐보았을 때도 "훌륭하군요!"라고 말했기 때문이었다. 나는 가장 훌륭한 것은 어떤 것인가를 묘자 아주머니에게 물어 어질러진 머릿속을 정돈하고자 했다. 그러나 우물가에서 두레박으로 물을 퍼올리고 있던 아주머니는 "그야 물론 하느님이지요!"라고 말해 내 머릿속을 더욱 휘저어서 돌려주었다. 그런 뒤 아주머니가 양동이를 들고 서둘러 부엌으로 들어가버리는 바람에 나는 몹시 난처하였다. 아주머니가 나에게 금지한 일 중 하나가 부엌 근처에는 얼씬도 하지 말라는 것이어서, 새끼를 잘 낳고 손이 깨끗한 하느님처럼 훌륭한 사람이 되려면 부엌 문간에 들어서면 안 되었다.

나는 파초의 넓은 그늘 밑이나 염소를 매어둔 막서리 집 앞의 감나무 아래를 거닐다가 앞개울 둑으로 소를 몰고 오는 태경이를 발견하면 비탈길을 단숨에 내리달렸다. 내 두 다리는 눈 깜빡할 사이에 앞서거니 뒤서거니 하는 경쟁에 정신을 빼앗긴 나머지 삼거리 앞에서 딱 멈추라는 명령을 듣지 못하고 은행나무 아래에서 겨우 멈춰 섰다.

개미집에 불을 켜라
새 신랑이 초롱 들고
각시방에 들어간다

큰바위 위에서 여자애들은 쇠비름 뿌리를 붉어질 때까지 문지르면서 노래를 불렀다. 깨진 옹기 조각에는 흙과 꽃다지 꽃잎을 담아놓고 아카시아 줄기로 서로 머리를 감아올렸다. 난 태경이를 향해 달리던 걸음의 목적은 잊어버리고 어느새 여자애들의 놀이에 빠져들었다.

이윽고 논둑을 가로질러 소를 몰고 돌아온 태경이는 놀이 구경에 길게 빼고 있는 내 목덜미를 흙손으로 잡아당겼다. 그는 계집애들 놀이는 유치하며 그것을 구경하는 사내자식은 웃음거리가 될 것이라고 침을 뱉을 듯 기울인 입술 사이로 말을 내뱉었다.

묘자 아주머니는 물어뜯은 사마귀가 잔뜩 있는 태경의 손등을 본 후에 내가 막서리 집으로 나가서 태경이와 어울리는 것을 금지시켰는데, 아주머니의 말에 의하면 내가 태경이에게서 나쁜 버릇을 익힐지 모른다는 것이었다. 하지만 이빨 사이로 침을 멀리 뱉고 입술을 오므려 휘파람을 불고 어깨를 넘실대며 걷고 피리와 윷을 낫으로 다듬을 줄 알며, 쥐꼬리를 잘라 성냥갑 안에 모으고 죽은 뱀을 목에 걸고 다니는 태경이의 신기한 재주를 아주머니가 알았다면 그런 염려는 하지 않아도 좋을 뻔하였다. 내가 어떻게 그를 흉내 낼 수 있겠는가? 나보다 여섯 살이나 많고 내가 도저히 따라갈 수 없는 많은 재주를 가졌으며 나에게 많은 가르침과 충고를 아끼지 않았던 태경이와의 만남은 어느 봄날로 끝이 나고야 말았다.

여느 오후가 그랬듯 나는 그날도 들판을 돌아다녔다. 따스한 봄이고 오후 낮이었다. 골짜기에서는 눈 녹은 물이 콩나물시루에서처럼 흘러내렸고 디딜방앗간의 초가지붕에서는 밤색 낙숫물이 떨어져 마당에 홈을 파고 있었다. 방앗간 벽 양지쪽에는 태경이 동생 선옥이와 새렛영감네 손녀딸인 명순이, 고성댁 손녀인 수희가 모여 해바라기를 하고 있었다. 나는 태경이의 충고대로 동갑인 여자애들을 보지 않으려고 애써 고개를 돌리고 지나쳐서 앞개울로 나가는 논둑길로 접어들었다.

팥고물 시루떡을 금방 펼쳐놓은 듯 김이 오르는 검은 논바닥이 길 양 편으로 펼쳐져 있었다. 나는 앞개울 둔덕에 소를 매어놓고 뒹굴거리는 태경이를 발견하고 그에게로 달려갔다. 태경이 얼굴은 막 산으로 퍼져나가는 진달래처럼 붉었고 그의 곁에는 막걸리를 담은 양은주전자가 코피 난 아이처럼 상수리 나뭇잎으로 주둥이를 틀어막고 있었다. 개울 둔덕에 길게 누워 있던 태경이는 내가 가까이 다가가자 벌떡 일어나 앉았다. 그는 다른 날보다 나를 반기는 기색이 역력하였다.

"여, 꼬마 도령, 잘 왔다!"

태경이가 눈을 찡긋거리며 가리키는 데를 보니 내 키만 한 상수리 나무 아래에 때 묻은 소금자루처럼 헐렁한 고양이가 새끼줄에 매여 있었다. 고양이의 잔등은 걸쇠처럼 굽었고 진흙이 말라붙은 털들은 갈라져 있었다. 그는 좋은 생각이 떠올랐다는 눈짓을 혼자만 은밀히 하더니 고양이의 목줄을 쥐고 둑길로 올라갔다. 고양이는 태경이의 발길에 배를 채일 때마다 앓는 소리를 내면서 뒷다리를 절었다.

"너도 이리 빨리 올라와봐."

태경이가 재촉을 해서 나도 둑길로 뛰어올라가서 대바구니처럼 동그랗게 몸을 말고 있는 고양이 앞에 섰다.

"이 고양이를 아홉 번 뛰어넘어! 꼭 아홉 번이야."

태경이가 단호하게 명령했다. 나는 아무 생각 없이 가련한 고양이의 잔등을 밟지 않으려고 조심하면서 뛰어넘기 시작했다.

큰 소리로 수를 세던 그가 마지막 아홉 번째에는 그만! 하고 팔을 깃발처럼 내리저었다. 내가 넘기를 멈추자 그는 뱀 혀 같은 눈길로 빠르게 훑어보더니 고양이의 수염을 무자비하게 뽑아서 손바닥 위에 놓고 중얼거렸다.

"수리수리 마 수리 야옹야옹 찍찍 수리수리 마 수리 야옹야옹 찍찍."

그는 고양이 수염을 센 입김으로 나를 향해 불었다.

"너는 이제 고양이로 둔갑을 할 거야. 불여우가 꼬리를 아홉 번 넘어서 사람으로 둔갑한다는 이야기는 들어봤겠지? 마찬가지로 너에겐 저 고양이의 혼이 씌워진 거라고……."

그는 잠시 말을 중단하고 이러한 사실을 알리기가 몹시 가슴 아프다는 표정을 지었다.

"넌 밤마다 고양이로 둔갑하는 거지. 낮에는 사람 모습으로 돌아왔다가 어두워지면 매일 밤 고양이가 되는 거라고. 밤이 되어 네가 다른 사람들에게 말을 건다면 그들에겐 고양이 소리가 들리겠지."

태경이의 말을 듣는 동안 나는 얼굴을 감싸쥐고는 그 자리에 주저 앉았다. 그는 곁눈으로 슬쩍 나를 한 번 살피고 입꼬리에 웃음을 흘리더니 말을 이었다.

"그런데 좋은 점도 있어. 밤이 되면 쥐도 잡고 어디든지 맘대로 돌아다닐 수도 있으니까. 쥐꼬리는 잘라서 나를 줘도 좋겠지."

태경이는 떨어진 소똥처럼 둑길 위에 나를 버려두고는 냉랭하게 떠나갔다. 그의 한 손에는 심부름 길에 마셔버린 막걸리 주전자가 출렁거리고 다른 손에는 제 걸음을 놓친 고양이가 끌려가고 있었다. 길 끝으로 해가 지고 있었다. 그 위로는 동정 없는 꽃샘바람이 불었다. 나는 목이 당겨지고 등이 굽어지는 것을 느꼈다.

안당의 천장 들보에서 내려온 쇠줄에는 남포등이 노란 호박꽃처

럼 매달려 있었다. 어머니는 여느 날처럼 수를 놓고 묘자 아주머니는
양 어깨 사이로 고개를 구부려서 성경책을 읽고 있었다. 남포등의 불
빛이 어머니와 묘자 아주머니를 둥글게 감쌌다. 나는 빛 동그라미에
서 멀찌감치 떨어져 어두운 구석에 혼자 앉았다. 어머니는 성경책 구
절을 손으로 짚어 아주머니에게 설명을 해주고 바늘에 수실을 꿰려
고 남포등 가까이로 일어섰다.

어머니의 그림자가 내가 앉은 구석자리까지 길게 겹쳐지자 난 어
머니의 품 안에 달려가 안기고 싶었다. 저녁식사 시간에도 나의 마음
속 걱정을 전혀 눈치 채지 못한 이 두 부인은 나에게 별다른 주의를
기울이지 않았다. 단추가 채워진 코르덴 겉옷을 그대로 입고 있어서
내 마음속을 들여다볼 수 없기 때문이었다. 다시 자리에 앉으려던 어
머니가 구석의 나를 발견하고는 수틀을 밀어내고 양 팔을 펼쳤다. 나
는 어머니의 발등을 딛고 무릎 위로 올라갔다. 나는 어머니에게 볼비
빔을 할 때 하마터면 울음을 터뜨릴 뻔하였다. 앞으로 나에게 일어날
무서운 일들을 어머니에게 털어놓고 싶었다. 그러나 어머니에게도
달리 방법이 없을 것이고 그 일을 알게 된다면 흉측하게 변한 내 모
습에 볼비빔마저도 꺼려할 것이었다. 나는 고백을 가까스로 참고 어
머니의 무릎을 미끄러져 내려왔다.

"요야, 잘 자거라. 상쾌한 아침을 맞이해야지."

어머니의 목소리는 더욱 감미롭게 들렸다.

"안녕히 주무세요."

어머니 곁을 지나 안대청 문을 나오면서 남포등 아래의 동그란 불
빛을 뒤돌아보았다. 그곳은 밝고 따스하고 부드럽고 빛났다. 난 어둡

고 차갑고 시든 곳을 향해 가고 있었다.

'다시는 저 밝은 동그라미 속으로 돌아가지 못할지도 모른다. 어머니는 내 방에서 더러운 고양이 한 마리를 쫓아내게 되겠지.'

여기까지 생각하니 뜨거운 눈물이 마구 쏟아졌다. 나는 옷을 벗는 것도 잊고 이불 속으로 들어갔다. 이제 막 고양이가 되려던 참이었다. 나는 이불 속에서 질끈 눈을 감고 어머니가 불러주던 자장가를 반복해서 불렀다. 노랫소리가 고양이 울음소리로 내 귀에 들리면 내 모습도 변했다는 걸 가장 빨리 알 수 있기 때문이었다. 노래하는 내 목소리가 점점 떨리고 있었다. 아직은 고양이 목소리가 아니었다.

잘 자라 우리 아가
새들과 다람쥐도
모두가 잠든 이 밤
사춘이와 염소들도
너무나 조용하다
잠을 자고 있나요?
그래그래
꿈을 꾸고 있나요?
그래그래
하늘의 날개 달린 천사들이
우리 아가의 머리맡에 내려와
꿈나라로 가자고 속삭인다
얘야 꿈나라로 가자

꿈나라엔 어떻게 가나요?

기차를 타고 가나요?

아니아니

유모차를 타고 가나요?

아니아니

그냥 두 눈을 감으면 돼

비행기를 타고 가나요?

아니아니

자전거를 타고 가나요?

아니아니

그저 두 눈을 감으면

도착한단다 애야

"어서 도망쳐요! 커다란 고양이예요! 고양이가 나타났어요!"

회색 쥐들이 갑자기 웅성거리더니 먹이를 내던지고 흩어졌다. 쥐
들은 채찍처럼 긴 꼬리를 휘두르며 도망치고 있었다. 밤은 쥐들의 소
란으로 온통 북새통이었다. 나는 구멍으로 재빨리 숨어드는 쥐들을
바라보며 혼자 어둠 속에 남아 있었다.

나는 험한 잠버릇에 밀쳐진 베개와 이불 사이에서 깨어났다. 염려
를 담은 어머니의 다정한 눈길이 햇살처럼 나를 굽어보고 있었다. 나
는 그만 울음을 터뜨렸다.

"요야, 이젠 괜찮다. 밖에 너무 많이 나가 놀아서 그랬던 거야"

어머니는 앞마당으로 향한 미닫이문을 활짝 열었다. 아침 해가 앞

산에 돌아와 있었다.

이제 햇빛은 끓는 호박죽처럼 들판으로 넘쳐흘렀다. 부엌 옆을 지나면 뭉긋한 국냄새와 쌀밥이 가마솥에서 잦아드는 소리가 들렸다. 부엌에서는 재순이와 여희가 심부름을 하느라고 몽당치마 아래의 자유로운 다리를 바쁘게 움직이고 묘자 아주머니는 숯불 아궁이 앞에서 풀무질을 하고 있다.

나는 작은 사랑채의 어머니 방으로 나갔다. 그 방 앞에 서 있는 석류나무는 아침마다 석류꽃 종을 일제히 울려대는 것 같다. 거울 앞에서 빗질을 하는 어머니의 긴 머리카락은 나뭇잎처럼 반짝거렸다. 나는 경대 앞에 선 어머니의 가르마를 따라 거울 속으로 걸어 들어갔다. 나는 어머니의 검은 머리카락 사이에서 길을 잃었다. 헨델과 그레텔을 유혹한 마귀할멈이 이번에는 나를 기다리고 있다. 혼자 숲길을 걷는 아이에게는 좀 더 달콤한 과자로 집을 지어놓고 있다.

"요야, 좋은 아침이구나!"

그때 마침 어머니가 거울 밖의 나를 돌아보며 아침인사를 건넸다. 나는 어머니를 따라 그 숲길에서 빠져나왔다. 어머니는 언제나 나를 구원해준다.

하느님

등잔의 불꽃이 물처럼 아래로 흐르다가 다시 일어서서 비틀거렸다. 그러다가 불꽃은 문틈으로 들어온 한 줄기 바람을 딛고 미끄러져서는 이내 어둠 속으로 떨어졌다.

"요야, 꼼짝 말고 그 자리에 있어라!"

어머니는 성냥갑을 가지러 일어서면서 말했다.

"그렇지 않으면 길을 잃겠지요?"

어둠 속으로 사라지게 될 것이 두려워 나는 다급하게 말했다. 등잔에 불이 붙여지고 가구들과 벽이 곧 제자리로 돌아왔다. 대문을 닫고 돌아온 묘자 아주머니는 갈피에 끼웠던 줄을 당겨 송아지 색깔의 성경책을 펼쳤다. 어머니는 흑백영화 필름 표지인 『닥터 지바고』 책을 들고 남포등의 심지를 높였다. 나는 손가락으로 벽에 그림자 만들기 놀이를 하고 있다. 묘자 아주머니는 성경의 몇 구절을 소리 내어 읽고는 어머니에게 그 해석을 요청하고 어머니는 나직하게 설명을 해 주었다. 수천 년 동안의 일이 기록된 성경을 언제까지 읽으면서 또 해석까지 요청할 것인가. 쟁기도 갖지 않은 묘자 아주머니 앞에 끝없는 밭이랑이 펼쳐져 있어서 나는 여간 걱정되는 게 아니었다.

문득 나는 어머니에게 물어볼 것이 생각났다.

"하느님은 어디에 있나요?"

어머니가 책에서 눈을 떼고 고개를 들었다.

"네가 원하는 곳 어디에나 계시지."

어머니는 난로 곁불을 쬐는 듯이 잠깐 나를 향하고는 책으로 다시 돌아갔다.

"그런데 하느님은 지옥에 있어야 해요."

그때 묘자 아주머니의 눈길이 뾰족한 총알처럼 나를 향했다.

"지옥에는 검은 양과 길 잃은 양이 모두 있기 때문이에요."

"요야, 그건 말이야……."

어머니는 책에 줄을 끼워 덮고 의자를 나에게로 바싹 당겨 앉았다.

"지옥이란 구원 받을 기회를 잃은 곳이란다."

어머니는 내 머릿속에 바람이 들어오는 문을 닫고는 꺼졌던 등불을 다시 켜주었다. 그러자 내 머릿속에는 둥근 탁자와 벽처럼 모든 게 제자리에 놓였다. 그러나 나의 의혹은 반대편의 문을 열고 불꽃은 다시 흔들렸다.

"그럼 천국에서는 길을 잃지 않나요?"

나의 질문에 어머니는 조금 생각을 했다. 이번에는 내가 열 수 있는 문들을 모조리 걸어잠글 셈이다.

"천국은 유혹받을 기회가 없는 곳이지…… 그러니까 요야, 하느님의 의도는 우리를 착한 사람과 나쁜 사람으로 규정하는 데 있는 게 아니란다. 하느님은 우리를 좌절시키지 않아. 많은 걸 용서하시지. 하느님의 목적은 우리를 당신 곁으로 이끄시려는 거야."

어머니는 다시 책갈피 줄을 당겨 책장을 펼쳤다.

묘자 아주머니는 이제 소처럼 만족해서 성경구절을 입 속에서 되새김질했다. 나는 잠자리에 가려고 일어선다. 어머니는 밤 인사를 받으려고 나에게 몸을 기울인 채 속삭였다.

"요야, 기쁠 때나 두려울 때나 하느님께 기도하는 것을 잊지 마라. 감사하다고 혹은 구원해달라고 말이야."

나는 무사한 낮과 남포등 아래의 다정한 밤에 대해 감사를 하며 섬돌에 내려섰다. 어머니는 사랑채로 나가는 내 등 뒤에 유쾌한 목소리를 따라 보냈다.

"요야, 하느님에게 너무 많은 걸 해달라고 조르지는 마라. 그러면 하느님은 너에게 절망이란 벌을 주신단다."

안마당을 가로질러 가던 나는 문득 기와지붕 너머로 서녁 언덕을 바라보았다. 꽃이 핀 사과나무는 흰 레이스 숄을 걸치고 밤 나들이를 하려는 것처럼 보였다.

해운정 왕고모님

아버지의 장례 이후로 할머니는 노관 밖으로 한 발자국도 외출하지 않았다. 할머니의 벨은 집 안팎에서 더 이상 울리지 않았고 건전지 속의 소리들은 긴 침묵으로 밖의 사태를 주시하고 있었다. 할머니는 안방에서 거미처럼 소리 없이 지냈다. 사춘이는 할머니 방 앞을 어슬렁거리다가 밭은기침 소리가 나면 귀를 세웠다.

할머니가 자리에 누운 수개월 동안 해운정 왕고모님은 몇 차례나 노관을 방문했다. 팔순 노인이 흑자색두루마기에 지팡이를 짚고 경포대에서부터 버스를 두 번 갈아타고 시동골 면소거리에 도착했다. 왕고모가 면소거리의 은행나무 아래에서 다리를 쉬고 있을 동안 동네 아이들은 달음박질을 쳐서 노관에 손님 소식을 전했다. 그러면 태경아범은 소달구지에 심부름꾼 아이들을 모조리 태우고 올라가서는 왕고모님을 노관으로 모시고 왔다.

체구가 작고 마른 왕고모님은 대문간의 돌계단을 오뚝이처럼 가볍게 올라섰다. 할머니는 방으로 들어오는 손위의 시누이에게 겨우 몸을 반쯤 일으켜 목례를 하고는 도로 벽을 향해 자리에 누웠다.

"올케님, 너무 상심하지 마시게. 내가 새각시 시절에 조대집 사건으로 바깥양반을 잃고도 의연하게 생을 지탱해올 수 있었던 까닭은…… 내게는 가문을 이어갈 아들이 배 속에 들어 있었기 때문이 아니었겠는가?"

왕고모님은 이즈음에 작은 눈동자를 한 바퀴 굴렸는데 그 두 눈은 할머니의 반응을 재보려는 저울접시 같았다.

왕고모님은 새신부 시절에 남편이 백백교 교주인 조대집을 따라 신선의 나라로 떠나서 영영 돌아오지 않은 것이며 홀로 천석의 재산을 지키느라고 가뭄 때는 논두렁에 멍석을 깔고 밤새 물길을 지키던 일들을 차례로 말하다가 마지막으로는 유복자인 아들을 일본 와세다 대학에 유학시킨 일을 덧붙임으로써 자신의 한 많은 인생을 포상으로 마무리하였다. 왕고모님은 비단 경포대 벌만 아니라 강릉 명주 일대에 널리 알려진, 남편의 '신선의 나라 줄행랑 사건'을, 여인네에게 일어날 수 있는 가장 나쁜 일로 규정함으로써 상대적으로 할머니에게 일어난 일련의 일들은 작게 보이게 하려는 좋은 의도였다. 그러나 방문할 때마다 매번 하는 말이어서 효과는 크지 않았다.

"용기를 잃지 마시게. 자네에게는 손자가 있지 않나. 다 조상님의 뜻인 게야."

그제껏 할머니는 미동도 하지 않았다. 왕고모님이 방에 들어와 앉아서 이런저런 혼잣말을 한 지 두 시간은 족히 흘렀을 것이다. 문득 왕고모님은 할머니에게 주목을 받고자 한 방법을 모색한 듯했다. 팔순 노인의 총명한 눈동자는 즐거운 올챙이처럼 빠르게 헤엄쳤다.

"여길 보시게, 여길! 이 방 안에 무엇이 있나!"

왕고모님은 금덩이라도 발견한 듯 야단스럽게 말했다.

"어서 일어나서 여길 좀 보시게. 어서!"

왕고모님이 재촉하자 할머니는 속는 셈치고 윗몸을 일으켜서 한 팔을 베개에 받치고 앉았다. 그러고는 여태껏 감고 있던 눈을 심 봉사의 첫 개안처럼 휘번쩍 치켜떴다. 할머니는 자신의 어깨 아래서부터 멀리로는 방 안의 네 귀퉁이와 남포등을 놓아둔 선반 위까지를 빠르게 한 바퀴 둘러보았다. 마지막으로 코앞에 있는 왕고모님에게로 할머니의 눈길이 와서 멈추자 갑자기 소심해진 왕고모님은 청명한 날의 풍향계처럼 집게손가락으로 나를 느리게 가리켰다.

"여기…… 이 손자를 좀 보게. 노관의 새싹이 자라고 있지 않은가?"

밖에서 뛰어놀다가 기진해져서 할머니 등에 잠시 기대어 있던 나는 할머니의 느닷없는 기립으로 쓰러진 몸을 추스르고 있던 참이었다. 할머니는 오매불망 죽은 큰아들이라도 돌아와 있기를 기대했던 모양으로 왕고모님의 손가락 끝에 놓인 사람이 어린 손자인 걸 확인하고는 허수아비처럼 풀썩 도로 누웠다. 시누이에게서 등을 돌리고 누운 할머니의 완고한 등에 나는 다시 기대어 앉았다. 목을 빼서 베개 뒤편을 넘겨다보니 할머니의 눈물이 복숭아가 수놓아진 무릉도원의 베개 깃으로 스며들고 있었다.

나와 둘만 마주 보게 되자 머쓱해진 해운정 왕고모님은 나에게 한쪽 눈을 질끈 감아 보였다. 주근깨 가득한 왕고모님의 얼굴이 뭉쳐진 깨강정 같아서 나는 웃음이 나왔다.

창호지 문으로 스며드는 오후의 햇빛으로 방 안은 감자껍질 색깔로 변했다. 왕고모님도 졸음이 오는지 어깨가 가랑잎처럼 방바닥으로 기울어졌다.

죽음

먹구름이 요란한 말굽소리를 내며 북쪽하늘가로부터 빠르게 달려 왔다. 검은 먼지와 성난 말 울음소리가 하늘을 온통 뒤덮었다. 빗방울이 먼저 지붕을 노크하더니 삽시간에 무수한 동료를 이끌고 앞 들판으로 쏟아져 내렸다. 빗물은 낮은 곳으로 모여 어깨동무를 하고는 왁자지껄하게 앞개울로 행진해갔다.

어머니는 나에게 할머니의 손을 잡게 했다. 할머니의 손은 검은 반점으로 얼룩져 있고 헌 구두처럼 딱딱했다. 할머니에게서는 재만 남은 아궁이에서 나오는 마지막 연기처럼 옅은 숨이 새어나왔다. 방 안에는 해운정 왕고모님과 사월 왕고모님, 회산댁 부인 등, 이웃 노부인들이 할머니를 에워싸고 앉아 있었다. 어머니와 함께 안방을 나와 중문을 막 넘어서려는데 사람들의 울음소리가 터져 나왔다. 황급히 뒤돌아보는 내 어깨를 감싸안으면서 어머니가 말했다.

"할머니는 이제 돌아오지 않으신다. 그러니까…… 죽음은 문과 같지. 할머니는 그 문을 통과해 하느님 곁으로 가신 거란다."

어머니는 나를 사랑채 방에 데려다주고는 바쁜 일들이 기다리고 있는 문 밖으로 서둘러 나갔다.

나는 혼자 방 안에 남았다. 나에게 시간은 직선으로 지나가는 게 아니고 다른 장소로 이동하는 자전거 체인 모양이었다. 나는 끝이 없는 세상으로 가보았다.

중력이 없는 달나라에서는 사람들이 공중에 떠다녔는데 끝이 없는 세상에서는 죽은 사람과 산 사람들이 뒤섞여서 돌아다녔다. 무리를 지어 몰려가는 죽은 사람들 중 한 사람이 내 앞에서 갸웃하며 멈춰 섰다. 삼 년 전에 죽은 아버지였다. 그는 나에게 자전거수리점의 소년에 대해서 뭘 더 알아낸 게 있냐고 다급하게 물었다. 그건 이미 끝난 이야기였다. 자전거수리점은 이제 삼천리자전거 대리점으로 바뀌었다. 아버지는 내 답변을 기대하지 않았는지 뒷사람들에게 떠밀려 멀리 가버렸다. 나는 장마 후에 광폭하게 흘러가는 강물 한가운데 선 것처럼 시간의 급물살을 버티고 있었다. 그때 한 아이가 가던 길에 목을 빼고 나를 쳐다보았다. 태경이와 개울둑으로 소를 먹이려 함께 다니던 달수였다. 그 아이는 작년 여름에 물놀이를 하다가 물웅덩이에서 빠져 죽었다. 달수는 일 년 사이에 훌쩍 커서 제 키만 한 나를 발견하고는 어리둥절해했다. 그는 곧 나에게 재 너머 참외밭에서 자루째 참외서리를 했던 일은 미안하게 됐다고 말했다. 묘자 아주머니는 원두막에서 잠만 잔다고 태경이를 나무랐었다. 그러나 그것 또한 지나간 일이었다. 올해 그 밭에는 옥수수가 자라고 있다. 달수는 구경에 신이 났는지 성난 소떼처럼 달려가는 사람들의 무리에 재빨리 섞여들었다. 세상은 산 사람들과 죽은 사람들이 서로 밀쳐대느라고 아수라장이었다. 나는 그 북새통에 까무룩 잠이 들었다.

율이 삼촌

감나무 꼭대기에 까치밥으로 남긴 홍시가 지는 해처럼 매달려 있었다. 늦가을의 긴 햇살은 두 부인의 밀짚모자 차양 안으로 깊게 들어왔다. 묘자 아주머니는 염소들이 겨우내 먹을 건초를 빈 우리에 가득 채우고 태경아범이 잘게 토막내놓은 장작을 안당 마루 밑으로 날랐다. 어머니는 난로를 헛간에서 꺼내와 앞마당에서 먼지를 털어냈다.

"요야, 삼거리에 우체부가 섰구나. 편지를 받아 오너라."

어머니는 관청에서 보내는 세금용지나 의례적으로 알리는 부고장이나 회갑연 초청장 같은 우편물일 거라는 짐작으로 말했다.

통마늘 모양 가방을 멘 우체부가 삼거리에 막 도착하고 있었다. 사십대 중반의 얼굴이 까만 이 우체부는 걸음이 몹시 느려서 기다리는 동안 우편물의 발신인과 그 내용까지를 열거해놓을 정도였다. 인내심도 먹구름처럼 모이다가 소낙비를 쏟아내는 날이 있다. 나는 마침내 우체부에게 내가 직접 삼거리까지 나가서 우편물을 받아오겠노라고 선언했다. 느린 걸음이 주는 지루함을 알게 해주려고 빗긴 걸음으로 천천히 그에게 도착했다. 우체부는 내가 더 느리게 걸어갔어도 상처받지 않았을 무심한 표정으로 편지 한 통을 건네주었다.

가을걷이를 끝낸 들판에서 이삭을 줍는 새들은 제 무게를 가늠해 볼 양으로 한 번씩 날아올랐다가 내려앉고는 했다. 막서리 집 마당에서는 태경아범이 작두로 볏단을 썰고 아궁이 쇠 가마에는 콩깍지와 짚을 넣은 저녁 여물이 끓고 있었다. 황토 굴뚝에서는 생솔가지를 태우는 파란 연기가 피어올랐다. 똬리 끈을 입에 물고 물동이를 이고 오던 태경이 동생 선옥이는 나를 피해 뽕나무 밭길로 돌아서 가고 있었다.

"놀라지 말아요. 율이 서방님이 돌아오겠다는군요! 며칠 후에 귀국을 한대요!"

어머니는 색동 테두리의 편지를 뜯더니 묘자 아주머니에게 소리쳤다.

어머니는 저녁식사 후의 밤 시간에도 편지를 다시 펼쳐서 구절구절을 읽었다. 그럴 때마다 묘자 아주머니는 성경책 읽기를 멈추고 영문을 모르는 하느님은 잠시 외면한 채 그 소리에 바싹 귀를 기울였다. 집 안이 편지봉투의 색동깃 색으로 온통 물들었다.

내가 태어나서 한 번도 열린 것을 본 적이 없는 사랑채의 방 하나가 오랜 잠에서 깨어났다. 그 방에서는 항아리에 넣어둔 곶감 분처럼 매캐한 냄새가 났다. 방에는 회색 먼지가 책상과 의자, 궤, 서안 위로 경사진 각도에 따라 켜켜이 쌓여 있었다. 수년 만에 사랑채에는 덧문과 여닫이문들이 활짝 열리고 시루떡처럼 쌓인 먼지가 총채 아래로 부서져 내렸다.

"방 안에 촛대도 들여요. 율이 서방님은 촛불도 잘 켜잖아요?"

어머니는 석유를 가득 채운 남포등을 들고 사랑채 방으로 들어가는 묘자 아주머니에게 말했다.

"사랑채 함실아궁이에 장작을 더 날라다 놓아야겠어요. 태경아범에게 바깥사랑 처마 밑에 장작을 더 쌓아두라고 해요."

어머니는 계속되는 주문으로 아주머니를 채근했다.

"이번 겨울은 노관에서 지낼 테지요. 안당에 의자를 하나 더 들여놓아야겠어요. 의자는 내가 가져올게요." 어머니는 헛간으로 몸소 뛰어가기도 했다.

나는 율이 삼촌에 관해서는 아버지의 유일한 동생이라는 것 외에는 아는 것도, 들은 것도, 본 적도 없었다. 나는 온 집 안을 들뜨게 하는 이 원인 모를 기운에 무작정 휩쓸리지는 않을 작정으로 두 부인에게서 멀찌감치 떨어져 있었다.

"율이 서방님은 송이국을 좋아했었는데…… 그동안 이역만리 타국에서는 어찌 지냈는지…… 노관을 떠난 세월이 십수년이 되었으니……."

묘자 아주머니는 계속 혼잣말을 하면서 눈물을 소매 끝으로 찍어냈다. 온 집 안을 분주히 돌아다니며 중얼거리는 아주머니의 말은 그녀의 재빠른 걸음을 따라잡을 수 있는 하느님만이 알아들을 수 있었다.

나는 아주머니가 마른 버섯을 담은 바구니를 끼고 다락을 내려오는 모습을 괜한 심정으로 팔짱을 끼고 지켜보았다. '어디, 꿀단지, 엿단지, 고염단지 사이에 눈물단지도 숨겨뒀었나 보네.' 하는 냉정한 생각을 하기까지 했다.

며칠 동안 이 두 부인께서는 나들이를 위해 단장하는 소녀들처럼 들떠서 율이 삼촌을 맞이할 준비를 했다. 그가 오는 날 아침에는 나들이 도중 핀이 떨어지거나 리본이 풀리게 될 실수를 하게 될지도 모른다는 불안감에 준비물을 몇 번이고 점검하기까지 하였다. 나는 율이 삼촌을 상상하며, 그도 오래 잠겼다가 열린 방처럼 세수한 물기가 마르지 않은 얼굴과 빨랫줄에서 방금 걷어 비누 내 가시지 않은 옷을 입고 불쑥 노관을 들어설 거라고 생각하고 있었다.

황혼 무렵 검은 양복을 입고 앞마당을 들어서는 율이 삼촌은 긴 그림자처럼 보였다. 그는 아침에 집을 나갔다가 저녁에 돌아오는 사람처럼 익숙한 걸음으로 앞마당을 들어섰다. 삼촌은 양 손에 들었던 가방 하나를 묘자 아주머니에게 건네주며,

"건강해 보이는군요"라고 말했다.

"늦으셨군요." 하고 어머니가 인사말을 하자,

"십 년이나 늦은 셈이지요." 하고 대답했다.

그의 팔에는 반이 접힌 바바리코트가 걸쳐 있었는데 그 코트 깃에는 아름다운 이름의 다리와 유럽의 강가를 거닐었던 새벽의 푸른 안개가 묻어 있는 듯했다. 나는 그의 잘 깎인 턱수염과 긴 손가락 끝에 달려 있는 잘 다듬어진 손톱, 이국의 여운을 길게 끌고 들어오는 검은 구두를 차례로 보았다. 그야말로 '신사'라는 이름에 딱 알맞은 사람이었다. '이런 신사에게는 정식으로 악수를 청해야 한다'고 생각한

나는 바지주머니에 두 손을 찌른 채 어깨를 크게 흔들며 그의 앞으로 나아갔다.

"돌아오셔서 반갑습니다. 이요입니다."

이제껏 연습하고 있던 말을 얼결에 내뱉었으나 그 모양은 온전하였다. 그런 다음 능숙한 나의 왼손을 그에게 내밀어 악수를 청하였다. 그러나 율이 삼촌은 이에 아랑곳하지 않고 자라는 나무를 대하듯 내 두 팔을 잡아 가로로 쭉 잡아당겼다.

"요야! 많이 자랐구나!"

삼촌은 나무의 뿌리에서부터 꼭대기의 새둥지까지를 들여다보려는 사람처럼 나의 발끝에서 머리 위 정수리까지 자세히 살펴보았다. 그러던 그가 갑자기 무릎을 낮추더니 내 어깨를 끌어안았다. 나의 턱이 그의 한쪽 어깨에 가서 세차게 걸쳐졌다. 숨이 막힌 나는 붉게 된 얼굴로 그런 신사가 하게 될 사과의 말을 미리 짐작하고는 이에 답변했다.

"저는 괜찮습니다만."

나는 악수를 청했던 내 왼손을 묵살해버리고 바싹 당겨서 안았던 그의 무례로 기분이 조금 언짢았다. 그러나 내 가슴 가까이에서 뛰던 율이 삼촌의 심장 소리는 마음에 들었다.

별들은 검은 양탄자를 밟고 와 제 이름의 금빛 의자를 찾아 앉았다. 달은 지상의 만물이 꿈을 꾸도록 은빛 이불을 덮어주었다. 뒤 숲에서는 초겨울 바람이 댓가지들을 자갈 굴리듯 이리저리 밀고 다녔다.

저녁식사 시간에 모습을 나타낸 율이 삼촌은 피로가 채 가시지 않은 기색이었다.

"얼마 만에 받는 밥상인지요!"

율이 삼촌은 밥상머리에서 감회에 겨워 우리를 둘러보며 말했다.

묘자 아주머니는 율이 삼촌이 좋아하는 황태보푸라기, 가자미식해 접시를 부지런히 그의 앞으로 당겨놓았다. 그러나 율이 삼촌은 버섯 국을 몇 번 뜨고는 그만 수저를 놓았다.

모과차의 향기가 나팔모양의 주전자 주둥이를 빠져나와 음악처럼 대청 안으로 흘러다녔다. 쇠 난로에서 장작 타는 소리와 찻잔이 달그 락거리는 소리, 대문과 중문, 부엌 덧문을 잠그는 빗장 소리가 여느 저녁처럼 익숙하게 들려왔다. 나는 서재에서 우연히 꺼내 읽었던 율 이 삼촌의 기행문 권두시가 생각났다.

내 고향은
감나무 우거진 시동골
세상 어디에 가더라도
마음은 언제나
내 고향에 있다

율이 삼촌의 골똘한 표정으로 볼 때 노관은 긴 여행 끝에 도착한 안락한 고향이 아닌 듯했다. 문단속을 하고 돌아온 묘자 아주머니가 쇠 난로 속에 마른 장작을 한두 개 더 넣었다. 죽어가던 불꽃이 다시 고개를 들고 살아났다. 남색 바탕에 금빛 모란꽃이 새겨진 중국제 찻 잔에 모과차가 따라졌다. 뜨거운 김이 율이 삼촌의 안경유리에 레이스 커튼처럼 쳐졌다. 삼촌은 꽃잎의 수를 세듯이 차를 한 모금씩 나누어 마셨다.

나는 율이 삼촌이 권두시에 패러디한 외국 시인을 기억해내려다가 방심한 사이에 이름 하나가 입 밖으로 나왔다.

"버언스. 로버트 번스."

삼촌은 로버트 번스의 시 「내 고향 아일랜드」를 패러디했다. 난로가에 행성처럼 둘러앉은 세 사람이 일제히 나의 입을 쳐다보다가 이내 각자의 궤도로 돌아갔다. 성경책을 읽고 있던 묘자 아주머니는 돌연한 내 말 때문에 멈췄던 대목을 찾지 못하고는 한 구절을 더 반복해서 읽고 있었다.

벽 한쪽을 보며 생각을 모으고 있던 율이 삼촌이 찻잔을 내려놓고는 우단 의자에서 일어섰다. 그의 커다란 그림자가 남포등 밑으로 밀려나와 내가 읽던 책장을 먹구름처럼 덮었다.

"요야, 내일 학습할 계획을 세워보아라."

그때 어머니가 말했다.

"내일이란 방을 미리 둘러볼까요? 내일에는 그 방에서 지내게 될 테니까요."

나는 이 팽팽한 침묵을 흔들어볼 양으로 농담을 던졌다. 어머니만 짧게 웃었다. 그때 율이 삼촌이 우뚝 선 채로 말문을 열었다.

"어머님의 부음 전보를 장례식 전날에 받았어요. 서둘러 돌아온다고 해도 장례식에는 참석할 수가 없었을 겁니다. 결국은 이렇게 수년이 지나서 귀국을 하게 되었습니다."

묘자 아주머니는 충분히 이해한다는 표시로 고개를 끄덕였다.

"그런데 한 가지 물어볼 게 있습니다."

율이 삼촌은 초조한 눈빛으로 두 부인을 번갈아 보았다.

"어머님은 임종 시에 분명히 저에게 무슨 말씀을 남기셨을 겁니다. 저에게 남긴 그 말씀을 듣고 싶습니다."

삼촌은 양손으로 탁자를 짚고 우리를 향해 몸을 기울였다. 절박하게 어떤 답변을 재촉하는 듯했다. 그러나 두 부인은 성황당 길 어귀의 장승 아래를 지나갈 때처럼 고개를 깊이 숙인 채 들지 않았다. 묘자 아주머니는 경사지로 구르는 눈동자를 간신히 옆으로 밀어내며 어머니를 보았다. 어머니는 이런 상황을 고의적이 아니라 단지 열중하고 있어서 무심히 지나치고 있다는 듯 털실감기를 계속하고 있었다.

"어머님이 제게 남긴 말씀을 전해주십시오."

율이 삼촌은 맞은편 탁자에 홀로 선 채 그 말을 한없이 기다리고 있었다.

"듣고 싶습니다. 아니, 꼭, 들어야, 합니다!"

그것은 마치 말이 달아나기라도 할까봐 그 주위에 말뚝을 박아두는 것 같았다.

나는 할머니의 임종 날을 떠올렸다. 아침부터 비가 올 듯 잔뜩 찌푸린 날이었다. 행랑채 옆 대문가와 안마당 댓돌 아래에는 집 안 사람들이 한둘씩 혹은 네댓씩 모여 서 있거나 서성거렸다. 그중 어린 재순이와 울분이는 무엇을 알고나 우는지 딱딱한 옷소매로 콧물과 눈물을 연신 닦아내고 있었다.

"의원님이 자리를 비켜주셨어요. 모두 작별인사를 하세요."

방문 옆에 앉아 있던 묘자 아주머니가 갈라진 목소리로 어머니에게 귓속말을 했다. 어둑한 방 안에는 할머니의 누운 자리를 중심으로 친척 노부인들이 사진관의 배경그림처럼 앉아 있었다. 할머니는 눈을 감은 채 누에실같이 가느다란 숨을 쉬고 있었다. 방 안은 어두워서 사람들 표정이 잘 분간되지 않았다. 어머니는 나를 할머니의 자리 가까이로 당겨서 앉혔다. 나는 할머니의 귓가에 할머니, 나를 잊지 마세요, 하는 인사말을 속삭였다. 두 눈을 꼭 감은 할머니는 잠수를 하듯 가라앉는 중이었다. 그때 묘자 아주머니가 나를 밀치고 할머니 옆으로 바싹 다가앉았다.

"큰마님, 율이 서방님에게 용서한다는 말을 남기세요. 주님께서는 땅에서 풀면 하늘에서도 풀린다고 하셨지요. '율이를 용서한다'는 말 한마디 하고 가셔야 해요. 어서요!"

할머니의 숨소리가 더욱 희미해지자 묘자 아주머니는 다급하게 할머니의 손을 잡고 흔들었다. 아주머니는 그냥 숨이 끊어질까봐 어지간히 애가 탄 모양으로 할머니가 생전에 싫어하는 하느님의 말씀까지 염치없이 마구 내놓았다.

"어서 그리 하시게. 율이의 총기는 노관의 자랑거리 아니었는가? 지금은 이역만리에 있지만 혼은 다 들을 수가 있네. 부모자식 간의 융기지. 어여, 묘자 말대로 율이에게 용서의 말을 한마디 남기시게. 올케님, 그게 어미의 도리라네."

해운정 왕고모님도 목이 멘 소리로 꾸역꾸역 말을 이어갔다.

"큰마님, 어서요!"

묘자 아주머니는 할머니 몸 위로 엎어지면서 거듭 졸라댔다. 그때 할머니가 눈을 한 번 치켜떴다. 그 순간 방 안의 모든 웅성거림이 멈췄다. 어떤 명령을 기다리는 것처럼 모두 조용해졌다. 할머니의 굳어진 입술에서 작은 목소리가 국물처럼 흘렀다. 그 말은 할머니 가슴팍에 엎드린 묘자 아주머니와 바싹 붙어앉은 나만 들을 수가 있었다.

"율이를 용서하지……."

어쩌면 집 안의 사람들, 어쩌면 세상 사람들이 모두 들었는지도 모른다. 방 안의 사람들은 할머니의 다음 말을 들으려고 갑자기 우물처럼 동그랗게 모여들었다. 나는 그들에게 자리를 내주고 어머니와 함께 안방을 나왔다. 사랑채로 나가 방에 들어서는데 안방 미닫이문이 양 편으로 활짝 열리는 소리가 들렸다. 처마 밑에서 비를 피해 서 있던 사람들이 앞다투어 안방 댓돌 위로 올라가서 울기 시작했다.

"큰마님께서는,"

묘자 아주머니는 누구의 도움도 청할 수 없는 곳에 자신이 이르렀음을 깨닫고는 침착하게 입을 열었다.

"평온하게 임종을 맞이하셨어요. 겉으로 나타내본 적은 없어도 율이 서방님을 늘 보고 싶어 하셨지요. 저는 누구보다도 그분을 잘 압니다. 그분 밑에서 수십 년을 살았으니까요."

묘자 아주머니의 목소리가 떨렸다. 잠시 침묵 속에 평화가 찾아온 듯 안도감이 들었다. 그러나 의혹의 불씨는 쉽사리 꺼지지 않았다.

"어머니의 대쪽 같은 성격을 잘 압니다. 어머니는 그렇게 쉽게 나를 용서할 분이 아니지요. 어떤 말이 되었든 들을 준비가 되어 있습니다. 제발 그 말을 나에게 전해주십시오!"

율이 삼촌은 혹독한 말이 채찍이 되어 내려쳐주기를 기다리는 듯 수도사처럼 한쪽 어깨를 내밀었다. 불안한 침묵 끝에 확고한 결심이 선 듯, 아니 그 짧은 시간 동안 하느님이 답변을 요약해준 듯 묘자 아주머니는 성경책을 덮고는 자리에서 일어났다.

"큰마님은 율이 서방님이 듣고자 하는 어떤 말도 남기지 않았습니다!"

그때까지 잠자코 소심하게 듣고 있던 어머니가 율이 삼촌을 향해 말했다.

"일찍 쉬세요. 내일 아침에는 노관에서 깨어날 테니까요."

"노관으로 돌아오는 여정이 너무 길었습니다."

율이 삼촌은 심해어처럼 말했다.

율이 삼촌이 사랑 대청의 여덟 개의 드단이문을 들어 처마 끝의 쇠고리에 걸었다. 그러자 대청 마룻바닥으로 겨울 빛과 먼지의 조각들이 와르르 쏟아져 내렸다. 오랫동안 마르고 움츠렸던 서재 안의 공기들은 새로 들어오는 햇빛을 피해 눈살을 찌푸리면서 구석으로 몰려다녔다. 지루한 대화로 시간을 보내고 있던 서가의 영혼들은 이제 막 올리는 새 무대에 기대를 가지고 일제히 입을 다물었다. 삼촌은 사랑 대청 벽의 삼면에 둘러져 있는 서가를 따라 천천히 걸었다. 책들 사이에서는 등잔의 그을음 냄새와도 같은, 증조부와 조부 형제들이 지식에 불태웠던 시간의 재 냄새가 풍겨왔다. 누렇고 붉은 빛이 도는, 결이 거칠고 갈피가 두터운 옛 책들은 펼쳐진 책상 위에서 자기의 본뜻을 알아줄 때까지 끈기 있게 기다리다가 천천히 다음 장으로 넘어

갔을 것이다. 나는 일본판 세계문학전집 중 『명상록』의 여백에서 '지식에 대한 열망이 분수처럼 솟는다'라는 펜글씨의 한글 문구를 발견한 적이 있다. 그 문구 아래에 조부는 자신의 말에는 반드시 이름을 밝혀야 한다고 믿어 마지않던 그 나이의 순수한 예절로 중학 사학년 때의 연도와 이름이 명기되어 있었다. 나는 이 문구를 책상 앞에 써 붙이고 큰 소리로 읽고는 했다.

삼촌은 가져온 책들을 서가에 정리하고 대나무의자를 빼내 앉았다. 새 책들은 옛 책들 사이에서 금니처럼 반짝였다.

나에게 율이 삼촌은 뱃사람 신드바드처럼 신기하게 여겨졌다. 율이 삼촌은 새벽이나 자정을 아랑곳하지 않고 그런 대수롭지 않은 구획에 따라 잠들거나 깨어나야 한다는 구속됨이 없었다. 그는 밤낮을 어떤 생각에 몰두해 있거나 글을 쓰거나 책을 읽거나 했다. 그는 식사시간에도 밥술을 몇 번 뜨고는 두 부인에게 가벼운 목례로 결석을 통고하고 이내 사랑채 서재로 들어갔다.

율이 삼촌은 대부분의 시간을 서재의 팔걸이 대나무의자에 앉아 있었다. 나는 그런 삼촌에게 점차 익숙해져서 그가 앉은 대나무의자 아래에 호피담요를 깔고는 책을 읽거나 뒹굴거렸다. 나는 독서에는 몰두하지 않고 엎드려서 두 다리를 흔들어대거나 율이 삼촌을 자주 흘깃거렸다. 그는 나의 부산한 움직임에도 사고의 흐름을 방해받지 않고 자기 내부에만 몰두할 수 있었다. 율이 삼촌은 어떤 생각에 몰두할 때면 주먹을 쥐었다가 폈다가 하는 버릇이 있었다. 대나무의자 팔걸이 위에서 그의 손가락들이 힘 있게 움직이면 그는 생각의 드넓은 벌판을 달리고 있는 것이었다. 그러한 때 그는 어느 한 곳을 응시했지만 실제로 어떤 물건을 보고 있는 것은 아니었다. 율이 삼촌은 내 옆에 앉아 있기는 하나 나와 같은 공간에 있는 것이 아니었다. 그의 침묵은 수많은 상징의 기호들을 쏟아냈다. 나는 그 기호의 모양들을 조금도 알지 못하였다. 알 수 없는 상징들이 삼촌의 주위를 떠다니다가 여전히 내가 알지 못하는 곳으로 연기처럼 빠져나갔다. 나는 율이 삼촌의 그런 생각들을 조금도 공유할 수 없었다. 삼촌과 나는 각기 서 있는 키가 다른 나무처럼 서로에 대해 아는 것이라고는 조금도 없었다.

묘자 아주머니는 계절에 관계없이 해가 뉘엿해질 무렵이면 저녁상을 차렸다. 이른 저녁식사를 마친 뒤 우리는 언제나 안당의 원탁에 둘러앉는다. 어머니는 하루의 학습에 관하여 질문하거나 새로운 학습거리를 나에게 일러주려고 의자를 당겨 앉는다. 설거지를 끝낸 묘자 아주머니는 젖은 손을 닦고는 성경책을 펼친다. 나는 낮 동안에 읽었던 책을 다시 연다. 남포등의 동그란 불빛 아래에는 각자의 일거리가 펼쳐진다. 오십 년 동안 시간마다 종을 쳐서 어깨에 힘이 빠진 늙은 괘종시계가 아홉 번의 괘종을 울리면 어머니는 나에게 밤 인사를 받으려고 무릎을 비우고 아주머니는 문단속을 하러 나가려고 초롱불을 든다. 등불 아래의 동그란 시간은 겨울밤에는 길고 여름밤에는 짧다.

율이 삼촌이 안대청의 원탁에서 우리와 함께 보내는 밤 시간이 조금씩 늘어갔다. 그는 쇠 난로 주변에서부터 멀찌감치 의자를 밀어내고는 팔짱을 끼고 길게 앉아서 우리의 모습을 바라보고는 했다. 그는 대부분의 시간을 침묵했는데 몇 마디의 언어로 표현하기에는 너무나 넓은 정신적 들판을 배회하고 있기 때문이었다. 그의 눈꺼풀이 잠자리 날개처럼 떨리고 있을 때나 눈초리가 길게 변할 때 그리고 그의 여윈 볼이 깊게 팰 때는 더욱 황량한 들판의 바람을 맞고 있는 것이었다. 그가 눈을 가늘게 뜨는 것은 현실과 상상 사이의 강폭을 좁혀서 쉽게 건너뛸 수 있도록 하기 위함이었다. 그는 잠수부처럼 수면 위로 잠깐 나와서 현실의 숨을 몰아쉬고 다시 상상의 긴 시간으로 잠수해 들어갔다.

그즈음에 나는 수학 방정식을 공부하면서 어머니에게서 별자리에 관한 새로운 책을 받았다. 어머니는 미국 잡지의 옷본대로 가위질해두었던 내 모직 상의를 시침질하고 있었다. 겨울바람이 뒷산의 대숲을 탬버린처럼 흔들고 지나갔다. 저녁식사 후에 연못가를 산책했던 율이 삼촌은 미처 카디건 스웨터를 벗지 않은 채 의자를 뒤의 벽쪽으로 붙이고는 다리를 길게 뻗고 앉아 있었다. 부엌일을 마친 묘자 아주머니는 붉은 손을 닦고 자주색 책갈피 줄을 당겨 성경책을 펼쳤다. 어머니는 단을 마무리 짓던 검정색 상의를 들고 내게 다가왔다. 나는 옷에 팔을 꿰고 깃을 여미는 동안에 어머니에게 미리 작정해둔 질문을 했다.

"세상의 물건들은 서로 연결되어 있는데 어떻게 숫자로 다 셀 수가 있나요? 새끼를 밴 어미 염소는 한 마리라고 할 수 없지요."

어머니가 문득 나의 어깨에서 손길을 멈추고는 나를 쳐다보았다. 그러거나 말거나 나는 쌈닭처럼 어깨를 곧추세우고 말했다.

"연결되고 겹치는 물건들을 숫자로 헤아린다는 건 어리석은 일이지요. 왜 그런 숫자를 세느라고 사람들은 토끼처럼 눈이 붉어질까요?"

어머니는 나에게 옷을 마저 입히고 회전 마네킹처럼 돌려보았다. 품은 맞으나 길이가 무릎까지 내려와 양복 상의로는 길었다. 어머니는 단을 접어올려 시침바늘로 고정시키며 말했다.

"요야, 너는 뭐든 철학의 옷을 입히려 하는구나. 학문에도 저마다 맞는 옷이 있지."

어머니는 시침옷을 내게서 걷어가며 말했다. 나는 제자리로 돌아갔고 어머니는 느티나무 원탁 둘레의 의자에 가서 앉았다. 그때 동그란 불빛 밖에서 한 목소리가 들려왔다.

"인류가 태초부터 숫자를 가졌던 건 아니란다."

율이 삼촌은 뻗었던 다리를 거두고 의자를 탁자 앞으로 당겨왔다.

"아랍 상인들에 의해 수가 발명된 것을 보더라도 처음에 숫자는 아마 물건을 세고 교환하는 데 사용되었겠지. 그러나 이후에 숫자는 물건을 세고 값을 셈하는 데에만 사용된 게 아니지. 뭐랄까, 우주의 비밀을 측정하고 예감하는 데 쓰였어. 사물의 본질을 밝혀내려는 과정이나 진리의 근사치에 접근하는 데에 사용되었단다. 숫자는 과학의 도구가 되었지."

율이 삼촌의 손가락들이 트럼펫을 누르듯 차례로 움직이는 게 벽 그림자에 비춰졌다. 그는 생각을 좀 더 진전시키고 있었다.

"숫자는 언어와 마찬가지로 실생활에 쓰이는 것 외에도 기호로 쓰이고 있어. 언어가 인문학적 기호인 것처럼 숫자는 과학적 기호란다. 가령 '사랑'이란 단어를 생각해보자. 사랑이란 범위는 실로 넓어서 한마디로 규정하기가 어렵지. 그래서 시인들은 수세기 동안 언어를 사용해서 사랑의 영역을 개척해온 거란다. 숫자도 마찬가지야. 과학자들은 수를, 우주의 법칙을 발견하는 데 오래 전부터 사용해왔어. 숫자와 언어는 인류의 정신을 확장시키는 도구이지. 앞으로도 수와 언어는 미지의 영역을 개척하는 기호로, 우주의 비밀을 밝혀내는 도구로 계속 사용될 거란다. 문명에는 중요한 도구들이지."

나는 대롱 속으로 빨려 들어가듯이 삼촌의 말에 몰입되었다. 머리끝이 한 뼘쯤 치솟으면서 머릿속에서는 몇 개의 불꽃이 튀었다. 키가 큰 율이 삼촌이 벽면에 긴 그림자를 그리며 일어섰다. 그는 상기되어 있는 나의 등을 두드리면서 말했다.

"인류는 이제껏 한 곳을 향해 걸어왔어. 진보라는 방향이지."

노관에 온 후 처음으로 들어보는 삼촌의 경쾌하고 힘 있는 목소리였다. 천장 들보에서 내려온 남포등의 심지가 점점 닳고 있었다.

"장작을 더 넣지는 않겠어요. 일찍들 잠자리에 드셔야겠어요."

쇠 난로에 사그라진 재를 뒤적이며 묘자 아주머니는 불씨를 담당한 태초의 노파처럼 오만하게 말했다.

며칠 동안 쉬지 않고 눈이 내렸다. 목화 솜뭉치 같은 눈송이가 끊임없이 내려앉더니 두터운 솜이불이 되어 땅을 덮었다. 밤새도록 뒷산의 나뭇가지에서는 눈덩이가 쏟아지는 소리가 들렸다. 겨울잠을 자던 곰이 돌아눕는 소리 같기도 했다.

아침에 일어나보니 눈을 비워낸 하늘이 무청처럼 푸르렀다. 앞 들판의 햇살은 은쟁반 위의 분홍 구슬이 구르는 듯했다. 감나무 꼭대기에 앉은 검은 까치 두 마리가 언 홍시를 쪼아댔다. 막서리 집 앞길까지 눈을 쳐내던 묘자 아주머니는 그제야 문을 나서는 태경아범에게 가래를 건네주었다.

"게으름뱅이들 같으니라구!"

묘자 아주머니가 대문을 들어서면서 혀를 찼다.

"문 밖에는 태산같이 눈이 쌓였는데도 태경이와 구태는 방구석에서 흙벽이나 헐며 씨름이나 하고 있었어요. 제 아범이 눈을 치우러 나오는데도 자식들은 토끼 덫을 흔들며 뒷산으로 도망치더군요."

"눈이 많이 와서 내년에는 풍년이겠어요."

안방 창호지문을 열며 어머니는 희망을 섞어 말했다.

부엌 가마솥에서 밥 끓는 냄새와 콩국 냄새, 솔가지를 태우는 송진 냄새가 어우러져 창호지 문틈으로 들어왔다. 잠결에 익숙한 소리와 냄새는 하루의 시작을 알렸다.

해가 높이 솟자 지붕물매로 녹아내리는 낙숫물은 마당 눈을 종지 모양으로 팠다. 안당에서 어머니는 수녀원에 보낼 선물상자를 꾸렸다. 성탄절 주일이 되면 어머니는 매년 수녀원에서 자라는 소녀들에게 선물을 보냈다. 묘자 아주머니는 주일마다 성당미사에 참석하는 것은 물론이고 옆의 수녀원에 들러 크고 작은 일을 도와주었다.

"지난해에도 동화책은 충분히 보내셨잖아요? 올해에는 바느질할 새 옷본을 보내든지 자수실이나 뜨개실을 더 많이 보내는 게 좋겠네요. 그러지 않아도 원장수녀님은 말괄량이 아이들 때문에 골머리를 앓는다고 하셨어요."

아주머니는 수녀원학교 학생들의 선행과 죄과를 잘 알고 있는 자신의 의견이 선물 분배에 반영되어야 한다는 믿음을 갖고 있는 터였다.

"두통약으로 율이 서방님이 독일서 가져온 아스피린도 넣었답니다."

어머니는 해마다 선물에 엄격한 기준을 두고 있는 아주머니에게 농담을 건넸다.

율이 삼촌은 선물을 포장하고 있는 어머니를 발견하고 선뜻 안당으로 들어섰다. 어머니는 준비목록을 들고 물품을 분류해 학생들 이름 앞에 몇 개씩 쌓고 있었다. 원탁 위에는 공평하게 털실과 동화책, 스케치북과 수채물감, 하모니카와 머리핀, 털모자와 양말 등이 상자에 담아지길 기다리고 있었다.

어머니 옆에 서서 선물을 상자에 넣고 있는 모습을 바라보던 율이 삼촌이 문득 말했다.

"요는 학교에 보내지 않을 생각입니까? 이제 곧 열네 살이 되는데요?"

어머니는 이에 즉시 대답을 하지 않고 고개를 천천히 들어올렸다.

"……요는, 뭐랄까, 일반 소년들과는 다른 느낌을 받았는데…… 문명에서 파괴되어버린 어떤 원시적 신비를 간직한…… 뭐랄까, 자신만의 밭을 개척해 씨를 뿌리는 듯한……그러니까 뭐랄까…… 문명의 경계 너머로 내달리고 있다는 느낌을 받았습니다만……."

율이 삼촌은 그동안 모인 생각을 여러 번 쉼을 주어 말했다. 마치 내 주위에 동그라미를 그려서 나의 특성을 모두 집어넣으려는 것 같았다.

"우리는 공교육에 대해서 너무나 잘 알고 있어요."

어머니는 마침내 고개를 들어 율이 삼촌에게 일견을 주었는데, '그렇지 않아요?' 하는 어머니의 익숙한 표정이었다.

"학교는 이 아이를 질식시켜버릴 거예요."

어머니는 끈을 자르듯이 말도 꼭 쓸 만큼만 잘라서 했다.

"하지만 자라나는 아이는 같은 또래에게서 배우는 게 많지요."

율이 삼촌은 그 생각의 오류를 지적했다.

"무슨 뜻인지는 알겠어요. 하지만 요가 다른 아이들과 얼마나 다른지를 안다면! 누구도 요에게 세상의 일정한 보폭에 맞추어 걷도록 강제할 수는 없어요. 그것은 명마에게 쟁기를 씌우고 밭 갈기를 강요하는 것과 같지요. 요는 자유롭게 달리고 싶어 해요."

어머니는 선물상자를 닫고 율이 삼촌에게로 돌아서서는 행진곡처럼 리듬을 넣으며 말했다.

"갈기를 휘날리고, 뒷다리를 차면서, 공중을 날듯이!"

율이 삼촌은 그런 어머니를 향해 처음으로 미소를 지었다.

"한 가지 걱정은 제가 아버지의 역할은 흉내낼 수 없다는 것입니다. 그게 아이의 성장에 많은 영향을 미칠까요?"

어머니는 선물상자들을 하나씩 확인하고는 시렁 쪽으로 노끈을 가지러 안대청마루를 가로질러 갔다.

"남자란 남자에게서 직접 보고 배울 게 있지요."

삼촌은 어머니에게서 노끈 뭉치를 건네받으며 말했다.

"도와드려야겠군요."

호박 같은 해가 앞산을 넘어왔다. 아침마다 등을 구부리고 대문을 들어서는 하루는 오랜 친구 같았다. 아침은 마중물로 펌프를 잦는 소리를 시작으로 곳간 문 여닫는 소리, 숯불을 피우는 풀무질 소리, 마당을 차례로 쓸어오는 싸리 빗자루 소리로 언제나 분주했다.

성탄절 전날은 분홍빛 치마를 입고 눈 위에서 빙글빙글 춤을 추는 오르골의 소녀 같았다. 나는 감나무 꼭대기에서 날개를 활짝 펴고 목청껏 노래하는 까치처럼 흥겨웠다. 유과를 만드는 고소한 기름 냄새가 온 집 안에 퍼졌다. 나는 그 냄새를 따라 안채의 긴 툇마루를 미끄러져 갔다가 부엌 문 앞에서 되돌아오기를 그네처럼 반복했는데, 바쁜 묘자 아주머니의 눈에 띄지 않은 게 다행이었다. 아주머니는 닳아지는 양말을 상기시키며 들뜬 기분을 분명 망쳐놓았을 것이다.

재순이는 검은 기름 솥에 쌀가루 반죽 덩이를 떼어넣고 여희는 둥근 망으로 튀겨진 것을 건져냈다. 그것을 받아서 태경 어멈은 조청 엿에 적신 다음 쌀 튀밥에 굴렀다. 곳간 앞과 뒤란그늘에 수많은 유과를 하얀 찔레꽃 다발처럼 말렸다. 완성된 유과는 바삭하고 달콤하며 입 안에 향긋한 생강 내를 남겼다. 성당에 보낼 유과는 종이박스에 담아내고 집 안 사람들과 동네아이들에게 나누어주었다. 매년 성탄 주일에는 노관의 유과를 받아먹는 것이 명절날 떡 먹는 일처럼 관습이 되었다. 남은 유과는 홍시, 고염, 엿과 함께 다락에 보관했다가 겨우내 간식으로 내먹었다.

선물상자와 유과상자를 태경아범이 우마차로 면소거리의 정류장까지 실어주면 묘자 아주머니는 재순이, 여희와 함께 머리에 이고 옥천동 성당까지 날랐다. 그들 모두는 성탄 미사까지 참석하고 밤늦게 돌아오고는 했다. 어머니와 나는 성당에 가질 않았다. 어머니는 하느님을 만난 지는 오래 되었으나 깊은 우정을 간직하고 있는 친구처럼 생각했다.

저녁 해가 푸른 여우처럼 기웃거리며 눈 덮인 산등성을 내려왔다. 안당 문 앞에 달아놓은 은박, 금박의 종들은 문을 여닫을 때마다 이국 엽서의 종처럼 쩔렁거려서 나를 설레게 했다. 며칠 전부터 율이 삼촌은 노관에서 조카와 함께 보내는 첫 성탄절을 위해 뭔가 특별한 일을 하자고 말했다. 우리는 잣나뭇가지마다 등을 달아서 성탄의 밤을 밤새 밝히기로 했다. 나와 삼촌은 집안행사 때 쓰는 램프들을 헛간에서 모조리 꺼내서 유리를 닦고 석유기름을 채웠다. 해가 질 무렵에는 여섯 개의 남포등을 나눠 들고 눈 언덕을 올라갔다. 태경아범이 잣나무에 걸쳐놓은 사다리에 올라간 삼촌은 나뭇가지에 철사를 감아 등 고리를 만들고 나는 그 아래에 서서 남포등을 하나씩 집어주었다.

별들은 특별한 밤을 위해 반짝이는 구두를 신고 등장하고 있었다. 삼촌은 나뭇가지들에 걸린 남포등에 최대한 심지를 높이고 불을 붙였다. 다행히 바람이 불지 않아서 차례로 불이 켜진 남포등불은 잣나무의 창문처럼 빛났다. 남포등들은 밤새도록 긴 심지를 태우면서 동방박사들을 환영할 것이다. 나는 신이 난 나머지 세 아름이나 되는 잣나무 둘레를 끼고 산토끼처럼 돌고 또 돌았다.

"밤이 오는구나. 이 근사한 밤을 위해 노래를 하나 지어보자."

사다리를 내려온 율이 삼촌이 나뭇가지 위에 켜진 남포등 불을 올려다보면서 말했다.

이 밤의 등불을 기억하리라

마음에 별이 졌을 때

"내가 방금 지은 노래인데 어떠냐?"

"좋아요, 아주 좋아요!"

무릎까지 눈이 쌓인 산비탈을 앞장서 가면서 나는 큰 소리로 마구 외쳐댔다. 찬바람 한 줄기가 얼굴에 눈가루를 흩뿌렸다. 잣나뭇가지에 매달린 노란 등불은 호기심 많은 별 몇 개가 세상을 더 가까이에서 보려고 내려온 것 같았다.

차갑고 고요하고 반짝이며 풍요로운 밤이 왔다. 어머니는 성탄절 밤에는 언제나 동방박사와 아기예수 탄생에 관한 이야기를 해주었다. 그 이야기에는 밤하늘에 신비로운 별이 몇 개 더 첨가되거나 동방박사들이 오는 길에 다른 모험을 겪는 것으로 조금씩 바뀌기는 해도 줄거리는 매년 같았다. 동방박사 이야기는 눈을 감고도 걸을 수 있는 동네 길 같았다. 함석지붕같이 차가운 밤하늘 아래로 둥근 똬리를 머리에 얹은 동네 아낙네들이 앞개울을 건너서 막서리 집 옆의 외양간으로 송아지를 받으러 오는 느낌이었다. 공중그네처럼 걸쳐 있는 초승달과 잣나뭇가지마다에 걸린 남포등, 흔들리는 은박지 종들과 베개 옆의 선물 꾸러미는 마음속에 경쾌한 하모니를 이루었다. 이 밤은 특별한 리듬으로 나를 흔들었는데 나는 이 기억을 위해 마음속에 지정석을 하나 마련해두었다.

어김없이 봄이 왔다. 이제 들판은 질척한 침을 흘리며 본래의 모습으로 돌아오고 있었다. 봄은 순찰대처럼 집집마다 문을 두드리며 방문했다.

율이 삼촌은 집 안의 낡은 물건들을 수리했다. 톱과 망치, 작은 못이 담긴 연장통을 들고 나는 그 뒤를 따라다녔다. 염소 우리의 덧문을 다가올 여름의 세찬 비에 견딜 수 있도록 고치고 나무로 우편함을 만들어서 삼거리에 세우는가 하면 헐거워진 문의 경첩과 들뜬 마룻장들을 못으로 고정시켰다. 배를 탄 것처럼 일렁이던 내 의자도 다리를 고쳐 확고한 육지에 도착하도록 해주었다.

나는 구형인 하늘색 라디오를 옆구리에 끼고 다니면서 조수 역할을 했는데 율이 삼촌은 라디오 뉴스가 나올 때에는 망치질을 멈추었다. 라디오에서 서울의 한 대학교에 휴교령이 내렸다는 뉴스가 나오자 율이 삼촌은 아나운서가 말하는 도중 라디오를 꺼버렸다.

"세상에 먼지가 이는구나!"

율이 삼촌은 한숨을 섞어서 말했다.

"물을 뿌려야겠군요!"

나는 그런 대수롭지 않은 일에는 신경 쓸 것도 없다는 듯 새 목장갑을 낀 손바닥을 탁탁 털면서 말했다.

"그런데 저들은 피를 뿌리지."

율이 삼촌은 허리를 펴고 앞산 너머 멀리 눈길을 두었다.

"양들을 지키는 목동에게는 휴식이 없단다. 늑대를 막으려면 목동은 항상 깨어 있어야 하지."

삼촌은 잎이 다 떨어진 나무처럼 말했는데 나는 그 의미를 알지 못하였다. 단지 그가 신사로서 중요한 예절을 그르친 일, 즉 라디오를 꺼서 남의 말을 도중에 중단시킨 결례만을 언짢게 생각하고 있었다.

흰 눈이 녹는 봄 들판은 먹구름이 걷히는 하늘처럼 싱싱하고 활기 찼다. 들풀의 뿌리를 씻어낸 눈 녹은 물은 황톳길의 바퀴 자국으로 다시 고였다. 열린 외양간 구유에서 수증기가 올라 얼음에서 풀려난 골짜기의 물소리와 어울려 들판으로 퍼져나갔다. 염소들은 분주하게 준비되고 있는 풀밭의 식사를 기대하면서 묶이게 될 우물가의 뽕나무 아래를 흘깃거렸다. 봄은 질긴 고기를 두드리는 요리사처럼 경직된 땅에게 봄기운을 호흡하라고 명령하고 있었다. 들판의 어린 새싹들은 아지랑이로 아뜩한 성장의 놀람을 드러냈다.

"오랜 만에 걸어보는 길이야."

율이 삼촌은 사당 뒷길에서 산 너머로 이어지는 오솔길을 걸으면서 말했다. 뒷산의 정수리에 서면 멀리 비행장의 회색 막사들과 큰 새알 같은 레이더가 보였다. 그 비행장 뒤편으로 키가 낮은 소도시의 건물들과 도시 가운데로 흐르는 범람 없는 모범의 강이, 그 방죽 너머로는 뾰족 지붕 성당이 있었다. 나와 율이 삼촌은 뒷산을 넘어가 좌우로 뻗은 기찻길에 멈춰 섰다. 시내로 향하는 철길 쪽에는 간이역사가 있고 그 옆에는 재순이가 등에 넣을 석유를 됫병으로 받아오거나 태경이가 양은주전자에 막걸리를 받아오는 작은 상점이 보였다.

나와 율이 삼촌은 기찻길과 나란히 나 있는 옆의 산길로 접어들었다. 길 양 편으로 밤나무들은 서로 어깨동무를 해서 아치형의 지붕을 만들고 있었다. 나무 그늘에는 이름 모르는 버섯들이 장독대처럼 모여 있고 검은 물이 배어나오는 길가에는 어린 쑥들이 자랐다. 우리는 골짜기 아래 비탈길로 내려가서 산지기 영감의 오두막에 도착했다.

흙벽에 방 두 칸을 들인 막집에 혼자 사는 산지기 영감은 노관의 산을 돌봐주면서 숯을 만들어 장터에 내다팔았다. 오두막 오른편의 흙으로 만든 숯가마에서는 한 올의 파란 연기가 오르고 있는데 집 안에는 사람의 기척이 없었다.

율이 삼촌은 발끝으로 들풀의 머리를 가볍게 치면서 지나가는 구름에게, 나뭇잎을 흔드는 바람에게, 그 위에 잠시 머무는 햇살에게 귀를 기울이면서 걸어갔다. 그는 옛 친구를 만난 듯, 그 친구들이 소식을 묻기라도 한 듯 친근하게 화답을 하고는 했다. 나는 삼촌의 큰 보폭을 미처 따르지 못하여 뛰다시피 그에게 도달하려 하면 자연과의 대화를 임의로 끝낸 삼촌은 먼저 떠나 가서 다시 멀어지곤 하였다. 나는 길가에서 어떤 소리도 들을 수가 없었는데 그것은 내면의 불만이 그 소리들을 차단하기 때문이었다. 마침내 산길이 끝나고 집으로 가는 뒤 언덕의 갈림길에서야 무정한 동행자는 나를 기다려주었다. 그때 나는 흠뻑 젖은 우산 같았다.

마침 날아오르는 개똥지빠귀 한 쌍을 목을 빼며 따라가던 율이 삼촌이 나에게 말했다.

"요야, 서재의 맨 오른편 책장에서 『조류학』이란 책을 찾아봐라."

"아? 네!"

나는 숨을 헐떡이며 짧게 응답했다.

"새들도 습성과 신상에 대해서 알게 되면 더 친해질 수 있는 친구와 같지. 나는 소년이었을 적에 『조류학』 책을 끼고 산길을 쏘다니곤 했었어."

나의 거친 숨소리는 아랑곳하지 않고 삼촌은 새들과의 사귐을 주선했다.

돌아오는 오솔길에서는 삼촌이 내 보폭에 맞추어 걸었다. 마치 연결된 큰 톱니와 작은 톱니가 맞물려 가는 것 같았다. 율이 삼촌은 자신의 어깨 아래를 따르고 있는 동그란 내 머리 위에 베레모처럼 손을 얹고는 말했다.

"젊었을 때 경계해야 할 것은 무지와 천박이란다. 부지런히 학문에 힘쓰고 예절을 익히렴. 예절이란 단순한 생활범절을 넘어서 세상을 예우함을 말하는 거란다. 사람은 물론이고 자연과 사물에 대한 애정과 온순한 마음가짐이 바로 예절이지."

그의 손바닥 안에서 내 검은 곱슬머리가 좀 흩어졌다가 제자리로 돌아갔다.

"그리고…… 나이가 들면서 경계해야 할 것은…… 허무와 권태란다."

나에게 완전한 이해를 바라고 말하는 거 아니었다. 삼촌 자신의 생각을 정리해두려는 것 같았다.

우리는 산등성이에서 노관을 내려다보았다. 멀리 앞 삼거리에서는 체부가 우편함에 신문과 편지를 넣고 있었다. 집배원 아저씨는 삼거리에 세워진 우편함을 서운하게 여겼는데 그것은 나를 기다리면서 쉴 수 있는 정당한 시간이 없어졌기 때문이었다. 율이 삼촌은 언덕을 내려오는 길에 삼거리의 우편함까지 나가서 신문과 편지 한 통을 거두어왔다.

저녁상을 물리고 어머니와 묘자 아주머니, 내가 여느 날처럼 느티나무의 낡은 원탁에 둘러앉자 율이 삼촌이 말했다.

"대학에서 새학기부터 강의를 맡아달라는군요. 교수 아파트를 준다니 서울에 거처는 마련되었지만 강의 준비할 것도 있고 해서 모레에는 떠나야겠습니다."

"그렇게 빨리 말인가요?"

어머니의 목소리가 조금 떨렸다.

"서방님의 옷가지를 빨아서 말릴 시간은 충분하군요."

묘자 아주머니는 서운한 마음을 누르려고 퉁명하게 말했다.

"대학에서는 무엇을 가르치실 거예요?" 내가 물었다.

"독일 문학이란다."

삼촌이 짧게 대답했다. 아무도 더는 말하지 않았다. 제각기 침묵하면서 그대로 앉아 있었다. 문 밖의 어둠은 납처럼 견고했다. 시간은 램프의 심지와 함께 닳고 있었다. 두 부인은, '떠날 것이다'는 이틀간의 작별의 시간이 아직 남았는데도 '떠났다'는 생각을 미리 당겨서 한 듯 당혹감에 빠져 있었다.

아침부터 이른 봄비가 내렸다. 빗물을 받으려고 꽃 봉우리들은 뾰족이 입술을 내밀고 땅 속의 구근들은 가슴을 넓게 펼쳤다. 물이 불어난 냇가에는 빠른 물살들이 곤두박질쳤고 벌레들은 줄기 위에서 미끄러졌다. 빗방울이 공중에 가득한 모습은 털이 구불거리며 걷는 수백 마리의 양들처럼 보였다.

"다음번에는 우리가 더 좋은 시간들을 가져보자. 그동안 잘 지내거라."

돌계단에서 앞마당으로 내려선 율이 삼촌은 짧게 내 손을 잡고 흔들었다.

"신사는 장기간 방문하는 법이 아니지요."

나는 작별의 아쉬움을 표현하려고 준비했던 인사말을 잊어버리고 『삼총사』나 『아서왕』 어디에서 읽은 엉뚱한 구절을, 기사에서 신사로만 바꾸어 말해버렸다. 이 말이 왜 내 입에서 튕겨져 나왔는지 알 수가 없었다. 중세기사의 책들을 너무 읽은 탓이거나 생애 처음 해보는 이별에 긴장한 탓이었을 거다. 어쨌거나 이 엉뚱한 말은 내 입술을 활을 삼아 쏜 살같이 공중으로 달아났다. 나는 즉시 변명이나 철회는 하지 않기로 했는데, 쏘아진 화살을 찾으려고 삼촌의 출발을 지체시키는 것은 더욱 어리석은 일이기 때문이었다.

민망해진 나는 어머니의 등 뒤로 물러나서 뒤 언덕으로 눈길을 돌렸다. 비가 막 그친 뒷산은 선명한 연두색을 띠었다. 나뭇잎 아래에서 비긋기를 지루하게 기다리던 까마귀 두 마리가 서둘러 산 너머로 날아갔다.

"무엇보다 건강하세요."

어머니가 율이 삼촌에게 진심을 담아서 말했다. 묘자 아주머니는 대문 안 문틈으로 내다보고 서서 어머니와 같은 뜻의 인사말을 입 속에서 중얼거리고 있었다. 그러다가 나는 되돌아서서 삼촌의 얼굴을 쳐다보았다. 그때 그의 눈빛을 본 짧은 순간, 벼락 맞은 것처럼 눈앞이 아득해졌다. 갑자기 댐이 열린 듯 온 몸의 붉은 피가 급류로 곤두박질치기 시작했다. 발을 헛디딘 듯 다리가 휘청거려서 내 작은 두팔로 나를 붙잡아야 했다. 나는 곧 정신을 가다듬어서 온 들을 태울 것같은 삼촌의 눈빛의 의미를 알아내려고 애썼다. 그러나 그 눈빛은 나의 생각이 미치지 않는 곳에 있었다. 그것은 황혼처럼 아무런 기호를 갖지 않고 가슴으로 스며드는 슬픔 같은 것이었다.

"다시, 곧, 돌아오겠습니다."

율이 삼촌은 어머니에게서 눈을 떼지 않고 말했다.

"서방님, 짐을 모두 실었습니다요!"

삼거리에 소달구지를 대놓고 기다리던 태경아범이 외치는 소리에 두 사람은 비로소 마법에서 풀려난 듯 움직였다.

요정

봄은 이미 공기 속에 섞였고 마른 풀 사이로 어린 쑥들이 고개를 내밀었다. 검은 땅에서는 녹은 물이 배어나오고 겨우내 발목 잡혔던 앞개울은 다시 흘러갔다. 개학을 한 아이들 서너 명이 앞서거니 뒤서거니 하면서 윗길로 지나갔다.

"원, 꽃이 피는데도 다시 눈이 올 모양이네요. 하기는 삼월 삼짇날 너머까지 매년 눈이 왔구먼요…… 읍에 나가게요? 이래 봬도 날씨가 맵습니다. 오바는 입고 가우."

이녁 몸의 서너 배가 넘는 생솔가지 지게를 지고 동녘마당을 들어서던 태경아범이 단출한 복장으로 문을 나서는 나를 보더니 말했다.

그도 그래서 나는 외투를 가지러 도로 집 안으로 들어갔다. 하늘색 전깃줄로 엮은 장바구니를 들고 회색 스웨터를 입은 묘자 아주머니가 연못가에서 나를 기다리고 있었다.

어머니는 외출할 때 앞마당까지 택시를 불렀다. 풍뎅이 모양의 코로나 택시는 나와 어머니를 시민관 극장 앞에서 내려주었다. 우리는 영화 한 편을 보고 나서 몇 권의 책과 음반을 고르고 메모해온 일용품들을 잡화점에서 샀다. 미애 수예점, 삼문당 서점, 우미당 제과점, 우주 소리사, 평화 잡화점 등이 모여 있는 시청 앞 사거리에서 볼일이 끝나면 다시 극장 앞에서 약속되어 있던 택시를 타고 집으로 돌아왔다. 어머니는 점차 사람들이 모이는 곳에는 나가지 않았고 시내 외출도 줄였다. 노관 뒤의 언덕과 잣나무 아래, 마당들과 연못가를 거니는 것이 고작이었다. 동네 사람들 중에는 어머니를 먼발치에서라도 몇 년째 보지 못한 사람도 있었다. 어머니는 장보기부터 관공서 일까지 묘자 아주머니에게 대신하게 했다.

묘자 아주머니는 어머니가 메모해준 종이를 접어서 유일한 외출복인 회색 스웨터의 주머니에 넣었다. 윗길로 들어서니 왼편에 펼쳐진 논벌에서는 몇몇 농부들이 경운기로 논바닥을 고르고 있었다. 새마을운동으로 길은 시멘트로 포장되었고 슬레이트로 개량된 지붕들은 성황당의 오색 옷감들처럼 울긋불긋했다. 이제 남아 있는 초가지붕은 굿하는 무당네 집뿐이라고 묘자 아주머니가 말해주었다.

"에구, 노관의 묘자야."

은행나무 앞을 지날 때 우물가에서 물을 긷던 동네 아낙네들이 말했다.

"천주학쟁이 묘자가 또 예배당에 가는가베!"

저희들끼리 속삭인다고 하는 말들이 귀에까지 들렸다. 묘자 아주머니는 아낙네들의 말을 잡초처럼 헤치면서 앞장서 걸었다. 정류장 가게에는 사람들이 걸터앉던 봉놋방을 걷어내고 그 자리에 나무탁자와 간이의자들을 내놓았다.

시내 입구의 정류장에서 버스를 내렸다. 아주머니는 장을 본 다음 근처의 옥천동 성당에 들른다고 했고 나는 시민관에서 〈벤허〉를 보고 삼문사에 들러 책을 몇 권 살 작정이었다. 나와 묘자 아주머니는 네시에 다시 만나기로 하고 헤어졌다.

남대천변의 버스정류장에 도착하니 오후 네시 반이었다. 영화가 세 시간짜리여서 약속시간보다 늦었더니 묘자 아주머니가 보이지 않았다. 그때 정거장 가게에서 고개를 내밀고 앉아 있던 여자가 내게 말했다.

"시동골 아주머니가 학생이 오면 성당으로 와달라고 전해달랬어요. 남대천 둑길 아래로 죽 따라가면 그 왼쪽 편에 성당의 솟은 지붕이 보일 거요."

성당은 남대천 버스정류장에서 오분 거리에 있었다.

묘자 아주머니는 예배당이라면 역정을 내는 할머니 몰래 성당에 다녔다. 일요일 오전에 묘자 아주머니는 흰 광목 앞치마를 벗어던지고 삼거리 윗길로 홀연히 사라지곤 했다. 나는 오랫동안 묘자 아주머니가 빗자루를 타고 날아다닐지도 모른다는 두려운 비밀을 혼자 간직하고 있었다. 저녁상을 차릴 무렵이면 어느새 돌아온 묘자 아주머니는 부엌에서 일하느라고 분주했고 싸리 빗자루는 무슨 큰일을 한 것처럼 부엌 문 옆에 곧추서 있었다. 묘자 아주머니는 밤이 되면 안

별채의 어머니에게 숨죽인 목소리로 주일 미사와 신부님, 수녀님들에 대해서 상세하게 말해주었다. 나는 그들 옆에서 혼자 놀이를 하면서 아주머니의 이야기 속 성당과 수녀원을 상상하고는 했다.

실제로 본 성당과 수녀원은 이야기로 들었던 곳과는 많이 달랐다. 성당 본관은 붉은 벽돌로 지어진 단층건물이었다. 성당 앞마당에는 성모마리아의 흰 석고상이 있고 성모상 양 편으로는 지붕을 넘을 만큼 큰 왕벚나무 두 그루가 굽어보고 있었다. 본당 뒤편의 한 건물은 식당과 휴게실, 기숙사가 있는 생활관이고 마주 보는 건물은 기도실이었다. 두 건물은 회랑으로 이어졌다. 나는 회랑을 따라 생활관 건물로 가보았다. 흰 커튼이 양 갈래로 걷어진 작은 창문들을 들여다보니 나무침대 두 개와 두 개의 사물함이 있는 단조로운 구조의 방들이 복도를 마주하고 있었다. 수업시간인지 방들은 비어 있고 복도도 조용했다. 이후로 옥천동 성당은 내 머릿속에서 뚜렷하게 자리를 잡았다. 묘자 아주머니가 수녀님들과 여학생들에 관해 이야기할 때마다 난 그들이 알맞은 장소에서 움직이는 것에 안도했다.

성당 안 뜰로 돌아와 왕벚나무 아래 벤치에 앉아 있으니 묘자 아주머니가 생활관 쪽에서 서둘러 걸어나오고 있었다.

봄이 산꼭대기에서 기슭으로 조금 더 내려왔다. 봄처녀는 수줍은 듯 분홍진달래로 앞산을 온통 물들였고 산비탈의 다락밭에는 추위를 이겨낸 푸른 보리가 짧은 머리를 흔들었다. 기차는 앞산자락의 터널로 들어가서 해변길을 따라 빠져나갔다. 검은 기차가 지나가자 그 너머의 들판은 아침처럼 다시 환해졌다.

나는 시냇가의 둑에서 각 종류의 식물을 손삽으로 뿌리째 파냈다. 노란 꽃다지 무리가 바람이 불 때마다 가는 허리를 휘청거렸다. 캐낸 식물들의 뿌리는 시냇물에 씻어냈다. 큰 돌 아래에는 녹색 이끼가 구름처럼 흔들렸고 그 사이로 송사리들이 철새처럼 이동하고 있었다. 허리를 펴니 저 멀리 논둑길에서 쑥과 냉이를 캐는 소녀들의 모습이 아지랑이 속에서 일렁거렸다.

어머니는 올해 들어서는 팽창하는 봄기운에 대해서 무심하였다. 매년 점심 바구니를 준비해서 뒤 언덕의 봄햇살 속에서 시간 보내던 봄소풍도 가지 않았다. 어머니는 몇 시간씩 소설책들을 잡고는 옛 골목으로 돌아온 듯 어느 한 구절에 오래 머물렀다. 영화 주인공의 흑백사진을 표지로 한 『닥터 지바고』1961년 판본은 내가 걸음마를 떼서 어머니에게 도착하던 때부터 곁에 있던 책이었다. 정음사 초판 『잃어버린 시간을 찾아서』일곱 권은 율이 삼촌이 방학을 해서 내려올 때 서울의 종로서점에서 구입해온 것이었다. 그중 어머니가 유독 손에서 놓지 않았던 『스완네 집 쪽으로』는 저만 노동을 한다는 불만으로 볼이 부어 있었다.

나는 어머니 곁을 벗어나 봄 동산과 봄 들판을 마음껏 뛰어다녔다. 들판의 겨드랑이를 뒤지며 이름 모를 들꽃을 찾아내고, 꽃망울을 막 터뜨리는 봄꽃들의 소리에 귀를 기울였다. 메밀밭 뒷 언덕을 넘어서 거북 알이 숨겨진 안인 바닷가까지 멀리 나간 적도 있었다.

어느 오후에 소낙비를 만나서 진흙에 빠진 무거운 신발을 끌고 집으로 돌아왔다. 안당에서 책을 읽던 어머니는 탕아처럼 돌아오는 나를 돌아보았다.

"애야, 대지에 대한 맹목적인 향수는 대지를 그르친단다. 대지는 나무뿌리와 바위덩이로 엉켜 있고 폭풍우에 늘 시달리지. 대지는 주어지는 것을 피해본 적도 없지만 주어진 것 외에는 가져본 적도 없단다. 요야, 너는 원시인처럼 아무것도 배우려 하지 않는구나. 문명이 걸어온 길을 익혀야 하지."

나는 이에 퉁소를 불듯이 투덜거렸다.

"문명은 쉬지 않고 걷고 있는데요? 문명을 익히는 순간에도요!"

"요요, 변명은 준비해두지 않는 거란다."

어머니는 들꽃처럼 허리를 꺾으며 웃었다. 나는 어머니의 품 안으로 달려들었고 어머니는 손가락을 넣어 내 곱슬머리를 마구 헝클어뜨렸다. 우리는 오랜만에 둘만의 방식으로 화해를 하였다.

여름이 되었고 여전히 바람은 불고 하늘의 별이 흔들렸다. 모과처럼 주렁주렁 별을 매단 밤하늘은 그 아래 누워 있는 나에게 광활한 세계를 펼쳐 보였다. 검은 바다 속의 금빛 물고기 떼를 들여다보는 느낌이었다. 앞 들녘에서는 벼꽃을 틔우는 들뜬 바람이 불어와 내 가슴을 부풀게 하였다.

저녁식사 후에 어머니는 나에게 남포등을 들려 앞장세우고 사랑채로 나갔다. 어머니는 등을 건네받아 연대별로 분류해둔 벽 왼편의 서가를 따라 걸어갔다. 남포등 불빛이 시계추처럼 반원으로 흔들렸다.

어머니가 책을 고르고 있는 동안 나는 이런 책, 저런 책들의 머리를 짚으며 피아노 건반을 치듯이 손가락을 달렸다. 손가락 끝에 먼지가 묻어났다. 내 검지와 중지는 힘껏 가랑이를 벌려서 가슴 높이에 있는 『임거정』과 『금삼의 피』와 『천변풍경』을 지나 『사랑』 『무영탑』 그리고 박문서관이 편집한 『현대 서정시선』을 건너서 1940년대부터 1950년대의 책들을 지나왔다. 나는 일없이 몇 권의 책머리는 잡아당겨 기울였다가 도로 넣고는 했다.

그때 어느 책갈피에서인지 한 장의 사진이 팔랑거리며 마룻바닥으로 떨어졌다. 사진을 집어 불빛에 비춰보니 차이나칼라의 검은 학생복을 입은 남자와 한복을 차려입은 젊은 여자의 흑백사진이었다. 사진 속 남자는 뜻밖에도 율이 삼촌이었다. 차이나칼라의 검은 학생복을 입은 삼촌이 뒤에 서 있고 흰 저고리에 검은 치마를 입은 여자는 사진관 의자에 앉은 사진이었다. 그 아래에는 '1964년 3월 2일, 약혼기념'이라고 씌어 있었다. 비밀이 숨겨진 지도를 우연히 손에 쥔 것처럼 가슴이 쿵쾅거렸다. 나는 사진을 얼른 윗옷과 배 사이에 감추었다.

서재에서 안대청으로 돌아왔을 때 묘자 아주머니는 설거지를 끝내고 성경의 다음 구절을 읽고 있었다. 어머니는 서재에서 가져온 책 세 권을 나란히 원탁에 올려놓고는 내가 '시든 풀 의자'라고 부르는 비로드 의자를 등을 향해 각도를 맞추었다. 묘자 아주머니에게 먼저 사진에 관해 물어볼까 생각했다. 그러나 아주머니는 분명 저 어두운 시대의 일인 것처럼 나를 혼란시켜 사진마저 빼앗아 아궁이에 넣을 위인이었다. 위기가 감지되자 좀 더 신중해지기로 했다. 마침내 나는 어머니에게 기습적으로 사진을 내밀었다.

"이분은 누구지요?"

어머니는 불빛 가까이로 사진을 가져가 무심히 들여다보았다.

"율이 삼촌 앞에 앉아 있는 여자분 말이에요."

예상대로 어머니는 당황한 기색이었다. 어머니는 사진을 탁자 위에 엎어 놓더니 서재에서 가져온 세 권 중 한 권의 책을 아무 페이지나 펼쳤다.

"네 숙모 될 사람이었단다."

어머니는 숨을 고르며 평상시처럼 말했다.

"그런데 왜 저는 알지 못하지요? 그분은 어디에 있나요?"

나는 어머니의 주의가 다른 곳으로 가지 못하도록 재빠르게 말했다.

"그러니까…… 그건……."

어머니는 머리를 오른쪽으로 약간 기울였는데, 별다른 묘책이 떠오르지 않을 때 생각을 고이게 하려는 습관이었다. 나는 조금 기다렸다. 이때 묘자 아주머니의 성경책 읽는 소리가 그쳤다. 아주머니는 눈치 채지 못하도록 탁자 아래로 두 손을 내리더니 어머니가 용의주도한 답변을 할 수 있게 해달라는 기도를 하고 있었다.

"네 삼촌의 약혼녀였지. 나도 그 규수를 본 적은 없구나. 삼촌의 약혼식 때 네 아버지와 나는 방아다리 약수터에 요양하러 가 있었지. 그후 네 삼촌은 혼례식을 한 달 앞두고 독일로 떠나버렸단다. 그 혼사는 깨어졌어. 그뿐이란다."

어머니는 나에게 의혹을 남기지 않으려고 자세하게 설명했다.

"그럼 율이 삼촌은 왜 사랑하지 않는 여자랑 결혼하려고 했지요?"

"그걸 설명하기 어렵구나. 그 시절에는 다들 그렇게 혼인을 했어. 결혼이 당사자들의 감정보다는 가문의 결합이었지."

나는 까닭 없이 가슴이 저려왔다. 그때 머릿속에서 한 생각이 떠올랐다.

"그런데 율이 삼촌에게 아들은 없었나요?"

내 말에 어머니의 어깨가 작은 샘물처럼 솟아올랐다. 그러나 언제나 그렇듯 어머니는 놀라운 인내를 가지고 적절한 답변을 내놓았다.

"그 시절에는 혼례식을 치르지 않고는 아이를 낳지 않는 법이었지."

어머니는 사진을 탁자 위에 놓고 날아가기라도 할 것처럼 손바닥으로 꼭 누르고 있었다. 이후로 다시는 그 사진을 보지 못했다.

"별 말씀을요, 어서 안으로 드시지요."

대문을 두드리는 기척을 듣고 나갔던 묘자 아주머니가 말했다. 초저녁이긴 해도 도심이 아닌 시골에서는 해 진 후에 남의 집을 방문하는 것은 드문 일이었다.

"새애기씨, 원장수녀님이 오셨어요!"

손님이 안마당으로 들어서기도 전에 대문 앞에서부터 묘자 아주머니는 큰 소리로 외쳤다. 안당에 있는 어머니에게 손님을 맞을 정리의 시간을 주려는 것이었다.

"오늘 낮에 방문한다고 노관의 자매님에게 말씀을 전했었는데…… 오전에 수녀원에 갑자기 일이 생겨서 이렇게 늦은 시간에 오게 되었습니다. 늦은 방문이 결례인 줄은 알지만 내일에는 또 중요한 일이 예정되어 있어서 이 시간에 부득불 댁을 방문하게 되었네요…… 달이 밝아서 걷기에는 좋은 밤이었어요."

대문에서 안마당으로 걸어 들어오는 동안 원장수녀님은 묘자 아주머니에게 늦은 시간에 방문한 사정을 말하고 있었다. 어머니가 손님을 맞을 자리를 서둘러 정돈하는 동안 나는 중문을 통해 안마당을 빠져나왔다.

꽃을 틔우는 훈훈한 바람이 초여름의 밤을 들뜨게 하고 있었다. 나는 푸른 달빛을 딛고 단숨에 연못 앞까지 미끄러져 갔다. 연못은 청동거울처럼 빛났고 못 가운데 꽃이 가득 핀 백일홍나무가 수면에 제 모습을 비추고 있었다. 나는 연못가를 천천히 걸었다. 밤이슬이 발등을 적셨다. 발길에 놀란 개구리들이 못 가운데로 뛰어들었다. 그때 한 목소리가 내 등 뒤에서 들려왔다.

"바람 냄새를 맡아봐."

나는 깜짝 놀라 뒤돌아보았다.

"하이디를 알고 있니?"

분홍색 포플린 치마 아래로 말라빠진 두 다리를 가진 한 소녀가 묻고 있었다. 그때 나는 퍼뜩 이 소녀가 연못가에서 밤새 춤을 추다가 새벽이면 돌아간다는 요정일지도 모른다는 생각이 들었다.

"난 바람이 몹시 부는 날이면 하이디가 마른 풀 침대에서 떨어지지 않았는지 몹시 걱정이 돼."

소녀는 분명 나를 향해 말하고 있었다. 나는 하이디가 누군지 알지 못하였다. 아니 이후에 생각해보건대 '그 순간에 그 이름을 기억하지 못했다'가 더 알맞다. 이 느닷없는 시간에 알프스 소녀를 걱정하다니! 나는 정신을 가다듬고 백일홍 그림자 아래의 소녀를 찬찬히 살펴보았다. 무릎 위까지 걷어올린 소녀의 치마 속에는 달맞이꽃이 담겨 있었다. 이 소녀는 달빛에 미끄러진 별이거나 동료를 잃은 숲의 요정이거나 길을 찾고 있는 그레텔인지도 모른다. 아무튼 태경이나 선옥이, 수희, 명순이, 또는 재순이, 울분이와 같이 이 세상 사람은 분명 아니었다.

소녀가 치마폭에 있던 달맞이꽃 한 다발을 불쑥 내밀었다.

"어디에서 왔니?"

나는 얼결에 꽃묶음을 받아들고 한 걸음 뒤로 물러서면서 물었다.

"그건 나에게도 영원한 의문이야!"

소녀는 입술을 도톰하게 만들어 휘파람을 불듯이 대답하고는 제 어깨 뒤로 늘어진 버드나무의 줄기를 잡아당겼다.

"피리를 만들 줄 아니?"

"아니, 피리 만들 줄은 몰라. 다른 아무것도……."

나는 서툴게 말하고 있었다.

"피리를 만들어서 불면 온 들판의 요정들이 춤을 춰."

소녀는 버드나무 줄기를 꺾어서 껍질을 훑어내렸다.

"난 마법사나 요정과 친구인 적이 없기 때문에…… 아니 난 친구가 없어……."

나는 말까지 더듬거렸다.

"넌 무얼 가지고 있니?"

나보다 키가 큰 소녀가 눈썹 아래의 나를 보면서 물었다.

"음, 가죽집에 든 단도, 고래 심줄로 만든 정구채, 옛날 동전, 이웃나라 우표들, 주둥이가 새 모양인 일본제 호로병, 회중시계, 만화경,

악보꽂이, 그리고 소녀가 춤추는 회전 오르골…… 전부 다 1910년산 극동쉘 나무상자에 넣어두었어."

나는 수입 석유상자 속에 모아둔 물건들을 머릿속에서 헤아리면서 말했다.

"그걸 다 상자에 보관하고 있다니! 무겁게도!"

소녀는 딱하다는 듯 큰 소리로 웃었다.

"그럼, 넌 무얼 가지고 있는데?"

기분이 상한 내가 물었다.

"시계 나라의 친구들, 밤이면 움직이는 고무인형, 구두를 날게 하는 나비, 일곱 가지의 황금 촛대, 따스한 겨울 벽, 어서 달리라고 재촉하는 초록 모자…… 아!"

소녀는 숨이 차서, "어떻게 다 이야기할 수 있겠어?"라고 말했다.

"그걸 전부 어디에 두지?"

나는 다그치며 물었다.

"눈을 감으면 나타나!"

새침해진 소녀가 대답했다.

"그럼 어디 회색 개구리나 방울뱀을 길러보지 그래?"

화가 난 나는 이렇게 쏘아붙여주고는 집을 향해 뛰기 시작했다.

안마당을 들어서자 안당에서 목청이 큰 원장수녀님의 말소리가 들렸다.

"아니요, 제가 말씀드리는 곳은 그곳이 아닙니다. 송정 땅은 해송이 많아서 염소를 관리하기에 어려움이 있답니다. 비행장 부근의 병

산의 초지를 좀 빌려주셨으면 합니다. 그곳은 비탈이 낮은 언덕일 뿐
아니라 풀들이 잘 자라는 곳이니까요. 이번 우리 교구에서는 자아넨
염소를 수입해 기르려고 합니다. 젖을 짜는 외국종 염소지요. 캐나다
에서 온 수녀님이 이런 제안을 했어요. 그 염소를 기르면 양유는 물
론이고 수제 치즈도 만들 수 있답니다. 인근 농가에 일자리도 줄 수
있고 싼값에 양유도 판매하고 수익금으로는 무료급식소 비용도 마련
할 수도 있으니 그야말로 일거삼득이지요."

　안당의 문이 열리고 원장수녀님을 따라 어머니가 대문간으로 나
오고 있었다.

　"고맙습니다, 자매님. 주님께서는 어려움에 처할 때마다 노관의 문
을 두드리라고 하신답니다."

　원장수녀님은 은밀하게 일하는 주님의 종이 맞나 싶게 박수를 치
듯이 크게 말했다.

　"어쩌나! 이 어린 양을 잊고 있었군요. 들어가지 않고 혼자 연못가
에 있는다기에…… 이 아이가 대체 어딜 갔을까요?"

　원장수녀님은 대문 밖으로 나와서야 문득 깨달았는지 마지막 돌
계단을 헛발로 내딛어서, "가내에 주님의 은총이 가득하기를!" 하는
인사말마저 출렁하고 흔들렸다. 원장수녀님은 길 양 편으로 이름을
부르며 뛰는 걸음으로 나아갔다.

　"……테레사! 테레사!…… 테레사! 테레사!"

　어머니는 앞마당 가에 나와서 수녀님의 흰 머릿수건이 윗길로 휘
돌아 사라질 때까지 바라보고 서 있었다.

나는 밤늦게까지 잠들지 못하고 사랑채 툇마루에서 연못가를 내려다보았다. 날개 달린 요정들이 뾰족한 창을 들고 견고한 달빛을 깨뜨리는 소리가 들려왔다. 그것은 날벌레들이 불 켜진 덧창으로 달려드는 소리이거나 잔가지들이 바람에 서로 부딪히는 소리 같기도 했다. 내 손 안에는 온기에 목덜미가 늘어진 달맞이꽃 한 다발이 쥐어져 있었다.

요정의 편지

연못가에서 만난 요정은 노관으로 편지를 보내왔다. 각 편지마다 소제목과 날짜가 적힌 요정의 편지는 한동안 이어졌다. 나는 편지를 받은 순서대로 나무상자에 넣어 보관하였다. 요정의 부탁이었다.

첫 편지

나는 수녀원에 살고 있는 테레사입니다.

우리가 며칠 전에 만난 적이 있지요? 크라운 산도 같은 달이 뜬 연못가에서 달맞이꽃을 건네준 소녀가 바로 나입니다. 약간의 의견 차이로 귀하는 급히 집 안으로 달아났지만 그건 내 잘못만은 아닙니다.

갑작스런 나의 편지에 놀랐지요?

나는 귀하의 보물상자─천구백십년도에 수입되었다는 오래된 석유

나무상자에 내 편지도 함께 보관해달라는 부탁을 하려고 합니다. 지금 이 편지를 포함해서 앞으로 귀하에게 보내게 될 편지를 모두 그 상자에 담아줘요. 내가 편지를 부탁하는 이유는 내 편지들은 한동안 주인을 잃게 되기 때문입니다.

나는 열여섯 살 생일날 밤에 잠자는 숲 속의 공주처럼 백 년 동안 잠이 들게 됩니다. 내가 없는 동안 귀하는 극동쉘 나무상자의 동전과 우표, 일본산 호로병과 만화경 옆에 내 편지를 함께 보관해주세요.

편지는 담요처럼 부피가 큰 것도 아니고 동전처럼 광택을 내주어야 하는 것도 아니니 그저 상자 귀퉁이에 두기만 하면 됩니다.

나는 백 년 후에 마법의 잠에서 깨어나게 되면 제일 먼저 노관으로 편지를 찾으러 가겠어요. 나는 미래에 작가가 될 것이며 이 유년의 기록이 없이는 어떤 이야기도 출발할 수가 없기 때문입니다.

혹 귀하는 편지들을 수녀원에 보관하는 것이 더 안전하지 않겠는가 하는 의견을 제기할 수도 있습니다. 성당의 성물소 구석이나 수녀원의 작은 서재에 보관할 수도 있겠지요. 그러나 내 편지에는 수녀님들에 대한 험담도 들어 있으므로 그 계획은 바람직하지 않다는 생각을 이미 했었답니다.

이쯤에서 귀하는 '내가 편지를 보관해주는 대가는?' 하고 분명히 물을 겁니다.

물론 보상이 있습니다. 내 편지를 뜯어볼 수 있는 권한을 주겠어요. 귀하에게만 내 편지를 읽도록 허락합니다. 이제 흡족해하는군요?

또 한 가지 정리해둘 것은 내가 앞으로 편지를 쓸 때의 호칭입니다.

나는 이 편지를 읽는 사람을 '당신'이라고 부르겠습니다. '당신'이란 전적으로 편지를 쓰는 내가, 편지를 읽는 사람에 대한 상대적인 호칭입니다. 그러면 귀하는, '그런데 내가 왜 편지의 상대가 되어야 하지?'라는 생각을 할 겁니다. 그러나 그런 생각은 일부러는 하지 않는 게 좋습니다. 나는 단지 일기장에 이름을 붙이듯이 당신이라는 호칭으로 편지를 쓰려고 할 뿐 특별한 의미는 없으니까요. 굳이 말한다면 벽보다 낫기 때문입니다. 그러니 '당신'이란 호칭은 '귀를 가진 벽'에 대한 존칭이나 그 언저리쯤 될 겁니다.

이제 내 편지를 귀하의 나무상자에 보관해주기로 한 우리의 계약은 성립되었습니다. 이 일이 당신에게 그다지 피해가 되지 않는 한 쓸데없는 의혹은 갖지 말아요. 나에게는 성장의 기억을 송두리째 맡기는 아주 중요한 일이니까요.

'오늘 계약을 내일로 미루지 말라'는 현명한 금언은 들어보았지요? 셰익스피어 희곡 『베니스 상인』 어딘가에 있을 겁니다. 그렇다고 셰익스피어 전집을 뒤지는 헛수고는 하지 말아요. 그 약삭빠른 샤일록은 벌써 이 유익한 말을 제 수첩에 옮겨놓았을 테니까요.

오늘은 이만 쓰겠어요. 밤 아홉시에는 취침점호를 받아야 합니다.

추신: 내 이름은 테레사입니다. 나는 소화 테레사 성녀를 존경하지만 이 성스러운 이름에는 만족하지 않아요. 소설 속 여주인공의 운명적 이름을 찾고 있는 중입니다.

1975년 5월 12일 테레사.

수녀원 생활

우선 나의 수녀원 생활에 대해서 상세하게 말해주겠어요.

당신이 내 편지를 읽을 때마다 잘못 내린 기차역에서처럼 낯설어하거나 말풍선만 달랑 들고 있는 만화의 주인공처럼 어리둥절해하면 곤란하니까요.

나와 원희는 상급반 학생이고 여덟 살의 지원이와 미수는 하급반 학생이에요. 이렇게 학생 네 명과 원장수녀님을 포함한 여섯 분의 수녀님들이 수녀원에서 함께 생활하고 있어요. 원희는 나와 동갑으로 수녀원 기숙학교가 시작될 때부터 함께 공부하고 있어요. 하급반의 지원이와 미수는 작년에 수녀원에 들어왔답니다.

수녀님들은 일주일 단위로 시간표를 짜서 우리를 가르치고 있어요. 안나 수녀님은 글짓기와 영어를, 수산나 수녀님은 가사와 바느질을, 글라라 수녀님은 오르간과 역사를 가르친답니다. 성당의 요셉 신부님은 한 달에 한 번 수학과 과학을 가르쳐주고 나머지 공부는 과제로 내줍니다. 주말에는 성당의 주일행사 준비를 돕고 글라라 수녀님이 지도하는 성가대원들과 성가 연습을 하고 또 수녀님들과 편을 갈라 탁구를 하기도 합니다.

하급반 학생들은 나와 원희가 맡아서 읽기와 쓰기, 교리문답을 시켜요. 아침식사 전에는 세수와 옷 입히기, 식당 데려가기, 낮잠과 취침 전의 기도까지 돌봐줘야 한답니다.

상급반인 나와 원희는 일곱시 아침미사로 하루를 시작해 밤 아홉시의 취침점호로 마무리를 하지요.

하루가 저무는 성당의 지붕 위에는 노란 별들이 하나둘씩 내려와 앉는군요. 내가 잠들어 있는 동안 가끔 발을 헛디딘 별 하나가 내 방 창문으로 굴러들어오기도 한답니다.

1975년 5월 15일 테레사.

나와 수녀원

수녀원 기숙학교는 팔 년 전에 나와 양원희, 두 학생만으로 출발했습니다. 원장수녀님은, '테레사야, 네가 첫 학생으로 들어와서 이 학교가 출발했단다'라고 말씀하십니다.

원희는 나와 함께 한 방에서 침대를 쓰는 룸메이트입니다. 그 아이의 집은 수녀원의 채마밭 옆에 있는 슬레이트집으로 바로 코 닿을 데에 있습니다. 원희의 아버지는 성당 관리 일을 하고 어머니는 수녀원에서 여러 가지 허드레 일을 돕고 있습니다. 원희에게는 두 명의 남동생이 있는데 해 질 무렵마다 큰 소리로 이름을 서너 차례 불러야 흙투성이로 돌아오곤 하는 개구쟁이들입니다. 주일날 성당 미사에서 원희의 가족들과 마주치면 그들은 원희를 알은 체를 하지 않아요. 곁눈으로 슬쩍 볼 뿐이랍니다. 그건 그녀의 가족들이 원희가 수녀원의 학생임을 존중하여 규칙을 방해하지 않으려는 동시에 자랑스러워하고 있다는 표시입니다.

나는 가족이 옆에 있고 언제든지 볼 수 있는 원희가 무척 부럽지만 내색은 하지 않아요. 당나귀처럼 고집이 세고 말썽만 부리더라도 남동생들이 있다는 건 정말 행운이지요.

수녀원에 처음 올 때 가져온 인형 '필필이'와 가죽 트렁크가 나의 유일한 흔적입니다. 그러나 내 마음속에는 여덟 살까지 살았던 임당동 집과 이모할머니와 순자 언니가 뚜렷이 남아 있습니다. 그 기억은 양지쪽에서 하얀 토끼로 살고 있습니다.

마음이 울적할 때마다 나는 그 토끼에게로 달려가 토끼풀을 한 줌씩 집어줍니다. 토끼는 앞발로 오물거리며 먹이를 재빨리 먹어치우지요. 내가 자라면 그 흰 토끼가 쇠약해지고 마침내 죽어버릴까봐 걱정입니다.

방과후에는 성당의 주일 책자를 만드는 일을 돕고 있습니다. 지금 이 편지도 독일 올림피아 타자기로 치는 것입니다. 나는 타자는 잘 치는 편이지요. 그러나 오타는 늘 있게 마련이랍니다. 흠집이 없는 사과가 어디 있겠어요? 만약 흠이 없는 사과가 있다면 그것은 빨갛지 않아서 눈에 뜨이지 않거나 충분히 익지 않아서 달콤한 향기를 내지 않는 사과일 것입니다. 새들이 무심코 지나쳤을 정도로 특징이 없는 열매일 테니까요.

그러니 흠집이 있는 사과가 더욱 풍요로운 맛을 잠복하고 있음을 상기해야 합니다. 내 편지에서 몇 개의 오타를 발견하면 그것은 새들의 응답이므로 내 문장이 향기를 품고 있다는 증거입니다.

1975년 5월 17일 테레사.

암호

성당 정문에서 골목을 빠져나오면 큰 도로 건너편에 빨간 우체통이

서 있습니다.

나는 봉인한 편지에 우표를 붙이자마자 주위를 살핀 다음 이 우체통으로 달려갑니다. 민첩한 레지스탕스가 된 기분이지요. 내가 편지를 보내는 일은 간섭쟁이 양원희는 물론이고 수녀님들 누구에게도 비밀입니다.

명심할 한 가지는 당신은 수녀원으로 편지를 보내서는 안 됩니다. 그럴 리도 없겠지만 확실하게 단속을 해두는 겁니다. 당신의 임무는 내가 보내는 편지들을 받아서 보고 아무도 모르게 당신의 상자에 보관하는 것입니다. 말 엉덩이의 불도장처럼 '1910년산 극동쉘'이라는 글자가 새겨진 그 수입 석유 나무상자에 말이에요.

내가 백 년 후에 당신에게서 그 편지들을 찾아오려면 우리 둘만의 암호가 필요합니다. 동서고금을 막론하고 비밀에는 그것을 풀 수 있는 단 하나의 열쇠가 있기 마련이지요.

우리의 암호는 '열려라, 연못!'입니다.

백 년이 지난 뒤라도 당신은 이 암호를 기억해야 합니다. 그렇지 않으면 내 편지는 종이뭉치로 이 세상에서 사라지게 될 테니까요. 당신은 먼 훗날 이 암호를 정확하게 말하는 한 사람에게만 누렇게 변해서 부서지기 직전의 편지 묶음을 내주어야 합니다.

꼭 "열려라, 연못!"입니다. '열려라, 샘!' 혹은 '열려라, 호수!' '열려라, 우물!'은 안 됩니다. 오직 암호는 '열려라, 연못!'이라는 것을 명심해요.

1975년 5월 25일 테레사.

글짓기 시간

나는 안나 수녀님의 칭찬 한마디에 작가가 되겠다는 결심을 했습니다.

그때 난 아홉 살 난 꼬맹이로 한 글자를 쓰는 데에도 지우고 다시 고쳐 쓰곤 하는 수준이었어요. 흑연 연필은 자주 부러지고 연필 끝에 달린 딱딱한 지우개는 공책을 염소처럼 뜯어먹었지요. 침을 묻혀서 눌러 쓴 검정 글씨들로 공책은 눈을 부릅뜬 인디언 얼굴 같았어요.

내가 가장 좋아하는 과목은 안나 수녀님의 글짓기 시간입니다.

—오늘은 '씨앗'이란 제목으로 글짓기를 해보겠어요.

안나 수녀님은 글 제목을 내주면서 머릿속에서 무엇이든 떠올리라고 했습니다. 수녀님은 분필로 '씨앗'이라고 칠판의 한가운데 썼어요. 나는 '씨앗'이란 글제를 즉시 탁구공처럼 받아넘겼지요.

—씨앗은 뱉으라고 있는 거예요. 물고기 뼈도 그렇잖아요?

그러자 안나 수녀님은 나를 향해 웃어주고는 계속 수업을 진행했어요.

—지금부터 우리는 '씨앗'이라는 말이 어떤 생각으로 이어지는지 따라가보겠어요. 이 말이 어떻게 날개를 달고 높이 날아오르는지 보게 될 거예요. 그리고 날개를 달고 날아오르는 말을 어떻게 잡는지에 대해서도 배울 거예요. 자, 먼저 눈을 감아요.

나와 원희는 수녀님이 시키는 대로 무릎에 두 손을 가지런히 얹고 눈을 감았습니다.

—지금부터 '씨앗'을 머릿속에 그려봅니다. 그리고 떠오르는 말들을 '씨앗'이라는 말에 날개처럼 붙여봅니다.

안나 수녀님은 안내견처럼 우리를 인도했습니다.

'씨앗은 딱딱하다. 씨앗을 뿌린다. 씨앗은 새싹이 된다. 씨앗은 자란다. 커다란 나무로 자란다. 나무 꼭대기에는 새둥지가 있다.'

나는 눈을 꼭 감고 씨앗이 자라서 나무가 되고 새가 날아오르는 걸 눈 속에서 지켜보고 있었지요. 모자에서 비둘기를 꺼내는 마술사처럼 '씨앗'이라는 말에서는 자꾸 새로운 것이 자라고 있었습니다.

— 이번에는 떠오른 말들을 두 개씩 세 개씩 붙여봐요.

안나 수녀님은 최면을 걸듯이 조용하게 말했어요.

'딱딱한 씨앗을 뿌린다. 씨앗이 자라서 새싹이 된다. 나무 위의 새둥지에는 새알이 있다. 새는 나무처럼 자란다.'

내 머릿속의 말들은 연 꼬리처럼 길게 늘어나더니 하늘로 날아오르기 시작했어요.

— 말에 날개가 생기도록 우리는 조용히 기다려주어야 합니다. 어떤 말이든 생각을 하면서 기다리면 그 겨드랑이에 날개가 돋아나요.

실눈을 뜨고 보니 안나 수녀님도 눈을 감고 있었어요. 나도 얼른 눈꺼풀을 닫아 말들이 빠져나가지 못하도록 단속했습니다.

안나 수녀님은 이어서 말했어요.

— 말에 날개가 돋아나면 생각이 날아오릅니다. 눈앞에는 나비가 한두 마리 날기 시작합니다. 이제 여기저기서 아름다운 나비들이 날갯짓을 하지요? 나비들을 잡아볼까요? 이제 준비하고 있던 나비 채집망을 들어요. 한 나비를 향해 다가갑니다. 그 나비에게서 눈을 떼지 말아요. 발끝으로 조용히 다가가야 합니다.

나는 나비가 달아날까봐 가슴이 조여 숨이 멎을 지경이었습니다. 안나 수녀님은 우리를 나비 쪽으로 더 가까이 다가서게 했습니다.

─조심하지 않으면 나비들이 놀라서 흩어집니다. 쉿! 조용히, 조심해요! 나비가 도망가지 않도록!

안나 수녀님은 아주 들리지 않을 정도로 속삭였습니다. 그러더니 갑자기 우리를 부추기며 말했어요.

─지금 나비를 잡아요! 채집망에 단 한 번에 나비를 집어넣어요!

안나 수녀님이 다그치는 바람에 나는 눈을 번쩍 떴습니다.

드디어 나비 한 마리를 잡았습니다.

─나비가 잡혔지요?

안나 수녀님은 손뼉을 두 번 쳤습니다. 그러자 잡히지 않은 다른 나비들은 허공으로 흩어져 날아갔습니다.

─자 그럼, 채집망 안에 들어 있는 나비를 테레사부터 한번 꺼내볼까요?

나는 이 '나비채집'의 글쓰기 방식대로 잡은 나비를 꺼내 보였습니다.

─씨 하나가 땅에 묻히어/ 장미꽃 하나가 땅에 묻히어

내가 잡은 나비에 대해 안나 수녀님은 감탄했지요. 이어서 들뜬 목소리로 말해주었어요.

─오, 테레사! 이 시는 네가 뿌린 씨앗에서 거둔 첫 열매란다. 너는 커서 훌륭한 작가가 될 거야. 오늘 이 시간을 꼭 기억하렴.

안나 수녀님은 진심으로 격려를 해주었어요. 그 말을 듣는 사람이 양원희밖에 없다는 것이 아쉬웠지만 내 마음은 하늘에 닿을 정도로 높이 뛰고 있었답니다.

그날 이후 나는 오른쪽 어깨에 나비 채집망을 걸치고 다닙니다. 키가 점점 자라면서 더 높이 나는 나비들을 잡게 되었습니다.

1975년 6월 3일 테레사.

벽 이야기

내 방에는 네 개의 벽이 있습니다. 이들은 다섯 개나 여섯 개, 혹은
그 이상의 벽을 가진 오페라 극장이나 박물관, 궁전처럼 신분이 고귀하
지 않은 그저 평범한 벽들이랍니다.

네 벽을 소개하면 창문이 있는 벽, 오랜 벽지가 붙어 있는 벽, 거울이
있는 벽, 시계가 있는 벽입니다. 오랜 벽지의 벽에는 출입문이 있지만 문
을 닫으면 벽이 된다고 주장합니다. 아무튼 노벽의 고집이니 다른 벽들
이 인정해주었지요.

네 벽들은 밤마다 모서리에서 만나서 세상의 온갖 이야기를 나눕니
다. 말솜씨가 상당한 네 벽들의 이야기를 그대로 당신에게 전하려고 합
니다.

그럼 거울을 벽 한가운데 걸고 있어서 벽 치고는 마음이 넓다는 거
울 벽 부인의 이야기를 먼저 들어보겠어요.

거울이 있는 벽 이야기

"오늘은 거울나라 역사에 대해 이야기를 들려주겠어요. 거울나라의
이야기는 신화처럼 전해져서 지금도 세상의 연극이나 시의 소재로 많

이 쓰이고 있답니다. 오늘 이야기는 청동거울이 발명된 청동기시대 이래로 수은을 칠한 유리 거울이 집집마다 하나씩은 있었던 유리 시대까지의 연대기라고 할 수 있습니다.

거울나라 역사서에 보면 하느님은 세상을 창조할 때 똑같은 모양의 세상 하나를 더 만들어서 거울 속에 두었답니다. 세상과 거울나라는 동시에 창조된 것이지요. 세상의 모든 창조물은 거울나라의 것과 짝을 이룹니다. 태초에 데칼코마니처럼 세상을 접어서 찍어놓은 듯 거울나라가 생긴 것입니다. 말하자면 세상과 접은 선이 거울나라의 국경이고 각 거울의 테두리가 세상과의 경계선이 된 것이지요.

그런데 세상 사람들은 청동거울이 발명될 때까지는 거울나라의 존재를 알지 못했습니다. 그들은 청동거울을 들여다본 이후로 거울나라에 자신과 똑같은 모습의 사람들이 살고 있다는 것을 알게 되었지요. 또한 거울나라 사람들도 세상 사람들이 거울 앞에 섰을 때 비로소 자신들과 똑같은 모습을 한 또 다른 사람들이 세상에 살고 있다는 것을 알게 되었답니다.

어느 날 거울나라 사람들은 세상에 있는 저와 똑같이 생긴 사람에게 더욱 모범이 되어야겠다고 생각했습니다. 거울나라에서는 단정하고 예의바른 태도가 가장 큰 명예가 되었지요. 그러자 세상 사람들은 거울나라 사람을 보고서 자신의 태도를 교정하고 허물은 고치려고 했습니다. 그렇게 두 나라는 서로 본받고 교류하며 오랜 세월 동안 평화롭게 지냈습니다.

그런데 세상에 한 폭군이 나타났습니다. 이 독재자 왕은 자신의 심술궂은 표정이나 광폭한 행동을 그대로 따라하는 거울나라의 또 한 사람이 불쾌하기 짝이 없었습니다. 그래서 자신의 군사들에게 세상에 있는 모든 거울을 깨뜨리라고 명령했습니다. 왕의 군사들은 세상의 모든 거울을 발견하여 모조리 깨버렸습니다. 백성들이 거울을 가지고 있는 건 무거운 범죄가 되었습니다. 거울과 흡사한, 모습을 되비치는 어떠한 것도 모두 금지되었지요. 세상은 거울이 발명되지 않았던 저 암흑의 시대로 되돌아갔습니다.

이제 세상 사람들은 자신의 모습을 볼 수가 없었어요. 거울이 없는 세상에 태어난 아이들은 우연히 물 위에 비친 제 모습을 보고는 울음을 터뜨렸습니다. 왕이 두려운 어머니들은 그것이 아이의 본모습이라고 가르쳐주지 않았습니다.

세상은 자신의 모습은 알지 못한 채 시간만 흘러갔습니다. 사람들은 이제 자신을 제외한 다른 것을 보고 판단은 할 수 있지만 자신은 볼 수 없게 되었습니다. 남의 잘못은 보이고 제 허물은 볼 수 없는 세상, 남의 티는 지적하고 자신의 티는 남의 손가락을 따라 더듬어야 하는 세상이 되었습니다. 사람들이 없는 티를 가리켜 헛손질을 한다고 해도 스스로는 확인할 길이 없었습니다.

거울이 없는 세상에서는 사람들의 기억에도 변화가 왔습니다. 사람들의 기억 속에는 자신이 찍히지 않은 흑백사진들만 잔뜩 들어 있었어요. 대화를 할 때에도 주변의 다른 사람들에 대해서 말할 뿐 정작 알지 못하는 본인의 이야기는 할 수가 없었습니다. 세상 사람들에게 인생은 자신이 출연하는 무대가 아니라 남의 연극을 바라보는 객석이었지요.

그런데 세상에는 숲 속의 어느 동굴 속에 숨겨둔 단 하나의 거울이 남아 있었습니다. 왕의 군사들이 아무리 숲을 샅샅이 뒤져도 찾아내지 못했던 거울이었어요. 세상에는 그 숨겨진 거울에 대한 소문이 오래 전부터 퍼져 있었습니다. 소문은 시간이 갈수록 전설이 되었습니다. 미래에 한 영웅이 나타나서 동굴 속의 거울을 찾아 세상을 구원한다는 내용이었습니다. 그러나 전설 속의 영웅은 세상에 좀처럼 나타나지 않았습니다.

그 무렵 숨겨진 거울에 대한 전설이 거울나라에도 전해졌습니다. 거울나라의 청년들은 세상 사람들이 들여다보지 않는 거울나라에는 미래가 없다고 생각하고 있었습니다. 그들은 세상이 숨겨둔 그 거울을 찾아나섰습니다. 마침내 거울나라 숲 속의 동굴을 모조리 뒤져서 세상이 숨겨놓은 거울을 세상보다 먼저 찾게 되었어요. 또한 거울을 강물처럼 수평으로 기울이면 세상 밖으로 건너갈 수 있다는 방법도 알아냈습니다. 거울나라의 많은 청년들은 수평 거울을 건너서 세상 밖으로 나갔습니다. 점점 더 많은 거울나라 사람들이 빛을 찾아 세상으로 가려고 동굴 앞에 줄을 서게 되었습니다. 가축과 물건을 수레에 싣고 어린이, 할머니를 비롯한 마지막 한 사람까지 그 거울을 통해 모두 세상으로 건너가자 마침내 거울나라는 텅 비게 되었습니다.

한편 세상은 이동해온 거울나라 사람들로 꼭 두 배로 복잡해졌습니다. 세상 사람들은 똑같은 모습을 한 또 한 명의 자신을 보자 당황했고 이주한 거울나라 사람들도 불편했습니다. 그래서 세상 사람들과 거울나라 사람들은 역할을 나누기로 협약을 맺기에 이르렀어요. 그것이 저 역사적으로 유명한 '그림자 조약'입니다.

세상 사람은 겉모양을 갖기로 하고 거울나라 사람은 그림자를 갖기로 합의한 것입니다. 이후부터 세상 사람들에게는 자신에게 꼭 맞는 그림자가 따라다닙니다. 그러니까 세상의 그림자는 거울나라 사람들의 '대이동' 이후에 생겨난 것입니다.

요즈음 세상의 거울들은 그 안에 영토를 가지고 있지 않아요. 냉정하게 되쏘아줄 뿐이지요."

거울 벽 부인이 긴 이야기를 마쳤어요. 지루했는지 하품을 숨기면서 다른 세 부인들은 제자리로 돌아갔습니다.

그런데 거울나라 역사에는 나와 있지 않지만 나는 세상에서 그림자를 갖지 않은 단 한 사람을 알고 있습니다. 영원한 소년, 피터 팬이지요. 피터 팬은 자라지 않으니 턱수염과 여드름 때문에 거울을 볼 필요가 없었거든요.

다음 편지에는 창문 벽 부인의 이야기를 들려주겠어요.

1975년 6월 27일 테레사.

창문이 있는 벽 이야기

"저는 이제껏 유리창문 때문에 벽 치고는 속이 트였다는 말을 듣고 살았답니다. 그런데 요즘은 그 창문 때문에 마음이 답답해요. 오늘 모서리 모임에서 벽 부인들에게 제 고민을 털어놓고 여러분의 의견을 듣고 싶어요.

창문은 평소에는 병정처럼 사각 진 어깨를 곧추세우고 서 있다가 햇솜 같은 햇빛과 날생선 같은 달빛을 방 안으로 나르는 일을 합니다. 이에 비해 커튼은 제 가슴을 펴서 눈부신 햇빛과 강한 달빛을 막고 문틈으로 새는 바람을 품는 일을 하지요. 빛을 나르는 창문과 빛을 막는 커튼의 상반된 일이 애초에 그들을 불화하게 했는지도 모릅니다.

─야, 커튼, 그 발 좀 치우지 못해! 햇빛이 걸려 넘어지잖아!

창문이 화를 내면 커튼은 저와는 상관없다는 듯 긴 다리를 건들거리고 있답니다.

어느 화창한 봄날이었어요. 대청소를 하느라고 하루 종일 창문을 활짝 열어두었습니다. 미닫이 창문은 이중으로 겹치고 서 있어서 다리에 쥐가 날 정도라고 하소연을 하더군요. 그런데 커튼은 열린 창문으로 들어오는 봄바람과 술래잡기를 하며 놀고 있었습니다. 봄바람이 커튼을 코일처럼 감았다가 풀어놓으면 커튼은 흐드러진 꽃잎처럼 웃어댔지요. 봄볕에 졸던 저도 커튼의 웃음소리에 놀라 졸음에서 깨곤 했답니다.

그러던 바람이 커튼을 그네처럼 높이 올리더니 허리까지 부풀렸어요. 정숙한 아가씨라면 즉시 부푼 치마를 움켜잡아야 했지요. 그러나 커튼은 그렇게 하지 않더군요. 바람이 하는 대로 내버려두었어요. 그걸 보고 섰던 유리창문의 표정이 순간 붉어졌어요. 지나가는 석양이 비쳐서 그랬을 수도 있겠지만 분명 창문은 커튼을 부끄러워하고 있었어요.

바람이 가버리자 창문은 저에게 즉시 말했어요.

─커튼은 정숙하지 못해요. 바람이 치마를 부풀리는데도 그대로 두었어요!

이에 커튼은 아랑곳하지 않았습니다. 우리에게 작은 변명조차 하지 않았죠. 심지어는 '그런데 뭐?' 하는 짜증을 주름 속에 구겨넣고 서 있었답니다.

그동안 저는 혼자 커튼의 방정치 못한 품행을 고민해왔습니다. 소문을 내지 않는 건 우리 벽들의 중요한 규칙이니까요. 그러나 오늘 이 모서리 모임에서는 무거운 비밀을 나누어서 제 마음을 좀 가볍게 하고 싶었어요.

벽 부인들께서 모두 졸려하니 오늘은 그만 하겠어요. 사실 저에게는 사적이면서 중요한 이야기 하나가 더 있답니다. 내일 밤에 이야기를 계속하겠어요."

1975년 7월 20일 테레사.

창문이 있는 벽 두 번째 이야기

"어젯밤에 이어서 이야기를 계속하겠어요. 오늘 밤은 시계 벽 부인이 이야기할 차례인데 양보해줘서 고마워요.

어느 날 창문을 보니 그 투명하고 반듯했던 이전의 모습과는 많이 달라져 있었어요. 창틀에는 먼지가 쌓이고 어깨는 둥글게 말려서 웅크리고 있었지요. 창문에게 무슨 일이 있냐고 물어보니 처음에는 이야기를 하지 않으려고 했습니다. 며칠이 지나자 창문은 머뭇거리더니 마음속의 이야기를 제게 털어놓았어요.

—벽 아주머니, 이런 느낌은 처음이에요. 눈송이가 유리창에 닿아 녹아내릴 때처럼 몸이 온통 녹아내릴 것 같아요. 꼭 그래요. 먹구름처럼

마음이 어둡고 무거워요. 그리고 하루 종일 눈물이 나요. 가슴이 뛰기 시작하다가 기차처럼 한 번씩 소리를 내지르고 싶어요. 그러다가 주저 앉아 한없이 웅크리고 있죠. 이제껏 저는 이런 적이 한 번도 없었어요.

투명한 하늘을 향해 각진 어깨를 세우고 늘 자신감이 넘치던 유리창 문에게 이런 모습은 정말 의외였습니다.

─언제부터 그랬니? 자세하게 말해보렴.

그러자 유리창문은 긴 한숨을 쉬더니 말했어요.

─한 달 전 환한 달밤이었어요. 벽 아주머니도 알다시피 그런 날에 는 방 안 가득 달빛을 실어 나르느라고 제가 바쁘잖아요. 그렇게 쉴 새 없이 일을 하다가 잠시 허리를 펴느라고 하늘을 올려다보았는데 그 밤 하늘에는 별들이 모여 백조들처럼 춤을 추고 있었어요. 한 떼의 백조들 이 은하수 위를 돌다가 커다란 날개를 펴고 땅을 향해 내려오다가 다 시 솟구쳐 오르고는 했지요. 이전에는 보지 못한 우아한 춤사위였어요. 저는 한참 동안 황홀하여 그 별들로부터 눈을 떼지 못했습니다. 그때 그 별무리 중에 제 눈을 단번에 사로잡는 별 하나가 있었습니다. 아침 에 창문이 처음 열리는 것처럼 온 몸이 열려서 우주 공간으로 끝없이 확장되어 나가는 것 같았습니다. 지친 백조들이 깃을 접고 돌아가는 새 벽녘까지 저는 오직 그 별 하나만을 눈으로 쫓았습니다. 그토록 그 별 은 나의 넋을 단번에 사로잡았습니다.

창문은 행복한 미소를 민들레 꽃씨처럼 흩뿌리며 말했습니다.

─그다음 날부터 며칠 동안 비가 와서 밤하늘의 별을 볼 수가 없었 어요. 그런데 그동안 저의 머릿속에서 한순간도 그 별의 춤사위가 떠나 질 않았어요. 날이 맑아서 밤하늘에 어서 그 별이 떠오르기를 손꼽아

세고 또 세면서 기다렸지요. 그 기다리는 나날들이 천 년처럼 길었습니다. 그 별을 다시 보게 될 때까지 저는 온 기력이 빠지고 어떤 의욕도 생기질 않았어요.

창문은 땅이 꺼져라 다시 한숨을 쉬었습니다. 창문이 고개를 들었을 때 그의 눈빛은 한 떨기 찔레꽃처럼 슬퍼 보이더군요. 창문이 다시 말을 이었습니다.

―며칠 후 그 별을 다시 보게 되었을 때는 계속 눈물이 나고 가슴은 피를 흘리듯 아팠습니다. 너무나 고통스러운 나머지 저는 저 별을 영원히 바라볼 수 있게만 해달라고 기도했습니다. 그 별의 이름은 '백조자리61'입니다.

창문의 이야기를 다 듣고 나서 저는 한마디로 말해주었어요.

―제기랄, 그건 사랑이야!

지구에서 태양의 거리보다도 66만 배나 먼 곳에 있는 별 '백조자리61'에게 사랑에 빠지다니요! 저는 정말이지 이런 창문의 계산 없는 사랑에 어이가 없었지만 한편으로는 숙연해졌답니다. 차갑고 냉정하게 보이는 유리창문에게 이런 숭고한 사랑이 있다는 게 놀랍지 않나요?"

1975년 7월 21일 테레사.

시계가 있는 벽 이야기

내 침대 맞은편 벽에는 둥근 벽시계가 걸려 있습니다.

오늘은 이 벽시계에 관해서 시계 벽 부인의 이야기를 들어보겠어요.

"저는 시계가 있는 벽입니다. 제가 인정머리 없고 정확할 거라고 예상하겠지만 그 딱딱한 시계 안에는 시간의 따뜻한 심장이 항상 뛰고 있음을 알아주셨으면 해요.

벽시계 안에는 둥근 광장이 있는데 시침은 분침과 초침을 데리고 하루 두 바퀴씩 이 광장을 행진합니다.

―이지 캄 이지 고!

미국제품인 시계는 제 모국어로 구호를 붙이는데 지적인 벽 부인들은 다 알아들었을 테지만, 우리말로 풀이를 한다면,

―쉽게 와서 쉽게 가지! 쯤 되겠지요.

시계광장의 뒤로 돌아가면 세 개의 크기가 다른 톱니바퀴가 맞물려 돌아가는 시간의 방앗간이 있습니다. 세상의 시간은 모두 이 방앗간에서 나오는 것이랍니다.

여기까지 제 이야기를 들은 벽 부인들께서는, '뭐, 일반시계와 별반 차이가 없네?' 하실 겁니다. 그러나 이 벽시계는 아주 특별한 일을 하고 있답니다. 이 시계는 기억의 한 장소로 여행을 할 수 있도록 해줍니다.

예상대로 모두 놀라시는군요?

벽시계의 중앙 여행센터에서는 시간의 한 장소로 여행하고자 하는 여행자들의 신청을 받습니다. 광장의 게시판에는 시계 속의 방사선형 도로에 대한 설명과 기억의 장소로 여행하는 방법에 대한 안내문이 붙어 있어요. 시계 여행을 하고자 하는 사람들은 그 안내문을 반드시 읽

어야 합니다. 그러나 벽 부인들에게는 제가 직접 설명하겠어요. 모조리 외웠거든요.

'여행 안내문'에는 우선 '방사선형 도로'에 대한 설명이 있습니다. 시계 광장에는 방사선형으로 나가는 길이 열두 개가 있는데 시계의 각 숫자마다 길이 이어져 있습니다.

길 입구에는 한시에는 일번가, 두시에는 이번가, 그렇게 차례로 열두 시에는 십이번가라는 도로명이 붙어 있습니다. 이 도로에 붙은 번호는 여행지의 시간대를 가리키는 것입니다. 그러니까 일번가 거리는 한시의 시간대의 거리이고 이번가 거리는 두시의 시간대의 거리지요.

삼번가 도로는 어제의 세시, 일주일 전의 세시, 일 년 전의 세시, 십 년 전, 백 년 전 세시의 장소들이 계속 이어져서 길이 된 겁니다.

점점 더 미로에 빠지는 표정들이군요. 자, 그럼 좀 더 들어보세요.

각 시간대의 도로는 낮과 밤이 동시에 있습니다. 예를 들면 오번가 거리는 오전 다섯시와 오후 다섯시를 양 편에 두고 있습니다. 도로의 왼편은 오전 다섯시이고 도로의 오른편은 오후 다섯시의 여행지를 가리킵니다.

그럼 이제 '여행지 주소'를 찾는 방법을 알아보겠어요.

여행자는 먼저 여행지의 주소를 알아야 합니다. 거울 벽 부인이 지금 이 시간의 이 장소로 여행하고 싶다면 여행지 주소를 한번 알아보겠어요.

1975년 8월 20일 새벽 두시이니 우선 여행자의 이름을 먼저 넣고 그 다음으로 여행하고자 하는 년 월 일 시간을 차례로 나열합니다.

그러면 거울 벽 부인-1975-08-20-원2가 되겠지요. 이것은 '거울 벽 부인이 1975년 8월 20일 오전 2시의 장소로 여행하고자 한다'는 뜻입니다.

자, 이제 여행 신청을 마쳤으면 시계의 중앙도서관으로 가서 여행지의 주소가 쓰인 책을 찾습니다. 그리고 그 책갈피 안에 들어 있는 열쇠를 꺼내들고 방사선 도로를 따라 여행을 떠납니다.

거울 벽 부인이 이번가 도로를 출발해서 '1975년 8월 20일 오전 2시'의 여행지에 도착하면 가지고 온 열쇠로 그 출입문을 여세요. 그럼 지금 우리가 모서리 모임을 하는 이 방 안으로 들어오게 됩니다.

이제 이해가 되셨나요? 어떤 시간으로 꼭 돌아가보고 싶어 하는 사람에게 이 시계여행을 권합니다."

그때 시계의 괘종이 세 번 울리자 시계 벽 부인은 서둘러 제자리로 돌아갔어요. 다른 벽 부인들도 하품을 하며 모서리를 떠났습니다.

시계 벽 부인 이야기에 난 정말 놀랐어요. 시간의 한 장소로 여행을 할 수 있다니요! 나는 당장 여행을 신청해야겠어요.

나의 여행지는 '1969년 3월 2일 아침 7시'의 장소입니다. 내가 수녀원으로 처음 온 날이지요. 여행지의 주소는 '테레사-1969-03-02-왼7'이 되겠군요.

1975년 8월 20일 테레사.

시계 속 여행

나는 아침에 눈을 뜨자마자 시계광장의 여행센터로 갔습니다. 그곳에서 여행 신청서를 받아들고 옆 건물인 중앙도서관으로 갔지요. 도서 관은 원형 벽을 따라 천장 꼭대기까지 서가가 꽉 차 있고 중앙에는 나선형 계단이 이어져 있었어요. 표지에 '테레사-1969-03-02-원7'이라고 쓰인 책은 쉽게 찾을 수 있었습니다. 나는 그 책갈피에서 열쇠를 꺼내 쥐고 시계광장으로 나갔습니다.

나는 곧바로 칠번가 도로를 따라 여행을 떠났습니다. 칠번가 도로에는 길 왼편으로 오전 일곱시의 문이, 길 오른편으로 오후 일곱시의 문이 끝없이 이어졌습니다. 어제에서 그제로, 지난달에서 그 지난달로, 작년에서 재작년 아침 일곱시의 장소들을 나는 빠르게 지나면서 걸었습니다. 여러 날, 여러 달, 여러 해의 아침 일곱시 들을 수없이 지나다보니 맑기도 하고 비가 오기도 하는 등 날씨는 다양했지만 아침 일곱시가 주는 신선한 공기는 한결같았습니다.

한참 만에 여행 주소지에 도착했습니다. 1969년 3월 2일의 아침 7시는 이모할머니가 나를 수녀원에 데리고 오던 날입니다. 나는 기대에 차서 가져온 열쇠로 여행지의 출입문을 열었습니다. 놀랍게도 그 시간의 그 장소가 연극 무대의 세트처럼 내 눈 앞에 나타났습니다. 나는 큰 숨을 한 번 들이켜서 들뜬 마음을 진정시켜야 했어요.

겨울 아침이 점차 밝아지니 하늘색 철제 대문가의 비자나무와 미모사나무, 만리향나무와 담장 위에 박아놓은 색색의 유리조각들이 이빨처럼 드러납니다. 뒷벽을 제외한 삼면이 격자 유리문으로 둘러진 적산집의 왼편 마당가에는 펌프 수도가 있고 그 아래 사각 물받이 통이, 그 테두리에는 닳은 벌꿀비누 삼천번비누가 놓여 있습니다. 내가 문간에서 있는데도 순자는 잘 훈련된 배우처럼 본 척도 하지 않고 유리문 안의 긴 복도를 바쁘게 오갑니다.

그때 담장 너머에서 배달 소년이 '양유요' 하고 외치자, 어린 여자아이가 유리 미닫이문을 밀고 큰 신발을 캥거루처럼 끌면서 대문간으로 뛰어나옵니다. 속옷 차림의 아이는 양유 병을 겨드랑이에 끼고는 유리문 안의 복도 끝으로 다시 사라집니다. 격자 유리문 안의 복도는 이어지다가 기역자로 꺾어지고 그 끝에 화장실이 있습니다. 하얀 양변기 위에는 긴 자루 손잡이가 달린 나무 뚜껑이 덮여 있지요. 아이는 겨울 새벽에 끝도 없는 긴 마루를 걸어서 화장실에 가느라고 고무 슬리퍼 안의 맨발이 꽁꽁 업니다. 군용 담요를 어깨에 두르고 잠이 덜 깬 채 문 밖에서 기다리고 섰던 순자는 볼멘소리로 재촉합니다. 아직 안 됐어요? 아직도요? 순자는 화장실을 나오는 아이에게 담요를 두르고 이인삼각 경기처럼 뒤뚱거리며 방으로 돌아옵니다.

작은 방에서 순자는 아이의 머리를 빗겨서 양 갈래로 땋고 있습니다. 나는 그들 옆에 다가가 앉습니다. 편안하고 오래 된 기분이 듭니다. 순자가 〈저 눈밭에 사슴이〉 연속극을 듣던 건전지 묶인 라디오가 눈에 익습니다. 나는 바닥에서 분홍 리본을 집어 순자에게 건네줍니다. 순자는 이를 보지 못하고 입에 물고 있던 검정 고무줄로 아이의 땋은 머리 끝을 칭칭 동여맵니다.

순자는 내가 옆에 앉아 있어도 나를 보지 못합니다. 이젠 저만큼이나 덩치가 커진 나를 투명인간처럼 그냥 지나칩니다. 아무도 먼 시간, 먼 곳에서 여행 온 나를 알아보지 못합니다. 여행자는 여행지를 구경할 수 있을 뿐입니다. 간섭하거나 참여할 수는 없답니다. 나는 지금 눈앞에 보이는 광경이 꿈만 같아서 기꺼이 둘러보고 있습니다.

아이에게 외출복으로 갈아입히면서 순자는 계속 훌쩍거립니다. 어깨까지 양 갈래로 머리를 단정하게 내리고 입을 앙다문 여덟 살 아이가 인형을 손에서 놓지 않으려고 옷을 갈아입힐 때에도 팔을 바꿔가며 인형을 들어줍니다. 아? 필필이! 고무인형의 이름은 필필이입니다.

—이모할머니는 몹시 아파서 병원에 수술하러 가시는 거 알지요? 할머니가 애기씨에게 '이제부터 수녀원에서 살아야 한다.'고 했을 때 '가기 싫어요, 혼자 보내지 말아요.' 하고 막 떼를 쓰지 그랬어요? 그럼 나와 같이 보내줬을지도 모르잖아요. 왜 한 번도 조르지 않았어요? 이제까지 애기씨를 돌봐준 나를 깜빡 잊었어요? 나는 애기씨 없이는 못 살아요! 애기씨는 아기 때부터 내가 흰죽을 먹이고 업어서 키웠어요. 내 아기였고 내 동생이었다고요. 아이고, 이게 무슨 변괴래요? 수녀원에 간다니요? 그 수녀원 안에는 학교가 있기는 한 거예요? 나도 수녀들을 시내에서 본 적이 있어요. 저승사자나 입는 검은 도포자락을 펄럭이며 걸어다니는 귀신들 같았지요. 그중에는 파란 눈알의 양귀신도 있었어요. 그런 곳에 애기씨가 가서 살아야 한다니 기가 막히네요.

순자는 아이를 붙잡고 눈물과 콧물을 섞어서 말하다가 문득 앞치마에서 구겨진 종이 한 장을 꺼냅니다.

—수녀원에 가더라도 나를 잊지 말아요. 애기씨가 수녀원에 가면 나도 제사공장으로 돈 벌러 가요. 성덕에 있는 공장으로 나를 찾아와요. 옥천동 수녀원에서 제사공장이 그다지 멀지 않아요. 남대천 다리만 건

너오면 되니까요. 와서 내 이름을 말해요, 박순자!

순자는 제 이름과 '성덕제사공장'이라는 상호가 쓰인 종이를 아이의 주머니에 넣어줍니다.

이모할머니는 지팡이를 짚고 꼿꼿하게 대문간에 서 있습니다. 순자는 대문 밖에 대기하고 있는 노란 택시로 아이의 옷가지와 그림책을 담은 가죽 트렁크와 형겊 손가방을 나릅니다. 아이는 눕히면 눈을 감는 고무인형 '필필이'를 팔에 안고 하늘색 철 대문을 나오려다 말고 마당과 집을 한 번 둘러봅니다. 골목에까지 가지를 내민 미모사나무와 소방서 큰길에까지 향기를 진동시키는 만리향나무, 콘크리트 사각 빨래통과 녹슨 함석의자, 담장 아래 작은 화단을 차례로 둘러봅니다. 마지막으로 명주학교의 관사인 일본 적산 집을 지붕부터 마루 밑까지 눈 안에 새겨넣습니다.

순자 말대로, '가기 싫어요. 제발 나를 보내지 말아요.' 하고 이모할머니에게 조르는 게 그 나이에는 마땅했을 텐데도 아이는 그렇게 하지 않습니다. 저를 수녀원에 보내는 할머니의 처지를 이해한다는 표정으로 아이는 대문간을 우뚝 넘어섭니다. 아이는 인형 '필필이' 하나만을 안고 택시의 할머니 옆 좌석에 올라타서는 집과는 반대편 차창으로 고개를 돌립니다. 순자가 창문을 두드리는데도 아이는 그쪽을 애써 돌아보지 않습니다. 택시가 출발하자 아이는 차를 따라 달리는 순자의 모습을 백미러로 봅니다. 그러다가 아이는 하늘색 대문을 향해 황급히 고개를 돌립니다. 길 한복판에 나서서 깃발처럼 두 손을 흔드는 순자가 보입니다. 차가 큰길로 커브를 돌자 몸이 기울어지면서 아이는 참았던 눈물을 쏟아닙니다.

소방서가 있는 큰길로 나오자 택시는 좀 더 속도를 내서 달립니다. 소방서 앞에는 가을이 되면 아이의 무릎께까지 은행잎을 떨어뜨리는 늙은 은행나무가 서 있어요. 은행 열매를 주우면 손이 튼다며 순자는 아이의 손등을 쳤었어요. 빨간 문의 소방서 길이 멀어지면서 시청 앞의 교차로가 나타납니다. 그제야 아이는 앞으로 다가올 낯선 미래 때문에 작은 새처럼 심장이 뜁니다.

이모할머니는 엊저녁부터 몇 번이나 했던 말을 또 합니다.

—네 외할미가 죽기 전에 너를 단단히 부탁했지만…… 사람의 일이란 한치 앞을 알 수가 없구나…….

할머니는 이어서 아이가 알아듣지도 못하는 이야기를 덧붙입니다.

—아가, 네 앞으로 수녀원에 많은 토지를 맡겼으니 너도 이것을 기억해둬라. 네가 어른이 되면 원장수녀님이 잘 정리해주실 게다.

아이는 차창으로 고개를 돌리고는 이른 아침의 거리를 내다봅니다. 함석 덧문들을 떼고 상점의 문을 여는 사람들의 입에서는 언 입김이 하얗게 나옵니다. 여덟 살 아이는 할머니와 반대편 창문으로 돌아앉아서 〈클레멘타인〉 노래를 흥얼거립니다. 눈에는 눈물이 가득 고였지만 할머니에게 상심한 모습을 보이고 싶지 않았지요. 아이에게 차창의 풍경은 하나도 들어오지 않고 수녀원으로 가는 길은 한 번에 후루룩 넘긴 책장처럼 금방 끝이 납니다.

이모할머니는 수녀원 문 앞에서 원장수녀님의 손에 아이를 건네주고는 타고 온 택시로 바로 돌아갑니다. 그 시간이 너무 짧아서 아이는 마치 혼자서 이곳에 온 것 같은 착각마저 듭니다. 아이는 성당의 뜰에 멈춰 서서 중앙에 있는 성모상과 지붕 위까지 뻗은 왕벚나무를 천천히 둘러봅니다. 곁에서 잠시 기다리고 섰던 원장수녀님이 아이의 잡은 손을 슬며시 당깁니다.

— 얘야, 이곳이 이제 네가 살 집이야. 이제 네 방을 보러 갈까?

아이는 원장수녀님의 손을 잡고 '생활관'이라는 팻말이 붙은 건물로 들어갑니다.

나는 손을 잡고 걸어가는 아이의 뒷모습이 복도에서 사라질 때까지 그 자리에 서 있습니다.

이제 여행지에서의 여행 일정이 모두 끝났습니다. 다시 도로에 나서자 그 옆에는 이런 경고문이 붙어 있었어요.

위험! 여행자들은 여행 목적지에서 더 나아가지 마시오!

길 끝에는 '검은 바다'가 있습니다. 그곳에는 나쁜 기억을 삼키는 흰 고래가 살고 있다는데 그 진위는 알 수가 없습니다. 검은 바다로 나간 여행자 중에는 아직 돌아온 자가 없기 때문입니다.

나는 칠번가 도로를 되밟아서 시계광장으로 돌아왔습니다. 시계 도서관에 열쇠를 반납하고 이 여행을 끝마쳤습니다.

1975년 9월 3일 테레사.

오래된 벽지의 벽 이야기

"벽 부인들께서도 잘 아시겠지만 저는 이 방 안에서 나이가 가장 많은 벽이랍니다. 그건 고목나무의 나이테만큼 많은 이야기를 알고 있다는 뜻이지요. 저는 오늘밤 다른 벽 부인들은 보지 못한 이야기를 들려주겠어요.

테레사 아가씨가 이 방 안으로 들어온 날의 아침이었어요. 입춘이 지났는데도 여전히 쌀쌀한 날씨였지요. 이른 아침부터 관리인 양씨는 쇠 난로에 조개탄을 피우느라고 이 방의 창문을 열어두었습니다. 창에서는 파란 연기가 나가고 벽들은 새파랗게 떨고 있었으니 누가 보면 방 안에서 씨감자를 굽는다고 생각했을 거예요. 그때 열린 창문 너머로 노란 택시가 성당 문 앞에 도착하는 게 보였어요.

택시에서는 먼저 한 여자아이가 내렸습니다. 아이는 여덟 살 정도로 키가 작고 마른 체형이었어요. 빨강색 홍콩제 토끼털 오버를 입고 팔에는 제 키 반만 한 고무인형을 안고 있었지요. 그다음에 허리가 굽은 노부인이 두 발을 먼저 내밀어 바닥을 딛고는 힘겹게 차에서 내렸습니다. 자주색 안감을 댄 겨자색 비단두루마기를 걸친 외양으로 보아 귀부인이었어요. 은발의 머리만큼이나 창백한 낯빛으로 노부인은 원장수녀님에게 몇 마디 인사말을 하고는 아이의 어깨를 손으로 한 번 쓸어내리더니 도로 그 택시를 타고 가버렸습니다. 그때 아이는 마치 거친 바람이 부는 산꼭대기에 남겨진 작은 묘목 같았답니다.

아침 해가 넘어오기는 했어도 본당의 마당은 아직 살얼음이 바삭거렸습니다. 그 아이는 택시 뒤를 쫓아 뛰거나 울지 않았습니다. 아이의 행동은 절제되고 격조가 있었어요. 아이는 차가 가버린 길을 보다가 고개를 숙였는데 바닥으로 아이의 눈물 한 방울이 떨어지더군요. 원장수녀님이 다가가서 인형을 쥐지 않은 아이의 한 손을 잡았어요. 그러자 아이는 원장수녀님의 얼굴을 백동전에 새기기라도 할 것처럼 목을 꺾어 쳐다보았지요.

원장수녀님은 아이의 손을 잡고 긴 복도를 걸어 들어왔습니다. 관리인 양씨가 앞장서서 아이의 가방을 이 방 안으로 옮겨왔어요. 가방 하나는 낡은 가죽 트렁크로 반세기 전 일본 유학생들이 현해탄을 건널 때 썼던 것쯤으로 보이더군요. 아이의 키는 명주화점에서 맞춘 굽 있는 가죽부츠를 신었는데도 방문 손잡이에 눈썹이 걸릴 정도로 작았어요. 야물게 다문 입술에 짙은 눈썹, 조금 솟아오른 두 볼은 고집이 있게 보였답니다. 놀라움과 호기심이 가득한 아이의 갈색 눈동자는 넘치기 직전의 물잔 같았어요.

그러나 무엇보다도 이 아이는 뭔가 독특했어요. 아이가 걸어 들어오는 복도에서부터 흥겨운 기운이 박하 향처럼 사방으로 퍼져나갔습니다. 아이가 들어서자 방 안의 공기는 파도처럼 출렁이더니 막 웃음을 터뜨릴 것 같았어요. 그 아이를 처음 보았을 때 제 가슴속에서도 청량한 방울소리가 울렸던 것 같아요. 벽돌로 만들어진 제 가슴이 이제껏 한 번도 들어보지 못한 맑고 명랑한 소리였어요. 텅 빈 공허감과 영원할 것 같은 고요, 먼지처럼 덧쌓인 시간들로 멈춰져 있던 이 방 안에 드디어 기적이 일어났습니다. 윗단추까지 마저 채우지 못할 정도로 무기력에 빠져 있던 우리 벽들은 즉시 이 작은 소녀에게 환호했답니다.

친애하는 벽부인들, 생각해보세요. 천사가 이 아이를 데리고 온 것이 분명합니다. 그렇지 않다면 이 아이와 함께 온 이 생동감을 달리 어떻게 설명할 수 있나요?

이날 아침의 이야기는 저만 알고 있답니다. 그날 아침에는 아직 시계와 커튼과 거울이 벽에 걸리지 않았던 때이니까요. 그럼 이야기를 계속해보겠어요.

원장수녀님과 아이가 이 방의 문 앞에 섰을 때 안나 수녀님과 글라라 수녀님은 아이를 맞으려고 이 방 문 앞에서 기다리고 있었습니다.

—함께 생활할 수녀님들이야. 여기는 안나 수녀님, 또 이분은 캐나다에서 오신 글라라 수녀님, 수녀님들이 너를 도와주실 거야. 글라라 수녀님은 우리나라에 오신 지 십 년이 넘어서 우리말도 잘하시지. 다른 수녀님들은 식사시간에 만나기로 하고 이분들과 이야기도 하고 수녀원을 구경도 하렴. 텃밭으로 나가면 염소와 거위도 있단다.

원장수녀님은 두 수녀님들에게 아이를 부탁하고는 곧바로 나갔습니다. 그분은 늘 바쁘니까요.

—처음이라서 좀 낯설지?

안나 수녀님이 먼저 말을 걸었지만 그 아이는 대답을 하지 않고 문 앞에 가져다놓은 두 개의 가방 옆에 가만히 서 있었어요. 아이에게 익숙한 것이라고는 가방밖에 없었으니까요. 아이는 이곳에 갑자기 놓아지자 어떤 소리도 들리지 않는 듯했습니다. 수녀님들은 아이가 새로운 광경을 살펴보도록 잠시 기다려주었어요. 아이 등 뒤로 가서 문을 닫고 온 파란 눈의 글라라 수녀님이 아이에게 악수를 청했어요.

—안녕, 소공녀! 우리는 널 많이 환영한단다.

그때 아이는 소공녀를 알고 있는 듯 반짝하고 눈에서 빛이 났어요. 그러고는 귓불같이 작은 손을 파란 눈의 글라라 수녀님에게 정중히 내밀더군요.

—너와 함께 생활하게 되어서 수녀님들은 모두 기쁘게 생각한단다. 네가 온다는 소식을 듣고 며칠 전부터 기대를 하고 있었어. 자, 이리 와서 앉으렴.

안나 수녀님은 아이를 끌어 침대 끝에 앉히고 무릎을 낮추고는 말했어요. 긴장이 풀려서인지 아이의 입에서는 가느다란 한숨이 새어나왔습니다. 방 안의 온기 때문에 아이의 얼굴이 사과처럼 빨갛게 익어가자 아이는 제 토끼털 외투를 벗어 인형의 배에 덮어주었어요.

—그럼 네 가방을 함께 정리해볼까?

수녀님들은 아이의 가방에서 작은 원피스와 멜빵바지, 스웨터 등의 겉옷과 속옷, 양말들, 신발을 꺼내서 방 안의 옷장으로 옮겼습니다. 그리고 마지막으로 밑에 있던 동화책들을 꺼냈어요. 책상 책꽂이에 정렬한 책들을 보니 표지에 공주와 마법사, 나팔 부는 병정들이 그려진 동화책 스무 권이더군요. 작년에 계몽사에서 외국 동화를 처음 번역해서 출판한 전집이었어요.

안나 수녀님이 트렁크 가방을 옷장 위의 빈 공간에 얹고 글라라 수녀와 옷장과 서랍을 정리할 동안 아이는 그 모습을 바라보며 침대 끝에 가만히 앉아 있었어요. 아이는 처음보다는 평온한 표정이었지요.

그날 오후부터 이 방 안에서 일어난 광경은 창문 벽, 시계 벽, 거울 벽 부인들도 다 보았을 테니 제 이야기는 여기서 마칠게요."

그러자 창문 벽 부인이 졸랐어요.

"이야기를 계속 해주세요. 우리가 본 것보다도 벽지 부인이 들려주는 이야기가 더 생생하고 재미있답니다."

"맞아요!"

시계 벽과 창문 벽도 이에 동의했어요.

"존경하는 벽 부인들께서 거듭 요청하시니 목청은 가라앉았지만 이 야기를 더 해보겠어요.

가방을 정리한 수녀님들은 아이를 데리고 방을 나갔습니다. 정돈된 침대에는 눈을 감은 인형만이 누워 있었지요. 저는 인형에게 물어볼 말이 많았지만 잠을 깨우지는 않기로 했답니다. 인형도 아이와 함께 먼 나들이를 했고 낯선 방에 적응하는 데 시간이 필요할 것이라고 생각했어요.

아이가 수녀원을 둘러보고 저녁식사를 한 다음 안나 수녀님과 함께 이 방으로 들어왔을 때는 거의 밤 여덟시가 넘은 시간이었어요. 아이가 이 방에서 잠을 자는 첫날밤이었어요. 그날 밤은 안나 수녀님이 옆의 침대에서 함께 있어주기로 했습니다. 옆의 침대를 쓸 관리인 양씨의 딸은 개학 전날에 오기로 해서 그날 밤에는 침대가 비어 있었거든요.

안나 수녀님은 아이에게 잠옷을 입혀주었어요. 흰 옥양목의 원피스 잠옷은 수산나 수녀님이 수녀원 기숙학교에 입학하게 될 소녀들에게 입히려고 치수를 어림잡아 재봉틀로 박은 것이랍니다. 이 년 후에나 아이에게 맞을지 예측할 수 없는 커다란 잠옷이었어요. 잠시 난처한 표정을 짓는 안나 수녀님에게 아이는 괜찮다고 오히려 위로를 했어요.

—잠을 자면서 달리기를 할 것도 아니니까요.

안나 수녀님이 웃음을 터뜨렸어요. 그러나 그 수녀님의 웃음소리는 처음 웃는 소리가 아니었어요. 하루 종일 수녀원 안팎을 아이에게 구경시키고 다니면서 얼마나 여러 차례 웃음을 터뜨렸는지 알겠더군요. 구르던 구슬이 다시 이어지듯 자연스럽게 들렸으니까요.

안나 수녀님이 아이의 침대 곁에 앉아 읽어줄 책을 아이에게 고르라고 했어요.

─제가 가장 좋아하는 책은 『삼총사』이지만 오늘 밤에는 『알프스 소녀, 하이디』를 읽어주세요.

아이는 또박또박하게 말하고는 이불을 인형과 제 턱 밑까지 끌어당겼습니다.

그러나 아이는 피곤했는지 눈꺼풀이 바위라도 되는 듯 힘겹게 밀어내고 있었지요. 안나 수녀가 읽던 동화책을 덮고 아이의 귀에 대고 속삭였습니다.

─잠은 하느님의 천사란다. 어느 성인이 이렇게 말씀하셨지.

이어서 그녀는 그 성인의 어머니가 부르던 자장가를 아이에게 나직이 불러주었어요.

아이들을 데려가는 잠아

어서 와서 테레사도 데려가렴

밤에는 작은 테레사를 데려가지만

아침에는 더 자란 테레사를 데려오겠지

그 자장가는 높은 파도를 잔잔하게 가라앉히고 아이들을 미끄럼에 태워 잠으로 빠져들게 했어요. 아이는 금방 코를 골았어요. 안나 수녀님은 잠든 아이를 두고 침대 바닥에 무릎을 꿇었습니다.

―자애로우신 성모님. 우리에게 날아온 이 작은 천사를 잘 돌볼 수 있도록 힘을 주소서.

낯선 곳인데도 평화롭게 잠든 아이의 모습은 우리 벽들에게 감동을 주었어요. 우리에게도 뜨거운 마음이 있더군요. 우리 벽들도 아이를 위해 기도를 하기로 했지요. 한 번도 기도를 해보지 않았던 우리는 안나 수녀님의 기도 말을 거의 다 빌려왔어요.

―이 방에 온 천사를 잘 보살필 수 있도록 우리 벽들에게도 힘을 주세요.

벽 부인들도 테레사가 이 방에서 처음으로 잠들었던 그날 밤을 기억할 겁니다. 잠든 아이를 내려다보면서 그 천진한 미소에 눈물을 삼켰었지요. 그런 중에도 아이가 이불을 걷어차 우리 벽들을 다시 웃게 만들었지만요.

시계 벽 부인의 고개가 자꾸 기울어지는 걸 보니 밤이 꽤 깊었나봐요. 저도 졸리네요. 오늘 모서리 모임은 여기서 마치겠어요."

1975년 9월 16일 테레사.

요정 이야기

요정들은 오랜 옛날부터 깊은 숲 속에서 살았습니다. 요정은 숲의 정령들의 딸이라고 하지요.

요정들은 천사들이 미처 돌보지 못하는 작지만 중요한 일을 합니다. 꿀벌들의 어깨에서 꽃가루를 털어내 자존심을 세워주고 나뭇잎을 들춰서 골고루 햇볕을 받게 하고 애벌레 등이 다치지 않도록 풀잎 위의 이슬을 잘게 부숴놓지요. 한밤중에 알을 낳는 어미벌레를 돕기 위해 반딧불을 앞세우고 벌레집을 방문하기도 합니다.

요정들은 햇빛이나 달빛, 맑은 공기 속을 날아다니며 각자가 맡은 일을 합니다.

바람요정은 각종 음악을 만들어요. 봄바람에게는 부드러운 곡조를 넣어 아지랑이를 만들고 산들바람에게는 흥겨운 휘파람을 넣어 나무들의 어깨를 들썩이게 합니다.

식물요정은 꽃이 피고 지고 열매 맺는 걸 도와줍니다. 시드는 걸 슬퍼하는 꽃에게는 주머니에 씨앗을 넣어주며 위로해줍니다.

곤충요정은 칠성무당벌레의 올라간 치마를 내려주고 장수하늘소의 뒤집힌 몸통을 기울여줍니다.

비 오는 날에는 요정들이 나뭇잎 아래에서 쉽니다. 날개가 젖기 때문이래요. 그러나 비가 그치면 할 일이 다시 많아지고 더 바빠집니다. 길 위에서 잠이 든 지렁이들을 깨워 흙으로 돌려보내고 급류에 떠내려가는 올챙이들에게 풀줄기를 던져서 건져줍니다.

요정들은 꽥꽥거리며 어디든지 따라다니는 오리들을 가장 싫어합니다. 작은 고막이 터져나갈 것 같다는군요. 그럼에도 연못에 처음 나가는 아기 오리의 겨드랑이에는 입김을 한줌 불어넣어주는 것도 잊지 않습니다.

예전에는 숲에서만 살았던 요정들이 지금은 도시에도 살고 있습니다.

도시의 요정들에게는 아기가 새로 태어났을 때, 물건들이 새로 만들어졌을 때마다 새로운 임무가 주어집니다. 도시에는 요정들이 도와야 할 일이 점점 많아지고 있습니다.

도시의 요정들은 하는 일에 따라 재봉틀요정, 신발요정, 숟가락요정, 주머니요정, 서랍요정, 산파요정, 사랑요정 등으로 각기 이름이 붙어 있습니다.

재봉틀요정은 처음 걸음마를 하는 아기의 신발을 만들 때 앞코가 들리도록 노루발 밑의 헝겊을 슬쩍 당깁니다. 신발요정은 돌부리를 비켜가게 하고 숟가락요정은 국물이 담긴 수저를 조정해주며 서랍요정은 장난감을 정돈해주고 주머니요정은 동전이 새지 않도록 구멍을 막아줍니다. 아이들은 이런 요정들의 도움으로 제대로 된 생활을 할 수 있습니다.

요정들은 아기의 탄생에도 관여합니다. 산파요정은 아기가 물 미끄럼틀에서처럼 세상으로 잘 미끄러져 나오도록 도와줍니다. 첫 울음을 터뜨리는 아기에게 산모 팔꿈치를 밀쳐내고 요람 가까이로 가서 먼저 눈을 맞추는 것도 산파요정입니다.

모든 요정들이 하고 싶어 하는 일은 사랑을 돕는 일입니다. 사랑요정은 연인들이 사랑에 빠지는 짧은 순간을 알아챕니다. 사랑요정은 연인들의 번개같이 빠른 눈빛을 정교하게 마주치게 해 불꽃을 일으켜줍니다. 사랑요정은 연인들의 마음을 부지런히 전달해주는 메신저들입니다. 연인들이 사랑하는 동안 사랑요정의 날갯짓은 활기차고 눈부십니다. 그러나 연인들의 사랑이 식으면 요정도 생기를 잃고 날개가 시들어갑니다. 급기야 연인들이 이별을 하면 사랑요정은 그들 곁을 떠나야 합니다. 사랑요정들은 연인들과 함께했던 사랑의 순간들을 잊지 못해서 그들 곁을 떠나지 못하는 요정들이 대부분입니다. 그래서 요정들은 누구나 사랑요정이 되고 싶어 하는 동시에 두려워합니다. 사랑요정들은 황금빛 시간이 회색 재로 변해가는 잔인한 과정을 연인들과 함께 견디어야 하기 때문입니다. 새벽녘 창틀에 떨어져 있는 손톱만 한 회색 날개들을 본 적이 있나요? 그건 사랑요정들이 떨어뜨린 시든 날개랍니다.

이즈음에, '요정들도 죽나요?' 하고 당신은 물을 것입니다.

물론이지요! 물건들이 닳았을 때나 부서졌을 때 요정들은 그 물건과 함께 죽는답니다. 마찬가지로 아이가 죽거나 연인들이 변심했을 때도 요정들은 그들과 함께 죽습니다.

요정들을 가장 화나게 하는 말은, '요정이 정말 있나요?'라는 말입니다. 그 말을 입 밖으로 냈을 때는 물론이고 마음속에 담기만 해도 보이지 않는 어떤 것이 눈앞을 빠르게 지나가는 동시에 귀가 먹먹하면서 코가 따끔거릴 것입니다.

그것은 요정들이 날개로 당신의 코를 후려치면서, '여기 있네!'라고 요정어로 당신의 귀에 대고 소리치는 겁니다.

바람이 조금도 없는데 촛불이 휙 꺼질 때에도 촛불요정이 콧김을 식식거리면서 자기의 존재를 알리는 겁니다.

—요정의 모습을 볼 수는 없나요? 혹시 맑은 물 위에는 요정의 모습이 비치나요?

당신의 호기심은 정말 끝이 없군요!

비밀인데 요정을 발견하는 한 가지 방법을 당신에게만 알려주겠어요.

햇빛이 쨍쨍한 날 비눗물을 만들어서 입으로 불어보아요. 비눗방울이 빛 속으로 날아갈 때 자세히 들여다보면 그 방울을 밀어올리는 요정들의 무지개 색 날개가 보인답니다.

1975년 10월 20일 테레사.

생 일

오늘은 열다섯 번째 맞는 내 생일입니다. 열네 살의 생일 때보다 볼에 살이 올랐고 종아리가 더 길어졌습니다. 작년 생일에 글라라 수녀님이 찍어준 사진 속의 나는 급속하게 성장하는 중이었어요. 빠르게 달리는 차 안에서 넘어지지 않으려고 손잡이를 꼭 잡고 있는 표정을 짓고 있었지요. 튀기기 직전의 옥수수 알처럼 웃음을 꼭 참고 있는 것처럼 보이기도 했어요. 올해의 생일사진도 기대가 됩니다.

이제 열여섯 번째 생일까지는 꼭 일 년이 남았군요. 그날을 중요하게 여기는 까닭은 그날 밤에는 특별한 일이 일어나기 때문이에요. 궁금해하는 당신에게 내 열여섯 번째 생일날에는 어떤 일이 예정되어 있는지 미리 이야기해주겠어요.

한 나라에 공주가 태어났습니다. 왕과 왕비는 너무나 기뻐서 공주의 탄생을 축하하는 잔치를 성대하게 열었습니다. 나라 안의 마법사들은 모두 초청되었습니다. 그런데 축하연에 초청받지 못한 한 마법사가 앙심을 품고서 아기 공주에게 나쁜 주문을 걸었습니다.

— 공주는 열여섯 되는 생일날 밤에 물레 바늘에 찔려서 죽을 것이다!

이에 왕과 왕비는 물론이고 온 나라가 깊은 슬픔에 빠졌습니다. 그러자 다른 마법사들이 힘을 합하여 그 나쁜 주문을 방어하는 새 주문을 걸었습니다.

— 공주는 열여섯 번째 생일날 밤에 물레 바늘에 찔려 백 년 동안 잠이 들 것이다!

한숨은 돌렸지만 걱정이 된 왕은 성 안의 모든 물레를 없애라고 명령했습니다. 그러나 성 안의 탑 꼭대기에는 숨어서 물레를 돌리는 노파가 있었습니다. 여기까지가 잠자는 숲속의 공주 이야기입니다.

그러나 실제의 이야기는 다릅니다.

사악한 마법사는 '열여섯 살에 공주가 죽는다'는 자신의 마술이 다른 마법사들에 의해 수정되자 곧 다른 일을 꾸몄습니다. 다른 아기를 구해와서 성 안의 공주와 바꿔치기를 한 것입니다. 이 가짜 공주에게는 '열여섯 살에 죽는다'는 원래대로의 주문을 걸어놓았지요. 사악한 마법사는 자기의 마술이 어떤 누구라도 절대 수정할 수 없다는 것을 마법사들에게 보여줄 작정이었습니다.

사악한 마법사는 바꿔치기한 진짜 공주를 아무도 몰래 성 밖으로 데리고 나왔습니다. 이제 성 안의 가짜 공주가 물레에 찔려 죽기만 하면 자신은 나라 안에서 최고의 마법사가 되는 겁니다.

기분이 좋아진 마법사는 콧노래를 부르며 성당 앞을 지나는데 바구니 속의 아기가 빽빽 울기 시작했습니다. 사람들이 깰까봐 겁이 난 마법사는 성당 문 앞에 아기 바구니를 두고 도망쳤습니다.

아침미사를 보러 나오던 원장수녀님이 성당 정문의 주물 창살 사이로 바구니를 발견했습니다. 토마토처럼 얼굴이 빨개진 아기가 발길질을 하며 조각배처럼 기우뚱거리는 바구니 속에 들어 있었습니다. 그 바구니 속의 아기가 진짜 공주인 바로 이 테레사랍니다.

나는 열여섯 살의 생일날을 몹시 기다리고 있습니다. 그날 자정이 되면 나는 재봉틀 바늘에 손가락이 찔려서 곧바로 잠에 빠질 것입니다. 착한 마법사들이 죽음의 주문을 수정해준 덕분에 나는 백 년 동안 잠이 드는 거랍니다.

오늘은 열다섯 번째 생일이어서 그런 특별한 일은 일어나지 않았습니다. 글라라 수녀님이 만든 케이크에 촛불을 켜고 아이들은 수녀님들과 함께 생일 노래를 불러주었습니다. 동급생인 원희가 대표로 축원기도를 했습니다.

─테레사는 오늘 생일을 맞이하여 자신의 잘못을 빨리 깨달아 일찍 사과하게 해주시고, 양보심을 길러 파란 머리띠를 제게 양보하게 해주시고…… 웅얼웅얼 아멘.

기도는 영혼의 표현이라고 하지만 기도를 할 때에는 하느님이 금방 알아듣도록 요약해서 해야 합니다. 원희처럼 입 속으로 웅얼거리면서 국수 가락처럼 길게 늘어지는 기도는 하느님이 젓가락을 사용할 줄 안다고 해도 불편해하실 것입니다. 좋은 충고도 천국의 일부라네, 양원희

형제!

안나 수녀님으로부터 『테스』를, 원장수녀님으로부터는 『소화 성녀 테레사 자서전』을, 글라라 수녀님에게서는 열쇠 달린 일기장을 선물로 받았어요. 원희와 아이들은 직접 그린 생일카드를 주었어요. 그리고 매년 생일선물을 보내는 익명의 후원자로부터는 분홍색 물방울무늬의 잠옷과 끈 달린 검정색 학생구두를 받았답니다.

1976년 1월 27일 테레사.

책의 나라

내가 스스로 책을 읽을 수 있게 되었을 때 안나 수녀님은 말해주었어요.

─테레사야. 책은 세상을 나가는 문이란다. 한 권의 책을 펼치면 문이 하나 열리지. 그 문을 통해 책의 나라에 들어가보렴. 책을 읽는 동안 너는 이 세상이 아닌 그곳에 머물게 돼.

수녀원에는 작은 도서관이 있습니다. 이 도서관은 내가 수녀원에 처음 왔을 때는 그냥 서재였어요. 그런데 지금은 책들이 서가에 두세 줄로 겹쳐지고 빈틈에 끼워지고 바닥에 쌓여서 비좁은 도서관이 되었지요. 책이 쌓인 골목에 등을 대고 앉아 있으면 아무도 나를 찾지 못합니다.

나는 대부분의 시간을 책 속에서 보냅니다. 책장을 펼치고 책 속의 장소에서 지내는 시간이 가장 즐거워요. 책 밖으로 잠시 불려나갈 때에는 그 문이 꽉 닫히지 않도록 책갈피에 줄을 끼워둡니다. 내가 자주 드나들어서 문턱이 닳고 문 경첩처럼 제본이 헐거워진 책도 있어요. 『삼총사』는 적어도 열 번은 넘게 읽었습니다.

책의 나라에는 세상에 이안이란 아이가 곧 태어난다는 소문이 퍼졌습니다. 유명한 점술가는 그 아이가 책의 나라를 자주 방문하는 사람이 될 거라고 예언했습니다. 그러자 책의 나라 사람들은 이 중요한 아기의 탄생을 축하해주러 세상 밖으로 나가기로 했습니다. 아이가 커서 책의 나라를 방문하기까지는 적어도 칠팔 년은 기다려야 했으니까요. 책의 나라의 많은 사람들이 방문단에 신청서를 냈습니다. 마침내 하이디, 앤, 세드릭, 어린왕자, 톰과 톰의 이모가 선정되어 여섯 명의 축하사절단이 세상으로 나갔습니다.

갓난아기가 목욕을 마치고 둥글게 말아진 솜이불에 눕혀졌을 때 책의 나라 축하사절단이 막 도착했습니다. 그들은 아기를 보자 서로 가까이 가려고 팔꿈치로 밀치고 심지어는 산파요정의 양 날개 사이로 고개를 마구 들이밀었습니다. 이 북새통에 놀란 아기가 울기 시작했습니다. 그럼에도 책 나라 방문단은 콩깍지같이 퍼레진 입술로 악악 울어대는 아기 주위에 기어코 한 자리씩을 차지했습니다.

톰이 책갈피 줄로 아기의 주름진 이마를 간질이자 아기가 울음을 뚝 그쳤습니다. 그 사이에 톰의 아주머니는 준비해온 축하카드를 읽었습니다.

—아가야, 책의 나라 사람들은 너의 탄생을 진심으로 축하한단다. 어

서 자라서 우리들을 방문해주렴. 그날을 손꼽아 기다리며, 책의 나라 친구들 일동.

빙 둘러선 방문단이 일제히 손뼉을 치자 빛 조각들이 퍼레이드 종잇조각처럼 휘둥그레진 아기의 눈앞으로 떨어져 내렸습니다. 그때 방문단 일행들이 술렁거렸습니다. 톰의 아주머니가 주변을 두리번거리더니 소리쳤지요.

"톰!"

대답이 없었어요.

"톰!"

역시 대답이 없더군요.

화가 난 톰의 아주머니는 방문단 친구들에게 제 조카인 톰이 먼저 돌아간 게 틀림없다고 말했어요. 그중 빨간 머리를 한 여자아이가 그 아주머니에게 설득력 있는 의견을 내놓았습니다.

"톰은 사내아이가 태어날 줄 알고 우리를 따라왔던 거예요! 그런데 여자아이인 걸 보고 실망해서 혼자 책 속으로 도망친 거구요."

한 아이를 잃어버린 방문단은 허둥거리며 그만 돌아가버렸습니다. 주위가 조용해지자 아기는 태어난 후 첫 잠을 잘 수가 있었습니다.

1976년 3월 2일 테레사.

책의 나라 친구들

내가 자라서 책의 나라를 방문했을 때 그곳 친구들은 환호를 하며 반겨주었습니다. 축하 방문단으로 왔던 친구들 중 하이디가 제일 먼저 내게로 달려왔어요.

"난 하이디야. 알프스 산에서 할아버지랑 함께 살아. 너는 시끄러운 울보 아기였지. 나는 네가 어서 자라기만을 기다렸단다. 네가 방문하면 페터와 함께 염소를 몰고 내려올 때의 근사한 저녁노을도 보여주고 산바람도 염소들처럼 각기 다른 목소리를 낸다는 것도 알려주고 싶었거든."

그때 한 소년이 다가왔어요. 금빛 파도처럼 출렁이는 머리카락으로 나는 금방 그가 어린왕자라는 걸 알았습니다.

"안녕, 나는 어린왕자라고 해. 너는 정말 시끄럽고 고집 센 아기였는데! 얼굴이 새빨개져 우는 아기를 여우가 물어갔으면 했을 정도란다. 그 울보 아기가 제법 머리를 잘 빗은 소녀로 자라난 건 다 수녀님들 덕분일 거야."

어린왕자는 잠시 머뭇거리더니 내게 의논할 일이 있다고 했습니다.

"나는 네가 어서 여학생으로 자라기를 기다리고 있었어. 내 별에 있는 장미에 대해 물어보고 싶었거든. 장미는 겉으로 말하는 것과 속마음이 정말 달라. 어떻게 그럴 수 있지?"

어린왕자는 내 옆에 나란히 앉았습니다.

"사람들은 내가 세상의 지혜를 얻기 위해 소혹성 여섯 개와 지구로 여행을 떠났었다고 생각하지만 사실은 장미와의 문제로 별을 떠났던 거야. 그런데 지구를 여행하면서 다양한 사람을 만났는데도 장미에 대해서는 아직도 모르겠어."

부끄럼을 타는지 어린왕자는 작은 소리로 말했어요.

"장미를 이해하려고 노력하고 있어. 씨앗으로 별에 와서 처음 꽃을 피울 때 장미는 봉오리 속에서 여러 날 단장을 하면서 날 기다리게 했지. 아름다운 색깔의 꽃이 활짝 피었을 때 나는 장미꽃을 들여다보면서 감탄을 했어. 그런데 장미는 잠에서 방금 깨어나서 단장을 하지 않은 것처럼 하품을 하며 말했지. '아, 이제 잠에서 막 깨어났답니다. 제 머리가 온통 헝클어져 있네요.' 그때는 장미의 성격을 잘 몰라서 뻔히 알고 있는 일을 왜 저렇게 말할까 하고 생각했었어. 그런데 이어서 하는 말이, '당신의 별은 매우 춥군요. 환경도 좋지 않고요. 내가 살던 별은……' 하는 거야. 사실, 씨앗으로 내 별에 왔으니까 꽃이 전에 살았던 세상은 저가 알 수 없는 거잖아? 그런데 장미는 그걸 내가 알아챘는지를 알아보려고 잠시 말을 끊고 나의 표정을 살피는 거야. 장미는 부끄럽거나 창피하면 그걸 감추려고 기침을 하지. 그래도 자존심이 상하면 가시를 드러내고 화를 내. 내가 뭘? 나는 아무 일도 하지 않아. 그저 장미에게 필요한 물을 줄 뿐이라고. 어쨌거나 장미는 네 개의 가시와 심술궂은 허영심 그리고 별로 겸손하지 않은 마음을 가진 꽃이야."

어린왕자의 말을 주의 깊게 다 듣고 나서 내가 물었어요.

"프린스, 너는 지구 여행에서 꽃들이란 얼마나 모순된 존재인가를 알았잖아. 지구를 여행하고 돌아간 다음에 장미와 또 무슨 일이 있었던 거야? 왜 여태껏 장미와의 관계가 해결되지 않은 거야?"

어린왕자는 곰곰이 생각해보더니 또 말했어요.

"지구 여행에서 내 별의 장미꽃과 똑같은 꽃을 오천 송이나 보았을 때 나는 무척 놀랐어. 내가 별에 있을 때 장미는 세상에 자기와 같은 꽃은 어디에도 없다고 나에게 말했었거든. 그러나 그 장미와 같은 많은 꽃들을 지구에서 보니, '내 꽃이 이걸 본다면 몹시 가슴 아파할 거야. 기침을 심하게 해대면서 창피한 모습을 감추려고 죽는 시늉을 하겠지. 나에게 죄책감을 주려고 정말로 죽어버릴지도 몰라.' 하고 생각하자 내 별의 장미꽃이 몹시 가여워졌어. 그래서 별에 돌아가서 처음에는 장미꽃과 똑같은 꽃을 오천 송이나 보았다는 말을 하지 않았어. 그런데 내 장미는, '망을 씌워라, 햇빛 쪽으로 꽃잎을 돌려라, 강한 빛은 막아라, 상자 속의 양을 잘 감시해라, 가시를 손질해라.' 하는 잔소리를 하루 종일 하면서 점점 오만해졌지. 그래서 나는 장미꽃에게 좀 더 겸손한 마음을 가지게 하려고 지구에 오천 송이의 똑같은 꽃이 존재한다는 것을 말해줬어. 그랬더니 장미는, '그럴 리가 없어요! 나는 세상에서 유일한 장미꽃이에요!'라고 불같이 화를 내면서 얼굴이 새빨개지더군. 어쩌면 고개를 돌리고 눈물을 흘렸는지도 몰라. 그런데 그 다음 날부터는 장미가 기운을 차리지 못해. 하루 종일 목을 늘어뜨리고 치장도 않고 시들어 있지. 아무리 물을 주고 망을 벗기고 햇빛 쪽으로 고개를 돌려줘도 소용이 없어. 오만해도 좋으니 내 장미를 되살릴 방법이 없을까?"

나도 그 해결책을 찾으려고 한참을 생각해야 했어요. 쉬운 문제는 아니었거든요.

"이건 꽃들의 세계에서는 아주 민감한 문제야. 그래서 그 부분은 하느님도 건드리지 않으려 하시지……"

내가 장미였으면 무엇에 상처받았을까를 장미가 되어 생각해봤어요. 그러니 금방 답을 알겠더군요.

"아마도 장미의 자존심을 살려주면 기운을 차리게 될 거야. 어린왕자에게는 별의 장미꽃만이 유일하다는 것, 지구에서 본 오천 송이의 장미꽃은 모양은 같아도 어린왕자에게는 아무 의미가 없다는 것, 어린왕자에게는 유일한 꽃인 별의 장미가 피고 질 때만 세계가 열리고 닫힌다는 것에 대해 진심을 담아서 그리고 진정으로 이야기를 하는 거야. 그렇게 화해를 하고 나면 장미의 오만함 뒤에는 너에 대한 깊은 애정이 숨어 있다는 것도 알게 될 거야."

"아! 그래, 그걸 미처 몰랐었어!"

어린왕자가 비로소 이해를 했다는 듯 고개를 크게 끄덕였어요. 그의 노란 곱슬머리가 밀밭으로 한 줄기 바람이 지나가는 것처럼 흩어졌다가는 다시 제자리로 돌아왔지요. 어린왕자는 거닐고 싶은 아름다운 오솔길 같았어요.

"정말 고마워! 내 별로 놀러 와."

어린왕자는 내게 작별인사를 했어요.

"좋아. 프린스, 너의 별을 방문할 때에는 내 의자를 가지고 갈게. 그렇지 않으면 B612 별에 걸터앉아 두 다리를 대롱대롱 우주에 내려놓게 될 테니까."

나는 흔쾌히 어린왕자의 초대에 응했습니다. 그러자 어린왕자는 발목 부근에 노란 빛을 반짝거리며 이내 사라졌습니다. 그는 장미꽃과 화해하려고 서둘러 별 B612호로 간 것입니다.

1976년 4월 13일 테레사.

순자의 방문

순자가 나를 만나러 온다고 며칠 전에 수녀원으로 연락을 해왔습니다. 나는 약속한 그날이 될 때까지 분 단위로 손꼽으며 기다렸습니다. 순자는 내가 수녀원으로 온 지 칠 년 만에 나를 찾아오는 유일한 사람이기도 하지만 내 유년기를 기억하는 단 한 사람이기 때문입니다.

순자는 오전 열시쯤에 성당 정문 앞으로 왔습니다. 아침 일찍부터 준비해서 온 모양으로 시내버스를 타고 한 시간이나 걸려서 왔다고 했어요. 순자는 몸집이 더 커지고 검은 색이 돌던 얼굴은 하얀 찐빵처럼 빛나 보였어요. 순자도 내가 훌쩍 커서 수숫대처럼 긴 다리를 가진 걸 보고 놀라워하는 기색이었어요. 너무 오랜만이라 우리는 잠시 어색해했지만 순자가 바로 내 두 손을 맞잡고 눈물을 글썽거리는 바람에 곧 예전의 친밀한 사이로 돌아왔습니다.

원장수녀님이 수녀원 밖으로의 외출을 허락하지 않았기 때문에 우리는 빈 성당의 의자나 왕벚나무 아래의 돌 위에 앉아서 이야기를 했어요. 순자가 사가지고 온 우미당의 단팥빵과 칠성사이다를 나눠 마시면서 오후 내내 함께 보냈습니다.

순자는 광양 제철소에 다니는 남자랑 다음 달에 결혼을 하게 되어서 나를 찾아왔답니다.

"신랑은 잘생겼어? 사랑해?"

내가 묻자 순자는 부끄러운 듯 웃었어요.

"사람이 순하고 착해요. 세 번밖에 만나보지 않았어요. 멀리서 회사를 댕기니까요."

내가 순자에게 말을 놓으라고 하자 순자는 전에 하던 대로 하지 않으면 하려는 이야기를 자꾸 잊어먹는다면서 그대로 말하겠다고 했습니다.

나는 이번에 순자를 만나면 내가 그동안 궁금하게 생각했던 것들을 모조리 물어보겠다고 마음먹고 있었어요. 이제 나의 출생에 관해 알려 줄 사람은 유일하게 순자뿐이니까요. 순자는 너무 많은 이야기가 한꺼번에 밀려들어서 무슨 말부터 해야 할지 모르겠다는 표정이었어요. 그래서 내가 도와주었지요.

"시간이 많으니 천천히 이야기를 해. 나를 수녀원에 보낸 후에 임당동 이모할머니는 언제 어떻게 돌아가셨어?"

그러자 순자는 이모할머니의 임종 이야기부터 하기 시작했어요. 원장수녀님은 이모할머니의 장례식이 끝난 후 며칠이 지나서야 나에게 알려주었었지요.

"임당동 할머니는 애기씨를 수녀원에 보내고 이십일 만에 병원에서 돌아가셨어요. 아가씨 걱정을 많이 했어요. 수녀원에 혼자 남겨둬서 불쌍하다고요."

"난 친척들을 한 번도 본 적이 없어. 그건 왜지? 나의 어머니는 누구지? 나의 아버지는 누구이고? 나는 왜 부모님이 아니고 외할머니의 동생분이 기르게 된 거야? 왜 이런 이야기를 아무도 안 해줬지? 나는 전에는 세상 아이들이 모두 할머니와 돌봐주는 언니와 함께 사는 줄 알았어. 이모할머니는 나에게 이런 이야기조차 꺼내지 못하게 했었지. 그랬었잖아? 내가 어쩌다가 어머니에 대해 물으면 내가 착하게 크면 보러 온다고 했지. 그리고 아버지에 관해서 물었을 때는 할머니의 표정은 얼음장같이 변해서,

─외국으로 공부를 하러 갔대나 어쨌다나!

꼭 이렇게 말했지. 이모할머니의 그 말투 생각나?"

"예, 이모할머니는 꼭 그랬어요."

순자는 웃었다가는 또 눈물을 냈습니다. 순자는 당황한 듯했습니다. 내가 이렇게 구체적으로 캐물을 거라고는 생각지 못한 모양입니다. 그러나 나는 아주 작정을 한 일이었어요. 순자가 알고 있는 나의 출생에 대해 모두 털어놓게 할 생각으로 순자를 만날 날을 손꼽아 기다렸으니까요.

"나도 자세히는 몰라요. 아는 대로 이야기를 하자면…… 교장할머니 앞에서는 누구라도 그런 이야기를 꺼냈다가는 불호령이 내렸지요."

순자는 이모할머니가 등 뒤에 있는 것처럼 곁눈으로 어깨 뒤를 흘깃거렸어요.

"무슨 말이든지 받아들일 수 있어. 이제 내가 어린애도 아니고. 나도 내 출생에 대해 알아야지 잘 크지 않겠어? 제발, 나에게는 그 말을 해 줄 사람이 이제 순자 언니밖에 없어."

나는 필사적으로 순자에게 매달렸어요. 그러자 순자가 조금씩 이야기를 꺼내놓았어요.

"그게…… 나도 들은 소문이라서, 동네 아낙들이 모여 골목 끝에서 이야기를 하다가 내가 나타나면 눈치를 보며 흩어졌지요. 그 여자들이 아가씨를 부르기를……."

순자가 그 단어를 생각해내느라고 한참 골몰하기에 내가 재촉했어요.

"사람들이 나를, 뭐라고 불렀지?"

"사생아라고 했어요."

순자는 입 밖에 내기조차 민망하다는 듯 입 속으로 겨우 말했지요.

"사생아라고? 그게 무슨 뜻이지?"

나는 순자에게서 다음 이야기가 수월하게 나올 수 있도록 하기 위해 실타래를 잡아당겨주었습니다. 영리한 소녀인 내가 사생아의 뜻을 모를 리가 없었지요. 그러자 순자는 금역의 울타리를 제거해준 듯 거침없이 이야기를 쏟아놓기 시작했습니다.

"부모가 혼례식을 치르지 않고 낳은 아이를 사생아라고 한대요. 그러니까 애기씨의 아버지와 어머니가 결혼식을 하지 않고 애기씨를 낳은 거지요."

나는 처음으로 나의 부모님이 내 앞에서 차례로 불리는 걸 들었어요. 호명된 두 분이 나란히 걸어와 내 양 편에 서는 느낌이었지요.

"그분들이 그렇게 한 이유가 있을 것 아닌가? 그 이유를 나는 알 권리가 있는 거고."

나는 그동안 꽤 똑똑한 아이로 성장했다는 걸 순자에게 보여주고 싶었는지 어른처럼 말했습니다.

"애기씨 어머니는 애기씨를 낳고 나서 먼저 약조한 다른 사람과 혼례식을 치렀다고 했어요. 산모가 삼칠일이 지나자 애기씨 외할머니는 아기를 몰래 임당동으로 데리고 와서 이모할머니에게 맡겼고요. 임당동 이모할머니는 평생을 독신으로 교사생활을 한 분이어서 아기를 맡기기에 가장 적당했을 거예요. 이모할머님은 은퇴 후에 노년이 적적해서 아이를 입양을 한 거라고 사람들에게 말했지만 아무도 그 말을 믿지 않았어요. 애기씨 출생에 대해 세상 사람들마다 각기 다른 말을 하지만 나는 애기씨의 외할머니가 교통사고로 돌아가시기 전 해에 임당동 교장 댁에 들러서 두 자매분이 이야기하는 걸 직접 들었어요."

나는 온 몸의 피가 갑자기 얼굴로 몰려오는 것을 느꼈어요. 태어나면서부터 그런 모욕의 보자기를 뒤집어쓰고 나온 아이라니요. 그러나 침착하게 고개만 갸웃한 채로 끝까지 순자의 이야기를 들었습니다. 이야기를 멈출 위험이 있으니까요.

"내가 사생아라는 말이지? 그렇다고 치고, 내가 태어난 뒤에는 어떻게 된 거지?"

나는 아주 당당하게 반응했어요. 목소리가 낮게 떨렸지만 순자는 심각하게 여기지 않았어요. 순자는 자기가 알고 있던 이야기를 좀 더 자세하게 할 요량으로 바싹 나에게 다가앉았습니다.

"애기씨는 태어날 때 외할머니가 받았대요. 애기씨의 외할머니는 세상에 소문이 날 것이 무서워서 산파를 부르지 않았던 거지요. 원종어미 말로는 애기씨 외할머니는 따님이 임신한 기간에 제 집에서 심부름하던 아이 하나만 붙여 시골집에 가 있게 하고는 그 사실을 아무도 모르게 했대요."

여기까지 이야기를 한 순자는 한숨을 돌릴 요량으로 숨을 한 번 길게 내쉬었습니다. 나는 역무원처럼 순자의 이야기가 출발할 때까지 기다려주었습니다. 종착역에 도착하려면 아직 먼 거리가 남았거든요. 이윽고 순자가 이어서 이야기를 했습니다.

"원종어멈이 그러는데, 아가씨 어미 되는 사람은 아가씨를 낳은 후 외할머니에게 이 아기를 기르며 살게 해달라고 애원했답니다. 그러나 외할머니는 따님이 삼칠일 산후조리가 끝나자 애기를 떼서 이모할머니에게로 보냈대요. 세상의 소문이 무서웠던 거지요. 더구나 아가씨의 엄니는 다른 사람과의 혼례식 날짜가 삼 개월밖에 남지 않았을 때래요. 나이는 갓 스무 살이었고요."

순자는 이 부분에서는 특별히 공감이 되는지 콩알 같은 눈물을 떨어뜨렸습니다. 나도 괜한 눈물이 나왔지만 눈꺼풀을 깜빡여 없애고는 순자에게 다음 이야기를 졸랐습니다.

"모두 원종어멈에게서 들은 이야기예요. 내가 아홉 살 때 아가씨를 봐주러 임당동 교장 댁에 들어오니 원종이 어멈이 제 집 넷째아이랑 애기씨를 같이 젖을 먹이고 있더군요. 교장 할머님이 젖어미로 원종어미를 들인 거지요. 내가 온 지 몇 개월이 지나서 애기씨는 원종어미의 젖을 떼고 그다음부터는 내가 하루에도 몇 번씩 흰죽을 쑤어 샘표 왜간장을 섞어 먹였지요. 차 숟가락을 오물거리고 빨던 아기 때가 생각나네요!"

순자는 환한 미소를 짓더니 그 뒤의 장면들이 차례로 떠오르는 듯 저 혼자 허공에 대고는 말했어요.

"아가씨가 애기였을 때 검은 명주띠로 등허리에 꽉 잡아매서 업고는 어지간히도 동네어귀를 돌아다녔네요. 잠을 재우려고요. 나도 그때는 쪼끄만 꼬마여서 아가씨를 등에 업으면 발이 땅에 끌릴 정도였어요. 처음에 임당동 교장 댁에 애보기로 들어올 때는 나도 그렇게 오래 있으리라고는 생각하지 않았어요. 그런데 열일곱 살이 될 때까지 아가씨를 키웠으니 여덟 해나 교장할머니 댁에서 살았네요."

순자가 햇수를 셈을 하느라고 손을 꼽을 때 나는 얼른 끼어들었습니다.

"그럼 내 어머니는 누구와 결혼했지? 내 아버지 되는 사람은 지금 어디에 있고?"

자나 깨나 궁금했던 일들이었지요. 순자가 입을 다물까봐 조마조마하기까지 했습니다. 순자는 내가 벌써 자라서 이런 질문들을 거침없이 한다는 데 조금 놀라는 눈치였습니다. 내 질문에 충실히 답해주려고 잠시 생각하던 순자가 말했어요.

"그건 나도 자세히는 몰라요. 그 당시에 나는 애 보는 작은 계집애에 불과했으니까요. 그런데 동네 아낙네들은 아가씨의 아비 되는 사람이 어느 양반집 자제라고 수군거리는 말은 들었던 것 같아요. 다른 사람과 약혼식을 한 여자에게 아기를 배게 하고는 외국으로 도망가버렸다는 말도요."

나는 출생의 내력을 자세하게 듣자 충격을 받았습니다. 그 뒤로 순자의 말은 들리지도 않았어요. 그러나 순자의 한 번 터진 입은 멈출 줄 몰랐지요.

"아가씨도 많이 자랐고 알고 싶어 하니 내가 들은 대로 말해주는 거예요. 아가씨도 이제 알아야 하니까요."

나는 가슴이 뛰고 식은땀이 흐르더니 온몸에 타조 살 같은 소름이 돋아났어요. 눈을 잠시 감았다가 뜨니 마음이 좀 진정이 되더군요. 그러나 나의 이런 흥분 상태를 순자가 알아채지 못하게 조심을 해야 했지요. 순자에게서 들어야 할 이야기가 아직 남아 있었으니까요. 나는 심호흡을 하고 가슴을 손으로 지그시 누르면서 마지막 질문을 했습니다.

"그런데 임당동 이모할머니는 나를 왜 수녀원으로 보냈지?"

거기에 관해서는 할 말이 많은 듯 순자는 나를 향해 고쳐앉으며 말했습니다.

"임당동 교장할머니는 천주교인이 아니었어요. 노처녀로 선생님을 하면서 그제까지 혼자 살아온 이모님이야말로 세상의 누구도 믿지 않을 만큼 의심이 많았지요. 그런 할머니가 서양 선교사들은 정직해서 조선

사람보다 더 믿을 수 있다고 말했어요. 교장할머니는 당신이 죽은 뒤 세상에서 아가씨를 누가 가장 잘 돌보고 가장 잘 길러줄 것인가만 생각했어요. 그래서 아가씨를 수녀원에 보내기로 결정한 거구요. 교장 할머니는 아가씨를 수녀원에 보내면서 토지 수십만 평을 기증한다고 했어요. 그리고 그 일을 세상 사람들에게 비밀로 하지 않고 오히려 천주교인들뿐 아니라 보통 사람들에게까지 모두 알렸어요. 지금 생각하니 그렇게 한 것도 모두 아가씨를 위한 거예요. 혼자 남겨질 어린아이를 사람들이 함부로 대하지 못하도록 많은 재산을 미리 공개한 거니까요."

순자는 처음으로 의기양양하게 말했어요.

"그 당시 교구의 천주교인들은, 아가씨가 사생아이기 때문에 세례를 받을 수 없고 수녀원에 들일 수도 없다고 반대를 했대요. 그러자 원장수녀님은 이건 종교문제가 아니고 사업문제라고 그들에게 말했답니다. 애기씨 할머니가 수녀원에 학교를 세울 토지를 봉헌해서 애기씨를 첫 학생으로 받은 것이라고요. 그러자 아무도 애기씨에 대해서 다른 말을 못 했대요. 수녀님도 하느님께 배운 분들이라 말을 참 잘한 것 같아요. 이런 말들은 제사공장에 같이 다니는 천주교 신자 아주머니에게서 들은 이야기예요. 옥천동 성당에 다니는 사람이었는데 우연히 아가씨 이야기를 하는 거예요. 속으로 무척 놀랐지만 내가 키웠다는 내색은 전혀 하지 않았어요."

나는 그때부터 더 이상 순자의 말이 들리지 않았어요. 어서 빨리 혼자만의 시간을 갖고 스스로를 달래주고 싶었습니다. 그러나 이를 알지 못하는 순자는 나에게 수녀원 생활에 대해서, 음식은 입에 맞는지, 잠자리는 편한지, 수녀님들이 잘 대해주는지에 대해서 계속 질문을 했어요.

"응, 잘 지내고 있어."

나는 짧게 대답하면서 더 이상 이야기를 나누고 싶지 않은 내 심정을 알아주었으면 하고 바랐지요. 그러나 순자는 이번에는 우리 사이의 추억을 말할 차례라는 듯 이야기를 계속 이어갔습니다.

"그거 기억해요? 임당동 작은 방에서 잠잘 때 나랑 옆으로 나란히 모로 누워서 무릎을 낫 모양으로 항상 겹쳤지요. 아가씨가, 꿈나라에 내가 먼저 갈 거야, 내가 앞에 누웠으니까 하고 말하는 동안 나는 재빨리 다른 편으로 방향을 바꿔 누웠지요. 서로 뒤집지 못하게 하려고 팔다리를 붙잡아 방해하고 막 간질이기도 했잖아요…… 요즘에도 잠들기 전에 그 생각을 하면서 혼자 웃어요."

순자는 웃으면서도 눈가에는 눈물이 글썽거렸습니다. 나는 이야기에 집중하지 않고 발끝으로 흙을 파내며 말했지요.

"그럼, 나도 언니와 함께 지내던 때 생각이 많이 나. 언니가 불러주던 노래를 혼자 불러보기도 해. 오랜 만에 타박네 노래 한 번 불러줘."

내가 조르자 순자는 나를 아기 때처럼 제 가슴팍에 끌어안고 토닥거리며 노래를 불렀습니다.

타박타박 타박네야
너 어드메 울고 가니
우리 엄마 무덤가에
젖 먹으러 찾아간다
명태 주랴 명태 싫다
가지 주랴 가지 싫다

우리 엄마 젖을 다오

우리 엄마 젖을 다오

유자 같은 해가 순자의 등 뒤로 지고 있었습니다. 이윽고 순자는 붉어진 눈가를 무명 손수건으로 찍어내더니 구겨진 주름치마 뒤를 펴면서 자리에서 일어났습니다.

"이안 아가씨, 우리 아가, 잘 있어요. 언제 또 만날지…… 꼭 다시 보러 올게요. 그동안 밥 잘 먹고 수녀님 말 잘 들어요."

순자는 뒷걸음질로 걸어가더니 전봇대 앞에서 나를 향해 두 팔을 높이 흔들었습니다. 골목길을 돌아 큰길로 나가는 순자의 등 뒤에는 작은 아기가 검은 명주띠에 동여매져 있었습니다. 나는 이제 그 아기와도 작별했습니다.

"잘 가라, 이안! 이제 울음은 뚝 그치고 잠을 푹 자렴."

1976년 5월 6일 테레사.

손님

손상기 교수

율이 삼촌은 더위가 한풀 꺾인 늦은 오후에 도착했다. 그는 하계방학 중 이 주일 정도를 노관에서 지내려고 동료 교수 한 사람과 같이 왔다.

율이 삼촌이 먼저 앞마당으로 들어서고 삼촌의 동료는 몇 걸음 떨어진 파초의 그늘 아래에서 담배를 입에 문 채 서 있었다. 처음에는 손님을 아무도 눈여겨보지 않았다. 삼촌을 맞느라고 들뜬 두 부인은 물론이고 나도 턱밑에 돋기 시작하는 수염과 적당한 거리에서 악수할 수 있는 팔 길이에 신경 쓰느라고 주변을 살필 여유가 없었다.

"아?"

율이 삼촌이 제 동료를 소개하려고 뒤를 돌아보지 않았더라면 우리는 손님을 정원수처럼 마당에 세워두고 들어갈 뻔하였다.

"손 교수는 저와 고등학교 동창이고 지금은 같은 대학에서 근무하고 있는 동료입니다. 국문학자이며 문학평론가이지요. 정작 본인은 시인으로 소개되길 원하지만요."

율이 삼촌이 소개를 하자 손님은 파초 잎사귀를 한 손으로 밀치는 동시에 물고 있던 담배를 구두 끝으로 눌러 끄고는 어깨를 온통 흔들면서 우리 앞으로 걸어나왔다.

손님이 걸어오는 동안 그의 어깨는 자만심으로 우쭐대는 듯 보였는데, 그의 짧은 다리가 걸음을 옮길 때마다 도움을 요청하기 때문이었다. 손님이 내 앞에 섰을 때 나는 그의 상아색 양복상의 아래로 흐르는 배를 단추들이 팽팽하게 잡고 있는 것을 황망히 바라보았다. 손님은 신체와 복장뿐 아니라 인상에서도 긴밀하게 상호 협조하는 역동적 에너지가 느껴졌다.

크고 작은 동그라미로 이루어진 그의 모습에서는 늘 상대방을 환대한다는 북소리가 들려오는 듯했다. 동그란 두 눈은 천칭접시처럼 편견에 치우치지 않는 균형을, 겹친 턱은 한 단계를 더 허용하는 너그러움을, 방패모양의 둥근 얼굴은 어떤 날카로운 화살이라도 휘어지게 할 협상의 여지를 담고 있었다.

손님은 총을 조준하듯 내 눈을 들여다보더니 짧은 팔을 불쑥 내 오른손 앞으로 내밀었다. 나와 악수를 하는 그의 손아귀에서는 어떤 기분 좋은 힘이 전달되었는데, 그것은 마치 통통한 조롱박으로 청량한 샘물을 떠마시는 느낌이었다.

"요군, 반갑네! 자네 삼촌에게서 얘기를 많이 들었지."

손님은 내 가슴께로 바싹 다가서서 내 손을 제 왼 허리 옆으로 끌어당기면서 내 뒤의 어머니에게로 빠르게 눈길을 옮겼다.

"손상기입니다. 이 교수에게 노관에 가보고 싶다고 한 학기 내내 졸랐지요. 그런데 직접 초대해주시다니, 정말로 영광입니다." 하는 인사를 해서,

"시골이라서 여러 가지 불편하실 텐데요. 계시는 동안은 편히 지내길 바라요." 하는 어머니의 진심어린 답변을 끌어내고, 먼저 들어가려다 말고 대문 어귀에 잠시 멈춰 서 있는 묘자 아주머니를 향해서는,

"노관에서 지내는 동안 신세를 좀 지겠습니다. 잘 부탁드립니다." 하며 생활의 편익까지 챙긴 다음 잡고 있던 내 손을 놓아주었다.

아무튼 이 손님은 방문인사를 제 방식대로 연이어 진행하면서 노관의 대문을 우리들과 함께 발맞춰 들어섰다.

아침

새벽은 검은 가마솥처럼 열기가 남아 있었다. 내 방 양 편의 사랑방에서는 달이 미처 물러가지 않은 이른 새벽부터 백열전등이 켜지고 책장 넘기는 소리와 의자를 당기는 소리가 들렸다. 사랑채 방들은 벽지를 바른 미닫이문으로 연결되어서 펜이 종이 위로 미끄러지는 소리나 옷깃이 접히는 소리가 들릴 정도였다. 나는 양 옆에서 들려오는 작은 기적들 때문에 새벽녘에 선잠 설치다가 설핏 잠이 들어 해가 중천에 뜬 후에 일어났다.

율이 삼촌은 뒷산 길을 돌아서 잣나무 아래의 비탈길을 내려오고 있었다. 새벽 내내 책을 읽던 손님은 언제 나갔는지 연못가의 버드나

무 아래에서 걸음을 멈췄다가 연못 둑을 따라 걷고 있었다. 학자들이 한낮의 무더위를 피해 서늘한 새벽에 하루 공부를 마치고 아침 산책을 하는 중이었다.

감나뭇가지에 앉았던 까치 두 마리가 시새우며 하늘 높이 날아올랐다. 나뭇가지가 흔들리자 일찍 나온 벌레들의 등 위로 고인 이슬이 쏟아졌다. 횃대에서 내려온 닭들이 마당가를 달리고 외양간에는 여물을 졸라대는 소가 울음을 울고 우리 속에는 들판에 나가기를 희망하는 염소들이 수염을 다듬는 중이었다.

삼촌과 손님은 거의 동시에 앞마당으로 들어섰다.

"편히 주무셨습니까?"

앞마당 가에서 내가 문안인사를 하자 삼촌이 말했다.

"요야, 너도 일찍 일어나서 새벽을 마주해보렴."

그러자 마당을 가로질러 가면서 손님이 말했다.

"보이! 새벽잠은 소년을 자라게 한다네!"

노관의 아침은 손님들을 맞아 더없이 활기를 띠었다. 묘자 아주머니는 요리 솜씨를 제대로 발휘하려고 막서리 태경어멈을 불러서 부엌일을 돕게 했다. 황태 보푸라기를 졸이는 양념간장 냄새와 애호박 송이국 냄새가 바람결에 실려 왔다. 손님은 식사를 하러 오라는 기별을 기다리느라고 우물가에서 세수를 하면서 부엌 쪽을 힐긋거렸다.

밥상을 물리고 차반에 내온 감잎차를 마시며 손님이 말했다.

"감명 깊은 밥상이었습니다. 전통음식들이 저를 아득한 동심으로 이끕니다. 음식 맛이야말로 정서적인 기억을 심리적으로 연결해주는 다리이지요."

그러다가 손님은 문득 생각이 났다는 듯 율이 삼촌을 향해 말했다.

"그런데 이 교수, 자네는 독일에서 공부하던 십여 년 동안 이 노관의 음식들이 그립지 않던가?"

율이 삼촌은 황금빛 모란이 그려진 비취색 찻잔을 눈앞에 들고 마시면서 손님의 말을 비켜갔다. 삼촌은 독일에서의 이야기는 하지 않으려고 했다. 독일이 혹독한 유배지라도 되는 듯 일부러 피한다는 느낌이 들었다.

차를 넘기는 소리가 들릴 정도로 어색한 침묵이 네 사람 사이에 흘렀다. 이윽고 손님은 그 상황이 전적으로 자신의 책임인 양 무거운 침묵의 바퀴를 밀어서 새로운 화제로 옮겨갔다.

"백석이라는 시인이 있는데, 이 나라 최고의 시인 중 한 사람입니다. 월북 작가인 관계로 남한에서는 시집이 출판되지는 못했지요. 우리 학자들 사이에서만 자료를 구해서 참고하고 연구하는 정도입니다. 그의 시에는 전통음식에 관한 시가 많아요."

"그 백석 시인의 시를 한 번 보고 싶네요. 혹시 한 구절만이라도 들어볼 수는 없을까요?"

어머니는 손 교수와는 처음으로 대면하는 자리라서 그의 기질을 미처 몰랐었다. 단지 주인의 예로 손님에게 시 구절을 청했는데 순간 손님의 두 눈은 오토바이에 라이트를 켠 듯 반짝 빛났다. 어머니는 그에게 엔진을 켜는 열쇠를 준 셈이었다. 손님은 몇 번 목청을 돋우어 시동을 걸더니 오토바이를 몰아 곧장 대로로 내달렸다.

"밤이 깊어가는 집안엔 엄매는 엄매들끼리 아룻간에서들 웃고 이야기하고 아이들은 아이들끼리 웃간 한 방을 잡고 조아질하고 쌈방이 굴리고…… 아츰 시누이 동세들이 욱적하니 흥성거리는 부엌으론 샛문틈으로 장지문틈으로 무징게국을 끓이는 맛있는 내음새가 올라오도록 잔다.”

손님의 입에서는 조청항아리를 따르듯이 끊이지 않고 시 줄기가 흘렀다.

“이런 시가 있답니다. 캬! 근사하지 않습니까? 아침잠이 들어 있을 때 문틈으로 들어오는 무국냄새…… 아련하게…… 이것보다 더 생생하게 그날 아침의 풍경을 불러오는 시구가 또 있을까요?”

손님은 잠시 멈추어 고인 침을 넘기고는 다시 말을 이었다.

“백석 시는 제가 여러 편 외우고 있습니다. 저는 좋은 시는 무조건 외워서 낭송합니다. 시를 연주하는 것이지요. 시는 노래해야 합니다. 노래가 시입니다. 인쇄된 시는 연주용 악보에 불과하지요. 시가 소리로 연주될 때 우리의 전 감각은 열리고 그 의미를 저절로 알게 됩니다. 동물의 소리를 들으면 아픈지, 애달픈지, 절망적인지를 바로 느끼지 않습니까? 내용을 설명하지 않아도 그 소리만으로 감정이 전해집니다. 시는 햇빛이 섞이고 짠바람이 부는 바다처럼 살아 움직여야 합니다. 그건 마치 물고기가 물속에서 사는 것과 같습니다. 물고기의 지느러미처럼 리듬과 율동이 시를 공간 속으로 헤엄치게 한답니다. 시는 그 파동으로 전해져서 우리의 가슴을 반응하게 합니다.”

손님은 무심코 달린 말이 우연찮게 물가에 도착한 것처럼 스스로의 말에 감탄해서 얼굴이 붉게 상기되었다. 나는 마침 쥐고 있던 수첩에 손님의 말을 기록했다. 손님은 자신의 말들을 제어할 수 없었다.

"모든 시들은 시의 세계라는 영토에 살고 있습니다. 그런데 그 시의 세계는 실재의 세상과 아주 흡사합니다. 시구와 세상의 실재 현상은 결국 하나의 몸통에서 나온 다른 팔들이지요. 시바 신처럼 시의 형상에도 한 몸에 수십 개의 팔이 달려 있는데 그 팔들은 몸이라는 하나의 현상에 대한 수많은 은유들이랍니다."

손님은 마침 가부좌를 틀었던 다리를 바꾸다가 옆자리 율이 삼촌의 표정을 살피고는 급하게 마무리를 하였다.

"우리 인간이 신에게서 받은 최고의 선물은 바로 상상력입니다."

손님의 말은 조금 두서는 없었지만 사금처럼 채에 거르면 몇 조각의 황금을 건질 수 있는 것들이었다. 나는 앞으로 손님의 말은 무조건 기록을 해야겠다고 생각했다. 그것이 시인을 지망하는 견습생으로서의 마땅한 태도이기도 했다.

"먼저 일어나겠네."

율이 삼촌은 소화를 모조리 시키고 일어나는 것이 식사예절이라고 생각하는 동료를 두고 자리에서 일어섰다. 그러자 조금 실쭉해진 손님이 삼촌을 따라 일어나면서 어머니에게 과장된 예의를 갖추며 말했다.

"실례가 되었다면 용서하십시오."

"별말씀을요. 모처럼 손 교수님이 오셔서 즐겁고 유익한 시간을 보냅니다. 이런 시간은 저에게 오랜만에 지성과 자유로움을 느끼게 해주지요."

어머니는 삼촌에게 눈치를 받는 손님을 조금이나마 위로했다. 이에 용기가 충전된 손님이 말했다.

"제 아내는 제가 입 다물고 있을 때만 사랑한다고 했습니다. 제 아내가 저를 얼마나 사랑하고 있는지 아시겠지요? 저는 입을 다물고 있을 때가 거의 없으니까요."

어머니가 웃자 손님은 제 유머에 만족했는지 과장해서 크게 웃었다.

풍호정

"점심시간 전에 돌아오세요."

묘자 아주머니가 대문을 나서는 율이 삼촌과 손님에게 말했다.

"예."

맨 뒤를 따라나서는 내가 간단하게 대답했다. 그러나 손님은 그렇게 간단한 사람이 아니었다. 그는 돌계단을 내려서자마자 앞마당 한가운데에 자리를 잡더니 묘자 아주머니를 향해 즉흥시로 화답을 했다.

집은 언제나
돌아오라고 하네
음식이 식기 전에
우리는 돌아오리라

율이 삼촌은 그런 손님을 기다려주지 않았다. 이런 구경에 익숙하지 않은 아주머니와 어머니를 대문간에 남겨두고 삼촌은 길거리로 곧장 나섰다. 나는 주머니 속에 준비한 작은 수첩과 볼펜을 빨리 꺼내쥐고 손님의 말을 기록했다. 짧은 노래로 출정식을 마친 손님은 짧은 걸음을 여러 번 내달아 앞서가는 삼촌을 따라잡았다. 그 손님의 뒤를 내가 따랐다.

길에 나서자 구애의 신호를 보내는 수매미 울음소리가 사방에 가득했다. 굵게 수직으로 떨어지는 소리와 가늘게 휘감는 소리, 일제히 뚝 그쳤다가 다시 한꺼번에 시작하는 소리가 태피스트리의 무늬처럼 다양한 음색을 짜냈다. 뒤 언덕의 숲에서 내려오는 소나무와 잣나무의 향기가 어깨를 슬쩍 치고 지나갔다. 감나무 그늘에 앉은 사춘이는 우리 일행이 길에 나서자 일어서려다 말고 감꽃이 떨어진 서늘한 땅바닥에 턱을 다시 내려놓았다.

집에서부터 삼거리까지의 경사진 길 양 편에는 오래된 감나무들이 우람하게 줄지어 서서 떫은 숨을 내쉬었다. 그 감나무들 틈으로 머리를 숙인 버드나무 한 그루가 연못으로 가는 길을 공손히 안내하고 있었다.

길 오른편으로는 뽕나무밭이 옆 골짜기까지 푸른 물결처럼 출렁거렸다. 뽕나무 아래에는 뽕잎을 따는 동네 처녀들이 밟아놓은 샛길이 나 있었다. 손님은 목줄에 매인 염소처럼 왼쪽으로 끌려서 걷다가 다시 오른편으로 끌려서 걷기를 반복하면서 걸어 나왔다. 삼거리에 먼저 도착한 나와 율이 삼촌은 그를 기다려주었다.

철길로 향하는 아랫길로 꺾어들자 새마을운동으로 올 봄에 심은 은행나무 가로수가 까까머리 중학생들처럼 일렬로 이어졌다.

손님은 이보다 더 좋을 수 없는 최상의 기분이었다. 그는 벅찬 가슴을 아코디언처럼 접었다 펼쳤다 하면서 흥얼거렸다. 그때 손님이 갑자기 시상이 떠올랐는지 길 한복판에 멈춰 섰다. 나는 얼른 수첩을 꺼내들었다. 진정한 시인을 꿈꾸는 젊은이라면 감정의 수면 위로 튀어오르는 시퍼런 물고기를 현장에서 잡아채야 했다.

> 길은 언제나
> 떠나라고 하네
> 신발은 배처럼
> 나를 태우고
> 모자는 돛처럼
> 바람을 가르네

손님의 즉흥시는 조금 기괴하기까지 해서 달리의 그림이 연상되었다. 길을 달리는 신발과 바람을 가르는 모자는 초현실적인 환상을 불러일으켰다. 그러한 나의 상상을 완성하려는 듯이 그는 밀짚모자를 벗어 공중으로 던졌다가 제 머리에 다시 올려놓았다. 손님은 말과 방패를 갖지 않았을 뿐이지 기개는 길을 떠나는 돈키호테를 능가했다. 그는 주먹을 거머쥔 오른팔을 깃발처럼 휘저으며 앞장을 섰는데, 제어할 수 없는 자신의 감정을 한 방향으로 모으려는 건지 나를 따르라는 표식인지는 분명하지 않았다. 후자라면 적어도 나에게 그런 손짓은 하지 않아도 되었다. 나는 그의 즉흥시들을 기록하느라고 이미 그의 뒤를 바싹 쫓고 있었기 때문이었다.

손님은 초고가 시의 출발이며 가장 중요한 원재료라고 나에게 강조했다. 그는 '살아 있는 물고기를 먼저 잡아들여라. 요리는 퇴고에서 하면 된다'고 누누이 말했다. 그런 그가 지금 수면에 튀어오르는 물고기를 잡아서 나에게 마구 던지고 있는 것이다. 나는 그 물고기를 받아서 즉시 망태에 집어넣었다. 그렇지 않으면 물고기는 도로 물속으로 달아나버릴 것이었다. 그러면 어느 먼 바다에서 그 물고기를 다시 찾을 것인가? 미친 듯이 물고기를 잡아 던지는 손님에게서 한 마리라도 놓치지 않고 망태에 담으려고 나는 정신을 바싹 차렸다.

반짝이는 인상들을 물결처럼 담고 있는 일상도 겉으로는 강물처럼 태연히 흐르고 있었다. 손님은 그 고요한 일상의 수면 위로 느닷없이 뛰어오르는 물고기들을 잡아챘다. 선별할 시간도 없었다. 나는 손님이 잡아들이는 시퍼런 물고기들을 지느러미 하나 다치지 않게 하려고 휘달리는 토끼 발 같은 글씨체로 기록하고 있었다. 그것은 시인이 건져올린 언어들을 망각의 바다에 도로 빠지지 않게 하는 중요한 일이었다.

길바닥의 열기가 점점 올라왔다. 이제 율이 삼촌은 우리 두 사람보다 한 자는 먼저 앞서 걷고 있었다. 작은 새들이 길가의 은행나무에서 산 위의 소나뭇가지로 옮겨 앉았다. 바람 한 점도 없는 뜨거운 공기 속을 가르며 새들은 산그늘을 따라 이동했다. 이를 본 손님은 팔을 뻗어 뭔가를 공중에 흩뿌리는 시늉을 했다. 곧이어 쩅쩅한 햇볕을 깨뜨리는 차가운 조약돌 같은 목소리가 시 한 구절을 읊었다.

그는 새들을 향해 공허를 먹이로 던졌다
그러자 새들은 더 넓어진 대기를 향해 높이 솟아올랐다

나는 레코드판처럼 둥근 손님의 얼굴에서 흘러나오는 감미로운 서양음악에 귓바퀴를 모았다.

"이 시는 릴케의 「두이노의 비가」에 나오는 구절이라네."

손님은 뒤따르는 나를 돌아보면서 학자답게 주석을 달아주었다. 기록 노트에, '릴케'라는 상표를 붙여 따로 분리해놓으라는 뜻이었다. 어쩐지 그 시에서는 이국종의 말린 생선 냄새가 났다.

"젊은 친구, 릴케의 시를 들어본 적이 있나?"

손님은 걸음을 멈추고 나를 기다려서 질문을 했다. 그는 길을 떠난 오늘 아침부터 나를 '젊은 친구'라고 부르기 시작했다. 그것은 내가 좀 어리기는 해도 같은 시인의 등급에 놓고 교류하고 싶다는 그의 마음의 표현이었다. 아니 적어도 나는 그렇게 받아들였다. 어쨌거나 그런 건 아무래도 좋았다. 나는 릴케의 시 구절을 듣는 순간 호흡이 멈추고 심장이 산 정상에서 놓쳐버린 공처럼 곤두박질치고 내달리는 바람에 내 생의 기록이 새롭게 카운트되는 느낌이었다.

"릴케라는 시인의 이름은 들은 적이 있는데요. 장미 가시에 찔려 죽었다는……."

이 말은 입 밖으로 내뱉자마자 시든 꽃잎이 되어 땅으로 떨어졌다. 눈부신 날개를 달고 날아오르는 시 구절하고는 너무나 달랐다. 나는 방금 들은 릴케의 시 구절을 수첩에 적고는 소리 내어 다시 읽어보았다.

농가를 품에 안고 있는 산줄기가 철길로 연결되고 그 너머로는 넓은 논이 바다까지 푸른 띠처럼 이어졌다. 공기가 한낮의 정점을 향해 맹렬히 달구어지고 벼들이 뿜어내는 더운 숨결은 시멘트로 포장된 마을길로 올라왔다. 노란 햇살이 점차 붉어지면서 암갈색의 산 그림자들이 더 짙어졌다. 철길에 올라서자 멀리 모래해안으로 둥글게 이어지는 비취색 바다가 한눈에 들어왔다. 왼편 산 능선의 중간쯤에 팔각지붕의 정자가 보였다. 정자는 크고 너른 바위 위에 반쯤 걸치고 나머지 반은 공중에 지지대를 받쳐서 지은 누각이었다. 팔각 기와지붕 아래의 방 한 칸만 한 누마루를 여덟 개의 기둥이 둘러싸고 있었다.

"이 정자가 자네가 말하던 '풍호정'인가? 자네 선조께선 선비들이 노관에서부터 한담을 하고 걸어오다가 좀 쉬었으면 할 때에 딱 알맞은 곳에 정자를 지으셨군. 누구든 이 정도 걸으면 쉬어가고 싶은 생각이 들거든."

손님은 산비탈을 한 번에 뛰어올라갔다. 정자 아래로는 호수가 마당처럼 펼쳐져서 바다로 나아가는 물줄기들의 마지막 휴게소인 듯했다.

율이 삼촌은 비바람과 세월에 갈라진 정자의 서까래와 기둥을 둘러보고 바위 아래에서 마루 판자들을 일일이 살펴보았다.

먼저 정자 마루에 신을 벗고 올라간 손님은 눈앞에 펼쳐진 호수와 그 둘레의 소나무 숲을 보면서 접부채를 펼쳤다. 나는 정자 마루에 따라올라가 손님의 곁을 시동처럼 지키고 앉았다. 율이 삼촌이 댓돌에 신발들을 가지런히 챙기며 누마루에 들어섰다.

"정자에 와본 지가 하 오래 되어서 훼손된 곳이 없는지 살펴보았네. 크게 손볼 데는 없지만 그동안 비바람에 많이 닳아졌구먼. 세월의 흔적이지."

율이 삼촌은 현판 아래에 가서 섰다. 현판은 가로 일 미터에 세로는 오십 센티 정도로 보이는 검은 바탕의 송판으로 '풍호정'이라는 한자가 해서체로 양각되어 있었다.

"어디, 정자 현판이 오른편으로 조금 기운 것 같네."

손님이 뒤로 가서 지적을 하자 율이 삼촌은 발끝을 높여 현판의 기운 쪽 끝을 올렸다.

"풍호정이라! 바람 풍자에 호수 호자, 바람과 호수라! 흔드는 바람과 머무는 호수! 바람은 호수에 머물지 않고 호수는 바람 따라 떠나지 않는다! 어떤가, 젊은 친구, 내 해석이 그럴듯한가?"

손님은 고개를 치켜올리고 그의 말에 귀를 기울이고 있는 충실한 나를 내려다보았다. 나는 동의와 공감과 존경을 모두 표시하려고 뻐근한 목을 세 번 끄덕거렸다.

"가만, 현판의 낙관을 보니 이 글씨는 윤용구의 것이 아닌가? 구한말에 이판인가 병판을 했던 그 윤용구?"

손님이 현판의 낙관을 세심하게 살피더니 이번에는 삼촌을 향해 물었다.

"구한말에 이판을 한 그 윤용구옹의 글씨가 맞네. 내 기억에는 이용익이나 송진우, 남궁억 선생이 조부님의 문우들이었지. 원한다면 집에 돌아가서 그분들의 글씨와 교류한 서신들을 보여주겠네."

"원하고말고! 그래도 노관은 대관령 동부 터에 삼백 년이나 된 유서 깊은 집안인데 지나가던 문객이 구경할 만한 다른 물건들은 없소이까?"

호기심으로 바싹 당겨앉은 손님이 사뭇 고어체로 말했다.

"글쎄, 자네의 흥미를 끌 만한 물건들이 뭐가 있을까…… 아? 신사임당의 포도 그림이 있네. 그리고 필사본이기는 하지만 추사의 글씨도 있고…… 순종 황제의 국장록도 있고. 조선조 학자들의 필사한 서적들도 서궤 안에 보관되어 있지. 아, 성삼문 유고집도 있다네."

"그런데, 신사임당 포도 그림이라면 국보급 문화재가 아닌가?"

손님은 놀랍다는 표정으로 물었다.

"폭이 반 자, 길이가 한 자 정도 되는 작은 수묵화 족자네. 권진사 댁에서 시집오실 때 증조모님이 지니고 오신 것이지. 내가 학생시절에 이 노관의 사랑채에 이은상 선생과 민태식 선생이 신사임당 포도 그림을 감정하러 서울서 오셨었어. 신사임당 포도 그림은 노관의 안주인에게 보여달라고 청해보게. 노관의 주인이 내가 아니니."

"자네가 지방 호족 출신이라는 건 알았지만 본가에 그런 진기한 보물들이 잔뜩 있으리라고는 미처 생각지 못했는걸?"

손님은 눈을 크게 뜨고는 과장된 표정을 일부러 지어 보였다. 율이삼촌이 흐르는 땀을 닦느라고 허리춤에서 모시수건을 꺼냈다. 그러더니 한 가지 생각이 났는지 덧붙여 말했다.

"진기한 물건이라니 말인데 노관에는 오십 년마다 핏줄이 자라는 중국 계혈석 도장이 있네. 내가 어려서 보았을 때는 상아빛 그 돌에 붉은 핏줄이 조금밖에 나타나지 않았었는데 얼마 전에 보니 유정란 계란을 불빛에 들여다보는 것처럼 온통 핏줄기가 그 도장을 휘감고 있더군. 그동안 돌이 자란 거라네. 도장 손잡이에는 사자 두 마리가 앉아 있고 사각형의 기단 둘레로는 새끼사자 여덟 마리가 조각되어 있는데 가문의 문장이지. 그런데 손 교수, 자네는 고문화재에 무서운 탐심을 보이는군 그래?"

옆으로 몸을 기울여 과도하게 열중하던 손님은 율이 삼촌이 문득 고개를 돌려 얼굴을 마주 하자 화들짝 놀라서 몸을 뺐다.

"흠흠, 그래도 내가 국문학자가 아닌가."

손님은 머쓱했던지 오뚝 몸을 세우더니 부채바람을 빠르게 일으켜서 자신의 탐닉이 흩어지게 했다.

기슭에 둘러선 소나무들로 절반은 그늘져 있는 앞의 호수에서 한 줄기 바람이 불어오더니 정자 기둥 사이로 빠져나가 뒷산으로 넘어 갔다. 두 사람은 가부좌를 틀고 호수를 내려다보면서 묵묵히 앉아 있었다. 한동안 무료한 눈동자를 호두처럼 굴리던 손님이 먼저 입을 열었다.

"여, 젊은 시인 지망생, 옛 선비들이 이곳 정자에 모여서 시조를 지었듯이 우리도 시 한 수씩을 지어보세."

나는 얼른 필기도구를 챙겨서 자리에서 일어났다. 그때 율이 삼촌이 한 가지 옛일이 생각난다는 듯 빛 조각들이 수면 위로 쏠려다니는 에메랄드 색 호수를 내려다보면서 말했다.

"내가 대여섯 살 때의 기억이니 해방 다음해였어. 삼남의 문객들 열댓씩 모여서 노관의 사랑채에서 한 달씩 묵으면서 시 경연을 했었지. 사랑채에 묵는 손님들의 진지상을 보느라고 부엌에는 일하는 아낙들이 분주하고 정자에서 경연을 마친 하얀 수염을 기른 선비들이 도포자락을 펄럭이며 시동 하나씩을 데리고 노관의 앞마당으로 줄줄이 들어서면 진동하는 음식 냄새가 군침이 돌게 했었지. 목방과 행랑채에는 그 문객들이 데리고 온 시종과 하인들이 둥근 개다리상 하나씩을 받고 웅성거리며 밥을 먹고, 밀려난 우리 형제는 작은사랑 별채에서 재순이가 바쁜 중에 챙겨주는 밥상을 받곤 했어. 사랑채에서는 선비들이 주고받는 이야기 소리와 기침 소리가 삼거리까지 들리고 점심식사를 한 오후에는 갓을 벗고 대청마루와 사랑방으로 흩어져서 낮잠들을 주무셨지. 시동들과 하인들은 어울려 앞 냇가로 물놀이를 하러 몰려가곤 했었어. 그러니까 삼십 년 전, 갓 해방이 되었을 때만 해도 그런 유교적인 풍경들이 남아 있었지."

율이 삼촌은 모시 윗저고리 깃 속으로 부채바람을 들여보냈다.

"이번 여름에는 내가 노관의 문객으로 온 셈이로군. 안 그런가? 이 교수, 그러니 어디, 여럿이 참여하는 시 경연은 아니지만 우리끼리, 여기 전도유망한 청년 문사도 있고 하니 시 구절을 한 수씩 내어보자고."

손님은 풍경에 취해서 삼촌과 나를 번갈아 보며 재촉했다.

"그럼, 두 사람이 주고받아보게."

율이 삼촌은 나에게 호수의 전경이 보이는 앞자리를 내주고 뒤로 옮겨 앉았다.

"연장자가 먼저 운을 떼우시오."

율이 삼촌은 경연장의 감독관처럼 손 교수에게 말했다. 나는 손님이 내놓는 시구들을 받으려고 낙수 물통처럼 그의 앞에 마주 앉았다. 호수를 전경으로 마주 본 우리 두 사람과 정삼각형을 만드는 꼭짓점에 삼촌이 앉았다. 손님은 푸른 호수와 그 위의 바람을 왼 어깨 너머로 둘러보면서 헛기침으로 목청을 조율했다.

바람은
호수를 주름 지우고

손님이 시구를 띄웠다. 풍호정 정자에 알맞은 멋진 시의 출발이었
다. 손님 앞에는 삼촌과 나, 두 사람뿐이었지만 그는 많은 사람들이
자신의 시 구절을 기다리고 있다고 상상하는지 시선을 반원으로 넓
게 굴렸다. 나는 조금 생각하다가 이윽고 선창된 시 구절을 받았다.

고뇌는
얼굴을 주름 지우는구나

율이 삼촌이 손뼉을 한 번 치며 "얼쑤!" 하고 추임새를 넣어주었
다. 단락의 막간을 알리는 것이다. 두 번째 연에서는 손님의 목소리가
더욱 장중하고 드높아졌다.

당신이 떠나간 후
큰 슬픔으로
다른 슬픔들은
하찮게 여겨졌노라

잠시 생각한 나는 그 시구를 받았다.

그러나

당신이 돌아온

큰 기쁨으로

다른 기쁨들이

하찮이 여겨질까 두렵노라

"훌륭한 대구야!" 율이 삼촌이 손뼉을 치며 기꺼이 치하했다.

"완벽한 마무리네! 대구로 시가 생생해졌어." 손님도 감탄해 마지
않았다.

나는 처음 지어보는 시 구절에 칭찬이 쏟아지자 자신감이 죽순처
럼 솟아올랐다. 시흥에 취한 손님은 돌아오는 길에서도 옛시조 서너
개를 연이어 읊어댔다.

우리 일행이 도착하자 동녘 마당가의 평상으로 묘자 아주머니는
냉오미자차를 내왔다. 오미자차에 띄워진 잣들은 반을 갈라놓은 열
매의 씨앗처럼 보였다. 손님은 유리그릇 바닥이 보이도록 치켜들어
마지막 모금까지 마시고는, 아주머니를 향해 "우리가 점심시간에 맞
춰서 돌아왔지요?" 하고 개선장군처럼 말했다.

감나무 아래의 평상에는 매미 소리에 얼이 빠진 풋감이 꼭지째 떨
어졌다. 구두코처럼 반짝이는 산개미들이 평상의 다리로 줄지어 오
르다가 손으로 훑으면 뿔뿔이 흩어졌다. 앞 들판에는 푸른 벼들이 한
여름 볕에 익어갔다. 논둑의 물웅덩이에는 실뱀들이 헤엄치고 논 고
둥들은 까만 제 집 밖으로 고개를 내밀었다. 막서리 집 옆의 염소우
리와 외양간에서는 거름 냄새가 올라오고 우물가에서는 감자 썩는

냄새가 바람에 실려왔다.

점심식사 후에 손님은 상을 치운 평상에 그대로 목침을 베고는 낮잠이 들고 어머니는 수틀을 들고 안당으로 들어가고 율이 삼촌은 사랑 대청에서 책을 덮고 대 의자에 길게 누웠다. 행랑채 툇마루에서 묘자 아주머니는 붉은 강낭콩을 까고 있었다.

나는 평상 귀퉁이에 엎드려 느리게 걷고 있는 사마귀를 손가락으로 재촉했다. 흙담장 밑에는 흰나비 한 마리가 다른 맨드라미꽃으로 자리를 옮겨 앉았다. 한여름의 한적한 오후였다.

저녁

비를 품은 바람이 턱이 닿을 듯 앞 들판을 가로지르고 있었다. 바람이 불 때마다 대숲에서는 댓잎 부딪히는 소리가 파도처럼 들려왔다. 뒷산을 내려온 비바람은 안당에 내려진 명주 발 사이를 통과해 어두운 안마당으로 빠져나갔다.

"오늘날의 국가는 공동의 유대감으로 형성된 단체의 개념으로 바뀌어갑니다. 같은 희망, 같은 목적, 같은 이익을 추구하는 공동체로 말입니다. 말하자면 국가가 거대한 정당 같다고나 할까요? 그러니 이 시대에는 '조국'과 국가가 꼭 일치한다고만 볼 수 없습니다. 조국이나 애국심이란 일상에서는 잊고 지내다가 한 번씩 꺼내보는 오래된 훈장 같지요. 아무튼 한 국가가 깃발을 치켜들고 한 민족만을 이끌던 시대는 끝나갑니다. 민족국가의 조종이 울리기 시작했다고나 할까요?"

손님이 어머니에게 말하고 있었다. 이에 대해 삼촌이 말했다.

"자네 말은 이십세기 초반의 코뮤니스트들이나 아나키스트들의 주장같이 들리네. 내 견해는 좀 달라. 국가는 가문처럼 혈통과 언어, 역사와 문화가 공유되는 한 민족으로 구성되는 것이 바람직하다고 생각하네."

이번에 손님은 율이 삼촌을 향해 사적인 각도로 몸을 기울이며 말했다.

"그럼 이건 어떻게 생각하나. 68년도 오월에 일어난, 그러니까 꼭 팔 년 전에 격발된 프랑스 5공화국의 폭동 말이네. 뒤이어서 스페인, 독일, 체코…… 이러한 폭동이야말로 이 시대의 신호탄이지 뭔가? 이전의 세기로 볼 때 이제까지 유럽의 혁명들은 언제나 한 시대의 방향을 가장 먼저 제시해오지 않았나?"

손님은 언제나 시사적이었다. 삼촌이 말했다.

"몇 년 전의 유럽의 폭동들은 보다 더 진보된 자유를 갖기 위한 투쟁이었지. 그런 선진 유럽의 문화혁명과 최소한의 기본권과 생존권을 쟁취하려는 후진국들의 혁명은 성격부터가 완전히 다르네. 지금 우리의 현실은 백 년 전 산업혁명 후의 영국이나 프랑스대혁명 때 가졌던 사회, 정치, 경제적 문제들을 한꺼번에 해결해야 하는 형편이지. 각 나라의 내부 혁명은 자연물처럼 그 성격과 진화의 정도가 각기 달라. 혁명이야말로 각 나라마다의 각개 전투지. 진화론의 눈으로 본다면 혁명은 그 사회의 돌연변이인 셈이야."

율이 삼촌은 손님이 자신의 말에 별다른 이의를 달지 않자 이어서 말했다.

"어쨌든 혁명은 승리한 다음에는 근사하게 포장되지만 일어난 시점을 들여다보면 극심한 피폐와 험난한 과정이 숨어 있어. 폭동에서 튀는 파편의 강도를 보면 정치적 폭압의 정도를 가늠할 수가 있지. 지금 유신정권은 겉은 평평해서 그럴 듯해 보이지만 그 얼음장 밑 한 뼘 아래에는 벌써 봄의 물결들이 모여들고 있다는 걸 알아야 해. 민중이 결속되는 그 방향이 바로 자연의 이치이지. 무엇으로도 막을 수 없는 명백한 역사의 방향이고."

율이 삼촌은 쟁반 위의 수박을 한 입 베어 물었다. 손님은 그 사이를 타서 자수실을 감고 있는 어머니를 향해 말했다.

"민주주의란 방법의 문제입니다. 정부는 합법적이고 공개적인 경쟁을 통해 권력을 얻어야 합니다. 정권에 대한 국민의 신뢰는 진행과정의 공정함에서 생겨나는 것이니까요. 권력을 분배하는 과정의 공정함과 집행과정의 공정함이 바로 민주주의의 뿌리가 아니겠습니까? 너무나 당연한 교과서적인 말입니다만, 삼선개헌을 하고 유신을 선포한 지금이야말로 가장 기본적인 규칙을 상기해야 할 때입니다."

손님은 거침없이 말하고 있었다.

"풍랑에 배가 기울지 않게 하려면 키를 잘 조정해야 하지요. 국가라는 배가 뒤집히지 않으려면 국민들은 키잡이에게 항상 주의를 기울여야 합니다. 정의는 절체절명의 확고한 것이 아닙니다. 세상은 늘 위협받고 흔들리지요. 흔들리는 가운데 균형을 찾아가는 것이 정의라고 생각합니다. 그렇지 않습니까?"

어머니는 마치 이 질문을 기다리고 있었다는 듯 즉시 고개를 끄덕이면서 말했다.

"흔들리면서 균형을 잡는다?…… 인생 또한 그렇지요."

"민주적 평등이란 사회주의의 균등함하고는 현격한 차이가 있습니다. 평등함이란 같음이 아니라 공정함입니다. 무수한 다양성에 대한 다양한 공정성이 바로 민주적 평등입니다. 같음이라니요, 생각해보십시오! 그게 어디 가당키나 한 논리입니까? 인간은 자율적인 존재입니다. 자연에, 환경에 자율적으로 알맞게 적응해가도록 만들어진 과정의 피조물입니다."

손님은 어머니가 일손을 멈추고 귀 기울여주는 데 고무되어 말을 계속 이어갔다.

"그러나 지금 이 나라의 획일적이고 독단적인 행태를 보십시오. 이 정권은 일본 사무라이들처럼 목을 쳐서 전 국민의 키를 똑같이 고르고 있습니다. 강도 프로크루스테스처럼 다리를 잘라내서 정해진 침대에 키를 맞추고 있지요. 이런 터무니없는, 풍자나 우화에서나 있을 법한 획일적인 독단이 실제로 이 땅에서 일어나고 있습니다. 지금 이 강산은 숨죽인 비명으로 가득 차 있습니다!"

말을 하다 말고 손님이 갑자기 고개를 숙였다. 그의 굽은 목덜미가 떨리고 있었다. 율이 삼촌은 안마당으로 시선을 비켰다. 아무도 더 이상 말을 하지 않았다.

비를 몰고 온 강풍이 덧문들을 닫았다가 다시 열어젖히는 소리가 났다. 세워둔 빗자루가 쓰러지고 벽에 붙은 날달력이 광폭하게 펄럭이더니 우물가에서는 양은대야가 요란하게 굴러갔다. 곧바로 소낙비가 쏟아졌다. 묘자 아주머니는 비설거지를 하러 중문 밖으로 달려나갔다. 우리는 비가 들이치는 사랑방의 덧문들을 닫으려고 서둘러 각자의 방으로 흩어졌다.

장마

장마는 열흘간이나 계속되었다. 저녁나절에는 사랑채의 온돌 아궁이에 군불이 지펴졌다. 눅눅하고 서늘한 방 안에 생솔가지가 타는 송진 냄새와 매캐한 연기가 새어들었다. 푸르스름한 연기는 안마당에 자옥하게 깔렸다가 중문을 통하여 느리게 서녘마당으로 빠져나갔다.

태경아범은 디딜방앗간에 쌓아두었던 생솔가지를 지고 와 사랑채의 함실아궁이에 넣고 있었다. 생솔가지에 불길을 살려내는 걸 들여다보던 손님이 말했다.

"용한 재주이십니다 그려. 젖은 나무에도 불을 살려내다니. 매운 연기가 많이 나지만 안쪽에는 불이 계속 붙네요?"

도시에서 온 신사양반하고는 한 번도 마주 서서 대화를 해본 적이 없는 태경아범은 거친 손바닥을 비비며 "예, 예." 하고는 얼른 자리를 피해 다른 방 아궁이를 보러 갔다.

축축하던 방 안의 공기는 온돌 바닥에서 올라오는 온기로 빨래처럼 말려졌다. 나는 온도와 기분이 한껏 맞아서 밤이 늦도록 수학 문제를 풀고 있었다. 시계를 보니 열한시였다. 전등을 끄고 잠자리에 누우려는데 미닫이문을 통해 삼촌의 방에서 말소리가 들려왔다.

"이 교수, 잠자리에 들었는가? 이야기나 좀 하러 들어가도 되겠는가?" 하는 손님의 목소리였다.

"안 자고 있었네. 어서 들어오게."

율이 삼촌이 방문을 여는 소리가 났다. 의자 끄는 소리, 책들을 정리하는 소리들의 작은 기척들까지 벽지를 바른 미닫이문을 통해 가깝게 들렸다. 이윽고 손님이 야영 온 소년처럼 들뜬 목소리로 말했다.

"낮잠을 자서 그런지 도무지 잠이 오질 않아. 한적한 시골의 여름밤이라! 이런 때 이야기꽃을 피우는 것도 좋은 추억이 되지."

한밤중에 느닷없이 방문을 두드린 손님은 머쓱한 분위기를 지우려고 바로 이야기를 시작했다.

"여보게, 율이. 처음 노관을 방문했을 때 난 좀 놀랐었어. 궁금했지만 오늘 밤까지 참았지. 여태껏 나한테 그런 말을 한마디도 안 했다니! 이곳 노관으로 함께 올 때까지도 말이야. 이 노관의 마님이, 자네의 형수씨가 예전에 우리가 고등학교 시절에 만난 바로 그 권정의씨가 아닌가? 벌써 까마득한 옛날 일이네. 우리가 고등학교 일학년 때였으니까. 재경 강원 동문회에 참석했을 때 같은 고향 사람이 있다고 자네가 반가워했었지. 하긴 그 시절에는 강원 전 지역을 아울러서 같이 동문회를 해도 우리 K고와 K여고에 유학 온 학생들이 몇 명 안 되었으니까. 그 시절에는 그랬어. 아니 그게 중요한 게 아니고 그 권정의씨가 자네의 형수님이 되다니 그거 참 인연이네. 자네 형님이 행운의 주인공이네 그려. 현처를 얻으셨으니…… 그런데 어찌된 일인지 말 좀 해보게. 고등학교 때 권정의씨를 먼저 만난 건 자네가 아닌가? 우리는 고등학교 시절에는 그렇게 죽이 맞아서 같이 잘 다녔는데 대학에 들어간 후로는 서로 연락이 뜸했었지. 학부 시절 내내 도무지 자네 소식을 듣지 못했고, 독일 유학 소식도 동창한테 전해들었지. 그러다가 자네가 귀국해서 나에게 연락을 해온 거네. 내 연구실 조교 선생이 자네가 남긴 연락처를 전해주더구먼. 그때 우리가 근 십오 년 만에 다시 만난 거지?"

"독일에서 귀국할 때만 해도 한국에 이렇게 오래 머물 생각은 아니었어. 근데 막상 들어와보니 그게 간단한 일이 아니라서 자네에게 도움을 청했던 거네. 강의자리나 알아보려고. 국내 대학 사정은 아는 바가 없었으니……."

율이 삼촌의 대꾸에 손님은 곧바로 입을 열었다.

"그래? 그날 자네 쪽지를 전해준 내 연구실 조교 선생이 뭐라고 한 줄 알아? 옆 연구실 조교 선생에게 자네의 인상을 말하는 거야."

—교수님 친구분이 방문했는데 무슨 할리우드 배우인 줄 알았어. 바바리 깃을 세우고 유럽의 성터처럼 쓸쓸한 인상으로 비스듬히 메모지를 내미는데, 바로 장 가뱅이었어! 이 선생도 한 번 봤어야 하는데!

그 조교 선생은 원래 명랑한 성격이기도 하지만 상당히 들떠 있더군. 그러자 옆 연구실의 이 선생이 냉정하게 말했지.

—장 가뱅은 할리우드가 아니고 불란서 배우거든?

—어쨌거나. 우리 손 교수님하고는 분위기가 정반대였어. 완전 보름달과 상현달인 거 있지. 두루뭉침과 샤프함의 대비라고나 할까?

저희들끼리 비유와 은유를 난무하면서 퇴근을 하는데, 거참, 멀쩡한 유부남인 나는 왜 거기에 끼워? 덕분에 나는 그 선생들이 나갈 때까지 연구실 의자를 돌리고 파묻혀 있어야 했지. 하하하!"

손님이야말로 온갖 직접인용으로 이야기의 흥을 돋우다가 삼촌이 반응이 없자 멋쩍은지 헛웃음으로 마무리했다. 그러고는 소심하게 본론으로 슬쩍 넘어갔다.

"그러니까 내 말은, 여자들에게 호감을 주는 외모와 내용을 갖춘 준수한 남자가 여태까지 웬 얼어죽을 독신으로 있냐는 거지. 곧 마흔이면 예전에는 손자도 두셋 본, 노인정에서는 초로의 늙은이야. 이제 한국에 돌아왔으니 자네도 연애를 한 번 해보라고. 어디 내가 참한 처자를 소개시켜줘? 제 나라가 좋다는 게 뭔가, 제 토양에 뿌리 내리고 토종 열매를 맺는 거지. 그게 바로 신토불이라고!"

손님은 대화를 유쾌하게 이끌려고 했다. 예상과는 달리 한참 동안 삼촌의 대꾸가 없었다. 불편해질 정도로 침묵이 길어지자 너스레를 떨던 손님은 스스로 진지한 모드로 바꾸었다.

"이 교수, 나는 자네와 재경 유학생으로 고교시절을 거의 붙어서 지냈지만 여기 노관에 와보고는 친구에 대해 많이 알지 못한다는 생각을 했어. 나는 자네가 어떻게 성장하고 완성되었는지를 좀 더 알고 싶네. 노관을 방문해서 노관 부인을 보는 순간 어떤 예감이 스치더군. 노관은 자네에게 단순히 고향집만이 아닌 그 이상의 공간이라는. 이곳에 와서야 그동안의 자네의 고뇌와 불안, 그리고 늘 허공을 걷는 듯 하던 감정의 표류가 한꺼번에 이해가 되더군. 사람은 자신의 고뇌에 대해 누군가에게 이야기하는 것이 중요하네. 이야기는 슬픔을 치유하고 정체성을 강화시키는 힘이 있다고 하지 않던가? 그러니 오늘 밤, 어디 이 믿을 만한 친구에게 자네의 고뇌에 찬 영혼을 토해내보게나."

또 다시 침묵이 흘렀다. 툇마루 밖으로 비가 떨어지는 소리가 끊임없이 이어졌다. 손 교수는 사명처럼 다시 말했다.

"무슨 일인지는 모르지만 지난 흔적은 그만 털어버리고 인생의 봄을 다시 맞아들이게. 마른 등걸만 남은 자네 모습을 스스로 거울에 좀 비춰보라고. 옆에서 그런 자네를 보면 안타깝고 안쓰럽네. 도대체 무엇이 자네의 영혼을 그토록 움켜쥐고 놔주지 않는가?"

삼촌이 잠시 머뭇거리는 파동이 문틈을 통해 전해져왔다. 이윽고 삼촌이 마음을 결정한 듯 말했다.

"내 영혼을 그토록 붙잡고 있는 건…… 자네가 짐작한 대로네. 권정의씨네. 이 노관의 주인마님이자 내 형수씨이지."

삼촌은 운명을 조롱하듯 한쪽 입술을 비틀면서 말했다. 삼촌의 이런 고백을 어느 정도 예상하고 있던 손님의 입에서도 그만 "아!" 하는 외마디 소리가 흘러나왔다. 그것은 천금같이 무거운 운명의 수레바퀴 앞에서 지르는 작은 귀뚜라미의 비명소리 같았다. 최후의 심판관에게 판정을 받을 때 절로 내뱉어지는 체념의 소리 같기도 했다. 그 순간 나야말로 뇌성이 내리치는 깊고 어두운 협곡으로 고무호스 속처럼 빨려 들어가는 것 같았다. 나는 어떤 두려운 운명의 물살에 휩쓸려가지 않도록 두 눈을 부릅떴다. 미닫이문 틈으로 새어 들어오는 불빛만이 지렛대처럼 어두운 바닥을 받치고 있었다. 나는 미닫이문 앞으로 더 가까이 이동했다. 그리고 문틈으로 한쪽 눈을 바싹 붙였다.

삼촌은 오른편 바람벽에 등을 대고 손님의 어깨 너머의 다른 벽으로 시선을 비켜 있었다. 손님은 두 무릎에 팔꿈치를 대고 고개를 아래로 숙이고 있었다. 한동안 두 사람 모두 움직임이 없었다. 창호지 문밖에는 석류나무 위로 떨어지는 빗소리가 어느덧 약해졌다. 가랑비가 검정 명주 같은 밤 들판에 소리 없이 젖어들었다. 침묵은 가느다란 빗소리에 무채처럼 썰어졌다.

　나는 그만 문틈에서 귀를 거두고 무릎걸음으로 잠자리에 돌아오려고 하였다. 그때 삼촌이 자리에서 일어났다. 그는 의자에 걸터앉은 손님을 정점에 두고 그 둘레를 잠시 서성댔다. 삼촌이 떼어놓는 발걸음들은 말하기에 앞서 문장 앞에 찍는 말없음표 같았다. 이윽고 삼촌이 말했다.

　"……이 세상에서…… 난 그녀 없이는 아무것도 할 수가 없어. 아무 생각도, 어떤 행동도, 심지어는 일상생활조차도! 설 수도 누울 수도 없지. 어디에 발을 두어야 할지 어디에 머리를 두어야 할지 그녀만이 나를 결정하네. 그녀만이 나를 완성하지. 난 버려둔 오브제에 지나지 않아. 그녀가 없는 나의 생은 멈춰져 있거나 유보되어 있지…… 난 그녀에게 목줄을 맡기고 있는 한낱 인형이라네."

　율이 삼촌은 계곡의 단층처럼 문장을 끊어서 힘겹게 말했다.

　"난 그 운명을 받아들일 수가 없었어. 그러나 그 운명을 비켜갈 수도 없었네. 아니 왜 하필 나인가? 신은 왜 나의 심장을 빼가서 다른 인간을 완성하려는가? 내 형님이 정의씨와 결혼식을 하면서 나는, 미완의 상태로, 형태가 없던 사랑 이전으로 기약 없이 내팽개쳐졌네. 내 영혼은 연기처럼 흩어지고 내 심장의 자리는 비워졌지. 이후로 나는 그저 황량한 들판을 떠도는 바람이었고 저물녘 창문을 두드리는 기척들이었고 견고한 창틀에 부서져 내리는 달빛 부스러기였어. 형체가 사라진 흔적, 부서지고 망가진 여운, 혹은 애초에 미완인 개곡선이 바로 내 모습이었네. 나는 깃털이나 먼지로 흩날려 다닐 뿐 내 의지로, 내 발로 땅을 굳건하게 디딘 적이 없었어…… 결코 끝나지 않은 운명의 독수리에게 지금도 매순간 내 간을 쪼이고 피 흘리고 있지. 가혹한 운명이네."

삼촌은 손님을 등지고 서서 벽을 향해 말했다. 전등갓 아래 삼촌은 하나의 진흙덩이 같았다. 조물주가 뭉쳐서 던져놓은 과제물처럼 보였다. 율이 삼촌이 원래의 자리로 돌아갔다. 그리고 방바닥에 무릎을 세우고 앉아서 오금 사이에 고개를 넣었다. 삼촌은 몸을 말아서 한참 동안 그렇게 앉아 있었다. 당나귀 귀처럼 솟은 그의 어깨 위로 흘러내린 머리카락에서는 연기 같은 슬픔이 새어나왔다. 침묵이 이어졌다. 손님이 마른침을 삼키는 소리가 들렸다. 손님은 어렴풋하던 제 짐작이 정교한 형상으로 눈앞에 나타나는 것을 놀라서 보다가 문득 친구로서의 역할을 의식한 듯 삼촌을 향해 의자를 당겼다.

"그럼, 자네의 고뇌는 전적으로 그 사랑 때문인가?"

손님은 평정을 찾아서 서두를 시작한다고 했지만 그 표정은 미처 접지 못한 역삼각형의 부채 모양이었다.

"나도 여기 노관에 도착하던 첫날, 무언가를 예감했었네. 노관 부인과 자네, 두 사람 사이의 공기가 일상적인 건 아니었어. 환대는 맞는데, 둘 사이에 들뜨고 긴장되는 것 외에 애절한 무엇이 하나 더 있더라고. 처음에는 내가 잘못 보았나? 하는 생각을 하기도 했네만 며칠을 노관에서 지내고 보니 어떤 확신이 오더구먼. 위험한 추측은 더 이상 하지 않으려고 오늘 자네에게 물어본 거야. 그런 일은 본인에게 직접 들어봐야 하는 문제이기도 해서."

그렇게 말은 하면서도 손님은 폭우가 휩쓸고 간 빈 모래사장처럼 허탈한 기색이었다. 그 위로 갈고리 부리를 가진 독수리 한 마리가 낮게 돌고 있었다. 손님은 삼촌을 등 뒤에 두고 천천히 몸을 돌려서 책상을 마주 보고 섰다. 그러고는 한마디를 내질렀다.

"육실헐놈의 사랑!"

손님은 남들이 보지 않는 곳에서 사랑을 한 번 종지르고 나서는 속이 좀 풀렸는지 삼촌을 향해 돌아앉았을 때는 표정이 온화해져 있었다.

"에…… 그럼에도 불구하고…… 사랑은 위대한 것이지. 사랑의 속성은 어떤 장애물이든 극복하는 놀라운 힘을 가지고 있으니까."

손님은 삼촌에게 희망을 줄 수 있는 방향을 더듬이로 열심히 찾고 있었다. 그의 붉은 얼굴에는 비닐을 덮은 것처럼 온통 땀이 흘러내렸다. 그때 율이 삼촌이 말했다.

"난 한순간도 평온한 적이 없네. 온전한 시간을 가져본 적도 없지. 그날 이후부터 오늘까지 내 생은 계속 미루어져왔을 뿐이야."

"계속 말하게 친구여. 자네의 이야기를 방해하지 않으려네."

이미 방해를 한 손님이 고전사극처럼 말했다. 삼촌은 그런 손님을 두고 담담하게 말을 이었다.

"내 자친께서는 장자인 형님에게서 한시도 눈을 떼어본 적이 없었어. 갓 서른에 선친이 돌아가시고는 맏자식에게 온갖 정성을 쏟으셨지. 형님의 병색이 짙어질수록 어머니의 관심은 오로지 형님에게로 고착되었네."

율이 삼촌은 잎이 다 떨어진 앙상한 나무처럼 조금 떨면서 말했다.

"자네에게 무슨 일이 있었는지 빨리 듣고 싶은 마음이 굴뚝같지만 말을 멈추게 하고 싶지는 않네. 자네가 하고 싶은 대로 이야기를 계속 진행하게."

손님은 궁금증을 참고 있는 참나무 장작 같은 표정을 지었다. 율이 삼촌은 그런 친구를 그냥 지나치고는 말했다.

"대학 본고사를 치르던 그해 겨울에 근 한 달 동안 시험을 치고 또 합격통지를 기다리느라고 서울서 바쁜 시간을 보내고 있었지. 그간 에 마름 아저씨가 한 번 다녀갔는데 하숙집 주인에게 용돈만 맡기고 나를 만나지도 않고 가버렸더군. 대학 합격증을 들고 내가 노관에 도 착하고 나서야 형님이 보름 전에 약혼식을 치렀다는 소식을 들었지. 순간 중요한 집안 행사를 나에게 알리지 않은 게 시험기간 동안의 배 려였다고만 생각했어. 얼마 전까지 형님의 혼인에 대해서 한마디도 없던 집안에서 갑자기 진행된 약혼식에 대해 약간의 의문이 있긴 했 지만 굳이 따져보지는 않았어."

이때 손님은 마치 떨어지는 감을 받기 위해 입을 크게 벌리듯이 삼 촌의 얼굴 아래로 바싹 고개를 들이밀었다.

"음력설을 며칠 앞두고 이웃 동네로 마실을 갔는데 청년 농민회의 한 사람이 내 형수씨가 될 사람에 대해 내게 인사말을 하더군. 그 자 리에서 나는 형님의 약혼자가 권정의씨라는 걸 처음 알았어. 그 길로 옆 동네 회관에서 노관까지 어떻게 내달려왔는지 기억이 없네. 분노 가 하늘 가득 검은 연기처럼 자욱해 숨을 쉴 수 없던 것과 두 눈에 끈 적끈적한 피눈물이 흐르던 느낌만 남아 있지."

"그래서? 자네가 집으로 달려와 뭐라고 했나? 자네 자당께서는 뭐 라고 하시던가?"

호기심을 참을 수 없었던 손님은 다급하게 물었다.

"내 인생인데도, 내 사랑인데도 나에게는 이미 기회가 없었어. 난 그녀를 단념해야 했지."

율이 삼촌은 그 기억의 장소에 오래 머무르지 않으려고 서둘러 마무리를 했다.

"그래, 그래, 인생은 다 그런 거라네. 인정머리라고는 없지. 조금도 친절하지 않아."

실연의 안타까움이 전도체처럼 금방 전해졌는지 손님은 눈물을 글썽거리며 말했다. 율이 삼촌은 그토록 한 덩이의 슬픔에 몰입된 나머지 오한이 들린 듯 몸을 떨었다. 그는 북유럽의 비극을 연기하는 배우 같았다.

"나에게 사랑이 찾아왔을 때는 열일곱 살의 청년이었지. 그 사랑은 나 자신이면서 모든 것이었어. 사랑은 세상과 합일이 되게 했어. 난 봄이며 꽃이며 바람이며 강물이며 아침이며 동시에 노래이며…… 아! 사랑은 나를 새롭게 탄생시켰네. 나는 생애 처음으로 세상으로 폭주하는 빛을 보았어. 환희, 전율, 지진과도 같은 격동, 지배, 이제껏 경험한 적이 없는 사랑의 힘에 나는 넋을 잃었다네. 이십 년 전 내 심장에 박힌 황금 화살은 아직도 빛바래지 않고 그대로 있어. 그 화살로 숨을 쉴 때마다 매 순간 피를 흘리고 있지……."

율이 삼촌은 이즈음에서 말을 멈출 필요가 있는 듯 잠깐 쉬었다가 다시 말했다.

"사랑은 그녀를 중심으로 내 인생을 재편성했어. 나는 생이 끝날 때까지 운행을 멈추지 않는 그녀의 행성이 되었지. 하루 종일 주인의 주변을 어슬렁거리다가 밤이면 그 무릎 아래서 잠들곤 하는 충실한 개처럼 이십 년 동안 그녀 곁을 맴돌고 있어. 내 세포 하나하나가 그녀에게 연결된 것처럼 난 한 번도, 한 순간도 그녀에게서 벗어나본 적이 없네. 이국 멀리에 있든, 길 위에 있든, 세상 어느 곳에 있든 나는 항상 그녀에게 있었지."

그러던 율이 삼촌은 벽과 천장 사이로 눈길을 멈추더니 두 손바닥으로 얼굴을 쓸어내렸다.

"이후에 단 하루라도 평온한 잠이 있었던가?"

삼촌은 수천 년을 걸어온 순례자처럼 피로해 보였다. 그러던 그가 조금 더 격앙된 목소리로 말했다.

"그런데 이제 그 사랑은 한 개체가 아니고 조직이네. 사랑은 내 인생 전체를 조직적인 장악력으로 조이고 고갈시키고 있어. 사랑은 내 정신을 장악한 다음 이제는 주변과 공기의 흐름까지도 무서운 침투력으로 지배를 하지. 나는 꽃잎 속에 으깨지는 한낱 고단한 벌레야. 운명의 손아귀에서 나는 녹고 있네!"

본인도 의식하지 못한 격정이 마구 토해졌다. 오래 억압되었던 감정이 뜨거운 용암처럼 분출되고 있었다. 삼촌은 어두운 벽을 향해 불빛을 등지고 고개를 젖힌 채로 한참을 서 있었다. 이윽고 그는 손님을 향해서 말을 이어갔다.

"베르테르가 탄식했었지. '인간이 나 이전에도 이토록 비참하였을까!'라고…… 에덴동산을 떠난 인간은 모두 베르테르처럼 비참했어. 세상에 사랑이 존재한 이래로 인간은 고통스러웠지…… 베르테르 이전에도, 그 이후에도 사랑을 하는 인간은 영원히 고통스러울 거네."

율이 삼촌은 세상의 사랑했던 연인들과 사랑을 하는 연인들과 사랑을 하게 될 연인들이 감수하는 사랑의 고통을 헤아리며 단언했다. 이 세기 만에 베르테르는 '사랑을 하는 인간은 모두 고통스럽다!'는 답변을 얻은 셈이다.

그 순간 내 마음이 기우뚱하고 기울어졌다. 이제까지 눈으로만 보고 넣어둔 세상의 풍경들이 배경으로 재빨리 물러났다. 그토록 강한 사랑, 그토록 깊은 고뇌, 그토록 가슴 에이는 슬픔들이 그 중심자리를 메우러 들어올 것이다. 앞으로는 그런 무형무취 감정들이 내 마음에서 점차 깊이와 넓이, 형태와 질감을 가질 터였다.

"친구, 지금 내가 하는 말을 잘 기억해두게."

삼촌은 고개를 위로 꺾어 천장에서 무얼 찾는 듯 눈을 부릅뜨고는 말했다.

"내가 만약 죽는다면 그건 단순히 자살이 아니야. 나는 신에게 살해당한 거네."

율이 삼촌은 재빨리 낮게 중얼거렸으므로 나에게는 말소리가 잘 들리지 않았다.

"운명이 나를 죽였다는 걸 자네만은 알아야 해."

바싹 귀를 기울이자 삼촌의 마지막 말이 정확하게 내 귀 속에 꽂혔다. 순간 어떤 전율이 빛처럼 빠르게 몸 전체를 통과했다. 율이 삼촌의 고백을 처음에는 한 편의 비극시로만 듣고 있던 손님도 그 참담함이 바닥이 없을 정도인 것에 당황해하고 있었다. 내내 듣고만 있던 손님이 이번에는 참을 수 없다는 듯 소리쳤다.

"자살이라고? 친구, 그런 말은 다시는 입 밖에 내지 말게! 신이 가장 혐오하는 일이야! 자살은 자연에 반하는 인간의 작위적인 행위이지. 그중에서도 가장 작위적인 게 자살이야. 자살은 인간의 비겁함을 은폐하려는 오만함의 결과라네. 죽음의 가장 조악한 모조품이고 가짜야! 신의 창조에 대한 끔찍한 모방이지. 신이 창조한 이 세상에 존재하지 말아야 할 한 가지가 있다면 바로 자살이야!"

손님의 턱 밑으로 목살이 떨리고 얼굴은 용암처럼 붉게 달아오르면서 악을 써댔다. 그가 그렇게 화를 내는 모습은 처음이었다. 손님은 캐스터네츠처럼 접혀진 율이 삼촌의 등을 노려보더니 둥근 눈을 두어 차례 껌뻑거리고는 벽 쪽으로 돌아섰다.

"오, 친애하는 나의 벗이여. 그대의 생명의 뿌리가 상하지 않기를, 이 대지로부터 송두리째 파헤쳐지지 않기를 기도하겠네."

손님은 벽을 혼자 마주한 채 울음 섞인 소리로 말했다.

침묵은 끝에 추를 매달아 방 안의 공기를 끌어내렸다. 문 밖의 비는 지친 발걸음을 끌면서 천천히 지나가고 있었다. 이윽고 손님은 분위기를 전환해보려는지 먼저 목청을 '에에' 하고 가다듬었다. 그것은 견고한 침묵 덩어리를 송곳 끝으로 톡톡 건드려보는 것 같았다.

"58년 여름에 드골이 금의환향하면서 자신의 고향을, '나의 고향, 나의 여인'이라고 불렀지. 그런데 72년 드골이 죽었을 때 퐁피두는 그것을 패러디했어. '드골은 죽었다. 프랑스는 과부다'라고 말이야. 그날 아침 한국일보 1면을 장식한 드골의 사망기사를 기억하나?"

손님은 시사적으로 사적인 일을 연결시키는 평소의 버릇대로 말했다. 자신의 엉뚱한 말에 율이 삼촌의 반응이 없자 그는 신속하게 대화의 방향을 바꾸었다. 좌회전 후에 바로 우회전 하는 급커브 돌기는 그에게는 익숙한 기술이었다.

"어쨌거나…… 자네에게 고향은 메타포가 아닌 실제로 '나의 노관, 나의 여인'이구만. 정말 더할 나위 없이 낭만적이야, 치명적인 위험을 내포하고 있기는 하지만."

철없는 손님이 또 한 번 실없는 말을 덧붙였다. 그 말은 상처를 봉합하려는 상황에서 그다지 적당한 말은 아니었다. 이런 일에 직면해본 적이 없는 손님은 당황한 나머지 마구 말을 내뱉고 다시 뱉어놓은 제 말에 걸려 넘어지고 있었다. 삼촌은 등을 둥글게 말고 손님의 시선을 비껴 바닥을 보고 있었다. 이윽고 손님은 다소 두뇌의 균형을 잡았는지 이제 상황에 적합한 말을 찾아낸 듯했다.

"사랑이란 덫에서 누구도 꺼내줄 수가 없지. 그 덫에 걸리면 열정의 피가 식을 때까지, 사랑의 피가 빠져나가 한 방울도 남아 있지 않을 때까지 그 고통을 견디어야 하네. 말하자면 사랑의 인질인 셈이지…… 사랑이 끝나면 다시는 그런 고통스런 사랑을 하지 않겠노라고 말하지. 그러나 사랑의 덫에서 풀려나서 시간이 좀 지나면 사랑의 인질로 잡혀 있던 그때를 그리워하는 경우도 있어. 다시 사로잡히고 싶다는 욕망이 생기지. 그건 지리하고 너절한 인생에서 사랑으로 감정이 증폭되고 싶은 열망이기도 해…… 흠, 짐작하겠지만 내 경우라네. 어쨌거나 사랑은 종료되는 게 아니야. 마음속에 유예되고 치환되어 머무르고 있을 뿐이지. 숲이 품고 있는 산딸기처럼. 산딸기는 그때 숲길에 갑자기 나타난 건 아니지 않는가? 산딸기는 숲 속에 늘 있었고 단지 지나가는 사람에게 그때 발견된 것이라네. 시작은 항상 그렇지. 발견과 동시에 사로잡히지. '나는 그녀를 보았다. 그리고 그녀도 나를 보았다!'라고 외친 니체같이! 삼초의 미학, 그게 사랑의 시작이라네."

손님은 자신의 노력에도 불구하고 제 무릎에서 고개를 들지 않는 율이 삼촌을 힐끗 쳐다보더니 다른 처방으로, 이번에는 지름길로 내달렸다.

"사랑이 인생에서 단 한 번이라고 생각하나? 아니, 나는 그렇게 생각하지 않네. 로미오와 줄리엣의 중년을 셰익스피어가 썼다면 그들은 각자 다른 상대를 만나서 목숨을 건 사랑을 또 한 번 했을 수도 있어. 그 이후에도 또 목숨이 붙어 있다면 세 번째 네 번째 목숨을 건 사랑을 다시 할 수도 있고 말이야. 아님 말고! 아무튼 그것이 인생 속의 사랑의 형태라네. 대부분의 사람들은 인생에서 사랑을 바라보지. 그러나 자네는 사랑에서 인생을 바라보는군 그래. 율이, 자네는 참으로 독특하이. 보기 드문 고결한 영혼이야!"

손님은 친구의 지독한 사랑을 희석시키고 고뇌를 덜어줄 적합한 말을 고르느라고 제 고개를 점괘통처럼 다시 흔들었다. 그 머릿속에서 문장들을 뽑아올렸다.

"율이 자네처럼 인생에서 단 한 번의 사랑으로 전소되는 사람도 있기는 해. 하지만 보편적으로 사람들은 인생에 두세 번은 사랑의 불꽃들을 지니고 있지. 그러나 누구도 제 의지대로 사랑을 선택할 수는 없어. 사랑의 대상이건 사랑의 횟수건. 사랑이야말로 운명적으로 제 앞에 툭 떨어지는 열매이니."

자신의 말에 점차 도취된 손님은 좀 더 중요한 말을 하려고 둥근 턱을 치켜들었다.

"그러나 친구, 사랑은 때로는 인생의 함정이라네. 길을 가다가 저도 모르게 발이 슬렁 빠지는 깊은 수렁이라고. 그럴 때마다 사다리를 놓아서 그 수렁에서 자신의 영혼을 재빨리 건져올려야 하지."

"아! 이곳은 노관이야!" 율이 삼촌은 천천히 고개를 들었다.

"꿈이나 생시나 한시도 잊어본 적이 없는 내 고향, 나의 요람이며 동시에 나의 무덤이지. 오늘 밤은 이 노관에서 진정한 친구와 함께 있고 고뇌를 털어놓을 수 있어서 행복했네. 밤도 깊었으니 이제 건너가 쉬겠나."

자리에서 일어서는 율이 삼촌의 그림자가 벽선에 꺾이자 그의 고뇌도 반으로 잘린 것처럼 보였다. 격자 덧문을 닫는 쇠 문고리 소리가 들렸다. 손님은 툇마루를 주의 없이 쿵쿵 걸어가면서 혼자말로, 그럼에도 누가 들을지도 모른다는 염려에 과장된 감정을 넣어 중얼거렸다.

"오, 불쌍한 베르테르! 오늘 밤만이라도 지친 영혼을 편히 눕히기를!……."

이슬비로 변한 작은 빗방울이 나직이 기왓장 끝에서 터져나갔다.

그날 밤 이후 이틀이 지나도록 율이 삼촌은 방에서 나오지 않았다. 그는 밤새 고열이 나고 식은땀을 흘리다가 낮이 되면 우두커니 천장을 보고 누워 있었다. 방 안으로 들인 미음과 간장 종지가 그대로 놓인 소반을 거둬갈 때마다 묘자 아주머니의 표정이 어두웠다. 어머니는 수예점에서 새로 주문해온 병풍 자수 감으로 안당의 명주 발 안에서 밤늦게까지 십자수를 놓았다. 어머니는 가끔 수틀로 얼굴을 가리고는 모래언덕이 한꺼번에 무너지는 긴 한숨을 내쉬었다.

식사 때마다 입맛이 새로이 샘솟는 손님은 나하고 둘만의 겸상을 받았다. 그 이틀 동안 식사시간을 지키는 건 우리 둘뿐이었다. 손님은 이 정황을 애써 모르는 척 콧노래를 흥얼거리고 다녔는데 며칠 전의 흥겨운 곡조가 아니었다. 자세히 들어보니 〈아리랑동동〉이 〈한오백 년〉으로 바뀌어 있었다. 손님은 헐렁하게 다니는 듯했지만 두 눈은 무엇에 사로잡혀 있는지 골몰했다. 삼촌이 자리에 누워 있는 사랑채에서부터 이어지는 작은사랑, 별채, 안당의 툇마루를 오가며 오소리처럼 쿵쿵댔다. 그러다가 처마 아래에 멈춰 서서는 장맛비를 상대로 빈주먹을 허공에 한 번씩 휘둘렀다.

일출, 해돋이

아침에 눈을 뜨니 투명한 하늘이 눈앞에 펼쳐져 있었다. 장마가 끝난 하늘은 밤새 휘장을 걷어낸 것처럼 환하고 빛났다. 배부른 대지는 남은 물을 개울로 흘려보내고 비탈에 선 옥수수는 붉은 수염을 내서 말리고 있었다.

연못가에서 아침 산책을 하고 있는 손님을 보고 나도 발길을 연못가로 돌렸다. 물이 가득한 연못에는 주황색 비단잉어들이 줄지어 가고 검은 수염잉어가 회전을 할 때마다 물풀이 흔들렸다. 날벌레들은 알을 낳으려고 연못 수면에 꼬리를 담그고 청개구리들은 발길에 놀라 일제히 연못 속으로 뛰어들었다. 버드나무에는 매미가 매달려 징을 치듯 징징 울어대고 있었다.

연못의 둑 아래에서 태경아범이 무너진 도랑을 쳐내고 있었다.

"장마가 끝나고 나니 할 일이 많지요?" 손님이 인사를 건넸다.

"도랑 치고 넘어진 벼도 세워야 허지요."

태경아범도 낯가림이 덜해진 기색으로 말을 이어갔다.

"이제부터는 더위가 시작될 거구만요. 한여름 무더위는 벼가 잘 익으라고 하늘에서 군불을 때주는 겁니다."

태경아범은 항아리처럼 그을린 얼굴로 믿음직한 하늘을 한 번 올려다보았다.

"노마님이 살아 있을 때는 저기 앞 논 한가운데 포장을 치고 앉아서 새들을 쫓곤 했었지요. 노인들은 포장 그늘 아래서 강낭콩을 까고 아이들은 새를 쫓았어요. 새참으로 아낙들은 감자와 옥수수 한 바구니씩 삶아 내오고 아이들은 메뚜기를 강아지풀에 꿰어 휘돌리다가 먹 감으러 냇물로 뛰어들고는 했지요…… 불볕더위에 김을 매도 신명이 나던 시절이었어요."

반세기를 농사일로 손마디가 굵어진 농부가 앞 들판을 바라보면서 옛 일을 회상했다.

"요즘은 농약을 많이 치니 메뚜기도 없어졌어요. 통일벼는 수확량이 많다고는 해도 예전 이밥 맛하고 영 차이가 있어요. 농촌에는 일손도 부족하지요. 요즘에는 누가 남의 집 농사일을 하려고 하나요? 하루 품을 팔더라도 모두 도시로 나가려고 하지요. 지 딸아이도 인천 공장으로 동네에서 먼저 올라간 여식아들이 오라고 하니 올 추수만 끝나면 그리로 간답니다. 제 맏자식은 그동안 읍내 이발소에 갠습으로 다녔는데 내년에는 정식 이발사가 된다는구만요."

"상고머리 학생도 보이던데요?"

궁금증을 참지 못하는 손님이 물었다.

"제 막내아들놈, 구태는 학생입니다요. 읍내 농업고등학교 일학년에 댕기지요."

태경아범의 얼굴은 밭이랑 같은 주름 사이에서 참외처럼 빛났다.

"이번 가을걷이가 끝나면 저희도 지붕을 개량하려고요. 새마을운동으로 면소에서 슬레이트를 보조해주거든요."

그는 흰 박들이 여기저기 뒹굴고 있는 막서리의 초가지붕을 손짓하며 말했다.

둑에 구부리고 앉았던 손님이 발에 쥐가 내려 두 발을 공중으로 번갈아 내지르는 행동만 하지 않았더라면 모처럼 말문이 터진 태경아범은 새마을사업인 부엌개량까지도 조목조목 설명할 뻔하였다.

"초가삼간 지붕에 박이 뒹굴던 옛날의 운치가 이젠 모두 사라질 모양이네."

손님은 나와 함께 앞마당에 들어서면서 말했다.

율이 삼촌이 삼 일 만에 몸을 추스르고 일어났다. 삼촌과 손님은 전과 다름없이 새벽에는 책을 읽고 해가 높이 뜰 때까지 아침산책을 했다. 더위가 한창인 한낮에는 사랑 대청의 대나무의자나 돗자리에 누워서 낮잠을 자거나 전축에서 음반을 들었다. 그러다가 더위가 한물간 저녁나절이면 다시 제각기 방에 마련된 서안에 앉아 책을 읽었다.

묘자 아주머니는 손님들의 식사와 간식 준비로 잠시도 앉을 새가 없었다. 동네 아낙들에게는 여름 나물들을 사들이고 텃세를 받는 정동진 어촌에서는 해산물을 가져오게 했다. 더덕과 머위, 비름나물, 고사리 들과 옆의 정동진 바닷가에서 채취한 돌미역과 해초, 배 그물이나 망태로 잡은 도루묵이, 꽁치, 오징어 등은 바닷물을 채운 양철동이에 담아서 날라왔다. 철길 옆의 밭에서 원두막을 지키는 기동이 형제는 아침나절이면 수박과 참외를 자루째 우물가에 놓고 갔다.

병석에서 일어난 후로 율이 삼촌은 극도로 말수가 줄어 있었다. 손님은 처음보다 생동감은 조금도 잃지 않았지만 그의 말에 귀 기울여 주는 사람이 없어서 풀이 죽어 있었다. 그는 식사를 마치면 빈 산의 메아리처럼 공허한 심정으로 제 방의 서안 앞으로 돌아와야 했다.

해가 지자 그을림같이 어스름한 빛이 산을 내려왔다. 막 떠오른 달이 동네 길을 책 행간처럼 환히 비추었다. 마당 가운데에서 마른 풀줄기가 타면서 내는 연기가 외양간과 염소 우리에 달려드는 모기들을 쫓아내자 날벌레들은 처마의 외등 밑으로 모여들었다.

그때 손님방에서 갑자기 어떤 소리가 들려왔다. 그것은 다락 천장에 매달아놓은 씨앗 자루들이 일시에 풀려서 쏟아지는 것처럼 요란했다. 나는 옆방의 툇마루로 황급히 가보았다. 사각 모기장 속의 손님이 시집을 펼쳐들고 낭랑하게 시 낭송을 하고 있었다. 장마의 침묵에 짓눌려 있던 그의 자유로운 영혼이 달 밝은 밤이 되자 늑대처럼 포효하기 시작한 것이다.

녹슨 하프와 갈라진 심장을 내던지고
피안으로, 나의 영혼의 고향에
휴식하러 가고 싶다

너는 나와 영혼의 고향이 다른 사람이다
그것이 우리 죄의 전부이다

이번에 그는 기원전 육백 년의 사포의 시를 낭송하고 있었다. 기원전과 기원후의 시들의 연대기를 뫼비우스 띠처럼 휘감고 있는 손님에게는 그리 낯선 일이 아니었다. 미라처럼 말라비틀어졌던 사포의 시 구절은 손님의 목청을 관악기처럼 관통하더니 볼이 발간 여인으로 되살아났다. 그는 두 눈을 감고 시의 파장에 몸과 마음을 그대로 맡기고 있었다. 그렇게 해서 신화처럼 아득한 시대의 시인의 감정에 감응하려는 것이었다. 손님의 감긴 눈 아래에는 습지처럼 눈물이 배어나왔다.

이윽고 시집을 덮으면서 손님은,

"오, 사포여, 위대한 그리스의 시인이여!" 하는 시인에 대한 오마주로 시 낭송을 마무리했다. 사포의 시 구절은 다시 기원전 육백 년의 미라가 되어 시집의 책갈피 속에 가서 누웠고 손님은 홀로 사각모기장 속에 남겨졌다.

아쉬운 입맛을 다시던 손님은 그것도 잠깐이고 이번에는 한껏 고양된 감정으로 두 팔을 치켜올렸다.

"어찌하여 나는 이토록 어리석은가. 사포와 같은 시적 영감이 오른쪽 뺨을 후려친다면 나는 기꺼이 왼쪽 뺨도 내밀 것이다! 영감이여, 단 한 번이라도 좋으니 부디 나를 찾아와다오!"

손님은 감정의 한계를 조정하는 내면의 장치가 없는 게 흠이었다.

그는 멈출 수가 없어서 그대로 내달렸다.

"나는 시적 영감이 한 번도 찾지 않은 처녀지로 남아 있도다! 친절한 영감이여! 언제까지 나의 순결을 두고만 있을 것인가! 과감히 나를 범해다오!"

드디어 정점에 도달한 손님의 감정은 이제 내리막길로 곤두박질치기 시작했다. 손님은 늘 그랬다. 그는 순식간에 울적해졌다. 여름 소나기보다도 빠른 속도로 그의 입에서는 우울한 말들이 쏟아졌다.

"오, 불행한 손상기여, 상기하라. 너는 시인과는 영혼의 고향이 다른 사람인 것이다! 그것이 너의 죄의 전부이다!"

손님은 소쩍새처럼 슬픈 소리로 탄식했다. 비극시 낭송에 이어 자조를 보태는 청승으로 모노드라마는 끝이 났다. 나는 이런 손님의 행동에 웃음이 나왔지만 단 한 명의 관객인 만큼 진지한 표정을 지어 그 역할을 다해주었다.

손님은 어슷썰기 무처럼 책상 앞에 비껴 앉았다. 그러던 그가 오분도 채 안 돼 의자를 엉덩이에 붙이고 방바닥을 밀면서 늘린 껌처럼 책상으로부터 멀어졌다. 그러고는 다시 의자를 엉덩이에 붙여 들고 뒤뚱거리며 책상 앞으로 되돌아왔다. 이번에는 책 귀퉁이를 잡고 책을 흔들어보다가 책장을 빠르게 넘기는가 하면 책을 높이 치켜들고 남은 두께를 가늠해보았다. 그러던 손님은 양 어깻죽지를 몇 번 돌리더니 문설주를 잡고 삼촌 방의 기척을 살피었다. 그도 웬만한 권태라면 혼자 견디려고 끊임없이 투쟁을 하고 있었다. 옆방의 벗이 거닐고 있는 영원한 우수를, 한 번 들어가면 결코 빠져나오기가 쉽지 않는 저 달콤한 사색을 결코 방해하지 않으려고 무료의 늪에서 혼자 놀았었다. 그러나 아무리 미루어 생각해도 휴가를 함께 보내기에는 마땅치 않은 제 동료의 방을 향해 주먹을 한 번 날려보냈다. 그것으로 상황은 종료되는 듯했다. 그러나 곧 손님은 무엇을 결심한 듯 스프링 노트 한 장을 소리 나게 찢더니 급하게 몇 자 적었다.

손님은 툇마루로 나와서 올빼미같이 솟은 목덜미로 나를 제외한 다른 곳을 두리번거리는 시늉을 하였다. 그러더니 그제야 발견한 것처럼 놀라면서 딱 나에게로 눈길을 맞추었다. 아까부터 손님 방 앞의 툇마루 기둥에서 그의 독백을 처음부터 끝까지 지켜보던 관객을 그가 보지 못했을 리는 만무했다. 그런 남의 의혹 따위는 상관할 바 없는 손님은 내게 다가와 귀마개처럼 달라붙더니 속삭였다.

"여보게, 젊은 친구. 내 부탁 하나를 들어줘야겠어. 이 편지를 나의 친애하는 벗에게 좀 전해주게."

손님은 턱을 율이 삼촌의 방을 향해 내밀었다. 그는 최선을 다해 턱 끝을 밀어 가리킨다고는 했지만 그의 둥근 턱은 여러 방향으로 골고루 미끄러질 뿐 딱히 어느 한 곳을 향하는지는 알 수가 없었다. 그때 손님의 두 눈동자가 삼촌 방을 향하지 않았다면 나는 순간 그에게 친애하는 다른 벗이 있다고 생각할 뻔하였다.

나는 반으로 접은 손님의 종이쪽지를 삼촌 방으로 걸어가는 몇 걸음 사이에 슬쩍 엿보았다.

사각 모기장에 갇힌 포로를 부디 와서 구해주시오. 이 매혹적인 달밤에 철길 너머의 바닷가 길로 산책을 나갑시다. 해변에서 밤을 새우고 함께 동해의 일출을 보는 것도 좋겠소.

나는 율이 삼촌 방에 양 편으로 열린 격자무늬의 덧문을 두 번 두
드렸다. 참죽나무 서안을 끼고 책을 읽던 삼촌은 어느 먼 곳을 배회
하다가 서둘러 돌아오는 표정이었다. 손님의 편지만 삼촌에게 내밀
고 지체 없이 나오다가 문설주에서 엿보고 있던 손님에게 부딪힐 뻔
하였다. 그는 답신을 쥐지 않은 내 빈손을 보고는 실망한 다람쥐처럼
재빨리 방으로 들어갔다.

밝은 달이 철길 너머 바다로 이어지는 길을 비춰주었다. 밤하늘에
는 노란 별들이 흩어져 있었다. 바람 한 줄기가 벼들을 가르며 물뱀
처럼 빠르게 지나갔다. 동네 개들이 한꺼번에 서로 짖어댔다. 율이 삼
촌은 앞장서가면서 손님과 내가 잘 따라오는지 한 번씩 뒤를 돌아보
았다.

방풍림인 소나무 숲에 들어서자 모래 기슭을 쓸고 오는 파도 소리
가 들렸다. 솔밭 사이로는 낮은 지붕의 어촌 집들이 보였다. 해안 경
비대 초소의 불빛은 등대처럼 돌아가며 밤바다를 비추었다. 달빛은
노란 비곗덩이처럼 바다 물결 위를 떠다녔다.

모래에는 아직 온기가 남아 있었다. 손님은 바다에 도착하자마자
혈육처럼 달려들어 바닷물에 발을 담갔다. 나는 모래사장에 앉았다
가 팔베개를 하고 뒤로 누웠다. 수평선으로 반이 갈라진 검푸른 조개
가 우리를 품어주고 있었다. 소금기 묻은 바람이 불어오자 밤하늘의
달과 별이 모빌처럼 흔들렸다. 율이 삼촌은 해안선을 따라 위쪽으로
걸어나갔다. 세 사람은 모래 위에 눕거나 앉거나 거닐면서 각자의 방

식으로 바다와 만났다.

달이 점차 서편으로 기울어져갔다. 손님과 나는 손전등을 들고 뒤편의 솔밭에서 마른 나뭇가지들을 구해왔다. 잔해에 밀려온 판자 조각들과 그러모은 솔가지로 모닥불을 피웠다. 모닥불에 둘러앉은 우리의 동그라미가 지상의 작은 별이 되었다. 그때 손님이 일어나 모닥불 둘레를 돌면서 춤을 추기 시작했다. 모닥불에 비친 그의 그림자는 검은 보자기처럼 너울거렸다. 저승으로 보내는 소지를 태우는 것처럼 춤동작이 어둠 속으로 까무룩 사라졌다가 다시 삼촌의 등 뒤로 나타나고는 했다. 손님은 두 팔을 하늘을 향해 들고 크게 원을 그리는 동시에 고개를 들어 하늘을 보고 다시 땅을 향해 고개와 손짓을 내리면서 휘이휘이 발걸음을 옮겨놓았다. 그는 무언으로 파도 소리에 맞춰 오래도록 같은 동작을 오래 반복했다. 그의 춤은 목숨을 내놓아야 하는 제사장의 마지막 춤사위처럼 애절하게 무엇을 간구하는 몸짓이었다. 달빛의 거대한 거미줄 속에서 버둥거리는 한 마리의 풍뎅이처럼 그의 날갯짓이 점차 느려졌다.

달은 거의 바다에 빠질 만큼 가까이 오고 별은 경사진 하늘가에서 미끄러져 내렸다. 사위가 엷은 담청색으로 엷어지고 있었다. 모닥불은 허옇게 사그라져갔다. 나는 가져간 군용 담요 위에 웅크리고 설핏 잠이 들었었다.

나란히 앉아 있던 두 사람 중 율이 삼촌이 먼저 입을 열었다.

"손 교수, 망설였네만, 자네를 위해서 이 말은 해야겠네."

손님은 굳은 표정으로 삼촌을 돌아보았다.

"자네가 수배 학생들을 숨겨주는 라인을 가지고 있다는 소문이 돌고 있어. 다음 학기에는 사복경찰이 붙을지도 모르네. 나같이 정치와는 상관없는 사람에게까지 이런 말이 들리는 걸 보면 생각보다 많이 알려졌다는 얘기지…… 어쨌거나 당국이 자네를 주목하고 있으니 조심하라고. 자네 같은 사람이 학교에 버티고 있어야 학생들을 위해 더 많은 일을 할 수 있지. 현장에서 중요한 일을 하려면 우선 몸조심부터 하게."

손님은 잠자코 앉아 있었다. 그의 심장 박동소리는 맞은편 모래 위에 모로 누워 있는 나에게까지 들릴 정도로 컸다. 그때 손님은 밤을 새워서인지 비 맞은 참새처럼 작게 보였는데 항상 경쾌했던 그에게서 그런 모습은 의외였다. 이윽고 손님이 말했다.

"처음 출발한 청년들이 이 사회에 발을 내딛자마자 피리 소리를 따라 절벽으로 곧장 뛰어 내리네. 두개골이 깨지고 사방으로 피가 튀지. 남아 있던 젊은이들도 족쇄가 채워져 극한의 유형지로 떠돌아. 이 땅에는 정의는 고사하고 시와 노래와 상상력도 점차 사라져가네. 자네도 이 나라를 경험해보지 않았는가!"

손님은 이발소에서처럼 앞쪽을 향해서만 말했는데 옆 이마에 핏줄이 불거지는 게 보였다.

"다른 정치적인 이해관계는 다 내버려두고 나는 이 땅의 젊은이들의 희망에 주목하네. 청년들은 이 나라의 동력이고 미래이지! 청년들에게 꿈이란, 성장의 희망이란 인생의 봄에 마땅히 가져야 하는 천부적인 권리라네. 이것이야말로 자네가 주장하는 '거스를 수 없는 명백한 역사와 자연의 이치'가 아닌가?"

손님은 잠시 감정을 간추린 후에 말했다.

"그러나 지금, 보게! 때는 봄인데 겨울 눈보라가 휘몰아치고 있네. 이 강산에서는 꽃 한 송이도 피울 수 없어. 새가 날지 않으니 노래 소리도 들을 수 없지. 자, 귀가 있는 자는 듣고 눈이 있는 자는 보게! 지금 이 삼천리강산에서는 어린 나무들이 뿌리째 뽑혀지고 있네!"

손님의 목울대가 굵게 움직이자 마치 피를 토하는 것 같았다. 율이 삼촌은 그가 목에 걸린 거친 말들을 다 뱉도록 기다려주었다. 파도가 모래 해변을 잠식하듯 손님의 목소리는 슬픔에 잠식되어갔다.

"나는 늙은이들의 욕망에 대해 시시비비하지 않아. 다만 이 땅의 젊은이들의 미래가, 한 번도 꽃 피워보지도 못하고 꺾이는 열정이 너무나 안타까워. 청년들도 각자의 생에서 단 한 번뿐인 봄을, 그 향연을 누릴 권리가 마땅히 있지 않은가? 나는 그들이 꿈을 갖도록 아니, 그 꿈이 적어도 훼손당하지 않도록 희망의 기회를 주고 싶어…… 단지 그뿐이라네."

해가 떠오르려는지 하늘이 온통 붉어졌다. 알이 탄생하는 것처럼 해가 회청색 껍질을 깨고 고개를 내밀었다. 하늘과 바다가 잇대진 푸른 띠 위로 해가 솟아올랐다. 해다! 동해의 일출이었다. 우리는 가까이에서 해돋이를 보려고 파도가 들이치는 해안선 가까이로 바싹 들어섰다. 발가락 사이로 차가운 바닷물이 스며들었다.

둥실 떠오른 해가 검은 파도 앞에 나란히 서 있는 우리들의 가슴을 핏빛으로 물들였다. 가슴이 벅차오르고 눈시울이 뜨거워졌다.

집으로 돌아오는 길에는 손님이 앞장섰다. 그의 목소리는 아침 여물을 먹은 소의 워낭소리처럼 다시금 명랑해져 있었다. 손님은 공처럼 빠르게 굴러갔다.

어머니와 손님

율이 삼촌은 저녁식사 후에 먼저 자리에서 일어섰다. 손님은 오랜만에 자신의 말에 진심으로 귀 기울여주는 어머니의 옆에서 좀 더 시간을 보내고 싶어 했다. 율이 삼촌은 적당한 시간에도 이야기를 멈추지 않는 제 동료를 쳐다보았다. 손님은, '이 대화의 도취 속에서 나를 데려갈 생각은 하지 말게.' 하는 눈빛에 이어, '나를 방해하지 말고 어서 혼자 물러나게.' 하는 표시를 강력하게 보냈다. 삼촌은 대화의 포화 속에 제 동료를 버려두고는 혼자 사랑채로 나가버렸다. 손님은 곁눈질을 통해 율이 삼촌이 중문으로 사라지자 더욱 활기에 차서 무릎을 당겨 앉았다.

아직은 이른 저녁으로 황혼의 잔빛이 기와지붕 끝에 맴돌고 있었다. 손님의 가슴속 둥지에는 새 한 마리가 돌아와서 하루의 포만감을 마음껏 노래하고 있었다. 나는 읽던 책을 손가락 사이에 끼우고 어머니와 손님이 마주 앉은 찻상 뒤의 의자에 깊숙이 파묻혔다. 뒷산의 대나무 숲에서는 바람이 풀 먹인 치맛자락 소리를 내며 돌아다녔다.

"저, 생각해봤는데…… 아드님인, 요에 대해 말씀을 좀 드려도 될까요?"

맞은편에 앉은 손님이 돌연 찻상으로 가슴을 밀어서 어머니 가까이로 머리를 가져왔다. 그는 자신의 글에 관심을 가져준 답례로 어머니에게 아들의 일을 논의해주려는 것 같았다. 그는 목소리를 납작해진 허리만큼이나 낮추었다. 그는 내가 어머니 뒤편 의자에 앉아 있다는 걸 잊었거나 보지 못한 게 틀림없었다. 나는 소리 내지 않으려고 숨소리를 죽였다.

어머니는, '물론이죠'라는 표정으로 손님의 방향에 맞춰 예각으로 몸을 기울였다.

"요는 소리 내어 잘 웃질 않는데 그건 어른이 되려는 어떤 규칙을 스스로에게 정해놓은 듯 보이더군요. 호기심으로 자주 크게 눈을 뜨는 어린이의 모습에서 이젠 벗어나고 싶어 하는 것 같았어요. 세상에는 그다지 놀랍거나 탐탁한 일이 많지 않다는 표정을 지으려고 말이지요. 그런데 내 눈에는 성가대 맨 앞줄에서 주의를 받은 소년처럼 눈가와 입가를 경직시키려고 늘 긴장하고 있는 것처럼 보인답니다."

어머니가 소리 내어 웃었다. 손님도 따라 웃으면서 그의 짧은 목으로 주변을 한 번 홀깃거렸다. 손님의 말은 모양새만 귀엣말이었지 안당 대들보 위에까지 크게 울렸다. 마침 쟁반에 수박을 들고 오던 묘자 아주머니가 손님을 의심의 눈초리로 쳐다보았다. 묘자 아주머니는 말로 다른 것을 이야기하는 것을 하느님을 험담하는 것처럼 불경하게 여기고 있는 터였다. 아주머니의 뾰족한 눈길을 의식했는지 손님은 얼굴에 웃음기를 얼른 거두고는 말했다.

"실은 제가 말씀드리고자 하는 것은 요 군의 교육에 관해서입니다. 이 교수에게 처음, 요 군을 학교에 보내지 않는다는 말을 들었을 때는 큰 충격이었습니다. 근세 이래로 전 국민의 한 명도 예외 없는 이 공교육 시대에 집에서 학습을 시킨다는 발상 자체가 저에겐 놀람이었으니까요. 제도권 교육 쪽에서 본다면 초중학교 과정 근 십 년 동안을 부인께서 직접 요의 교육을 맡으셨는데…… 물론 저도 공교육의 단점은 압니다. 말 그대로 공교육이란 공공의 질서를 위한 것이어서 규격이 일률적이며 평균적이기는 합니다. 개별적인 적성에 맞는 교육제도는 아니지요. 저희 세대는 소학교 일학년에 육이오를 겪고 그 빈곤한 물자와 혼란 속에서 공립학교를 다녔지요. 그때부터 자식 교육은 전 국민의 희망이고 목표이고 전 국민의 열망을 넘어 일종의 종교였지요. 공교육을 통해서만 사회적인 계급을 획득하고 사회참여 기회를 잡도록 제도가 일원화되어 있었으니까요. 그런데 노관의 자제를, 아니 지방의 유력한 가문에서 학벌의 대열에 합류시키지 않는다는 건 대단한 모험으로 보였습니다. 세상 밖은 오로지 한 가지 종목의 시합뿐인데 그 시합 대진표에서 자제분의 이름을 빼다니요? 그동안 이 용기 있는 교육방식에 대해서 궁금했는데 지금 부인에게 직접 들을 기회가 왔군요.”

어머니는 손님의 말에 진지하게 귀를 기울였다. 그리고 그가 말하는 어떤 부분에서는 동감한다는 표시로 고개를 끄덕이며 말했다.

“물론 사람은 사회적인 존재입니다. 때문에 저의 교육방식이 사회적인 일정 부분을 잃는 것은 사실일 것입니다. 그러나 저는 요에게 개인적인 사고체계와 창의성, 고유한 정서가 훼손되지 않는 게 더 중요하다는 생각을 했습니다.”

어머니는 잠시 쉬었다가 말을 이었다.

“그러나 이제는 요가 어떤 바람에도 설익은 꼭지가 떨어지는 시기는 지났다고 봅니다. 내년에는 요를 공교육 기관에 보내려고 하는데 손 교수님께서는 교육계에 오래 계셨으니 추천해주실 만한 학교가 있는지요?"

손님은 알맞은 학교가 하나 있다고 말했고 어머니는 그에게 나를 편입학시킬 절차를 알아봐달라고 부탁했다. 그때까지 소파에 실뭉치처럼 박혀서 그들의 대화를 듣고 있던 나는 학교에 가기 위해 노관을 떠날 생각을 하니 벌써부터 가슴이 찡해왔다.

지붕의 암기와 골을 따라 쏟아져 내린 달빛은 안마당을 황금연못으로 만들고 그 속으로 날벌레들이 송사리처럼 헤엄쳐 다녔다. 개구리들은 장터의 옹기장수처럼 논바닥에서 고함을 쳤다. 밤은 이제 노를 놓고 시간의 물결대로 떠돌고 있었다.

"저, 혹시 이 교수가……."

손님이 다른 화제를 꺼냈다. 그는 노관에 대해서 궁금했던 일들을 목록을 가지고 체크를 하면서 다음 항목으로 넘어가는 것 같았다. 손님은 호기심이 바닥날 때까지 좀처럼 자리를 뜨지 않을 눈치였다. 이틀 후면 휴가가 끝나는 날이었다.

"율이, 이 친구가 시를 쓴다는 걸 알고 있습니까?"

손님은 스스로 당혹감에 더욱 목소리를 낮추며 말했다.

"시를요? 아니요. 서방님이 독일에서 릴케 시를 전공한 건 알고 있었지만 직접 시를 창작하는지는 몰랐는데요?"

어머니는 금시초문인 이야기에 놀란 표정이었다. 손님의 이야기가 예상보다 길어질 듯하자 어머니는 레이스 뜨기를 다시 손에 잡으면서 그에게 충분한 시간을 허락한다는 뜻을 내보였다.

"하긴 이 교수가 시를 쓰는 것을 아는 사람은 거의 없습니다. 아무에게도 창작시를 보여준 적이 없을 테니까요. 그런데 저는 얼마 전에 그의 자작시들을 우연히 보게 되었습니다."

손님은 잠시 말을 멈추고는 어머니의 호기심을 더 부추기려는 듯 자신의 얼굴에 빠르게 손 부채질을 했다. 어머니는 성정대로 곧 이어질 그의 다음 말을 채근하지 않고 기다렸다.

"부인에게만 솔직하게 말씀드리겠습니다. 저는 이 교수가 쓴 몇 편의 시를 보고는 감동으로 심장이 다 멈출 뻔했답니다. 그렇게 강한 울림으로 제 가슴속에 파고들어온 시는 몇 편 되지 않았습니다. 그러나 이 교수의 사랑시를 읽는 동안 제 가슴은 강물을 찾아 뛰는 사슴처럼 계속 뛰고 있었습니다. 마치 생명의 샘물을 마신 것처럼 충만함으로 가득하고 주변이 향기로워지는 것을 느꼈답니다. 이 교수가 쓴 여러 편의 시들은 모두 사랑을 주제로 한 것이었습니다. 더 자세하게 말한다면 한 여인에게 바치는 경의로만 이루어진 시들이었지요. 제 생각에는 이 교수가 이런 개인적인 소재로 시를 쓰기 때문에 남에게 보여주기를 꺼려하는 게 아닌가 하는 생각이 들더군요."

손님은 어머니의 표정을 슬쩍 살폈다. 어머니는 레이스 뜨기에 눈길을 계속 두고 있었다.

"저는 이 교수에게 사랑의 시가 여러 편 더 모아지는 대로 시집을 내자고 할 생각입니다. 이 땅에 이런 시들이 널리 퍼져서 사람들의 가슴에 사랑의 물결을 전달할 수 있다면 저로서는 더 바랄 게 없답니다."

손님은 말을 멈췄다가 다음 말을 기다리는 어머니의 마음을 헤아린다는 듯 빠르게 부채질을 하더니 얼른 다음 말을 이어갔다.

"우리는 지금 어떻습니까? 천부적인 자유와 진리를 억압받고 있습니다. 하늘의 광활한 자유와 땅의 고유한 진리에서 우리는 유리되어 있지요. 우리 모두는 유리공 안에 갇혀있습니다! 이 유리공 안에는 나비는 날아오지 않고 꽃들은 더 이상 교배를 하지 않습니다. 상상력은 방문하지 않고 시인은 더 이상 시를 완성할 수 없습니다…… 이 척박한 유형지에서는 이 교수의 시가 더욱 절실합니다. 심장이 딱딱해져서 산산이 부서지기 전에 봄을 부르는 사랑의 노래로 우리 모두는 수혈을 받아야 합니다."

열변을 토해내던 손님은 침울해졌는지 소처럼 슬픈 눈을 끔벅거렸다. 어머니는 어느새 레이스 감을 놓은 채 손님의 이야기에 집중하고 있다가,

"율이 서방님의 시는 저도 한 번 보고 싶군요"라는 말을 무심결처럼 흘리고는 실뭉치를 바투 당겼다. 그것은 마치 속내를 들키지 않으려고 발뒤꿈치를 들고 걷는 것처럼 느껴졌다.

작별

새벽녘부터 잠결에 양쪽 방에서는 여행가방 챙기는 소리가 들려왔다. 율이 삼촌과 손님의 여름휴가 일정이 끝난 것이다. 그들은 아침 식사 시간에 여름 양복에 조끼까지 차려입은 정장 차림으로 나타났다. 일찍 출발할 생각이었다. 아침식사를 하는 동안에 손님은 여느 때와는 달리 말이 없었다. 아쉬운 감정이 서로를 서먹하게 했다. 시내에서 대절 낸 택시가 오고 있는 동안 앞마당에 두 개의 여행가방을 내놓았다. 율이 삼촌은 뒷짐을 지고는 뜰 안팎을 거닐고 나는 그를 따

랐다.

"나에게는 이 노관의 풍경들이 깊게 각인되어 있어. 십수 년을 와보지 않았어도 눈을 감으면 바로 어제 본 것처럼 선명하단다. 그러고 보면 기억은 연대기가 아니라 한 덩어리야. 수많은 황포돛배가 떠 있는 바다와 같지."

삼촌은 나에게 이야기를 하느라고 멈춰 섰다가 다시 나란히 걷기도 하면서 동녘마당의 염소 우리를 거쳐서 앞마당으로 나왔다. 파초 아래에서 어머니와 손님이 우리를 기다리고 있었다. 먼발치서부터 손 교수의 말소리가 간간이 들렸다. 삼촌과 나는 두 사람 앞을 지나 정원의 심장처럼 피어 있는 붉은 목단 꽃 옆으로 가서 섰다.

택시는 예정시간보다 늦게 왔다. 포니 택시가 여우 주둥이 같은 차 보닛을 돌려서 앞마당을 빠져나갔다. 앞치마 한가득 뽕잎을 따오던 태경어멈이 연못가에서 길을 비켜섰다.

소녀의 편지

여름이 끝나고 가을이 되자 나는 고등학교의 교과목 공부에 매진했다. 수학과 과학은 일주일에 두 번 공과대학의 휴학생을 초빙해서 도움을 받았다.

십일월 어느 날에 우체통에서 소녀의 편지를 다시 발견했을 때는 오랜 벗을 만난 것처럼 반가웠다. 나는 편지를 읽고 이전처럼 나무상자 속에 보관했다.

폭풍의 언덕

내가 가장 좋아하는 책은 에밀리 브론테의 『폭풍의 언덕』입니다.

'워더링 하이츠'라는, 나무들이 기울어져서 자랄 정도로 거센 바람이 부는 황량한 언덕에서 자란 주인공들의 야성적이고 운명적인 사랑이 그 줄거리입니다. 냉혹한 성격과 집념의 히드클리프와 정열적인 성격의 캐서린의 사랑은 어긋나게 됩니다. 그러나 캐서린은 죽은 뒤에도 사랑의 갈망이 초자연적인 현상으로 나타나지요.

눈보라가 휘모는 밤, 거센 바람을 견딜 수 있도록 지어진 투박한 돌집에 마차 바퀴처럼 큼직한 참나무 창의 유리를 깨고 캐서린의 영혼은 애원합니다.

─들어가게 해주세요, 제가 돌아왔어요, 벌판에서 길을 잃었어요!

그러자 히드클리프는 창을 비틀어 열고는 밖의 어둠을 향해 격정적으로 외칩니다.

─들어와, 캐시 제발 들어와, 캐시 한 번만 더! 이번만은 내 말을 들어줘!

하지만 허공에서 절규하는 영혼의 소리와 지상에서 화답하는 영혼의 손짓은 어긋나고 맙니다.

나의 머릿속에서는 이 장면이 잊히지 않고 붙박이 벽장처럼 박혀 있습니다. 황량하고 거센 바람이 내 머릿속에서 계속 휘몰아치고 있습니다. 나는 매번 운명적인 사랑이 절규하는 소리를 듣습니다.

─캐서린! 캐서린!

그것은 나를 문명의 밖으로, 야성의 언덕으로 불러내는 소리입니다. 그 소리는 어느 날 너무 커서 나의 음역을 삼켜버릴 것입니다. 난 나의 내면에서 문명의 패배를, 그리고 야성의 포효를, 그리하여 사랑의 폭풍이 휘몰아치게 될 날을 기다립니다.

나는 눈보라 폭풍 속으로 헤매는 영원한 사랑의 형벌을 선택할 것입니다.

―들어가게 해주세요! 제발 들어가게 해주세요!

끝없는 캐서린의 사랑의 갈망이 거센 바람처럼 자꾸 내 운명의 창문을 잡고 흔듭니다.

『폭풍의 언덕』을 읽는 내내 연못가에서 보았던 노관의 전경이 떠올랐어요. 영국 요크셔 서부의 '워더링 하이츠'가 노관과 자꾸 겹쳐졌지요. 거센 바람이 휘몰아치는 황량한 언덕과 달빛 아래 고요한 노관의 언덕이, 외형과 기질이 전혀 다른 두 장소가 무슨 이유에선지 나에게는 동일하게 연상되었습니다.

1976년 11월 12일 테레사.

왕실 계보

요즘 나의 새로운 관심거리는 왕실 계보입니다. 프랑스와 영국, 오스트리아 등의 유럽 왕실의 족보와 이야기를 책과 잡지, 신문에서 읽고 스크랩을 합니다. 세로로는 출생의 피라미드 계단을 그리고 가로로는 혼인으로 연결된 관계를 그린 다음 한 사람씩 독립적인 장을 만들어서 생애의 특별한 이야기를 모으고 기록합니다.

유럽 왕실에 처음 관심을 갖는 계기는 알렉산더 뒤마의 책, 『삼총사』의 배경을 찾게 되면서부터였어요. 어느 왕실에든 낭만과 음모, 사랑과 배신의 이야기가 있지만 프랑스의 왕실은 더 은밀하면서 드라마틱합니다.

14살인 스페인 왕녀 안 도트리시는 1615년 프랑스 왕 루이 13세와 혼인을 합니다. 루이 13세로부터 버림받은 왕비는 영국의 버킹검 공을 '숨은 연인'으로 두었고 남동생인 스페인 왕과 손잡고 프랑스에 대항하는 수차례 음모 사건에 가담합니다. 루이 13세가 죽자 왕비는 아들의 섭정에 올라 버킹검 공과 꼭 닮은 재상 마자랭과 연인이 되어 그에게 국사를 맡깁니다. 왕비의 아들, 루이 14세가 마자랭의 아들이라는 소문이 있습니다. 이러한 음모와 정략, 사랑, 배신이 내가 어릴 때 책장이 닳도록 읽고 또 읽었던 『삼총사』의 배경이랍니다.

나는 고양이처럼 유럽 왕궁의 담장을 어슬렁거리면서 잔뼈까지 추릴 만한 생선들을 노리고 있습니다. 우리나라에도 왕실이 있으면 좋겠습니다. 우리들은 격조 있는 예절과 균형 있는 정신을 갖추고 걸어다니는 '조국'에게 사랑과 존경을 바칠 것입니다. 왕실은 아이들에게 상상의 나라로 들어가는 문이며 마음껏 상상하며 뛰놀 수 있는 넓은 정원입니다. 나는 왕실이 그 나라 국민에게 주는 상징적인 가치는 이루 헤아릴 수 없다고 생각합니다. 한동안 내가 왕실의 공주였으며 어떤 변고로 나를 수녀원에 맡겼을 것이라고 생각했듯이 말이에요. 그런 상상은 스스로에게 고귀한 긍지와 희망을 주었었지요.

원장수녀님의 입김은 상상의 씨앗을 먼 지구 밖으로 불어 보낼 정도로 강력하답니다.
―테레사! 헛된 상상은 그만! 공부에 집중해요!
오, 단연코 잔소리와 시험은 세상에서 가장 흥미 없는 것입니다. 나와 원희는 요즈음 시험이라는 무거운 바위 밑에 손오공처럼 눌려 있습니다. 아침저녁 미사와 식사시간 외에는 이 작은 도서관에서만 지냅니다.

이런 규칙적인 생활은 일정한 크기로 잘라진 슬라이스 식빵과 같지요. 천국은 아마도 마음대로 뜯어먹을 수 있는 덩어리 빵일 것입니다!

1976년 11월 27일 테레사.

노관

저녁식사 후에 원장수녀님이 느닷없이 나를 부르더니 밤길을 가야 하는데 동행할 의사가 있는지를 물었어요. 당연히 있지요! 한 번만 묻는 게 아쉬웠지요. 백 번을 물어도 흔쾌히 동의했을 겁니다. 나는 외출복으로 갈아입고 원장수녀님을 따라 나섰습니다.

푸른 달빛과 초여름 바람으로 발걸음은 구름처럼 가벼웠지요. 드디어 노관의 전경이 한눈에 들어오자 가슴이 마구 뛰기 시작했어요. 보름달이 노관의 사각형을 이룬 지붕들과 둥근 언덕을 환하게 비추고 있었어요. 노관은 황금 쟁반에 새겨진 높은 성채같이 보였습니다.

노관을 처음 보았을 때 나는 변하지 않는 별자리나 단 하루도 등불이 꺼지지 않는 창문처럼 영속적인 어떤 규칙을 예감했습니다. 백 년 후 무성한 가시덤불과 뒤엉킨 고목의 뿌리들로 접근이 차단되더라도 노관은 오랜 전설을 지켜내리라는 믿음이 느껴졌어요.

'노관에 내 편지를 보내야겠어. 노관이야말로 백 년 동안 내 편지를 잘 보관해줄 적합한 장소야!'라고 그 자리에서 즉시 결정했으니까요.

이제 아쉽게도 당신과도 작별인사를 해야겠군요. 그동안 나의 이야기를 들어주는 귀였으며 내 성장의 관찰자였으며 동시에 편지 보관인인 당신에게 프란체스코 성인의 말을 빌려서 고마움을 전합니다.

'형제여, 당신이 내 곁에 없었다면 나는 이 모든 것을 돌멩이에게 말하거나 개미에게 말하거나 나무 잎사귀에 대고 말했을 겁니다. 내 마음이 넘쳐흐르므로 그것을 열어서 흘려보내지 않았다면 내 가슴은 터져서 산산조각이 났을 겁니다.'

사람들이 불행한 이유는 하느님이 기억을 하게 만들었기 때문이라고 말하는데 행복한 것도 역시 같은 이유 때문이라고 생각합니다.

오늘은 나의 열여섯 번째 생일날입니다. 마법사의 주술대로 오늘 밤 자정에 나는 물레 바늘에 찔려서 백 년 동안의 잠에 빠질 겁니다.

그러니 형제여, 잠에서 다시 깨어날 때까지 안녕.

열려라 연못을 기억해요.

1977년 1월 27일 테레사 이안.

학교생활

　새학기가 시작되기 하루 전날 어머니와 함께 학교에 도착했다. 교문을 들어서자 그 앞에 나란히 서 있는 큰 삼나무 세 그루가 먼저 눈에 들어왔다. 삼나무의 높은 삼각형 가지들로 운동장 건너편의 삼층 교사는 돛을 펼친 흰 범선처럼 보였다.

　오십대의 교장은 턱 끝에 모인 하관과 포마드를 바른 가르마로 단호한 인상을 주었다. 그가 드넓은 책상 뒤에서 걸어나와 우리와 마주 앉을 때까지의 행동은 쥐고 자른 종이처럼 규격이 맞았다. 교장은 현 대통령과는 혁명동기이며 소장으로 전역해서 72년도에 자신의 건의로 이 고등학교를 설립했다고 어머니에게 설명했다. 나는 그의 등 뒤의 벽 가운데 걸린 대통령 사진과 그 양 편으로 태극기와 국기에 대한 맹세가 적힌 액자를 차례로 보았다. 벽에는 장교복을 입은 군인들이 어깨 위의 견장을 번쩍이면서 준공식 테이프를 끊는 사진부터 한

무리의 사람들이 국방색 외투자락을 펄럭이면서 완성된 학교시설을 돌아보는 사진들이 순서대로 붙어 있었다.

"본교에서는 학생들을 강한 남자로, 사회적 지도자로 기르기 위해 신사 양성 교육을 지향하고 있지요. 승마와 사격은 전교생의 필수과목이고 태권도, 테니스, 펜싱, 수영 등의 기타 종목들은 선택할 수 있지요. 우리 학교 펜싱부는 작년에 전국 고등부에서 우승을 했지요. 아, 우리 학교의 자랑인 국내 최고 시설의 실내체육관은 둘러보셨습니까?"

"아직은…… 가는 길에 돌아보겠습니다."

어머니는 체육관을 보지 못한 것이 죄라도 되는 양 어깨를 조금 움츠리면서 말했다. 교장은 이쯤에서 대충 학교 소개가 되었다고 생각했는지 먼저 자리에서 벌떡 일어났다.

"잘 부탁드립니다."

어머니는 의자 뒤로 물러서서 부엉이 깃처럼 두 손을 모으고 인사를 했다. 교장선생님도 어머니에게 맞절을 하고는 나를 향해 말했다.

"성장의 중요한 시기를 본교에서 보내면서 대한의 남아로, 이 사회의 리더로 자질을 준비하게 될 거네."

그는 내 오른쪽 어깨를 철썩 내리치면서 덧붙였다. "군을 기대하지!"

이는 다른 입학생들에게도 똑같이 했던 말이었다. 전교 학생들은 이 교장의 말을 토씨 하나 틀리지 않고 외워 말할 수 있었다.

어머니는 나의 배웅을 마다했다. 결국 교정의 삼나무 아래에서 어머니와 작별했다. 어머니를 태운 택시가 큰 도로 끝으로 사라지자 노관의 조용한 일상들이 불현듯 그리워졌다. 싸리빗자루가 가슴팍을 빗금으로 쓸어내리는 것 같았다.

운동장의 테두리를 돌아 기숙사를 향해 천천히 걸었다. 분지의 강바람이 얼굴을 때렸다. 손 교수는 군 간부로 있는 친척에게 추천서까지 받아주면서 나의 입교에 힘써주었다. 먼 도시인데다 규율이 엄격한 이 학교를 강력하게 어머니에게 추천했던 이유는 국내에서는 최고의 스포츠 시설과 기숙사를 가진 학교라는 점을 우선순위에 두었을 것이다. 또한 부성 부재인 내가 역동성과 힘의 균형을 익히는 데에 군사 예비학교 성격의 학교가 적합하다고 판단했을 것이다.

기숙사 현관의 로비로 들어서니 등에 학교 로고가 찍힌 추리닝을 입은 학생 둘이 책이 든 종이박스를 위층으로 옮기고 있었다.

룸메이트

기숙사 이층 방으로 돌아오자 룸메이트가 짐을 풀고 있었다. 검은 뿔테안경 너머의 총명한 눈동자가 신중하게 나를 쳐다보았다. 자신을 유재호라 소개하는 그와 통성명을 하고는 책 정리를 하는 그의 옆에서 곧바로 교장을 만난 일과 학교의 첫 인상에 대해서 말했다. 교장은 자부심이라는 견장을 달고 우쭐대는 것 같고 학교의 분위기는 마치 보병 예비학교 같다고 했더니 재호가 웃었다.

"어디서 그런 걸 느꼈어? 너 겁먹었네! 이 학교가 무슨 군대인 줄 알아? 우리 학교도 일반 고등학교랑 똑같아. 주니어 사관학교라고 선

입견을 갖는 사람이 있는데 우리 학교에서 받는 군사제식훈련 정도는 일반 고등학교에서도 다 받고 있어. 요즘 이만큼 교련시간에 제식훈련을 받지 않는 학교가 어디 있어? 우리도 그 정도에 지나지 않아."

재호는 두 개의 짐 가방을 오도카니 세워놓은 내 침대 귀퉁이에 걸터앉았다.

"군인들은 근무지 이동이 잦아서 자녀들이 자주 전학을 가야 하니까 그들을 위해 세워진 학교야. 나도 초등학교 때만 전학을 열댓 번은 다녔으니까. 그리고 군인 자녀라고 해서 모두 사관학교에 진학하는 것도 아니야. 우리 학교의 절반 정도는 사관학교에 진학하지만 나머지 절반은 일반대학으로 진학을 하니까."

나는 트렁크를 열어 어머니가 개어넣은 옷가지들을 옷장으로 나르기 시작했다.

"이요, 너는 척 보니 사관학교 체질은 아닌 것 같은데 어떻게 우리 학교에 오게 됐어? 어쨌든 네가 이 학교에 오게 된 건 행운이야. 내가 일반 중학교를 다녀봐서 잘 아는데 일반학교가 더 폭압적이고 획일적일 때가 많아. 우리 학교는 과도한 국가관을 심어주고 체력을 강화하려는 경향은 있지만 다른 면에서는 일반학교보다 격이 있고 교양과 자유의 전통을 만들어가고 있어. 한마디로 교장선생님이 강조하는, 대한의 남아로, 사회의 리더로."

재호는 다른 트렁크에서 꺼내놓은 책 정리를 도와주면서 나에게 강한 호기심을 보였다. 그때 노크를 하는 동시에 문이 열리면서 호두알 같은 단단한 머리가 들이밀어왔다.

"야, 깡돌! 잠시 좀 들어와봐." 재호가 그를 유난히 반겼다.

"유비, 방학 동안 잘 지냈냐? 나도 방금 도착했다."

"여기 내 룸메이트인데 인사해. 새로 온 친구야. 이학년에 나와 같은 반이 됐어."

재호가 문 안에 들어선 학생을 내 앞으로 떠밀었다. 눈동자가 라디오 주파수처럼 반원으로 빠르게 돌아다니는, 자그마한 키의 그와 마주 섰다.

"난 이요라고 해."

"어, 그래. 반갑다. 난 강현석." 우리는 악수를 나누었다.

"일학년 때 재호와 같은 반이었어. 재호는 우리 반 반장이었고. 근데 올해 재호와 또 같은 반이 됐네?"

현석이는 입에 알사탕을 넣은 듯 양 볼을 부풀리면서 재호와 나를 번갈아 돌아보았다.

"그럼 우리 셋 모두 이학년 사반이란 말이야? 이학년 때는 아예 세 발솥을 걸고 죽을 쑤게 생겼군." 재호가 이죽거렸다.

"근데 너는 새로 왔다면, 전학생이야?"

내가 머뭇거리자 재호가 대신 말했다.

"전학생은 아니고 특별한 경우인데 말하자면 이 친구는 이학년으로 들어온 편입생이지. 그런 건 나중에 자세히 이야기하기로 하고 야, 깡돌, 드디어 맞수를 만난 것 같다. 이요, 이 친구가, 얘기를 들어보니 무지하게 책을 많이 읽었네! 어릴 때부터 학교는 가지 않고 집에서만 가정교사를 두고 공부한, 한마디로 전형적인 지방귀족이지."

"아니, 꼭 그렇게까지 과대포장할 건 없고……."

내가 재호의 과장된 말을 수정하려 하자, 현석이는 놀랍다는 듯 그 말을 의심 없이 덥석 받았다.

"근대식 학교가 생긴 이래로 아주 보기 드문 현상인데? 전 국민이 다 받는 의무교육을 받지 않았다는 것은 두 가지 경우뿐이지……."

현석이는 장난기를 띠고 내 주위를 한 바퀴 돌며 나를 위아래로 찬찬히 살폈다.

"결함이 있어서 제도권 교육에서 소외되었거나 너무 잘나서 제도권 교육을 스스로 배제했거나 둘 중 하나일 터…… 이 친구는 귀공자풍의 외모로 보아 전자는 아닌 것 같고……."

그러던 현석이가 내 앞에서 멈추어 서더니,

"그렇다면 너무 잘난 놈?"

그가 갑자기 내 얼굴 정면으로 제 코끝을 들이미는 바람에 나는 뒤편의 침대에 주저앉았다.

"또, 또, 저 분석적인 말투, 이제, 그만하고." 재호가 사이에 끼어들었다.

내 모양을 보고 현석이는 낄낄댔다.

"현석이는 고전은 안 읽은 책이 거의 없을 정도로 다독가에다가 교양맨이야. 한마디로 우리 학교 '지식의 본좌'라고 할 수 있지. 가끔씩 교련선생님의 신체 질서에 따르지 못해서 모진 물리적 형벌을 받기는 하지만 워낙 강인한 정신력으로 이제껏 극복해왔고. 야, 강현석, 자유교양대회에 나가서 상탄 거 자랑 안 하냐?"

"그만 해!"

재호가 비아냥거리자 현석이는 손사래를 치면서 내 침대 가에 걸터앉았다.

"오, 깡돌, 한 살 더 먹더니, 많이 컸네. 재가 좋아하는 사자성어로 말하면, '상자세관', 상놈은 나이가 벼슬이라."

"그런 사자성어가 어딨냐?"

현석이는 침대 위에 있던 솜 베개를 재호를 향해 집어던졌다.

"아무튼, 입학식 오리엔테이션을 할 때 제 자랑에 침이 마르던 그 까까머리 깡돌이 아니에요!" 재호는 베개를 피하면서 계속 놀려댔다.

서로의 별명을 부르며 장난을 치는 두 사람을 보며 나는 머쓱하게 서 있었다.

현석이는 나와 독서성향이 비슷했다. 우리는 헤세, 도스토옙스키의 소설들을 서로 돌려보면서 읽은 책에 대한 감상을 나누었다.

"머리에 먹물만 든 이 문어들아, 조심해! 소설의 달콤함은 뼈도 녹게 한다고!"

재호는 늘 붙어서 책 이야기를 하는 우리에게 시비를 걸고 지나다녔다. 현석이는 나의 인문학적 성향을 높게 평가하고 '언어 천재'라며 추어올렸다. 그리고 그는 하향평준화와 획일적이고 보편성 일색인 이 땅의 교육정서를 규탄하면서 각 분야에서 창조적인 천재들이 아웃 당한다고 했다. '천재를 천재로 부르지 못하고……' 하는 『홍길동전』의 어투를 패러디해 나를 웃겼다. 현석이는 공교육에서 떠나 있던 나를 가장 잘 이해해주는 친구였다.

손 교수의 방문

학교생활이 서너 달 지난 오월 말에는 손상기 교수가 학교로 찾아왔다. 토요일 오후였다. 그는 춘천에 있는 본가에 왔다가 서울로 돌아가는 길에 나를 보러 왔다고 했다. 외출증을 받은 나는 손 교수를 따라 공지천 강가의 '마로니에 정원' 식당에서 이른 저녁식사를 했다. 그리고 공지천 입구에 위치한 '이디오피아집' 카페에서 팥빙수를 먹고는 지는 해를 따라 함께 강가를 걸었다.

주말을 즐기는 연인 한 쌍이 옆으로 비켜서서 좁은 강둑길을 내주었다. 강둑에는 데이지와 자운영 한 무리가 산들바람에 흔들리고 있었다. 손 교수와 나는 나란히 강둑에 앉았다. 황혼이 지고 어스름한 사위에 검어지는 강물이 우리 두 사람의 무릎 아래에서 흐르고 있었다. 아카시아 꽃과 밤꽃 향기가 물결 위로 실려갔다.

"이 교수가 자네에게 가보지 못했다고 내가 한 번 들러주기를 부탁하더군. 아니 그 친구의 부탁이 아니더라도 한 번 보러 왔겠지만. 우리의 우정도 있으니까, 안 그런가, 젊은 친구?"

손 교수는 팔꿈치로 내 허리께를 찔렀는데 오랜만에 보는 그의 익살이었다.

율이 삼촌은 내가 입학한 후에 기숙사로 짧게 안부전화를 했었다. 한 시간 거리의 서울에 있는 율이 삼촌이 한 번 들러줄 것을 내심 기대하고 있었다.

우리는 한참 동안 강물 위에 시간의 낚싯대를 던져두고 침묵했다. 이윽고 손 교수가 분위기를 전환하려는지 목소리를 높여 말했다.

"어때, 공동체생활을 해보지 않아서 학교에 적응하기가 쉽지 않을 텐데. 무슨 어려움은 없는가?"

나는 별로 대화하고 싶은 심정이 아니었다. 다른 할 일도 없는 손 교수가 재촉했다.

"어디 나에게 말해봐. 의외로 쉬운 문제일 수도 있으니."

문득 손 교수의 이런 호의가 고맙게 느껴졌다. 그래서 그동안 학교 생활을 하면서 생각해둔 것을 머릿속에서 정리해보았다. 손 교수와 해떨어진 강변에 앉아서 함께 소화를 시키기에 적당한 화제였다.

"교육의 역할은 자신의 재능에 맞게 선택하고 완성해가도록 방향을 제시하는 것이라고 생각합니다. 종교의 목적이 인간에게 죄의식을 주려고 단죄하는 것이 아니듯이 공교육의 목적이 다수에게 열등 감을 갖게 하려고 소수를 선별하는 데 있는 것이 아니라고 생각합니다. 다양한 선택의 기회를 차단시키고 한 가지 기준으로 줄 세우는 것이 교육의 본질은 아니지요."

"그렇지!"

손 교수가 내 말에 추임새를 넣었다.

"교육이든 종교든 다수가 불행하게 느낀다면 그 공동체는 바람직하지 않은 방향으로 가고 있다는 증거입니다."

나는 여기서 논리적으로 아귀를 맞추려고 말을 잠시 멈추었다.

"만물이 햇빛을 골고루 받게 해 자기 몫의 생명을 유지하도록 하는 것이 자연의 이치이듯이 사람 사는 이치도 이와 다르지 않다고 생각합니다."

나는 이제 말을 다 마쳤다는 표시로 고개를 한 번 끄덕였다. 어둠이 내려서 손 교수의 얼굴이 잘 보이지 않았다.

"내가 한 번 정리해보지."

손 교수는 두 손바닥을 털어내면서 명쾌하게 말했다.

"교육의 본질은 하늘 아래 다양한 사람들이 햇빛을 골고루 받아서 성장하도록 도와주는 것이라는 게 자네의 요점이 아닌가? 자, 저기 숲을 한 번 보라고. 키 큰 나무, 키 작은 나무, 넓은 잎사귀, 뾰족한 잎사귀, 납작한 풀이나 가지를 넓게 펼친 관목들을 보라고. 서로 다투어 햇빛을 받아서 제각기 광합성을 하느라고 야단들이지 않나? 교육은 숲 전체가 햇빛을 고루 받아 각기 생존하도록 도와주는 것이지. 나는 인간사가 모호하면 자연을 들여다보네. 자연에 비춰보면 인간세상이 옳은지 그른지가 판단이 서거든."

나는 한 주제에 대해 내 의견을 말하고 나니 의식이 더 넓어지고 인식이 더 명확해진 것을 느꼈다. 머릿속이 방사선 도로처럼 정돈되고 기분은 우쭐해졌다. 손 교수가 말을 이었다.

"탁월함은 개인의 능력만 가지고 되는 것이 아니네. 사회적 환경이 개인의 탁월함을 드러나게 해주는 것이지. 사회는 개인의 능력을 규정하고 규제해서는 안 돼. 예단해서는 더더욱 안 되지. 사회는 그저 자유롭게 헤엄치고 스스로 떠오르도록 물이 되어야 해. 깊은 강물처럼 바다처럼 넉넉해야 하지. 사회제도란 사람들이 익사하지 않도록 살피다가 위험하면 튜브를 던져주기만 하면 돼."

손 교수의 의견도 이전보다 더 확연하게 내 귀에 들어왔다. 우리는 자리에서 일어나 어둑해진 둑길을 걸어나왔다. 이제 선상카페에서는 〈알람브라 궁전의 추억〉이라는 조용한 기타곡이 들려왔다.

"이 교수는 요즘 건강이 좋지 않아. 휴식이 필요하다고 전화가 한 번 왔던데…… 밤엔 잠을 못 자고 수업을 하는 것 외에는 외출도 거의 하지 않는 모양이야……."

서울로 가는 버스터미널과 학교로 갈라지는 팔호광장 교차로에서 손 교수가 지나가는 말처럼 흘렸다. 무심함을 가장하는 그의 목소리에 긴장감이 느껴졌다.

"노관에 전화는 자주 하는가?"

그가 나에게로 눈길을 비껴서 물었을 때는 노관에 무슨 일이 생긴 건 아닐까 하는 의혹이 불현듯 생겼다.

"공중전화가 기숙사 한 층에 한 대씩만 있어서 짧은 용건만 통화를 합니다. 낮에는 시끄럽고 조용한 시간까지 기다리자면 밤늦은 시간이고 해서…… 얼마 전에 집에 전화했을 때는 여전하다는 느낌을 받았는데, 노관에 무슨 일이라도?"

"아니, 아니야. 무슨 일이야 있겠는가?"

손 교수는 다소 허둥거리는 기색이었다.

"노관을 생각하면 뭐니뭐니해도 묘자 아주머니가 차려주는 밥상이 으뜸이야. 더덕구이, 애호박송이국, 노릇한 부추감자전에다가 연엽주 한 사발 하면, 캬! 그게 사람 사는 맛이지."

한바탕 걸쭉하게 말한 손 교수는 작별인사를 하면서,

"어디, 기숙사는 지낼 만하고?" 하고 물었다.

"그럭저럭요."

나는 어머니가 계속 걱정이 되었다.

비밀자치회

학교 내에서는 현 정치권이나 군 내부의 소문이 빨랐다. 어디가 진원지인지 비교적 확실한 말들이 은밀하게 혹은 공공연하게 돌아다녔다. 소문으로 먼저 들었던 이야기가 며칠 후 매스컴에서 확인되는 일도 있었다. 5·16쿠데타로 정권을 잡은 정치권은 십팔 년이 넘도록 여전히 군 출신들이 정부 고위직을 장악하고 있었고, 군 가족이 대부분인 이 학교 학생들은 보이지 않는 계급장을 이마에 붙이고 다녔다. 들리는 소문에 의하면 군 장성이나 고위직의 자식들은 학교 내에 비밀모임이 있어서 승마와 사격, 펜싱을 따로 개인교습을 받는다고 했다. 그 모임은 일이학년 때는 준회원으로 내정되었다가 삼학년이 되면 정회원으로 입회한다는 비교적 자세한 내용까지 알려져 있었다.

나는 승마 수업시간을 떠올려보았다. 승마는 학년별로, 조별로 수업을 받지만 삼학년들 수업시간의 끝 무렵에 대기하고 있었던 적이 여러 차례 있었다. 나는 그중 탁월한 승마 실력을 가진 상급생들이 있었는지 머릿속으로 하나씩 짚어보았다. 그러나 그들 중에는 실력이 조금 나은 몇몇은 있었지만 그 외양과 기상은 그저 고만한 수준들이었다. 그런데 한 명이 내 머리에서 스프링인형처럼 튀어올랐다. '아, 김경수!'

김경수를 처음 본 것은 교무실에서였다. 내가 편입학을 한 다음 날, 세계사 교재를 받으러 교무실에 갔을 때였다. 교무실에는 칸막이를 마주한 선생님들이 업무를 보고 있고 학생들 몇 명은 서 있거나 그 사이를 지나다니고 있었다. 아이보리색 광목 커튼 사이로 들어오는 오후의 햇살이 교무실 안의 윤곽을 어슴푸레 드러나게 했다. 세계사선생님은 삼십대 초반으로 마른 장대같이 큰 키에 웃을 때에는 입가의 주름이 등고선처럼 올라갔다. 재호 말로는 세계사선생님은 폭넓은 지식과 팽팽한 순발력, 진취적 기질로 학생들에게 인기가 있다고 했다. 그 선생님이 교재를 건네주면서 나에게로 몸을 기울이더니 손가락 끝으로 한 곳을 가리켰다.

"저기 저 학생이 보이지?"

교무실 맨 끝 자리인 교감선생님 책상 앞에 열중쉬어 자세로 한 학생이 서 있었다.

"삼학년의 김경수 학생이야. 이 학교 졸업생들 중 세상에서 가장 유명한 사람이 될 테니 잘 기억해두라고."

어둑한 실내에서 김경수만 노란 빛의 동그라미 안에 싸여 있었다. 세계사선생님은 처음 온 나에게 김경수의 존재를 알리고 싶어 하는 눈치가 역력했다. 나는 교재를 받아들고 나오면서 다시 한 번 김경수가 서 있던 자리를 돌아보았다. 그러나 언제 가버렸는지 그는 거기에 없었다.

학교생활이 서너 달이 지난 유월 말에 김경수를 다시 기숙사 휴게실에서 보았다. 각 학년의 층마다 휴게실이 건물 중간에 마련되어 있었으나 텔레비전은 일층의 일학년 휴게실에만 있었다. 평소 주말에는 일이학년 학생들 몇 명만 텔레비전 주변에 모여앉아 있는 정도였다. 그러나 축구나 야구 경기를 중계하는 날이나 장학퀴즈나 고교 탐방 프로인 〈우리들 세계〉가 방영되는 일요일 저녁에는 삼층에서 삼학년생들도 대거 몰려왔다.

나는 일요일 세시에 재방송하는 명화극장, 〈디어헌터〉를 보느라고 휴게실 소파에 앉아 있었다. 처음 얼마 동안은 내 옆자리의 동급생들이 하나둘씩 소파에서 일어나는 것을 눈치 채지 못하였다. 로버트 드 니로의 러시안룰렛 게임 장면에 몰두한 나머지 주변의 기척은 들리지도 않았다. 문득 이상한 기운을 감지하고 옆을 돌아보았더니 김경수가 옆자리에 앉는 중이었다. 얼결에 자리에서 일어나려 하자 그는 나의 어깨를 지그시 누르며 말했다.

　"그냥 앉아서 보도록 해."

　등줄기에 땀이 비자나무 잎처럼 솟았다. 다시 자리에 주저앉은 나는 소심하게 곁눈으로 실내를 둘러보았다. 김경수와 함께 들어온 열댓 명의 상급생들은 먼저 의자에 앉아 있던 후배들에게, "그대로 앉아 있어도 되는데." "아니아니, 그냥 앉아 있어." 하는 겉치레 말로 자리를 차례로 양보받고 있었다.

　삼학년들이 채널을 돌리자 서울의 한 명문고 학생들이 김동건 사회자를 중심으로 양 날개 형태로 앉아서 재담을 나누고 있었다. 〈우리들 세계〉는 학생들에게 가장 인기 있는 전국 고등학교 탐방 프로였다. 몇몇 삼학년생들은 자리를 양보받아 앉고 나머지 몇 명은 뒤에 둘러서서 텔레비전을 보았는데 우리들은 마치 적들에게 포위를 당한 것처럼 불안했다. 긴장과 가식이 뒤섞인 불편한 기운이 휴게실 내에 감돌았다.

　그때 김경수가 웃자 다른 삼학년생들이 웃고 그 뒤를 이학년생들이 따라 웃었다. 화면에서 학생들의 메인 토크가 끝나고 장기자랑으로 넘어가자 김경수를 선두로 상급생 열댓 명은 일제히 휴게실을 떠나갔다. 그러자 뒤에 서 있던 이학년 학생들이 우르르 나에게로 몰려와서 물었다.

"김경수 선배를 옆에서 가까이 보니 어땠어?"

"네게 무슨 말을 했어?"

"너 정말 용감하더라. 그 선배 옆자리에서 끝까지 앉아 있는 걸 보면."

"떨리지 않았어?"

학생들은 김경수의 등장에 더없이 고무되어 있었다. 나도 역시 텔레비전에서 무슨 말을 들었는지 기억이 나지 않을 정도였다. 온몸에 힘이 얼마나 들어가 있었는지 다리와 등 근육이 뻐근했다.

김경수는 존재 자체가 학생들에게 명예였다. 그 이후 나는 김경수의 이런 강력한 카리스마는 어떻게 그리고 언제부터 생겨났는지 몹시 궁금해졌다.

'비밀자치회'는 교내의 비밀 서클이었다. 그 서클을 처음 만들고 내부규칙 등의 근간을 세운 수장이 '김경수'라는 것은 공공연한 비밀이었다. 그를 중심으로 여섯 명의 상급생들은 자칭 '학교 내의 명예 지킴이'라는 취지의 비밀자치회를 비공개로 발족했다. 새학기 초에 비밀자치회는 설립목적과 규칙, 처벌 조항이 실린 인쇄물을 전교생에게 배포하였다.

그들이 채택한 구호는 '충성'과 '명예'였다. 이에 대한 자치회의 정의는 인상적이었지만 원탁의 기사도를 흉내낸 치기어린 말로도 들렸다.

'충성이란 스스로는 판단하지 않는 것이다. 무조건 복종한다. 하늘 아래 항명은 없다.'

비밀자치회가 정의하는 '명예'란 또 이러했다.

'명예는 육체적으로나 정신적으로 남에게 피해를 주지 않는 것이다.'

그 종이는 자치회의 명령대로 배포된 지 한 시간 만에 각 반의 반장들에게 회수되어서 소각장에서 불태워졌다. 이후에 비밀자치회의 짧은 통신들은 전교 학생들에게 은밀히 배부되고 흔적 없이 사라졌다.

비밀자치회에서 정한 체벌에 대한 내부 규칙은 엄격했다. 선후배 간의 사적인 체벌은 금지였다. 곤장 다섯 대 이하와 얼차례, 원산폭격, 토끼뜀 등 신체적인 벌칙이 일부 허용될 뿐이지 다른 도구를 사용하거나 맨주먹으로 무분별하게 체벌하는 것은 강력히 금지한다고 제 일 조항에 명시했다. 만약 사적인 감정으로 동료나 후배들에게 단순폭력이나, 즉흥적인 폭력을 가했을 때는 전교생들에게 실명을 알려서 그의 야만성을 폭로한다고 경고했다. 학생들 개인 간에도 진흙탕 싸움은 금한다는 규칙도 있었다. 싸움을 반드시 해야 하는 경우에는 시간과 장소를 공지하고 양 편의 입회인하에 정식으로 하게 했다. 그리고 그 자리에서 입회한 동료들의 판정에 따라 싸움을 끝내고 승패의 결과는 무조건 받아들여야 한다는 세부조항도 있었다.

자치회에서 정한 명예규정을 어긴 학생은 점조직을 통해 알려졌다. 학생의 이름과 죄상을 낱낱이 적은 종이가 그 아래에 자치회원 여섯 명의 자필사인을 넣어서 전교학생들에게 릴레이로 돌려졌다. 마지막으로 소식지를 전해받은 학생은 그것을 씹어 삼켜서 그 흔적을 없애는 임무가 주어졌다. 만약 자치회의 종이가 선생님에게 발각되었을 때는 전적으로 개인적인 선에서 책임을 지도록 했다. 그러나 이제껏 발각되는 사례는 없었다고 한다.

비밀자치회의 규칙을 위반해서 경고장을 받은 학생에게는 선택권이 주어졌다. 자신의 과실을 전교생에게 알리고 거기에 합당한 자치회의 벌을 받을 것인가 아니면 개인적인 다른 이유로 위장해서 스스로 다른 학교로 전학을 갈 것인가 둘 중에 하나를 택해야 했다. 전학을 택하는 학생에게는 그의 모든 과실을 비밀에 부친다는 조건을 붙였다. 자진 퇴장은 비밀과 명예가 보존되는 기회였다. 학생들은 그것을 '명예퇴장'이라고 불렀다. 드물지만 한두 학생은 그 명예회복의 기회를 받아들여서 자신의 죄목을 공개하지 않고 학교를 떠나갔다. 대부분의 학생들은 자신의 실명과 과오를 전교생에게 공개하는 자치회의 벌을 받아들이고 학교에 남았다.

분위기가 이러하다보니 교내에서 스스로의 명예를 저버리는 크고 작은 일들이 거의 일어나지 않았다. 비밀자치회는 이런 방식으로 전교생 삼백육십 명을 내부적으로 긴밀히 통제하고 있었다. 그 통제의 중심코드는 '명예'였다. 이런 일은 전교생이 자존감과 자부심을 양어깨에 견장처럼 달고 다니는 군사 예비학교 성격의 이 학교에서만 가능한 일이었다.

비밀자치회의 정식 명칭은 피타고라스학파의 이름과 같은 '하프써클', 즉 '반원'이었다. 자치회의 이름이 '원탁'이 아닌 '반원'인 것은 자치회 멤버들이 평등하지 않다는 것을 의미했다. 중심에는 단연 김경수가 있었다. 애초에 나에게 반원, 말하자면 반달이란 자치회의 명칭은 불길하게 들렸다. 그 방향이 상현인지 하현인지를 알 수 없을 때는 더욱 그랬다.

학생들에게 자치회의 규칙은 마치 계시처럼 받아들여졌다. 청소년들에게 명예란 가슴을 뛰게 하고 피를 솟구치게 하는 생명과 동일한 이름이었다.

학생들 사이에서는 이 '하프써클'에서 불명예스러운 일로 경고장을 받거나 호출되는 것을 가장 두려워했다. 이러한 분위기는 강력한 전염과 중독성이 동반하는 것으로 교내 학생들은 점점 명예에 어긋나는 행동은 자신의 생명을 버리는 일처럼 여기게 되었다. 그중에서도 고자질은 가장 수치로 여겼고 고자질하는 사람은 '생쥐'라는 은어로 불렸다.

남학생들 사이에서는 크고 작은 싸움이 일어나기 마련이었다. 특히 일학년생들은 비밀자치회에서 요구하는 공개싸움의 절차를 헤아릴 시간이 없었다. 욱하고 화가 나면서 동시에 치고받고 교실 바닥에서 뒹굴다가 수업 종이 울리면 제자리로 돌아가는 일이 일 년에 한두 번은 일어났다. 그런 자잘한 싸움들은 당사자들의 암묵적인 합의하에 자치회에 알려지지 않았다. 작은 싸움이었다 하더라도 어느 한편이 불만을 품고 자치회에 심의 신청을 하면 그 사건은 중재되었다. 그런 일은 거의 없었다. 다른 고등학교에서는 흔히 일어난다는 패거리 싸움도 없었다. 외부에서는 학생 전원이 기숙사 생활을 하고 학년별로 층마다 사감 선생을 두어 잘 통제되기 때문이라고 여겼다.

일 학기가 끝나갈 무렵에 한 사건이 일어났다. 그것은 카세트녹음기 사건이었다. 학생들은 대부분 작은 트랜지스터라디오에 이어폰을 꽂아서 에프엠 음악방송을 들었다. 이어폰을 귀에 꽂고 산책로에서 운동을 하거나 심지어는 그렇게 한 채 교정의 벤치에서 책을 읽는 학생들도 있었다. 어떤 학생들은 기숙사의 불이 꺼진 늦은 밤에도 이어폰을 꽂고 〈이종환의 별밤〉을 들었다. 음악은 일종의 유행이었다. 영미 팝송과 대학가요제의 젊은 그룹들의 새로운 음악에 학생들은 열광하고 있었다. 그 즈음에 삼성전자에서 카세트테이프를 넣어 음악을 재생해 들을 수 있는 핸디녹음기가 출시되었다. 라디오음악 채널에서 틀어주는 대로 음악을 들어야 하는 수동적인 방식과는 달랐다. 핸디녹음기는 자기가 원하는 시간에 원하는 음악을 들을 수 있는 소리의 혁명이었다.

두꺼운 국어사전만 한 부피의 은회색 삼성녹음기를 기숙사에 가지고 온 건 일학년생이었다. 학생들은 비틀스와 에어써플라이, 이글스, 퀸의 노래를 들으려고 휴게실에서 녹음기 주변에 둥글게 모이고는 했다. 그러다가 곧 중간고사 기간이 되어 핸디녹음기는 기억에서 잊혀졌다.

그런데 유월 초에 전교생의 명예활동을 감찰한 비밀자치회의 인쇄지 하나가 돌았다. 거기에는 명예규칙을 위반한 이학년 학생의 실명이 명시되었고 '강제취득'이라는 자치회의 판결이 공개되었다. 녹음기 주인은 빌려줬다고 하지만 그 녹음기를 이학년 학생이 상용하고 있었고 거기에는 무언의 압력이 작용했다는 것이다. 녹음기는 주인인 일학년생에게 즉시 되돌려졌고 이 사실은 전교생에게 공개되었다. 녹음기의 불법 점유자인 이학년 학생은 '죄를 공개하지 않는 대신 전학을 가야 하는' 명예퇴장을 선택하지 않았다. 사소한 일이라고 생각한 그는 학교에 그대로 남기로 했고 비밀자치회에서는 그의 실명과 죄목을 적은 종이를 전교생들에게 공개했다. 시작은 단순한 듯했다. 그러나 불법 취득한 당사자는 그것이 곧 잘못된 선택임을 알게되었다. 그는 비난의 낙서가 적힌 사방의 벽에 갇힌 것과 다름이 없었다. 이학년이었던 그는 졸업할 때까지 자신의 존재가 눈에 띄지 않도록 숨죽여 지내야만 했다.

사건

가을 하늘이 까마득하게 높아졌다. 옛 중국에서는 말을 살찌워 전쟁하기에 좋은 계절이었다. 창문 너머로 플라타너스의 누런 나뭇잎들이 조각보로 기운 황포 돛처럼 펄럭였다.

"야, 소문 들었어?"

맨 앞줄에 앉은 정웅이가 첫 수업이 끝나자마자 뒤로 허리를 틀면서 말했다. 이번 주는 연애사건으로 학교가 발칵 뒤집혔다.

비밀자치회에서는 학생들의 연애 자체를 문제 삼지는 않았다. 주말 외출 시에는 교복착용이 의무였지만 일부 상급생들은 맛나빵집에서 사복을 갈아입고 명동거리로 나갔다. 그건 학생주임 선생님의 일이었다. 연애도 성장의 부분이라고 생각하는 하프써클에서는 일체 관여하지 않았다. 월요일 오전이면 주말에 어느 선배가 공지천 둑길이나 명동거리를 어떤 여학생과 걸어가더라는 소문이 돌았다. 이디오피아집 경양식집이나 호호치킨집에서 손을 잡더라, 붙어 앉았더라는 디테일이 더해져서 발 없는 소문은 기숙사 복도를 돌아다녔다.

며칠 내로 그 소문은 일파만파로 퍼져 춘천 시내의 고등학교 학생이라면 이 삼각연애를 모르는 이가 없을 정도였다. 학생들은 교실이나 기숙사 복도에서 고개를 맞대고 수군거리다가 누가 작은 소식이라도 물어오면 참새 떼처럼 모여들었다. 정웅이의 한 살 위 누나는 스캔들의 여학생과 같은 학교에 같은 반이었다. 그는 쉬는 시간에 주말에 집에서 누나에게 들은 이야기를 전하려고 돌아앉은 것이다. 정웅이의 목소리가 컸는데도 중간 자리 이후의 학생들은 앞자리로 몰려 나왔다.

"야, 교단으로 올라가서 말해, 잘 안 들린단 말이야." 누군가는 말하고,

"야, 야, 거기 뒤에 조용히 좀 해봐!" 하고 뒤에서 잡담하는 학생들을 긴급히 통제하기도 했다. 갑자기 교실 안은 수업시간보다 더 조용해지고 정웅이는 교단으로 밀어올려졌다.

"그게 그러니까, 좀 복잡해. 내가 들은 이야기로는……."

평소에는 큰 관심을 받아보지 못한 정웅이가 좀 당황해하면서 말했다.

"아, 됐고 요점만 말해. 임희태 선배가 그 여학생하고 잤냐?"

어깨에 기왓장을 얹은 태수가 맨 뒷줄에서 거들먹거리며 말하자 반 아이들이 "와!" 하고 웃었다. 얼굴이 붉어진 정웅이는 잠시 기다렸다가 말했다.

"중학시절부터 오 년 동안이나 사귄 연인을 임희태가 이간했고 그 일로 여학생은 몹시 힘들어했대. 결국 그 여학생은 임희태에게 의지하게 되었는데…… 이후에는 소문대로야. 임희태는 그 여자애가 제

품 안에 들어오자 몇 번을 만나고는 더 이상 만나주지 않았다네. 저번 주말에 여학생은 혼자 집에서 자살을 기도했고 여행에서 일찍 돌아온 부모님에게 발견되어 자혜병원에서 깨어난 거래. 임신 중이었대."

교단에 올라갈 때의 열기와는 달리 금방 식어버린 분위기에 정웅이는 의기소침해진 목소리로 덧붙였다.

"이를 알게 된 상대 남학생은 격분해서 임희태를 죽일 거라고 벼르고 있대. 지금 그 학교 전학년생들이 임희태의 비겁한 행동에 집단적으로 분노해서 우리 학교에 패싸움을 신청할 거래."

수업 종이 울리자 정웅이는 교단에서 내려왔고 학생들은 제자리로 흩어지면서 한마디씩 했다.

"패싸움은 무슨? 전적으로 임희태 잘못이구만."

"임희태를 그 학교 교문 앞에 무릎 꿇려야 해."

"임희태가 비밀자치회 간부는 맞아? 그 벌칙이 궁금해지네."

"이제 쪽팔려서 어디 우리 학교 교복을 입고 명동거리에 나다니겠냐?"

"저라고 일이 커질 줄 알았겠냐?"

"동정도 하나?"

그때 수학선생님의 빛나는 머리가 교실 앞문을 밀고 들어오는 바람에 말꼬리는 거기서 잘렸다. 누군가 작게 말했다.

"쉿 조용히 해! 학교에서는 이 일을 모르고 있대."

넝쿨장미처럼 얽힌 이 불온한 연애사건은 교내외로 일파만파 알려졌다. 학생들은 이 일을 '트라이앵글'이라고 부르며 교내의 비밀자치회 판결에 귀추를 주목하였다.

비밀자치회에서는 학교 간의 명예가 걸린 사건이어서 대외적으로는 신속하게 결정을 내려야 했다. 며칠 후 명동의 중국집 아서원에서 임희태는 자치회 간부들 입회하에 상대 남학생에게 무릎을 꿇고 굴욕적인 사죄를 했다고 전해졌다. 일이 대충 그렇게 추슬러지는 듯했다. 대학 입학 예비고사가 서너 달 남은 구월달이고 여학생 측을 고려해서 상대 남학생은 그 선에서 마무리한 모양이었다.

그러나 학생들은 무엇보다도 '하프써클'이 이 초유의 불명예사건에 대해 어떤 결정을 내릴 것인가를 주목하고 있었다. 임희태는 비밀자치회가 죄목을 은폐해주는 조건으로 스스로 전학을 가야 하는 '명예퇴장'을 할 일은 없었다. 임희태의 소문은 다른 학교에서 먼저 전해져 전교생들에게 퍼졌기 때문이었다. 임희태에게 남은 건 비밀자치회의 공개처벌뿐이었다.

열흘이 지나도록 비밀자치회의 벌칙은 여전히 유보되고 있었다. 대외적으로 학교 명예를 실추시킨 큰 사안이고 게다가 처벌자가 자치회 간부이다보니 좀 더 신중을 기하려는 것 같았다. 은밀하게 흘러다니는 이야기에 의하면 학교의 명예훼손과 개인적인 비열함에 대한 공개 반성문을 전교생에게 돌리는 것으로 징벌이 결정되었다고 했다.

학교생활을 비밀리에 관리해온 명예지킴이 '하프써클'이 생긴 이래로 이런 불명예사건은 처음이었다. 임희태의 징벌은 명예를 중요시하는 비밀자치회의 명분과 존폐가 걸린 문제였다. 그러나 임희태 개인에게는 공개적으로 천하의 비열한이라는 것을 공식 인정함과 동시에 또래집단에서 찍힌 불도장자국을 평생 감수해야 하는 부담스러운 일이었다. 비밀자치회의 공개징벌은 자꾸 미루어지고 있었다. 그러다가 세상에서 일이 먼저 터졌다.

1979년 시월의 그날은 우리 학생들에게도 특별한 날이었다. 휴게실을 청소하는 아주머니는 늘 그랬듯이 그날 텔레비전 아침 뉴스를 켜놓고 바닥에 대걸레질을 하고 있었다. 얼기설기 잠에서 깬 학생들이 세면실에 가려고 복도를 지나다가 휴게실에서 대통령 시해 뉴스를 보게 되었다. 뉴스는 무서운 속도로 기숙사 전 층으로 퍼져나갔다. 뉴스가 나온 지 십여 분도 채 되기 전에 목에 수건을 걸치거나 칫솔을 입에 문 학생들이 텔레비전 앞에 모여들었다. 텔레비전 화면에는 충격이 있은 직후의 연회석 장면과 대통령 사진이 반복되어 나왔다. 태어난 이후 한 번도 대통령이 바뀌지 않은 세상에서 살아온 우리에게는 전 세대의 육이오 남침만큼이나 충격적인 일이었다. 쿠데타로 십팔 년 동안이나 장기집권한 군사정권이 내부의 붕괴로 무너지다니 그야말로 하늘이 깨지고 땅이 흔들리는 일이었다.

해설하는 남자 아나운서의 목소리가 흥분되어 있었다. 텔레비전에 둘러서 있던 학생들 사이에서는 나지막한 탄식소리가 들려왔다. 화면이 서울과 각 주요도시의 출근길 시민들을 인터뷰하는 모습으로 바뀌자 학생들은 당혹한 표정으로 각자의 일상으로 흩어졌다. 대부분이 군경 가족인 이 학교 학생들은 재난을 당한 이재민처럼 걱정이 앞서는 모양이었다.

오전 수업에는 선생님들이 들어오지 않았다. 교무실에 다녀온 재호는 선생님들이 교무실에 모여서 회의를 하느라고 학생들에게 자율학습을 지시했다고 했다. 우리들은 얼굴을 맞대고 아침 뉴스에 대해

소리를 낮춰 수군거렸다. 우리 이야기는 신문이나 매스컴에서 나온 뉴스를 넘지 않는 선이었다. 사용된 총기의 종류와 권총이 명중시킬 수 있는 사정거리를 두고 서로 우기는 정도였다.

학교 분위기가 달라졌다. 군사정권과 밀접하게 연계되어 설립된 학교는 이번 사태에 크게 충격을 받은 듯했다. 학생들 거의가 군인 자녀들인지라 선생님들은 이번 사태에 대해 직접 논평하기를 꺼렸다. 선생님들끼리 서로 단합한 것처럼 수업시간마다 같은 태도였다. 직언을 하기로 유명한 정치경제선생님마저도 앓는 얼굴로 외줄을 타듯 작금의 사태를 비켜갔다. 이런 부자연스러운 반응은 역설적으로 이 사태를 극도로 민감하게 받아들이고 있다는 반증이었다. 넘쳐야 할 때 넘치지 않는 것은 내부에 고이는 구덩이가 있다는 것이다.

이 주일 정도 지나자 교장선생님이 경질되고 새 교장이 부임했다. 들리는 말로는 새 교장은 전 교장과는 군내의 파벌이 다르다고 했다. 전 교장의 경질에 대해서 학교 측은 어떤 설명도 하지 않았고 퇴임식도 하지 않았다. 그저 사라졌다. 텔레비전 뉴스를 보니 세상은 각 분야마다 '헤쳐 모여'를 하느라고 분주했다.

새 교장이 부임한 지 며칠 만에 교장실로 유재호가 불려갔다. 그는 반장이기도 하지만 차기 비밀자치회의 간부로 내정되어 그 모임에 여러 번 초대된 적도 있었다. 오전 수업 내내 자리를 비우고 교장실을 다녀온 재호가 어두운 얼굴로 교실에 돌아왔다.

나는 운동장 벤치에 혼자 앉아서 일학년과 이학년 상급생과의 축구 친선경기를 보고 있었다. 토요일 오후이고 이학기말 고사가 끝난 주말이어서 스타디움 벤치에는 학생들이 거의 보이지 않았다. 대부분 사감에게 외출허가증을 받아서 명동으로 외출을 갔거나 남아 있는 몇 안 되는 학생들도 도서관이나 음악실, 체육관, 휴게실에서 각자의 시간을 보내고 있었다.

붉은 바탕에 흰 줄무늬 유니폼을 입은 이학년 팀이 경기를 주도했다. 초록색 유니폼의 일학년들이 공을 빼앗기고는 이학년 공격수들을 따라붙었다.

누가 내 어깨를 쳤다. 재호가 내 옆자리에 와 앉았다. 나는 눈인사를 하고는 얼른 운동장 축구경기로 눈을 돌렸다. 골대 옆으로 굴러간 공을 초록 줄무늬가 성급하게 차서 아웃이 되었다.

재호는 운동장 스타디움의 맨 아래 계단에 무심히 눈길을 두고 있었다. 축구경기는 물론 어느 것에도 관심이 없는 표정이었다.

심판을 보는 일학년 학생이 호루라기를 불고 초록 유니폼들을 향해 공을 힘껏 던졌다. 기우는 해는 경사진 빛을 운동장에 길게 비추고 있었다. 동산으로 오르던 석양이 한 다리를 바지랑대로 받치고는 잠시 쉬고 있었다. 운동장은 굴러가는 공에 따라 빨강과 초록 유니폼들의 무늬가 계속 바뀌는 만화경 같았다.

해가 지니 쌀쌀한 십일월 바람에 볼이 아려왔다. 축구경기는 이학년 팀이 득점을 하자 십 분 정도를 남겨두고는 빠른 속도로 불이 붙었다. 내가 자리를 뜨자 재호가 뒤따랐다. 우리는 기숙사를 향해 나란히 걸었다.

"너 표정이 왜 그래? 오늘 교장실에서 무슨 일이 있었구나?"

등나무 벤치 아래에서 내가 물었다. 지난 두 학기 동안 함께 방을 쓰면서 재호와 나는 사소한 비밀까지 털어놓았고 서로 금고를 바꿔서 비밀을 보관해주고 있었다. 재호가 잠시 망설이더니 말했다.

"이번 일은 아마 지금까지 내가 이 학교를 다니는 동안 일어난 일 중에 가장 큰 사건이 될 거야. 이건 정말 극비다. 알지?" 재호가 보안을 다짐했다.

"흠." 내가 자물쇠처럼 입술을 앙다물자 재호는 식당의 굴뚝 뒤편으로 내 소매를 끌고 갔다.

"학교에서는 김경수 선배를 권고퇴학 시키려고 해. 이미 목표는 정해졌고 학생부 선생은 뒷받침되는 증거자료를 꾸미고 있어. 증거를 내놓고 김경수에게 압력을 넣으려는 거야. '하프서클'이 불법지하모임이라고 고발이 들어왔다고 했어. 이건 분명 임희태의 짓이야."

"아니 학생부 선생님이 너에게 대놓고 임희태가 고발했다고 말했어? 내부고발자는 보호될 텐데?"

중대한 사안인 만큼 나도 저절로 목소리가 낮아졌다.

"이봐, 이요, 누가 자치회를 고발했는지 이름을 직접 거론하지는 않아. 그러나 학교에서는 고발자의 이름을 보호할 마음도 없는 것 같아. 학생주임도 고발자가 누구인지 다 알 수 있도록 거침없이 말했거든.

─비밀자치회 간부 하나가 상세히 다 불었어. 그동안 저도 조직이 부당하다고 느끼고 있었지만 심적 압박과 관계 때문에 말을 하지 못했다고 말이야. 그러다가 이번에 자신이 자치회의 먹잇감으로 지목되면서 앞으로 이런 피해가 다른 학생에게는 가지 않게 하려고 결심을 했다는 거야. 그래서 비밀자치회를 교내 불법지하써클로 신고했다는군. 그러니 각반의 반장들, 너희들도 비밀자치회에 대해 아는 게

있으면 털어놔. 이제 단독으로 지목될 일은 없으니까.

그러니 내부 고발자가 누구겠어? 누구나 그 자리에서 임희태라는 걸 직감했지. 김경수 선배는 임희태를 단호하게 내치고 공개벌칙으로 혹독하게 다스렸어야 했어. 방심한 사이에 김경수는 등에 칼을 맞은 거지. 자치회를 학교에 고자질함으로써 임희태는 자치회의 공개 벌칙에서는 저절로 면제가 된 거지. 청소년 시절의 명예를 지키기 위해 만들어진 자치회가 한낱 생쥐의 배신과 고발로 끝나다니 허망한 일이야."

기숙사 방들에 불이 하나둘씩 켜졌다. 불이 꺼진 빈방들로 오층 건물은 알이 빠진 옥수수 같았다. 재호의 이야기를 듣는 동안 나는 가슴이 두근거렸다.

"그럼 비밀자치회의 다른 간부들은 어떻게 되는데?"

"다른 학생들에 대해서는 별다른 말은 없었어. 김경수라는 수괴 한 명만 처벌하는 걸로 몰아가려는 분위기야. 내가 확신하건대 학교에서는 이전에도 이 '반원'의 존재를 몰랐을 리가 없어. 알고도 묵인했던 거지. 이전의 교장은 이 비밀자치회를 명예를 존중하는 모임으로 우대하는 감도 분명 있었거든. 공식적으로 드러내서 표현만 하지 않았을 뿐이었지. 그런데 왜 이제 와서 내부 밀고자와 단합해서 이 난리냐고! 학교에서는 서클을 핑계로 김경수를 제거하려고 아주 칼날을 세웠더구먼. 작정하고 치는데 피할 도리가 없지."

유재호는 목에 힘줄을 세우며 성토했다. 목소리는 낮으면서도 있는 힘을 다 주어 말해서 귓가로 침이 튀겨졌다. 나는 따스한 굴뚝 벽에 등을 기대었다. 찬바람이 어둑한 뒤뜰을 지나고 있었다.

"그런데 김경수 선배에게 가해지는 처벌들이 지금 정치권과 관계가 있는 것 같지 않아? 재호, 넌 그런 생각은 안 해봤어?"

그러자 재호는 순간적으로 날아오는 공을 피하듯 어깨를 움츠렸다. 그것은 군 패밀리에게 마지막까지 미루고 싶은 일이었다. 나로서는 명백한 답을 두고 좌우로 계속 진동하는 추를 그냥 둘 수는 없었다. 누군가는 진실의 눈금에 추를 멈추게 해야 한다. 나는 새로 온 교장이 김경수를 탄핵한다는 말을 처음 들었을 때부터 그걸 느꼈다고 못박았다.

"김경수 선배의 아버지가 전 정권의 군부실세였다고 하던데? 전교생이 다 알고 있던데 뭘. 그러니 신군부에 속한 새 교장에게 김경수는 마저 쓸어버려야 하는 잔여물인 거지. 군부 내에서 자라날 불온한 싹은 미리 쳐두는 게 안전하다고 생각하는 거라고. 새 포도주는 새 부대에, 안 그래?"

내가 다그치자 다소 풀이 죽은 재호가 중얼거렸다.

"네 말이 맞을 수도 있어. 하지만 난 중학시절부터 김경수 선배를 잘 알아. 그 선배는 아버지의 덕도 있겠지만 그 후광은 주변 사람들이 대부분 만들어낸 거야. 너도 김경수 선배를 대면해본다면 그의 남다른 기상을 알 수가 있을 텐데. 이젠 그럴 기회가 없으니 아쉽네."

재호는 눈물을 글썽거릴 정도로 안타까워했다. 나는 더 이상 캐묻지 않았다.

비밀자치회에 대한 별 소문이 다 돌더니 차츰 진실에 가까운 한 줄기로 가닥이 잡혀갔다. 학교에서는 '하프서클'은 불법 동아리로 규정하고 피해와 협박을 받은 학생들의 증언에 의해 김경수를 이 주일 동안 정학에 처한다고 했다. 자치회의 나머지 임원들은 대입 예비고사 후에 일주일 동안 교내 봉사활동을 하는 것으로 일단락이 되었다. 예비고사를 한 달 앞두고 있는 시점이었다. 입시생인 삼학년에게 이 기간에 정학이란 제도권에서 볼 때 전도유망한 한 청소년의 싹을 자르는 일이었다. 누가 이런 잔인한 일을 기획하는지 알 수가 없었다.

임희태의 명찰을 단 시궁쥐 그림이 휴게실 게시판에 붙었다가 떼어졌다. 학생부의 단속이 두려운 학생들은 단체로 침묵하고 있었지만 그 속에는 부당한 조치에 대한 날선 분노를 담고 있었다.

학교에서는 편의적으로 교칙을 적용해서 김경수를 죄인으로 몰아 확인사살한 다음 내치는 수순을 제대로 밟고 있었다. 새로 온 교장은 그렇다 치더라도 여태껏 그를 감싸고 칭송하던 기존의 교감과 다른 선생님들의 태도도 냉랭하게 급변했다. 윤리와 세계사, 국어선생님은 자신들의 능력이 역부족인지 이번 사안에 대해서는 언급을 피했다.

김경수는 미소까지 보이며 학교에서 내린 정학조치를 담담히 받아들이더라고 교무실에서 자료 정리하던 한 학생이 말을 전했다. 김경수는 학적부에 오른 정학기록으로 사관학교에 진학을 할 수 없었다. 게다가 사관학교 입시는 예비고사 전에 치러지는데 그의 정학 기간이 꼭 그 무렵이었다. 이후 일반대학은 갈 수 있는데도 김경수는 대학의 관문인 예비고사 응시를 스스로 거부했다. 그 소식은 또다시 기숙사 전 층으로 호외처럼 빠르게 전해졌다. 인문계 고등학교에서 입시의 필수절차인 예비고사를 치지 않는 삼학년 학생은 전교에서 김경수 한 명뿐이었다.

십이월 초였다. 격동의 시간들을 지켜보고 있던 우리들에게 작은 쪽지 한 장이 전달되었다. 손가락 굵기의 크기로 말려 있는 종이를 펼쳐보니 김경수가 자필로 쓴 짧은 메시지였다.

'나 김경수는 〈하프 서클〉을 위하여 마지막 명예퇴장을 한다.'

그것은 학교의 원인 모르는 처벌과 마무리되지 못한 임희태의 징벌에 대해서 구구한 변명을 하지 않겠다는 의미였다. 그는 시작과 마찬가지로 서클의 수장답게 '명예퇴장'을 해서 책임을 다하려고 했다. 새 점처럼 말려진 종이 두루마리가 각 반에 한 개씩 돌려졌고 그걸 받아 읽은 학생은 다른 학생에게로 재빨리 넘겼다. 그 메시지가 전교생에게 돌려지는 데는 채 삼십 분이 걸리지 않았다. 마지막으로 종이를 건네받은 학생은 그걸 씹어서 삼킴으로써 이 풍진 세상에서 그의 명예를 지켜주었다.

찰스와의 작별인사

일요일 오후부터는 주먹만 한 함박눈이 내리기 시작했다. 다음 주 수요일에는 대입 예비고사를 치고 이십 일 후에는 겨울방학이었다. 나는 기숙사 창가에 서서 지상으로 내려오는 엄청난 점령군을 바라보고 있었다. 구름 뒤의 햇살은 눈송이들 사이로 은은한 빛줄기를 주렴처럼 내려뜨렸다. 테니스 코트장과 체육관의 돔 지붕, 기차처럼 이어진 마사의 지붕 위, 승마장 트랙에 눈이 쌓여가고 있었다. 그때 비탈 아래의 마사에서 김경수가 찰스를 끌고 나오는 게 보였다. 그는 흰 바지에 검은 자켓, 승마부츠와 헬멧, 채찍까지 갖추고 있었다. 말에 안장을 얹고 등자를 조정한 다음 곧바로 말 등에 타올랐다.

승마수업에는 개인적으로 헬멧과 장화가 지급되지 않았다. 일반 학생들은 다른 학생이 사용했던 땀에 전 헬멧을 쓰고 교련복에 각반을 감고 승마수업을 받았다. 몇몇 학생들은 개인 헬멧과 가죽을 잇댄 승마바지, 발 길이와 종아리에 맞는 가죽 승마부츠를 갖추고 개인 사물함을 가지고 있었다. 마사에는 말이 여덟 마리가 있었는데 그중 한 마리는 고위직 군 관계자가 학교에 사서 넣었다고 했다. 수업 중에 그 말은 마사에 남겨져서 빈둥거렸다. 두 눈에서부터 주둥이까지 역삼각형으로 난 하얀 털은 박하사탕처럼 빛났고 몸통의 밤색 털은 시냇물처럼 흘러내렸다. 목에서부터 뒷다리까지 이어지는 곡선도 유려했지만 무엇보다 검은 눈동자가 맑고 총총하였다. 승마교관은 이 말을 고급 수입차종에 빗대서 '마크 화이브'라는 애칭으로 불렀다. 그 말 이름이 찰스였다.

김경수는 승마장 트랙 안으로 들어서서 찰스를 평보로 한 바퀴 걷게 했다. 그러던 그가 채찍을 휘둘러 말을 좌속보로 한두 바퀴 돌더니 곧이어 구보로 내달렸다. 딱딱하게 얼어붙은 땅 위에 말발굽 소리가 규칙적인 타종소리처럼 울렸다. 말이 경중거리며 달리는 모습은 높은 파도가 구불거리며 앞으로 나아가는 것 같았다. 찰스는 하강하는 눈발에 대항하듯 머리를 한 번 틀어올리면서 울음소리를 냈다. 타원형 트랙의 코너를 돌 때마다 김경수의 굽은 등 뒤로 승마복 뒷자락이 팽이처럼 휘돌았다. 찰스는 뛸수록 기운이 더욱 용솟는지 허리에 반동을 주며 탄탄한 허벅지로 힘차게 내달렸다. 말은 과녁을 통과하는 총알처럼 기민했고 바람을 가르는 폭포처럼 통쾌했다. 과연 마크 화이브, 찰스였다.

눈발은 공중을 가득 메우고 사위는 고요했다. 찰스의 말발굽 소리만이 퇴각하는 북소리처럼 골짜기에 쩡쩡 울렸다. 김경수는 찰스를 타고 트랙을 수차례나 돌았다. 나는 찰스와 김경수가 일체가 되어 공중으로 솟구치고 땅으로 내리딛는 모습에 꼼짝없이 붙잡혀 있었다. 한 시간 정도가 지났을까. 김경수는 찰스를 좌속보로 호흡과 근육을 가라앉힌 다음 평보로 마사 앞까지 가게 했다. 안장에서 내려온 김경수는 찰스의 목을 끌어안고 갈기에 얼굴을 묻었다.

나는 이 전 과정을 기숙사 이층 창문가에서 내려다보고 있었다. 바람이 휘두르는 팽이채 같은 소리를 냈다. 낮 두시인데도 초저녁처럼 어두웠다.

김경수의 퇴장

대입 예비고사를 이틀 앞둔 월요일은 아침부터 날이 흐렸다. 운동장 가에는 가지만 남은 플라타너스 나무들이 짙은 회색 하늘을 배경으로 겨울바람에 맞서고 있었다. 선생님들은 과목마다 진도를 다 끝마친 이학년생들에게 겨울방학 때까지 이 주일 동안을 자율학습으로 보내게 했다. 학생들은 제 하고 싶은 일을 하거나 그동안에는 책상 밑으로 돌려보던 『공포의 외인구단』 시리즈 만화를 책상 위로 번듯이 올려놓고 보고 있었다.

점심시간이 거의 끝나갈 무렵 평소에 시끄러웠던 교실이 갑자기 조용해졌다. 반 학생들이 하나둘씩 창문가로 이동하고 있었다. 창밖을 내다보는 학생들의 표정이 사뭇 비장하였다. 나도 얼른 윤수를 팔꿈치로 밀치고는 창문 밖을 내려다보았다. 흰 눈이 가득 쌓인 운동장 한가운데로 삼학년 김경수가 걸어가고 있었다. 이 소식은 금방 입에서 입으로 교실마다 가로등에 불이 들어오듯 주르륵 전해졌다. 더 많은 학생들이 하던 일을 멈추고 창문가에 달라붙었다.

김경수는 검은색 학교 외투를 입고 머리를 곧추세우고는 교문을 향해 나가고 있었다. 마침내 전교생 거의 모두가 일층, 이층, 삼층 창문에 꿀벌들처럼 촘촘히 붙어서 숨을 죽이고 있었다. 명예와 정의의 표상으로 펄럭이던 한 깃발이 내려지는 참이었다. 그때 삼층의 한 창문에서 '김경수!' 하고 한 학생이 외쳤다. 두 번째로 그의 이름이 불릴 때에는 몇 학생들의 목소리가 더 보태져서 '김경수!'를 외쳤다. 그다음 번에는 더 많은 아이들이 동참해서 그의 이름을 부르고 네 번째, 다섯 번째에는 전 층에서 박자와 간격을 맞춘 합창이 되었다. 전 학생들이 손에 작은 깃발을 들고 박자에 맞춰 흔드는 것 같았다. 삼층에서 이층으로, 일학년 교실인 일층으로까지 가세되면서 전교생이 '김경수!, 김경수!'를 연호하자 교무실에서 선생님들이 실내화를 신은 채 눈이 쌓인 화단으로 쏟아져 나왔다. 일층에서는 일학년 몇몇 학생들의 울음소리가 섞여들었다. 내 옆에 선 윤수도 주먹으로 볼에 흐르는 눈물을 얼른 훔쳐냈다. 사십여 명의 선생님들이 바지 주머니에 양 손을 찌르거나 팔짱을 끼고 현관 앞에 서서 운동장을 가로질러 가는 김경수를 바라보았다. 스타디움의 국기게양대 앞까지 달려 나간 교련선생님은 창문가의 학생들에게 들어가라는 시늉으로 양 팔을 가슴 쪽에서 반복하여 밀어냈다. 학생들은 한쪽 발로 교실 바닥을 구르며 점점 더 크게 '김경수'를 연호하기 시작했다. 그러자 교련선생님은 슬며시 팔을 거두고 교무실 앞에 늘어서 있는 선생님들의 줄에 끼어들었다.

김경수는 운동장 가운데로 걸어나가면서 걸음을 재촉하지도 어깨를 움츠리지도 않았다. 그는 학생들에게서 자신의 이름이 불릴 때마다 최대한 발걸음을 크게 떼면서 나아갔다. 한 줄기 바람이 교복 외투의 망토자락을 한두 번 들어올렸는데 마치 뒤에 남은 우리들에게 손을 흔드는 것처럼 보였다. 교문 옆의 삼나무로 그의 모습이 더 이상 보이지 않게 되자 학생들은 하나둘씩 제자리로 돌아왔다. 순백의 눈 위에는 김경수가 걸어나간 발자국만 남아 있었다. 오후 수업 시작을 알리는 음악이 때맞춰 들려왔다.

율이 삼촌의 방문

삼학년의 새학기가 시작되었다. 학교에서는 삼학년이 된 새로운 각오가 교실과 기숙사의 지붕을 뚫고 나갈 정도였다. 의대를 지망하는 재호는 이과 수업을 위해 다른 반으로 배정 받고 현석이는 나와 같은 문과반이 되었다. 현석이는 내게 좀 더 친근하게 굴었다. 학교 내에 별다른 변화는 없었다. '고삼'은 육종기간이었다. 삼학년은 정서적으로나 인성적인 땅을 개척하는 어떤 종류의 일들도 중단하고 구획된 밭에서 각자의 성장을 결집해야 하는 시기였다. 삼학년 학생들은 세상과 단절된 교실과 도서관, 기숙사에서 모종으로 육성되면서 세상의 넓은 밭으로 이식되기를 희망하고 있었다. 나는 모종상자 속에 내 영혼을 구겨넣었다.

삼학년 생활도 이학기에 접어들어 두어 달이 지난 늦은 가을에 율이 삼촌이 학교로 찾아왔다. 학생들이 별로 없는 토요일 오후여서 삼촌과 나는 교정을 걷기로 했다. 기숙사 뒷길을 지나 마사와 교관 휴게실에서 끝나는 내리막길을 우리는 천천히 내려갔다. 승마장 트랙에는 플라타너스 낙엽들이 마른 오징어처럼 굴러다녔다. 승마수업 중에 대기하는 긴 벤치에 삼촌과 나란히 앉았다. 오랜만에 만나서 그런지 할 말이 생각나지 않았다. 그때 문득 삼촌이 말문을 열었다.
"시국이 흉흉하니 교수들도 연행되어 조사를 받는단다."
"그런데 삼촌은 무사하셨어요?"
"글쎄, 나는 조울증 진단이 나오니 그냥 보내더구나."
삼촌의 눈길이 허공을 향하더니 곧 말이 없어졌다. 나는 그의 옆에 조용히 앉아 있었다. 삼촌은 미래로 실어나르는 시간과 공간, 이 삼라만상에는 관심을 두지 않았다. 생의 순환 기차에 무임승차한 사람처럼 목적지를 알고 싶지도 않고 굳이 내리고 싶어 하지도 않는 사람처럼 보였다. 그때 삼촌의 내면을 어떤 빛이 별똥별처럼 빠르게 가로질러 갔다. 그는 우연한 빛에 몰입했고 전기충격을 받은 사람처럼 몸을 떨었다. 그건 아주 짧은 순간이었고 빛은 사라졌다.
"괜찮으세요?"
내가 팔을 잡고 흔들자 삼촌은 의아한 듯 나를 쳐다보았다.
지는 해는 비탈로 점점 기울어 체육관 돔 지붕의 둥근 경사로 미끄러져 내렸다. 행인이 드문 뒷마당에는 고요함이 도드라졌다. 문득 삼촌이 침묵을 깨고 말했다.

"최초로 허무가 찾아온 길목을 잘 기억해둬라. 그러면 그곳을 비켜 갈 수가 있지."

그 순간 율이 삼촌과 함께 앉아 있는 이런 시간이 다시는 오지 않을 것 같다는 생각이 불현듯 들었다. 그 예감이 농익은 열매처럼 내 머릿속 한가운데로 떨어지자 눈물이 고여왔다. 삼촌이 건너고 있는 허무의 강 때문인지 그의 목소리의 빈 울림 때문인지 그의 내면을 태우고 있는 매운 연기 때문인지…… 의미를 알 수 없는 눈물이 내 볼을 타고 흘러내렸다.

교문 앞에서 율이 삼촌과 작별했다. 기숙사로 올라가는 길을 따라 켜진 가로등으로 운동장은 막 건져올린 물미역 같았다.

현관에 들어서자 현석이가 이층 계단을 내리달려오면서 소리쳤다.

"마지막 모의고사 성적표가 휴게실 벽에 붙었대!"

나는 잡다한 생각을 던져버리고 그를 따라 복도를 뛰기 시작했다.

사랑과 이별

소문

이틀 밤낮을 걸쳐 쏟아붓던 눈이 밤사이에 그쳤다. 산천이 온통 눈에 덮였다. 눈을 비워낸 하늘은 가벼웠다. 눈 위에 반사되는 아침햇살에 눈이 시렸다. 나뭇가지에서 눈덩이가 떨어지는 소리와 빈 공중을 돌아다니는 까마귀 울음소리가 간간이 들렸다. 앞마당에서부터 삼거리까지 내놓은 길은 파도를 갈라놓은 흰 바다처럼 보였다. 길 양 편의 눈 둔덕에는 가래질 자국이 빗살무늬를 이루고 있었다.

노관은 내부가 조금 달라졌다. 안채에는 연탄보일러를 설치하고 나무욕조를 쓰던 목욕탕은 현대식 타일을 깔아서 개조했다. 외관만은 내가 태어나기 이전부터 삼백 년 동안 꼭 이 자리에서 변함없는 모양이었다. 노관은 밑그림 위에 색깔만 다시 칠하는 습자용 그림 같았다.

철쭉나무 아래의 동그란 길, 화단의 목단과 석류나무, 우물 뒤의 뽕나무밭과 삼거리로 나가는 길 양 편의 감나무 고목들이 흰색으로 칠해졌다. 철새들이 빈 들녘에 흰 광목천을 씌워두고 남쪽으로 여행을 떠난 것처럼 보였다.

부엌에서는 황태국의 구수한 냄새가 실려왔다. 붉은 얼굴을 한 묘자 아주머니는 처마 끝의 고드름을 쳐내며 우물가로 나가고 있었다. 장독대의 눈을 털어내고 앞마당으로 들어서던 어머니가 안방 창호지 문에서 흘러나오는 텔레비전 뉴스를 들으려고 멈춰 섰다. 아침뉴스에서는 영동고속도로에서 제설작업이 계속되고 있고 오후가 되어야 도로가 뚫릴 것이라고 했다. 철도와 강릉 비행장은 아침에 재개되었다고 남자 아나운서의 경쾌한 서울 말씨가 산책을 나서는 내 등 뒤에서 들려왔다.

날이 어둑해질 무렵에야 율이 삼촌이 도착했다. 나는 사랑채 삼촌의 방으로 여행가방을 날랐다. 오랜만에 율이 삼촌과 함께 노관에서 지내게 되었다. 내가 춘천의 고등학교로 가기 전해 여름방학을 삼촌과 손 교수와 함께 보낸 이후로 처음이었다. 그동안에는 방학의 일정이 엇갈려서 삼촌이 떠난 후에 내가 노관으로 돌아오곤 했다. 이번 겨울에는 대학시험을 마친 후라서 모처럼 나도 온전한 휴식을 갖게 되었다.

오후에 군불을 때기 시작한 사랑방에는 구들장의 흙냄새와 장판 틈새로 올라온 연기냄새가 섞여 있었다. 책상 위에는 삼촌이 사용하던 펜꽂이와 잉크가 그대로 놓여 있고 궤 위의 이부자리는 단정히 개켜져 있었다.

율이 삼촌은 방 안에 들어서자 두 팔을 펼치더니 고개를 뒤로 젖히고는, "아!" 하는 안도의 숨을 토해냈다. 삼촌에게 노관이란 장소 이상의 의미였다. 험한 뱃길을 항해한 후 도착해서 쉴 수 있는 유일한 항구인 듯했다. 그는 긴 여정으로 외형은 닳아졌지만 내면에는 값진 물건을 가득 싣고 돌아온 외항선처럼 보였다.

삼촌은 지난해 교정에서 잠깐 만났을 때보다 훨씬 수척해 있었다. 폭풍우에 씻긴 것처럼 턱은 가팔랐고 눈꺼풀은 꺼졌으며 광대뼈는 괴석처럼 솟아 있었다. 그의 검은 눈동자만이 무너진 광맥 속에 박힌 흑연처럼 빛났다. 툇마루를 따라 내 방으로 돌아오는데 까닭 없이 가슴이 마구 뛰었다.

포근한 날씨가 계속되었다. 지붕의 낙숫물은 마당에 골을 파며 엇박자로 끊임없이 떨어졌다. 뒤 언덕에는 다람쥐와 산토끼가 녹는 눈 위에 찍어놓은 흙발자국들이 나 있었다. 나는 따스해진 겨울햇살을 따라 들판으로 나왔다. 이번 폭설로 논바닥에는 물이 그득하게 담겨 있었다. 논둑길에서는 질척한 진흙이 신발에 들러붙어 걸음이 무거웠다. 골짜기에서 눈 녹은 물이 보태진 시냇물이 활기차게 흘러갔다.

개천의 시멘트 다리 아래에서는 동네 여자들 서넛이 밀렸던 빨래를 하고 있었다. 방망이질을 하거나 엉덩이를 높이 들고 헹굼질을 하는 여자들의 웃음소리가 물소리에 섞여 명랑하게 들려왔다. 양지쪽에는 며칠 햇볕인데도 이미 눈이 다 녹아서 지난겨울의 시든 풀줄기가 드러나 보였다. 죽은 풀줄기 사이에도 겨우내 모질게 살아남은 풀뿌리를 발견한 나는 개울둑을 타고 가까이로 내려갔다. 커브를 도는 시냇물은 거품을 내며 둥글게 멈춰 섰다가 각자의 방향으로 다시 흘러갔다. 물길이 휘어지는 안쪽 둑으로 내려간 나는 코가 땅에 닿도록 엎드려 풀뿌리를 관찰하고 있었다. 그때 시멘트 다리를 사이에 두고 내 등 쪽에서 동네 여자들의 말소리가 들려왔다.

"아까 노관댁 도령이 지나가던데?"

"벌써 저 모퉁이를 돌아갔어."

여자들은 물기를 짠 빨래를 각자 대야에 담아놓고 양지쪽 다리 난간에 걸터앉았다. 겨울 해가 정수리에 내리꽂히는 정오 무렵이었다.

"그런데 혼자 된 노관의 젊은 마님 말이야."

마흔 살쯤으로 보이는 중년 아낙이 이야기를 꺼냈다.

"그런데, 왜요?"

서른 살 정도로 여겨지는 젊은 아낙이 호기심이 이는지 바싹 다그쳤다. 나는 시멘트 다리 기둥 뒤에 등을 대고 주저앉았다. 동네 아낙들의 대화소리가 들려왔다. 앳된 목소리의 새댁이 물었다.

"지가 시동골에 시집오기 전 일이라서 저는 노관의 새 마님이 누군지 자세히 잘 몰라요. 저번 가을걷이 밭일을 할 때에도 동네 아재들이 모여서 노관댁 이야기를 하던데 뭐가 뭔지 잘 이해가 안 되더라고요. 노관에 그 나이든 여자 있잖아요, 왜, 만날 회색 스웨터를 입고 다니면서 강시처럼 획 지나가는 그 아주머니는 노관의 친척인가요?"

중년 아낙과 그보다 십 년은 젊어 보이는 젊은 아낙과 갓 시집온 새댁 세 사람은 빨랫감을 담은 대야를 뒤편에 놓고는 나란히 다리에 걸터앉았다. 봄볕처럼 노란 햇살이 길이가 오 미터도 채 안 되는 시멘트 다리 위를 맴돌고 있었다.

"아? 천주학쟁이 묘자? 묘자는 어릴 때부터 노관의 노마님 밑에서 심부름을 하며 컸어. 묘자 아버지가 일제 때 징용 가서 일본 여자를 데리고 왔대. 그런데 해방이 되자 그 일본 여자가 어린 딸은 조선에 남겨두고 혼자 일본으로 돌아갔대. 그 왜녀의 딸이 지금 노관의 묘자야. 묘자는 쉰 살이 되도록 결혼도 하지 않고 부지런히 예배당에만 다녔으니 거진 반 수녀님이지."

중년 아낙은 새댁의 말에 답을 해주고 처음의 제 이야기로 되돌아갔다.

"실은 나도 우리 엄니한테 들은 이야기인데……."

중년 아낙은 소문의 풀밭으로 염소 떼를 몰고 가는 목동처럼 앞장을 섰다.

"노관의 젊은 마님하고 그 시동생하고는 원래 서울서 핵교 다닐 때부터 둘이 애인 사이였대."

"어머머, 그런 일이 있을 수가 있어요? 그래서요?"

새댁이 호들갑을 떨면서 중년 아낙의 옆으로 바짝 붙었다. 이에 젊은 아낙이 응대했다.

"그걸 모르는 시동골 사람이 있나요? 아니 군 내는 물론이고 아마 온 읍내가 다 아는 일일걸요? 모두들 드러내서 말을 하지 않아서 그렇지. 더구나 삼사 년 전인가 그 시동생이 외국에서 돌아왔지 않우? 그러니 모두들 노관을 지켜보고 있답니다."

그러자 중년 아낙은 자신의 말을 방해하고 있는 젊은 아낙이 못마땅한 듯 목소리 톤을 높여서 새댁을 향해 말했다.

"노마님이 살아 있을 때는 대노해서 둘째아들과 의절까지 했다잖

아. 그러자 그 둘째아들은 십몇 년 동안 외국으로 피해갔다가 얼마 전에 돌아왔고."

"어머나, 세상에! 그럼, 아까 그 도령의 아버지는 없나요?"

이 동네로 얼마 전에 시집 온 새댁은 이런 놀라운 일의 줄거리를 완결지어놓아야 머릿속이 평온하다고 생각했다.

"도령 아버지는 노관의 큰아들인데 그 도령이 대여섯 살 때 죽었어. 폐병을 오래 앓았는데 결국은 그 병으로 간 거지. 노관댁 뒤편으로 저기 언덕이 보여? 큰 소나무들이 병풍처럼 쳐진 그 아래 여러 개의 비석과 산소들이 있지? 거기 노관의 선산에 묻혔어."

중년 아낙은 허리를 온통 뒤틀고 팔을 들어 새댁에게 노관의 뒤 언덕을 가리켰다.

"나도 동네 엄니들이랑 노관댁 큰아들 장례식 날 그곳까지 따라가서 구경을 했는데…… 그 도령이 어린 상주노릇을 하는 게 얼마나 짠하던지 그날 산소 가에 서 있던 동네 여자들은 모두 눈물을 냈었어."

젊은 아낙도 생각이 나는 대로 이야기를 덧붙였다.

"그럼 저 노관댁의 젊은 마님이나 그 시동생은 이제 몇 살이어요?"

새댁이 머리에 떠오르는 대로 물었다.

"나보다 한 살 아래니까 두 사람 다 올해 갓 마흔이구먼. 둘이 동갑이라지 아마."

중년 아낙이 짧게 대답했다.

"어머, 젊지도 않았네요. 그런데 여태껏 그 시동생은 결혼을 하지 않았어요?"

새댁은 지치지 않고 질문을 했다.

"약혼했었다는 소리는 들었어. 어쨌든 지금 노관에 돌아온 둘째아들은 제 약혼녀를 두고 외국으로 도망쳤다가 십몇 년이 지나서 다시 나타난 거야. 노마님은 임종 때도 일체 둘째아들에 대해서는 유언도, 유산도 남기지 않았다는구면."

중년 부인은 왠지 심기가 불편한 기색으로 심드렁하게 말했다.

"그럼, 그 시동생의 약혼자는 어떻게 되었어요?"

의혹이 머릿속에서 점점 빠르게 튀어나오는지 새댁은 쫓기듯 물어댔다.

"그 약혼녀는 신랑 될 사람에게 버림받고 한밤중에 머리를 감다가 호랑이한테 물려갔대요." 젊은 아낙은 그 일이라면 저가 잘 알고 있다는 듯 냉큼 대답했다.

"에이, 그런 신기한 이야기가 어디 있어요? 전기불이 환한 요즘 세상에 무슨 전설도 아니고." 새댁이 어이없다는 듯이 깔깔거리며 웃었다.

"맞다니까! 작년에 읍내 장터에 말린 고추를 팔러 갔을 때 들은 이야기예요. 최백작집 외동딸인 그 약혼녀를 호랑이가 물고 갔다는 이야기는 온 읍내에 파다하던데 그래? 그 일 이후에는 한밤중에 머리를 감지 말라고 딸들을 단속한댔어."

젊은 아낙은 확실하다는 양 새댁을 향해서 눈을 부릅뜨고는 말했다.

"그리고 저기 노관집 뒤 언덕에 있는 사당이 보이지? 거기가 산신당이래. 호랑이에게 잡혀간 사람의 혼을 산신령께 빌려고 산신당을 세운 거라고들 하던데……." 젊은 여자는 그 부분까지 확신할 자신은 없는지 말끝을 조금 흐렸다.

그때 중년 부인이 즉시 반박하며 젊은 아낙에게 쏘아붙였다.

"누가 그런 해괴한 말을 하던? 참 소문이란 엉뚱한 쪽으로 살이 붙는다니까. 저기 언덕 중턱에 보이는 사당은 삼백 년 된 노관의 조상 위패를 모시는 사당이라고! 그리고 혼례도 안 치른 그 여자를 위해 왜 노관에서 산신당을 세웠겠어? 따지고 들면 약혼만 했다가 파했으니 노관댁 사람도 아닌데. 안 그래? 그 여자의 친정에서라면 모를까? 그것부터가 거짓말이라는 증거야."

중년 아낙이 말하는 소리를 새댁은 젊은 아낙을 한 칸 건너 듣고 있었다.

"노관의 시동생과 약혼했던 여자가 최백작네 외동딸인 건 맞아. 결국에는 신랑 될 사람은 달아나고 저절로 파혼이 된 약혼녀는 미국으로 이민 가는 것으로 결말이 났지. 그러나 호랑이에게 물려갔다는 건 말도 안 돼. 전설의 고향도 아니고, 어디서 그런 황당한 말을!"

중년 아낙은 기가 막히다는 표정을 짓고 씨름선수가 샅바를 던지듯 자리를 털고 일어섰다.

"노관댁 둘째아들이 약혼자를 두고 외국으로 도망갔다는 건 누구나 아는 이야기예요. 애들 교과서에도 나오는 이야기라구요."

젊은 아낙은 입가를 삐뚜름하게 해서 대꾸를 하더니 은밀하게 두 사람에게로 몸을 기울이며 낮게 말했다.

"저 그런데 혹시…… 이런 말은 들어본 적 있어요?" 하고 어떤 굉장한 일을 저만이 알고 있다는 듯 두 눈을 가늘게 늘였다.

"노관의 시동생하고 지금의 형수 사이에 혼전에 아이가 있었답니다!"

제 말에 놀라는 파장을 지켜보려는 듯 젊은 아낙은 기울였던 허리를 펴고는 가슴을 앞뒤로 그네처럼 흔들어댔다.

"어머머! 그럴 수가 있나요? 노관의 젊은 마님이 시동생의 아이를 낳고 바로 그 형님에게로 시집을 온 거예요? 정말이에요? 확실해요?"

새댁은 제 눈을 가렸던 두 손바닥을 코 밑까지 쓸어내리면서 새된 소리를 질렀다. 중년 아낙은 놀람과 의혹, 뒤이어 분노가 뒤섞이는 붉은 얼굴로 자리에서 벌떡 일어났다.

"그래서 천주쟁이 묘자가 수년 동안 옥천동 성당을 뻔질나게 드나든답니다!"

젊은 아낙은 놀라는 중년 아낙의 모습을 보고는 더욱 의기양양해져서 즉시 덧붙였다.

"성당에는 왜요?" 새댁이 끼어들었다.

"그곳 수녀원에서 젊은 마님이 혼전에 낳은 아이를 맡아서 기른대요. 이건 아무도 몰랐을 걸요? 나도 정확한 소식통이 다 있답니다."

젊은 아낙은 제 앞을 우뚝 막고 서 있는 중년 아낙을 햇빛 때문에 눈살을 찌푸리고 있다는 듯 무심한 척 쳐다보았다.

"참 별별 소문이 다 돌아다니네. 약혼녀가 호랑이에게 잡혀갔다는 말이나 노관댁 젊은 마님에게 혼전 자식이 있다는 말이나! 그것도 지금 시동생과 사이에서 낳은 자식이라니, 말이나 되냐! 그럼 젊은 마님이 약혼식에 시동생 애를 배고 있다가 낳자마자 곧바로 그 형님에게 시집을 왔다는 얘기네? 아이가 어디 금방 들어섰다가 금방 쑥 빠져나오는 절구방망이인 줄 알아? 시간을 따져보라고. 아무리 남의

244

말이지만 좀 이치에 맞게 말들을 해!"

중년 아낙은 자신의 일인 것처럼 분개해서 발까지 굴러댔다. 그러자 젊은 아낙은 숨을 길게 내쉬더니 차분하게 말했다.

"노관댁 젊은 마님의 친정 본가가 모산 고을에 있대요. 그 동네에서 살았던 여자가 우리 시누이랑 동서지간인데 그 여자 말로는, 그 조합장댁이 시내 성남동에 삼층집을 짓고 이사 간 후에는 시골집을 몇 년 동안이나 비워두었대요. 그런데 어느 날 그 댁 막내딸이 일하는 계집아이 하나만 데리고 그 시골집에 와서 몇 개월 동안이나 지내다가 떠났답니다. 그동안 그 처자는 한 번도 집 밖을 나오지 않았고 대문은 늘 안으로 잠겨 있었지만 동네 사람들 사이에는 그 처녀가 그곳에서 아이를 출산했다는 말이 돌았대요. 그런데 시누이 동서가 나중에 이 시동골로 시집 와서 보니 그 모산의 조합장댁 딸이 노관의 젊은 마님이 되어 있더랍니다!"

젊은 아낙은 서슬이 퍼렇게 제 앞을 막고 섰던 중년 아낙에게 이제 납득을 했으면 비켜달라는 손짓을 하며 다른 손으로는 바닥을 짚으며 일어났다.

"그럼 노관댁 젊은 마님이 혼전에 낳은 아이가 지금 수녀원에서 자라고 있는 거네요? 딸이에요? 아들이에요?"

새댁은 두 눈을 맞뜨고 서 있는 두 아낙을 번갈아 쳐다보았다. 그때 중년 아낙은 그런 소문은 아예 가당치도 않다는 듯 대꾸도 않고 돌아서더니 빨래 양푼을 제 머리에 들어올렸다. 눈치 빠른 새댁이 얼른 달려들어 거들어주었다. 젊은 아낙도 제 빨래대야를 거칠게 끌어당기는 소리가 났다. 대화가 제 손아귀에 전적으로 휘어잡히지 않는데 대한 중년 아낙의 분노와 혼자 다 아는 척하는 이에 대한 젊은 아낙의 원망으로 둘 사이는 냉랭해졌다. 두 아낙은 양은대야를 머리에 이고 양 편으로 각자 떨어져서 둑길을 걸어갔다. 시동골로 갓 시집온 새댁이 맨 나중에 대야를 옆구리에 끼고는 두 아낙네 뒤를 종종걸음으로 따라가면서 소리쳤다.

"노관댁 새마님과 시동생이 지금도 연애를 하고 있다는 말이에요? 그래요?"

동네 아낙네들의 발소리가 멀어져갔다. 개울물이 흘러가는 소리만이 규칙적으로 들려왔다. 나는 혼자 시멘트 다리 안쪽에 오래도록 앉아 있었다. 얼마나 시간이 흘렀는지 문득 햇살이 엷어지고 바람이 차가워졌다. 개천 둑에 올라가 건너다보니 검은 논벌 너머로 노관 둘레의 마당들이 전함의 갑판처럼 하얗게 펼쳐져 있었다.

사랑

온돌방은 군불을 때었어도 위풍으로 방 공기가 찼다. 책상 위에서 글을 쓰고 있으면 손가락이 시릴 정도였다. 겨울철에는 안당의 쇠 난로 주변에서 차를 마시거나 책을 읽거나 바느질을 하면서 시간을 보내다가 잠자리에 들 때에는 군불을 땐 온돌방으로 흩어졌다. 올 겨울 사랑대청에는 내 허리께까지 오는 직사각통의 석유난로를 들여놓았다. 대청의 맨꼭대기 문살의 창호지를 베어내서 환기창을 내고 난로 머리에는 한 되짜리 양은주전자를 올려놓았다.

대청에서 시간을 보내다가 식사시간과 차를 마실 때에만 안채로 건너왔다. 묘자 아주머니는 안당에 다담상을 마련하고 사랑방 문 앞에서 청하면 율이 삼촌은 의복을 갖추고 안당으로 건너왔다.

묘자 아주머니는 가을 햇빛에 말려두었던 감잎차나 국화차를 우려내고 약과와 편강을 곁들여 다담상을 봤다. 묘자 아주머니가 옆에서 차 시중을 들 동안 삼촌과 어머니는 차를 마시며 이야기를 나누었다. 손님이 있을 때는 기호에 따라 커피를 내기도 했다.

묘자 아주머니는 아이 적부터 하루 중 오전시간에는 차 시중을 들었다고 했다. 안주인인 할머니가 안채에 다담상을 마련해서 바깥어른인 할아버지를 하루에 한 번씩 모셨다. 아녀자가 집안의 안살림을 바깥어른에게 보고하고 의논하는 자리였다. 그런데 지금은 사랑채 손님을 안채로 초청해서 차를 대접하고 담소하는 관습으로 남았다. 노관의 관례적인 차 시간은 오전 열시를 즈음으로 하루에 한 번이었다. 이를테면 안주인이 손님을 초대하는 자리였다.

삼촌이 노관에 머물렀을 동안 차 시간은 어김없이 행해졌다. 나는 처음에 한두 차례 참석했었지만 대체로 그 시간에는 자리를 비켜주었다. 그럴 듯한 핑계를 대서 삼촌과 어머니와 함께 있는 시간은 피했다. 그러다보니 율이 삼촌과는 식사시간 이외에는 마주치는 일이 드물어졌다. 식사시간에도 율이 삼촌은 거의 한마디도 하지 않아서 어머니는 한 번씩 나를 민망한 표정으로 건너보고는 했다. 그러나 나는 더욱 평상시처럼 행동해서 두 사람에게 조금도 불편한 느낌을 주지 않으려 했다.

그 무렵 율이 삼촌은 하루하루를 규격이 같은 상자처럼 쌓아갔다.

그는 새벽에는 책을 읽거나 방 안을 서성거렸고 오전에는 어머니와 차를 마시면서 음악을 듣거나 이야기를 나누었다. 그리고 오후시간에는 우체부가 배달한 신문을 보고 뒷산을 산책했으며 밤에는 제정 러시아제 깃펜으로 검은 가죽장정 노트에 글을 썼다. 같은 규격의, 같은 모양의 블록으로 날마다 삼촌은 자신만의 성벽을 쌓아갔다. 그의 성 안쪽의 풍경은 하느님만 볼 수 있는 것이었다.

문 밖에서는 겨울바람이 마른 나뭇가지들을 꺾고 얼어붙은 평원에 남겨진 것들을 휩쓸어 가도 삼촌은 견고한 성채 쌓기를 멈추지 않았다. 나는 그를 조금도 방해하지 않았다. 지금 노관에서의 나날들이 삼촌의 인생에서 얼마나 중요한지를 직감으로 알았기 때문이었다. 그는 어머니 이외에는 누구와도 말하지 않았고 집 안의 누구와도 눈을 마주치지 않았다. 그는 하느님만을 오롯이 그의 눈과 마음에 담고자 하는 수도승처럼 한 사람만 보고 한 사람에게만 마음을 허락했다. 그는 어떤 시간을 예정해놓고 그 시간에 점점 다가가고 있는 것처럼 보였다. 율이 삼촌은 오 년 전에 노관의 앞마당을 처음 들어서던 그 모습이 아니었다. 지난 가을 학교로 방문했던 그 모습도 아니었다. 아니, 이전에는 그가 한 번도 지금의 모습인 적이 없었다. 삼촌의 영혼은 달아오른 쇳덩이처럼 뜨거워서 스치기만 해도 까만 재가 되어버릴 정도였다. 그의 내면은 빠르게 소진되고 있었다. 아무도 그를 도울 수 없었다. 구할 수는 더욱 없었다. 그는 이 낭랑한 햇빛 아래서 그만의 사랑을, 그만의 형벌을, 그만의 방식으로 견디어내고 있었다.

묘자 아주머니는 그런 율이 삼촌을 위해 끊임없이 기도했다. 그릇을 씻을 때에도, 콩을 고를 때에도, 펌프에 물을 자아올릴 때에도 입

안에서 마른 밤알 굴리듯 끊임없이 기도 말을 중얼거렸다.

"천주님, 그의 마음에 평화를 주소서. 그가 진 등짐을 내려놓게 하시고 주님의 물가에서 편히 쉬게 하소서"로 시작하다가, 하느님이 별반 응답이 없는 것 같으면 험악한 말들로 끝을 맺고는 했다.

"그를 악으로부터 구해주소서! 그를 유혹하는 사탄을 요절내소서!"

그때 묘자 아주머니의 목소리는 달아나는 시궁쥐를 부지깽이로 내리칠 때 이를 악물고 내지르는 비명과 꼭 닮아 있었다.

추운 겨울날씨가 계속되었다. 문 밖에서는 더욱 날카로워진 겨울바람이 언 들판을 쇠스랑으로 긁어댔다. 숲의 생물들은 땅 속에서 웅크리거나 가랑잎 속에 숨어서 지냈다. 성탄절이 지나고 양력설도 지났다.

이월 초에는 어머니가 독감으로 앓아누웠다. 내가 자라오는 동안한 번도 병치레를 해보지 않은 분이어서 병석에 누워 있는 어머니가낯설었다. 열이 사십도로 치솟고 밤에는 신음과 헛소리까지 하자 다음날 묘자 아주머니는 명주의원 의사에게 왕진을 요청했다.

오전에는 오십 년 전통의 명주병원을 아들에게 물려준 팔순 노의사가 옛 주치의의 우정으로 노관을 방문했다. 흰 머리에 검버섯 몇 개를 빼고는 아직도 붉고 건강한 혈색을 가진 그는 어머니에게 포도당 주사를 놓고 묘자 아주머니에게 처방한 약봉지를 건넸다.

사랑채 대청마루로 내온 다담상 앞에 노의사는 율이 삼촌과 마주앉았다. 감나무 마른 가지들 너머로 언 논바닥이 흑수정처럼 반짝거렸다.

"내가 노관댁을 드나든 지 오십 년이니 어언 반세기나 되었네. 자네 형제가 태어날 적에도 산파를 앞세우고 내가 왔더랬지. 자네 조부님 때부터 노관의 의료는 모두 내가 도맡았으니까."

뜨거운 모과차를 불어 마시던 노인이 감회에 젖어서 말했다.

"한 번은, 자네 춘부장이 젊었을 적인데 한밤중에 읍내까지 심부름꾼에게 자네 자당이 아프다는 기별을 보냈더라고. 내가 자다가 깨서 급하게 와보니 자네 어머님이 별거 아닌 걸 가지고 그 난리를 치셨지 뭔가. 자네 춘부장께서는 안방마님의 신음소리에 대님도 못 매고 사랑채에서 안채까지 건너오느라고 바지 단은 온통 흙투성이였지. 아랫것들이 속으로 웃는지도 모르고 그저 마나님 걱정이 되어서 그 모양새로 안채 툇마루를 서성거리고 계시더라고. 허참, 참으로 대쪽 같고 호방한 양반이셨는데 마나님에 대해서만은 한없이 너그러웠으니."

명주의원 의사는 줄곧 입가에 웃음을 흘리며 말했다.

"젊은 시절에는 자네 자당께서 한밤중에 온 식구들을 깨우고 나를 청하러 읍내에 사람을 보낸 게 한두 번이 아니라네. 그래서 내가 한번은 여기저기 청진기를 대면서 '어디가 아프시다고 그러세요? 여기요? 여기요?' 하니까, '의원님이 오시기 전까지는 많이 아팠답니다.' 하시지 않겠는가.

자네 자당도 좀 민망하셨겠지. 의원인 나는 그다지 아픈 병이 아니라는 걸 다 알고 있으니 말이야. 허허, 내가 가벼운 배탈이라는 말씀을 자네 춘부장께는 차마 안 드렸네만 노관댁 마님도 어느 여인네나 마찬가지라는 생각이 들었네. 누가 자네 자당, 노관댁 마님이 부군에게 그렇게까지 관심을 받으려고 애쓰는 줄 알았겠는가? 자네 춘부장이 일찍 졸하신 후로 그 노관 마님의 말 한마디가 이 시동고을을 쩡쩡 울리며 군내를 호령하고 작인들에게는 호랭이 마님이라고 소문이 자자한 자네 자당께서 말이야! 낭군의 관심을 받고 싶어 하는 한 아녀자라는 생각을 누가 하겠는가 말이야.”

　노의사는 시방 이렇게 노관의 자손과 마주 앉아서 옛이야기를 할 수 있어서 기분이 좋다며 시종 너털웃음을 웃었다.

　“율이 선생, 자네의 어릴 적 모습이 생생하네. 늦게 얻은 두 아들은 자네 선친의 자랑거리였지. 그런데 장자가 어려서부터 체질이 허약하니 여간 근심이 아니셨어. 그 어른도 갓 서른에 돌아가셨으니, 노관댁 종손들은 수를 오래 못 해서 안타깝네. 자네 형님도 마지막에 도립병원에 입원시키도록 내가 자네 자당께 권했더랬지. 자네 부친이고 장형이 모두 서른을 못 넘기고 졸하셨으니 이 무슨 가운인고!……”

　노의사는 당신의 무릎을 치면서 자리에서 일어섰다.

　“이제 내 나이가 팔순이 넘었어. 언제 노관에 다시 와보겠는가? 이게 마지막 왕진이라는 생각이 드네. 가끔 노관댁 소식이 들리면 보청기를 낀 귀라도 쫑긋 세워 들어. 내 의원생활도 이 댁과 반세기를 함께했으니 대단한 인연 아닌가?”

　노인이 검은 두루마기 뒷자락을 추슬렀다. 그는 오십 년은 족히 됐을 딱딱한 가죽 왕진가방을 챙겨서 섬돌로 내려서려다가 말고 멈추어 섰다.

　“율이 선생, 낼모레면 이 세상에서 없어질 늙은이가 자네에게 할 말이 생각났네. 내 남은 인생에서 오늘, 이 노관의 오랍드리에서 율이 선생을 다시 만나고 보니 이것도 우연은 아니라는 생각이 들어. 자네에게 이 말을 해주라고 나를 노관으로 불렀나보이."

노의사는 툇마루에 다시 걸터앉으면서 말했다.

"무슨 말씀이든 하십시오. 선생님."

율이 삼촌은 다소 당황스럽지만 이내 받아들였다. 노 의원은 마루에 앉아 주름 속에 파묻힌 침침한 눈을 멀리 들어 감나무 꼭대기를 잠시 바라보았다.

"세상의 말들이란 차창의 풍경처럼 빠르게 지나가네. 재빨리 지나가고 또 가버리면 그걸로 그만이지. 남의 눈에 인생의 기준을 두지는 말게. 마음에 해를 품었거든 해를 따르고, 마음에 달을 품었거든 달을 따르게. 시간은 기다려주질 않아. 사랑도 해처럼 진다네. 달처럼 이울지."

명주의원 노의사의 얼굴이 붉게 상기되었다.

"해가 넘어가기 전에, 달이 이울기 전에 죄를 저지르게. 사랑의 죄는 하늘도 용서하지. 인생은 빠르고 또 덧없어. 그리고 단 한 번뿐이라네. 율이 선생, 망설이지 말고 죄를 짓게. 자네는 충분히, 아니 지나치게 기다렸어."

그는 섬돌 위에 놓인 검정구두를 신더니 가방을 들지 않은 손을 자리에서 일어나려는 삼촌의 어깨에 잠시 얹었다가 떼어냈다.

"노관 집안과의 오랜 우의로 이 늙은이가 어려운 참견을 하고 가네."

노의원은 검은 두루마기 자락을 펄럭이며 삼거리까지 구부정한 걸음으로 나아가 윗길로 사라졌다. 율이 삼촌은 노 의원이 가버린 길

한가운데 눈길을 두고 골똘히 서 있었다.

　나는 졸업식에 혼자 참석하기로 했다. 병상에서 아직 회복되지 않은 어머니를 두고 떠나는 게 마음이 무거웠으나 삼촌이 곁에 있어서 다행이라고 생각했다. 어머니가 병상에 있는 열흘 남짓 삼촌은 안채로 나가서 『스완네 집 쪽으로』 『블름즈베리』와 『라라의 회상』 등의 한 부분을 어머니에게 읽어주고는 했다. 책을 읽는 동안 두 사람은 햇빛을 받은 나뭇잎처럼 더욱 싱그러워졌다. 묘자 아주머니는 삼촌이 청년시절로 돌아온 것 같다고 듣는 이가 없는데도 입을 감추며 말했다.

　춘천으로 출발한 오후부터는 눈발이 날리기 시작했다. 나는 저녁 무렵에야 학교에 도착했다. 싸락눈이 어둑한 도심의 거리를 쓸고 다녔다. 학교에서는 다른 지방에서 오는 졸업생들을 위해 삼학년 기숙사를 이틀 동안 개방했다. 함께 온 가족들로 게스트 하우스는 붐볐다.

　체육관에 마련된 졸업식장에서 의과대학에 진학한 재호와 나와 같이 인문대학에 진학한 현석이가 나를 반겼다. 교장선생님은 졸업식 축사에서 개교 이래 처음으로 사관학교에 진학하는 학생 수가 반으로 줄었다고 했다. 우리들은 가운을 받아 입고 강당의 행사에 참석했다가 각기 교실로 돌아와서 졸업장을 받고 흩어졌다. 졸업생들은 교정에서 사진을 찍고 각기 가족들과 교문을 빠져나갔다. 교정에서 잠깐 얼굴을 마주쳤던 재호와는 새 봄에 서울 캠퍼스에서 만나자는 말을 남기고 헤어졌다. 교실 복도에서 마주친 현석이는 어머니와 여동생에게 나를 인사시키면서 말했다.

　"내가 말했던 천재 있잖아요? 이 친구예요."

단발머리를 한 그의 여동생이 꽃다발로 입을 가리고 제 오빠의 과장에는 이미 익숙하다는 듯 쿡쿡 웃었다.

나는 졸업장을 받아들고는 강릉 가는 시외버스터미널로 바로 향했다. 춘천 시내의 다른 학교들도 같은 날짜에 졸업식을 한 모양으로 명동거리에는 교복을 입고 구겨진 모자와 꽃다발을 옆구리에 낀 남녀 학생들이 몰려다니는 것이 눈에 띄었다.

나는 소낙비가 쏟아지기 직전처럼 마음이 조급했다. 한두 방울 긋는 굵은 빗방울이 어느 처마라도 뛰어들라고 등을 마구 밀어대는 것 같았다. 마침 춘천종합터미널에서 대기하고 있던 강릉행 오후 세시 버스에 올랐다. 두 시간 반이면 강릉에 도착할 것이고 터미널에서 택시를 잡아타면 삼십 분 이내로 노관에 도착할 것이었다. 서둘러야 했다. 눈이 오고 날이 어두워지면 택시 운전사들이 길이 얼어붙은 시동골까지 안 들어가겠다고 하는 경우가 있었다.

삼거리에서 택시를 내렸다. 어둑한 길은 진눈깨비로 인조 속치마처럼 얇게 휘감기고 있었다. 오르막길을 한숨에 뛰어가 앞마당의 돌계단 앞에서 숨을 고르고 보니 사랑채에는 불이 켜져 있지 않았다. 일곱시였다. 저녁식사 시간이어서 율이 삼촌이 안채에 가 있는 것이리라. 대문을 열어놓은 채 묘자 아주머니는 어디론지 나가고 없었다. 저녁상을 거두고 염소 우리를 살피러 갔거나 눈 쌓인 산에서 내려오는 살쾡이를 막으려고 닭장 문단속을 하러 갔을 것이다. 안마당의 외등이 노란 진눈깨비 그물에 둥근 알처럼 가두어져 있었다. 안대청마루에서는 삼촌의 목소리가 들렸다. 대청 창호지 문에 비친 그림자에는 어머니가 탁자 뒤의 초록의자에 앉아 있고 삼촌은 어머니 맞은편에서 등을 보이고 서 있었다. 나는 곧장 대청 문을 열려다 말고 때마침 들려오는 삼촌의 말에 멈춰 섰다.

"우리는 너무 오랫동안 원하기만 했소."

삼촌은 자갈길에 쇠바퀴가 굴러가는 듯 퉁명하게 말했다. 나는 툇마루 끝에 가만히 걸터앉았다.

"내 영혼은 단 한순간도 당신을 떠난 적이 없소. 당신을 만난 이후 이십 년 동안 난 한 번도 온전한 인간, 독립적인 인간인 적이 없지. 당신을 그리워하는 인간, 당신을 향하는 인간, 당신을 부단히 기다리는 인간일 뿐이었소. 나는 당신의 구심력에서 단 한순간도 벗어나본 적이 없소. 나만의 생을 온전하게 마주 대해본 적이 여태껏 한 번도 없었소!"

율이 삼촌의 목소리는 크지 않았지만 단호했다. 그는 조금 쉬었다가 다시 말을 이었다.

"무엇을 망설이는 거요? 무슨 이유요? 당신을 기다리게 한 그 긴 세월을 납득할 만한 이유를 대보시오. 어떤 이유도 이 마음을 대체할 수가 없을 거요. 이 세상에서 사랑을 필적할 핑계거리를 찾기는 더욱 어려울 거요. 한 사람의 생을 구하는 일이 세상을 구하는 일이라 하지 않소? 지금 당신이 구해야 할 한 마리의 병든 새가 당신 앞에 있소!"

삼촌의 목소리는 해금 가락처럼 구슬펐다. 그는 탁자 주변을 한두 걸음 걸어나갔다. 그가 멈추더니 말했다.

"그런데 난 지금도 이해할 수가 없소. 당신이 그날 밤 그 장소에 왜 나타나지 않았는지. 왜 약속을 지키지 않았는지. 난 그 해명을 이제껏 당신에게서 듣지 못했소. 나 스스로에게는 그 이유를 수백 번, 수천 번을 물어보았소. 이제 그날로부터 이십 년 만에 당신에게 묻겠소. 무엇 때문에 그날, 그 장소에 나오지 않았던 거요? 왜 그날 나와 함께 떠나지 않았던 겁니까? 그 이유를 내가 납득할 수 있도록 말해주시오!"

삼촌은 왼쪽 벽을 향해 돌아섰다. 그의 오른 어깨 너머에 있는 어머니의 그림자는 조금의 미동도 없었다. 삼촌은 둥근 탁자를 두 손으로 짚고 어머니 가까이로 허리를 굽히며 말했다.

"가문의 명예 때문에? 약혼자에 대한 연민 때문에? 혼례식 약조 때문이요? 아니면 시동생 될 사람하고 도망쳤다는 세상의 이목 때문이요? 난 당신의 시동생이기 이전에 당신의 연인이었소!"

삼촌은 손날로 허공을 내리치며 말했다.

"도대체 왜! 무엇 때문에? 당신은 그날 밤, 나와의 약속을 지키지 않았는지 당신이 나에게 대답할 차례요! 난 그 이유를 마땅히 들어야 할 사람이고!"

그럼에도 탁자 건너편에 앉은 어머니는 조금도 움직이지 않았다. 삼촌은 돌아서서 천장의 서까래 사이를 바라보았다. 그러나 다시 어머니를 향했을 때 그의 목소리는 가랑비처럼 약해져 있었다.

"나는 그 시골 빈집으로 가서 삼 일 밤낮을 기다리고 또 기다렸소. 그 기다림의 고통은 어느 지옥의 형벌에도 비할 수 없을 거요. 그야말로 검은 염소 떼가 밤새도록 밭고랑을 마구 파헤치고 다니는 형국이었지. 첫날 새벽녘이 될 때까지는 당신에게 혹시 무슨 일이 생기지는 않았나 하는 걱정으로 거의 미칠 지경이었소. 그러고는 꼬박 밤을 새운 채 이틀이 지났지. 마지막 의혹의 풀까지 다 뜯어먹은 야생 염소들은 헤집어진 들판에 나를 혼자 버려두고 가버리더군. 그리고 세 번째 새벽이 돌아왔을 때 난 그제야 외부의 다른 일 때문이 아니라 당신이 스스로 이 약속을 지키지 않았다는 걸 깨달았소."

격정을 토해낸 삼촌은 마음이 조금 가라앉았는지 의자를 탁자 앞으로 당겨서 앉았다.

"난 약속 첫날에는 기진했고 죽도록 절망했었지. 어디로 가야 할지 몰라서 당신과 하룻밤을 머물렀던 시골집으로 무작정 걸었소. 그 집에서, 그 방에서 삼 일 동안 한 발자국도 움직일 수 없었지. 당신과 함께할 미래 외에 나는 한 치도 다른 생각을 하지 못했었으니까. 삼 일째 되는 어둔 새벽에 그 집을 나와 도로를 따라 걸었소. 강릉 시가지로 나와 남대천 둑 가운데에 들어서니 날이 밝아오더군. 나는 그 아침에 남대천 다리 위에서 내려다본 그 핏빛 강물을 잊을 수가 없소. 여전히 해는 떠오르고 물은 흐르더군. 하염없이 물길을 내려다보던 나에게 강물이 문득 충고를 했지. 모든 건 지나간단다. 애달픔도 흘러가지. 바다로 가서 섞인단다……."

삼촌은 설움덩어리가 목에 걸렸는지 밭은기침을 하더니 다시 말을 이었다.

"남대천 다리 위에서 우리의 약속장소를 떠나면서 난 당신을 놓아주기로 했지. 아! 그러면 난 당신으로부터 떠날 수 있을 거라고 믿었소. 멀리 가면 잊어질 거라고. 오래 안 보면 희미해질 거라고."

삼촌은 한 숨을 돌리더니 말했다.

"그러나 운명은 그렇게 간단하지가 않더군. 독일에서 보낸 십 년 동안 단 한순간도 난 당신을 잊은 적이 없소. 그 이국땅에서도 당신과 함께 깨어나고 당신과 함께 걷고 당신과 함께 호흡하고 당신과 함게 잠들었지. 그것까지는 운명을 용서할 수가 있었소. 그러나 귀국한 후에도, 노관에 머물 때에도, 지금 이렇게 당신 앞에 서 있을 때조차도 내 심장은 피 흘리고 있소. 참으로 잔인한 운명이요!"

삼촌은 두 손으로 머리를 움켜쥐었다가 풀었다.

"기다리고 또 기다렸소. 간이역에서, 한 번도 서지 않는 기차를 끝없이 기다려본 적이 있소? 당신에게 한 가지 묻겠소. 당신은 대체 나에 대한 애정이 처음부터 있기는 했던 거요? 그날 밤 시골집에서 한 맹세는, 서약은 모두 거짓이었소? 당신에게 이전에는 이설이고 이후에는 이요뿐이요?"

삼촌의 목소리는 원망과 분노로 높이 솟구치다가 슬픔이 섞여들면서 무겁게 가라앉았다. 삼촌의 그림자는 창호지 격자문 위에 통렬히 일어섰다.

"나에게 그만 가혹하게 대하시오! 이제 노관은 당신이 없어도 잘 지낼 거요. 당신이 없다고 이 질긴 노관 땅이 마를 것 같소? 오, 노관의 여신이여, 당신이 그토록 소중하게 여기는 이 땅에서 내가 말라 죽는다면 노관은 앞으로 어떤 열매도 거둘 수 없을 거요!"

삼촌은 협박과 저주의 말도 서슴지 않았다.

"나는 온 가슴에 돌을 맞으며 십수년 동안을 외국으로, 외지로 떠돌았소. 이제라도 나에게 온전한 생을 살게 해주시오. 이 운명의 족쇄를 풀어줄 사람은 당신뿐이오. 당신은! 마땅히! 이생에서! 나에게! 그 일을 해주어야 합니다!"

삼촌은 의자 등받이를 짚고 서서 말 마디마디를 부러뜨리며 말했다. 박달나무 의자가 발을 구르는 것처럼 기우뚱거리며 소리를 냈다.

"나와 함께 떠난다고 약속해주시오. 우리는 독일의 남쪽 도시에서 남은 세월을 함께 보내게 될 거요. 우리는 그곳에 가서 언제까지나 떨어지지 않고 함께 있을 겁니다."

삼촌은 쉬고 갈라진 목소리로 말하고는 빈 자루처럼 의자에 풀썩 주저앉았다. 탁자 너머에 앉아 있는 어머니는 그때까지 한마디도 하지 않았다. 그림자조차 조금의 미동도 없었다. 두 사람은 낡은 느티나무 탁자를 사이에 두고 한동안 움직이지 않고 마주 보고 있었다. 마침내 율이 삼촌이 두 손으로 얼굴을 씻어내리며 중얼거렸다.

"당신의 문 밖에 나를 너무 오래 세워두지 마시오……."

나는 안대청 툇마루 끝에 더 이상 머물러 있을 수가 없었다. 무척 상심하고 놀라서이기도 했지만 율이 삼촌이 그만 벌컥 안대청 문이라도 열고 나온다면 난처한 상황이 될 터였다. 나는 중문으로 조용히 빠져나와 삼거리까지 내리막길을 뛰어나갔다. 진눈깨비가 아릿하고 축축한 물이 되어 두 볼 사이로 흘러내렸다. 얼기 시작하는 땅바닥이 발밑에서 크래커처럼 깨어졌다. 어둠 속에서 흰 눈 자락이 누에고치의 실처럼 나를 휘감았다. 삼거리에 서서 신발 끝으로 땅바닥에 원을 그리며 삼십여 분을 서성거렸다. 코에 금이 갈 듯이 찬바람이 에이고 발끝에서부터 냉기가 올라왔다. 그때 사랑채 방에 불이 켜졌다. 처마 끝 외등 아래로 지나가는 묘자 아주머니의 뒷모습이 보였다. 나는 집을 향해 달리기 시작했다. 무엇이, 인생인 것은 분명한 어떤 것이 내 가슴 양쪽에서 솔기가 미어터지도록 잡아당기고 있었다. 그것은 애절함과 상실감이 뒤섞인 낯선 감정이었다.

추운 겨울날이 계속되고 있었다. 율이 삼촌은 매일 어김없이 새벽에 일어나 난로가 꺼진 사랑채 서재에 앉아 글을 썼다. 새벽 잠결에는 곱은 손가락을 입김으로 녹이는 소리와 글씨가 써지는 펜촉 소리가 다람쥐가 헤치는 가랑잎 소리처럼 들려왔다. 평소대로 식사시간에는 모였고 오전의 차 시간에는 다담상이 준비되었다. 오후시간에삼촌은 언덕 너머의 기찻길까지 산책을 나갔다가 산지기의 오두막에서 정점을 찍고는 되돌아오고는 했다. 노관 소유의 산을 관리하는 산지기 영감은 예전에는 숯을 만들어 팔았고 지금은 양봉과 산자락의자투리 밭을 경작하고 있었다.

나는 율이 삼촌을 마주치지 않으려고 일상에서 하찮고 어리석은핑계거리를 계속 찾아냈다. 내가 피하기는 어머니도 마찬가지였다.그런데도 두 사람은 나의 그런 행동을 눈치 챌 겨를이 없었다. 그들의 사랑이 블랙홀처럼 그들의 생을 집어삼키고 있어서 다른 일에는신경 쓸 여지가 없었다. 어머니와 삼촌은 각기 깊은 생각에 빠져 있었다. 두 사람은 초조하게 어떤 시점의 도래를 함께 기다리고 있었다.나는 겉으로는 잔잔한 수면처럼 조심했지만 마음은 흙탕물로 분탕질을 쳤다. 나는 두 사람이 한 미래의 약조를 알고 싶었다. 한편으로는두 사람이 돌이킬 수 없는 과오를 저지르기를 내심 바랐다. 그들의애정도피는 내 비난에 분명한 근거가 될 터였다. 내가 이 정도로 유치할 수 있다는 게 놀라웠다.

어머니는 낡은 초록색 벨벳의자에서 나무넝쿨처럼 웅크리고 앉아있었다. 아무것도 손에 잡히지 않는지 그저 멍하게 대청의 대들보를올려다보고 있거나 혹은 아무것도 보고 있지 않다가 내가 곁을 지나치면 깜짝 놀랐다. 여태껏 넉넉함과 관조로 평온하게 지내오던 어머니 모습하고는 너무나 달랐다. 유난히 볼이 패고 눈가에 근심을 가득 담은 어머니를 볼 때마다 가슴이 저려왔다. 어릴 적 자장가를 불러주던 어머니의 목소리와 내 머릿결을 쓸어주고 볼비빔을 하면서 간지럼을 태우던 어머니의 손길이 그리웠다. 나는 어머니의 무릎에 몸을 던지고는 '가지 말아요, 나를 버리지 말아요, 노관을 떠나지 말아요.' 하고 애원하고 싶었다. 하지만 나는 그렇게 하지 않았다. 기다렸다. 그것 외에 달리 내가 할 수 있는 일도 없었다. 어쨌거나 그 어떤 시점이 지나면 나는 남겨질 것이었다. 홀로…… 혹은 함께.

대학의 새학기가 시작되기 전인 이월 중순경에 율이 삼촌은 서울로 먼저 떠났다. 올해 안식년인 삼촌은 이례적으로 두 달 가까이 노관에서 지냈다. 나는 삼촌과 작별인사를 하지 못했다. 내가 시내로 외출한 동안에 삼촌은 떠났다. 이번 겨울방학에는 율이 삼촌과 둘만의 시간을 한 번도 갖지 못했다는 걸 깨달았다.

나는 오랜 만에 시내로 외출해서 오전시간에는 삼문사 책방에 들렀다가 오후에는 시민관에서 영화 한 편을 보았다. 영화는 브룩 쉴즈 주연의 〈앤드리스 러브〉였는데 첫사랑의 약속을 굳게 믿는 남자주인공이 치명적인 상처를 받고는 어긋나는 과정을 그린 내용이었다.

해가 질 무렵에 대문간을 들어서는데 마침 안마당에 있던 묘자 아주머니가 황급히 내게로 달려왔다. 아주머니는 마치 전쟁터의 중요한 전갈을 전하려는 전령처럼 비장한 표정이었다.

"빨리 좀 오지 않고요! 점심 때 율이 서방님이 서울로 떠났어요."

묘자 아주머니는 작게 속삭이면서도 목소리에는 힘을 주어서 말했다.

"그럼 어머니는요?"

얼결에 튀어나온 말이었다. '좀 더 신중할걸.' 하는 후회가 들었지만 나온 말을 주워담을 수는 없었다. 묘자 아주머니는 나의 심정을 알고 있었다는 듯 곳간 앞으로 나를 밀고 가더니 턱 끝으로 안방을 가리켰다.

어머니는 삼촌과 함께 떠나지 않았다! 어머니는 노관에 남았다!

안도감과 함께 알 수 없는 슬픔이 마당으로 내려오는 산 어스름에 섞였다. 바람 한줄기가 뒷산 댓잎을 쓸고 안마당으로 내려와 안방의 문풍지를 떨게 했다.

대학

캠퍼스는 신입생들로 활기찼다. 도서관 앞의 은행나무들은 우람한 가지들로 오랜 관록을 뽐내고 중앙광장에는 짧은 잔디들이 젖을 빨듯 드넓은 가슴팍에 붙어 있었다. 캠퍼스의 초록 나무들 사이로 붉은 핏줄처럼 학생들이 흘러다녔다.

신입생들은 여러 환영파티에 불려다녔다. 삼월 한 달 동안은 거의 쉬는 날이 없이 과모임과 동아리, 술자리에 참석했다. 국문과에는 여학생들 수가 삼분의 이를 넘었다. 강의실에서는 어느 방향으로 돌아보든지 여학생들의 어설픈 의상과 서툰 화장, 톤이 높은 웃음소리와 과장된 말씨가 들렸다. 그들은 한쪽 가슴에 책 몇 권을 묶어서 끼고는 강의실과 식당, 휴게실로 삼삼오오 몰려다녔다. 그중에는 민낯, 생머리에 때 묻은 청바지를 입고 땅만 보고 바삐 걷는 학생들도 있었다.

나는 기숙사 '청송관'에 들었다. 국문과에 함께 들어온 고교동창 현석이는 용두동 한옥 골목에서 하숙을 한다고 했다. '광장'이라는 역사연구 동아리에 들어간 그는 강의가 끝나자마자 매번 어디론가 사라졌다. 대학은 고등학교 때처럼 목에 줄을 매달지는 않았다. 울타리 내에서는 자유로운 양들이었다. 그러나 내 눈에는 그 자유라는 게 유리병 속에서 발버둥치는 탄산수의 거품처럼 느껴졌다.

나는 기숙사 룸메이트인 역사과 이학년생과는 일상적인 대화를 나누는 것 외에 속 깊은 교류는 하지 않았다. 다른 신입생들처럼 어떤 동아리든 일단 새 물결에 뛰어들고 보자는 방식이 내게는 맞지 않았다. 나는 대학이라는 공동체의 흐름을 당분간 지켜보기로 했다.

대학생활을 한 지 두어 달이 지난 오월이었다. 현석이가 문학개론 수업이 시작되기 직전에 '강의 끝나고 시간 있어?'라는 쪽지를 던지고는 내 자리를 재빨리 지나쳐 갔다. 나는 그의 등 뒤에 대고, "왜?" 하고 물었지만 그는 고개도 돌리지 않고 멀리 떨어진 강의실 구석자리에 가서 앉았다.

현석이는 같은 모양의 한옥들이 모여 있는 골목 중 한 집에서 하숙을 하고 있었다. 정사각형의 좁은 마당을 지나 연탄아궁이가 있는 간이부엌을 거쳐서 방으로 들어갈 수 있었다. 어두운 방 안에는 두 명의 학생이 먼저 와 있었다. 문지방에 익숙한 현석이가 내 손을 잡아서 방 안에 들여보낸 후 마당과 담 너머를 한 번 살피고는 방문을 닫았다. 방 안은 어두운 동굴 같았다. 잠시 후에 눈이 밝아져서 둘러보니 천장 바로 아래의 들창은 옷가지로 막고 창호지 미닫이문은 여름 이불로 가려져 있었다. 벽장이 달린 벽에는 이불홑청을 양쪽 못에 걸어서 영사막을 쳐놓았다. 방바닥에는 팔 밀리 무비카메라를 두고 양편으로 두 학생이 갈라 앉았는데 누구도 말이 없었다. 현석이가 낮은 포복으로 나에게 다가와 말했다.

"여기서는 서로 통성명은 하지 않아. 영상이 다 끝나면 골목길에 사람이 없는지 살펴보고 너는 바로 기숙사로 돌아가."

앉은키가 크고 비썩 마른 학생이 무비카메라를 작동시켰다. 어둠 속에서 그의 눈동자는 겨울 살쾡이처럼 푸른빛으로 번득였다. 이불 홑청 위에서 화면이 잠간 흔들리더니 이내 자리를 잡았다.

화면 속의 내용물은 놀라웠다. 탱크를 앞세워 도시를 포위하고 밀고 들어가는 군인들과 각목으로 이에 대항하는 시민들, 총성과 튀는 핏자국들, 골목으로 몰고 가 방망이로 시민들을 때리는 군인들, 개처럼 끌려다니는 부상자들, 분수대에 버려지고 시청 앞에 늘어놓은 수십 구의 시신들과 학생들의 시체, 리어카에 시신을 싣고 다니면서 시위대에 동참할 것을 외치는 청년들, 버스로 바리게이트를 치고 대항하는 시민들, 불타는 도로들, 맨발로 달리는 학생들, 상점에서 물을 건네주는 아주머니들, 그야말로 온 도시가 불타는 지옥이었다. 작은 방 안이 금세 사람들의 아우성과 살육전으로 가득 찼다. 그동안 소문으로만 들었던 지난해 오월 광주에서 벌어진 신군부의 대학살극이었다.

"아!"

통렬한 외침이 내 입에서 무기력한 모래주머니처럼 터져나왔다. 나머지 세 사람은 영상이 다 끝나도록 단 한마디도 하지 않았다.

나는 그 방에서 어떻게 나왔는지도 모른다. 어느새 나는 신발을 끌고 환하게 햇빛이 쏟아지는 좁은 마당에 서 있었다. 접혀진 척추와 어깨가 펴지지 않고 두 다리가 계속 후들거렸다. 가슴은 놀란 말처럼 앞발을 들고 버둥거리고 있었다. 심장의 박동소리는 제조공장의 기계처럼 일체의 다른 소리들은 밀어냈다. 나는 마당 구석의 봉숭아가 심어진 화단의 벽돌에 주저앉았다. 그 방으로 들어갈 때와 나온 후의 세상은 너무나 달랐다. 지옥의 핏물에 머리끝에서 발끝까지 담가졌다가 건져올린 것 같았다. 순결한 영혼을 잃어버린 것처럼 나는 푸른 하늘 보기가 부끄러웠다.

"이건 반칙이야!" 하는 소리만 되뇌었다. 내 등을 군화발이 밟아서 누르는 것처럼 천근 같은 폭압이 느껴졌다. 나는 발아래 으깨지는 작은 벌레였다. 존재로서의 자존감에 회복될 수 없는 깊은 상처를 받았다. 인간으로서 최대치를 넘는, 한계를 넘은 패악을 나의 용량으로는 감당할 수가 없었다. 그 어이없음으로 복통이 난 것처럼 떼굴떼굴 마구 구르고 싶었다. 누군가의 멱살을 움켜잡고 흠씬 때려눕히고 싶은 증오가 팽팽하게 부풀어올랐다. 부당함에 대한 분노가 내 육체의 경계를 뚫고 총탄처럼 사방으로 튀어나갔다. 골수가 흩어지고 피가 쏟아지는 느낌이었다.

"오, 어떻게! 백주대낮에! 이 문명 안에서! 이런 천하의 패륜이!…… 선인들에게 부끄럽지도 않은가!"

나는 침을 계속 내뱉었다. 입이 말라서 침이 고이지 않는데도 뱉기를 멈추지를 않았다. 뒤늦게 눈물이 쏟아졌다. 욕지기가 올라오는지 봉숭아꽃 위에 구토를 했다. 기숙사 방에 돌아와서도 딸꾹질은 멈추지 않았다.

대학은 겉모습과는 달리 속 배앓이를 하는 것처럼 허리가 꺾여서 신음을 했다. 분노를 결집해 한바탕 주먹을 휘두를 것처럼 보이다가도 한편으로는 군부의 발길에 무방비상태로 웅크리고 있는 것처럼 보였다. 이는 굳이 살피지 않아도 같은 하늘 아래 있는 사람들에게는 날씨처럼 저절로 체감되는 것이었다. 텔레비전 뉴스의 첫 화면과 신문의 일면에는 정권을 잡은 신군부가 연일 보도되고 있었다. 시퍼런 칼날 위에서 날뛰는 그들의 춤사위는 신들린 박수무당처럼 당분간 멈추지 않을 것이었다.

매일 오후 다섯시에 음악관 앞에서 사물놀이 팀이 연습을 했다. 캠퍼스에서도 가장 후미진 음악관 뒷마당에서 치는 꽹가리 소리는 중앙광장까지 멀리 퍼져나갔다. 그 옆을 지나면 꽹가리와 징소리가 단말마의 비명소리처럼 들렸다. 그러나 시간이 갈수록 그 사물놀이 소리는 점차 강력한 힘이 되어갔다. '청년이여, 당당하라!'고 우리들을 희망의 뭍으로 파도처럼 반복해서 밀고 가는 느낌이었다. 그 리듬은 소리가 그친 밤중이나 새벽에도 여전히 공기 속에 남아 있었다. 아직 날이 어두웠으나 새벽이 오려는지 사위가 점점 엷어져갔다.

현석이는 평소에 캠퍼스에서 만나면 나를 모른 척했다. 나도 그의 의도를 알아채고는 눈길조차 주지 않고 지나쳤다. 그러던 그가 강의실에서 옆을 지나면서 메모지 한 장을 떨어뜨렸다.

'시가 필요해. 전에 함께 읽었던 마야코프스키의 혁명시를 기억하

지? 그런 시를 써줘. 시는 명동성당 구내서점에 맡겨. 익명으로 학보에 실을게. 삼켜!'

그 '삼켜'라는 말이 많이 듣던 소리여서 웃음이 나왔다. 나는 종이를 한 입 가득 물고 입가가 퍼레지도록 우물거렸다. 은밀함과 두려움, 의협심이 섞인 흥분으로 긴장되었다. 난 그 일을 맡기로 했다.

명동성당 안에는 성물점과 서적을 파는 책방이 나란히 연결되어 있었다. 성물점 유리 장에는 도자기로 구운 성모상과 목각 피에타상, 각종 묵주와 미사포가 들어 있었다. 서점 문을 열고 들어서자 사다리에 올라가서 책장을 정리하고 있는 여학생의 등이 보였다. 작은 공간을 늘려 쓰기 위해 천장과 바닥에 바퀴를 단 책장들을 벽에 이중으로 설치해놓은 모양이었다. 복도 쪽 문 위에는 치켜뜬 눈썹 같은 시계침이 한시 오십분을 가리키고 있었다. 마침 다른 손님은 없었다. 나는 책을 사러 온 손님처럼 중간 좌대 주위를 돌다가 사다리에서 내려오는 여자와 마주섰다. 앞가르마로 정확히 반을 가른 긴 머리를 어깨 위로 늘어뜨리고 갸름한 턱에 갈색 눈동자를 가진 스무 살 정도의 여학생이었다. 그녀는 귓바퀴를 덮은 긴 머리카락 때문인지 밖의 세상을 관찰하는 작은 새처럼 보였다. 나는 주머니에서 시를 적은 종이를 진열대의 아무 책 사이에 끼워서 그녀 앞에 내밀었다.

"찾는 책이 없군요. 다음에 다시 들르지요."

여학생은 내게서 받아든 책을 등 뒤로 감추면서 고개를 끄덕였다. 그 짧은 복도를 걸어나오는데 누가 내 뒷덜미를 잡아당길 것만 같았다.

학교 신문에 실린 나의 첫 시는 「잠자는 나라」였다. 학생회관의 휴게실에서 음료수를 마시고 있는데 옆 테이블에서 검은 뿔테안경을 쓴 학생이 나이가 들어 보이는 구레나룻 학생에게 신문을 들이밀며 말했다.

"형, 이번 학교 신문에 실린 시 봤어요? 이런 시가 어떻게 교내 신문에 실리게 된 건지, 자체 검열도 심하다던데…… 이 생경한 시 구절들을 한번 읽어봐요. 아무리 풍자라고 우겨도 이 정도면 검열에서 빠져나오기 어려웠을 텐데요?"

군복에 검은 물을 들여 입은 턱수염의 학생은 검은 안경테 학생이 가리키는 학보에 실린 시를 소리내어 읽었다.

"물레 타는 노파, 탑 위에서 잠이 들고, 옷감장수는, 헛손질로 자를 잰다. 정직한 어린이도 잠이 들었다. 벌거숭이 임금님이 잠자는 나라를 행진한다. 해는 돌아 땅 밑으로 가고, 거미는 하늘에 거미줄을 친다. 흐르지 않은 강물. 멈춰 선 물레방아. 죽은 물고기들은 흰 배를 뒤집고, 황금빛 구더기는 만찬을 벌인다."

시를 다 읽은 그는 그다지 놀랍지 않다는 표정으로 고개를 저으면서 군 입대 전에 학보사에 있었던 자신의 경험을 말했다.

"이런 시는 편집 데스크에서는 뺐다가 인쇄하기 직전에 기습적으로 끼워넣는 거야."

격주로 발행되는 학교 신문은 학생회관 앞과 중앙도서관 앞의 가대에 비치되었다. 나는 학생회관을 나오다가 식당 문 앞에 있는 학교 신문 한 부를 집어들었다. 신문 팔면의 시사만평 만화 자리에 「잠자는 나라」시 전문이 실려 있었다. 그 익명의 시는 신문 귀퉁이에 전학 온 학생처럼 오도카니 서 있었다. 그다음 호 학보에는 그 자리에 「빈 나라」라는 시가 실렸다.

"탈을 쓴 광대들이 도망간다. 춤을 출 때는 몰랐어. 진실이 무서운 것인지 몰랐어. 사자탈이 도망가면서 말한다. 내가 도망가는 건 진실이 무서워서가 아니야, 진실이 나를 무서워할까 보아서야. 진실이 도망갈까 보아서야. 할배 탈이 도망가면서 말한다. 굶주린 사자를 잡아야 해. 사자에게 진실을 잡아먹게 해야 해. 청년 탈이 도망가면서 말한다. 진실은 무서운 것. 내 피를 달라고 요구하지. 내 목을 내놓으라고 요구하지. 아이 탈이 도망가면서 말한다. 진실은 아마 무서운 것인가 보아!"

이 시를 읽은 학생들은, '그럼 빈 나라를 누가 지키나?' 묻고는, '독수리 오형제!'라며 서로 낄낄거렸지만 종내에는 모두 눈시울이 붉어졌다.

서너 번에 걸쳐 몇 편의 시가 나갔을 때까지 큰 문제는 없었다. 생경한 목적시인데도 시사만화의 대용쯤으로 여겨진 모양이었다. 그런데 광주에서의 일을 학생들에게 알리고자 하는 지하서클의 대자보들이 나붙기 시작하면서 대학 내에 언론검열 돌풍이 불었다. 문제의 대자보에는 '이십만 학우들에게 알린다'라고 첫 포호를 연 후, '천 명의 시민들이 죽임을 당하고 수백 명이 부상을 당한 전대미문의 대학살 사건'이라며 자세한 사태의 실상을 알리고 은폐 축소하는 언론과 현 정권을 규탄하는 내용이 들어 있었다. 학교의 담벼락에는 시뻘건 피가 흐르고 시퍼런 칼날이 번뜩였다. 새벽에 나붙은 대자보는 오전나절이 되면 모두 뜯겨져 남아 있지 않았다. 벽마다 딱지를 뜯은 종기처럼 흉터가 남아 있었다.

도서관 앞의 잔디밭에서는 교내의 열린 집회를 주도하는 운동권 학생들이 연일 스피커를 들고 학생들에게 호소하다가 경찰이 뜨면 흩어져서 가두시위를 위해 교문을 나섰다. 철창을 한 경찰버스가 교문 앞에 서너 대씩 상주하고 있는 그 사이로 나머지 학생들은 등하교를 했다. 조용한 한낮이다가도 순식간에 최루탄 탄피가 아스팔트 위에서 튀고 매캐한 연기가 산들바람결에 실려 강의실까지 들어왔다. 학교 담장 너머의 도로에서는 젊은이들의 노랫소리와 함성소리가 라디오 채널의 어느 중간 지점처럼 지지직거리며 들려왔다.

> 햇빛은 벽보처럼 뜯겨진다
> 까마귀는 군화발로 꼭지를 떨구고
> 열매는 이빨처럼 흘러내린다
> 염전에서는 소금이 거둬지고
> 바다는 검은 빵이 되었다
> 연인들은 어긋나고
> 아이는 잉태되지 못한다
> 소식은 폐기물에 실려 나가고
> 소문은 최루탄에 새어 나온다

「어느 해의 훼손된 기억」의 시 전문이었다. 이 시를 쓴 사람이 대자보를 붙이는 사람과 동일인이라는 소문이 나돌자 학보사는 다음

시의 게재를 중단했다. 이후 학보사 편집진은 징계되고 교내 출판물의 검열은 더 강화되었다고 했다. 나는 더 이상 명동성당 구내서점에 시를 전달하러 가지 않았다.

이후에 나는 목적시에서 자신을 해방시키려고 애썼다. 어떤 한 가지 목적에 집중되는 감정은 자연스러운 다른 감정의 출구를 틀어막고 있었다. 어두운 밤중에 스스로 불을 밝히며 걷는 것은 골수가 빠지는 일이었다. 나는 어서 해가 떠오르기를, 스스로 기름을 짜내 어둠을 밝히지 않아도 환한 햇빛 아래 청년들이 절로 놓이는 시대가 오기를 기다렸다. 어두운 골목길에서 걸음이 빨라지듯 그 시절의 내 심장은, 아니 이 나라 모든 청년들의 심장은 빨리 뛰고 있었다.

위기가 지뢰처럼 잠복해 있어도 학교생활은 계속되었다. 두더지 몇 마리가 쓰러졌어도 게임은 계속되듯 강의실 자리가 한둘씩 비어가는데도 남은 학생들은 그대로 수업을 했다.

어디서나 일상은 계속되었다. 남은 자들은 술을 마시고 사랑을 하고 노래를 불렀다. 젊음은 한편이 억압되면 다른 한편으로는 분출되었다. 농과대학 학생들의 밴드가 아르바이트를 하는 생맥주집 '전람회'와, 소주와 막걸리를 파는 '종로 빈대떡' 집은 국문과 학생들이 어울려서 자주 가는 단골술집이었다. 국문과 남학생들은 여학생을 소개받을 때가 아니면, '르네상스' 커피집이나 '마로니에' 경양식집같이 규격과 가격과 품격이 있는 곳에는 가지 않았다. 그 격이 시대와 우리에게 맞지 않았다.

매일, 낮이나 밤이나 술을 밥 삼아 술집에서 기거하는 국문과 선배가 있었다. 이름이 김경준이었으나 후배들에게는 주형으로 불렸다. 군대를 다녀와서 복학한 그는 우리 새내기들보다 네댓 살이나 나이가 많은 큰 형님뻘이었다. 그는 막걸리를 파는 파전집에 진을 치고 앉아서 그에게 오는 편지나 고향에서 드물게 오는 전화까지 받을 정도였다. 그를 보려면 그 술집의 구석진 방으로 가면 되었다. 나는 수업이 없는 시간에 가끔 그곳에 들러 그와 대작을 했다. 그는 자작시를 구성지게 읊어냈는데 그 가락에는 운치가 있었다.

등창에는 불빛이 꿀처럼 흐르는데
밥상머리 내 자리는 비어 있구나
언제 돌아올지 묻지 마라 여인이여
이 겨울이 지나가면 그때 생각하리

나는 주형의 밥값, 술값을 한 번씩 치러주기도 했다. 책을 사는 것 말고는 용돈이 별 쓸 데가 없기도 했지만 농촌 출신인 그는 늘 배가 고파했다. 한 번은 그에게 들러 내가 쓴 시 한 구절을 들려주었다.

세월은 우리보다 다리가 길지
그래서 먼저 걸어간다네
먼 길의 탐구자여
일찍들 일어나게
그런 취한 걸음으로
따라가기엔 힘이 들 테니

그러자 그는 내 시에 대구를 달았다.

운명이 권하는 잔을
피할 수는 없다네
진리를 추구하는 자
먼저 떠나라
진로를 추가하는 자
여기 남을 테니

이 노래는 국문과 학생들이 술자리가 있을 때마다, 진로 소주잔을 높이 들 때마다 부르는 과 지정노래가 되었다. 술이 몇 순배 돌고 부레처럼 간이 팽팽해지면 학생들은 이 시를 패러디해서 목숨을 건 듯 악을 쓰며 불러댔다.

학점을 얻으려는 자
먼저 떠나라
학살을 당하려는 자
여기 남을 테니

눈 먼 자여
먼저 떠나라
눈 뜬 자는

여기 남을 테니

죽은 자여
먼저 떠나라
산 자는
여기 남을 테니

알코올과 울분이 뒤엉킨 노래덩어리는 대학가의 어두운 뒷골목으로 이리저리 밤늦게까지 굴러다녔다.

이별

기숙사로 전화가 왔다. 십일월 이십일 오후 다섯시경이었다. 손상기 교수가 강릉의 도립병원에서 건 전화였다. 손 교수의 목소리는 부식된 쇠에서 녹슨 더께가 떨어지듯 쉬어 있었다.

"요군, 내 말을 잘 듣게. 이 교수가, 자네 숙부님이 오늘 오전에 세상을 떠났네. 여기 도립병원에서 최종 사망진단을 받고 바로 연락하는 거네. 장례절차를 의논해야 하니 가능한 빨리 와야 하네."

나는 순간 발밑이 무너져내리는 굉음이 들리는 듯했다. 절벽을 뛰어내린 것처럼 율이 삼촌과 함께했던 시간들이 수직으로 급하강하면서 눈앞을 빠르게 지나갔다. 동시에 참혹해하는 어머니의 얼굴이 떠올랐다. 그러나 점차 그 일이 예고되었던 것처럼 여겨지더니 마음이 조금씩 진정이 되어갔다. 손 교수는 전화선 밖에서 크게 숨을 몰아쉬고는 침착하게 덧붙였다.

"자네 어머니는 걱정하지 말고, 아주머니가 잘 보살피고 있으니…… 단단히 마음먹고 조심히 내려오게."

다음날 있을 기말시험으로 도서관에 나서던 나는 바로 노관으로 향했다. 기숙사 룸메이트에게는 내 짐을 챙겨서 보낼 수 있도록 책상 위에 주소를 남겨놓았다. 대학으로 다시 돌아 올 수 없을 것 같은 예감이 들었다.

장례식에는 율이 삼촌의 동료 교수들과 옛 친구 몇 명만이 참석했다. 율이 삼촌의 사랑과 죽음의 방식은 혹독한 대가를 치렀다. 일가친지들은 한 사람도 참석하지 않았다. 장례식은 최근까지 함께 교류했던 지인들만을 초대한 조촐한 생일파티 같았다. 독일의 한 도시에서 안식년을 보내고 있을 사람을 고향 산천에서 죽음으로 마주한 동료 교수들은 충격을 받은 눈치였다. 그러나 고인에 대한 예우로 죽음의 의혹을 서로 묻거나 입에 올리지는 않았다.

문중의 반대를 무릅쓰고 선산에 율이 삼촌의 묘 자리를 마련한 것은 노관의 안주인인 어머니였다. 삼촌의 묘는 사당의 오른편 언덕에 있는 묘역에서 맨 아래 줄에 자리했다. 선산은 수십 년 자란 소나무들이 바람을 막아주고 햇빛이 잘 드는 양지였다. 삼촌의 관은 도립병원의 차로 싣고 와 연못 앞에서 노제를 지낸 다음 거기서부터는 동네 청년들이 메고 언덕 위로 운구했다.

입관을 마치니 오후가 되었다. 문상객들은 갓 봉분이 올려진 붉은 흙무덤 앞에서 고인에게 마지막 절을 하고는 하나둘씩 언덕을 내려가기 시작했다. 잔디를 입히는 일꾼들이 묘지 뒤편에서 막걸리를 마시며 기다리고 있었다. 손 교수는 일꾼들에게 금일봉을 주며 무덤에 떼를 입히고 잘 마무리해달라고 부탁했다. 일꾼들은 땅이 얼기 전에 일을 마쳐야 한다면서 서둘러 자리에서 일어났다.

장례식의 모든 일정에는 어머니가 참여하지 않았다. 뒷산 메 등에서는 사각형으로 이어진 노관의 기와지붕이 훤히 내려다보였다. 쪽머리처럼 잘 빗겨진 청기와 지붕은 안마당을 중심으로 겹겹의 꽃잎들을 펼치고 있었다. 그러나 그 만개했던 꽃잎들이 이제 막 정점을 지나 시들고 있었다.

앞서서 언덕을 내려간 문상객들은 삼거리에 세워두었던 승용차에 나눠 타거나 면사무소 앞의 버스정류장을 향해 윗길로 흩어지고 있었다. 손 교수와 나는 마지막으로 언덕을 내려왔다. 싸리빗자루 같은 십일월의 바람이 볼을 아리게 쏠어내렸다. 언덕의 중턱쯤 내려오는데 산지기 영감이 비탈길에서 기다리고 섰다가 나를 불러세웠다. 앞뒤 한 걸음 차이로 산을 내려가던 나와 손 교수가 동시에 샛길로 비켜섰다.

"댄님, 할 말이 있어서, 잠깐 좀⋯⋯."

산지기 영감은 내 옆에 있는 손 교수가 신경 쓰이는지 망설였다. 내가 괜찮다고 하자 그는 말문을 열었다.

"둘째서방님이 돌아가시기 전날에 제 오두막에 있었습니다."

"그래요? 마지막으로 생전의 이 교수를 본 사람이군요?"

의외라는 듯 손 교수가 한 발 나서며 대화에 끼어들었다.

"그렇게 됐습니다. 지가 처음으로 서방님의 시신을 발견한 사람이

기도 합니다."

"……임종 전에는…… 제 숙부님의 상태는 어땠습니까?"

나는 목이 바싹 탔다. 알맞은 호칭을 고르느라고 말을 더듬기까지 했다.

"그게 그러니까, 처음부터 차근차근 말씀드리자면, 임종하기 사흘 전 저녁때였습니다. 날이 어두워졌기에 제 오두막에 불을 켜려고 뜰에 나섰지요. 그런데 사립문 옆에 시커먼 덩어리가 얼핏 움직이는 게 보였습니다. 산짐승과 더불어 여태껏 살아온 저도 깜짝 놀라서 가슴이 다 쿵하고 내려앉았지요. 가만히 살펴보니 산짐승은 아니었어요. 노관댁 둘째 서방님이더군요. 그분은 몹시 피로한지 나무울타리를 지탱해서 겨우 서 있을 정도였어요. 지가 누추하지만 오두막 안으로 들어오시겠냐고 물었더니 고개를 끄덕이더군요."

산지기 영감의 소나무껍질 같은 마른 입술이 조금 떨렸다. 그는 한 가지 더 생각이 난다고 덧붙였다.

"그런데 노관댁 서방님이 제 오두막에 들른 건 엊그제가 처음은 아니었어요. 서방님은 올 봄에도 제 오두막에서 밤을 새우고는 새벽에 길을 떠났지요."

"올해 봄이라면 몇 월 달이었나요?"

손 교수가 그의 말을 중단시키고 자세히 물었다. 영감은 밭고랑 같은 주름 사이에서 감자알 같은 눈동자를 끔벅거리며 기억을 그러모았다.

"그러니까 산골짜기에 눈이 남아 있었으니 아직 봄이 왔다고 할 수도 없었지요. 음력설을 지내고 보름쯤 더 갔으니, 양달력으로 이월 말 정도가 되겠어요. 지가 벌통을 꼭 그 무렵에 손을 봅니다요. 그리구 지금이 십일월이니 꼭 구 개월 만에 노관댁 서방님은 제 오두막을 다시 찾아왔습니다요.”

영감은 마디가 굵은 손가락을 꼽아가며 말했다.

“작년 겨울 동안 노관에 계실 때 둘째서방님은 거의 매일 오후 같은 시간에 제 오두막을 돌아서 옆의 산길로 산보를 다녔었어요. 산길에서 지를 마주치면 인사도 건네고 양봉이나 농사에 대해 물어주는 인정이 많은 분이었지요. 그런데 이월 말, 올해 초봄에 여행가방을 들고 겉외투까지 걸친 채로 제 오두막 앞에 서 있었어요. 지가 인사를 건네자 서방님은 누구를 기다리는데 지 오두막 마루에 잠깐 앉아도 괜찮겠냐고 묻더군요. 이월 말이라서 바람이 찼지요. 누추한 곳이지만 들어오시라고 해서 따뜻한 꿀물을 한 잔 타드리고 지는 벌집을 손보러 다시 집을 나왔습니다. 그런데 지가 어스름 저녁때 오두막으로 돌아오니 서방님은 서너 시간이 지났는데도 꿀물그릇은 그대로 옆에 둔 채 뜨락에 그대로 앉아 있더군요. 해가 다 저물었기도 해서, ‘더 계시겠다면 지가, 방에 군불을 때겠습니다.’ 했더니, ‘그래주겠는가?’ 했지요.”

“지금 올해 이월에 있었던 일을 말하는 거지요?”

손 교수는 확인을 다시 했다. 엊그제의 일과는 확연하게 구분을 짓기 위해서였다. 이에 산지기 영감은,

“그러문요. 먼저 올해 초봄의 일부터 말씀드리는 겁니다”라고 답하고는 앞의 말을 이어갔다.

“노관 서방님은 큰방을 기어코 마다하고 작은 토방에 있겠다고 했

습니다. 그분은 그날 밤 한숨도 자지 못하더군요. 제 오두막은 바람벽이라 옆방에서 부스럭하는 작은 소리까지 다 들립지요. 지도 손님이라고는 처음으로 오두막에 들인지라 이런저런 생각으로 잠이 오지 않았어요. 어느덧 새벽녘이 되어 산 아래 동네 수탉의 울음소리가 들렸어요. 지가 얼핏 잠이 들었나봅니다. 잠결에 서방님이 나가는 문고리 소리가 들렸어요. 서방님은 아마 첫차 시간을 기다렸다가 날이 밝자 곧바로 길을 나선 모양입니다. 아침에 토방 문을 열어보니 사례금을 두고 가셨더군요.”

산지기 영감이 말하는 양력 이월 말이면 내가 영화 구경을 하러 시내로 외출한 날이고 율이 삼촌이 서울로 떠나간 날이다. 그날 율이 삼촌은 서울로 곧바로 가지 않고 이 오두막에서 어머니가 오기를 기다렸다. 삼촌은, ‘오늘 밤까지 산지기 영감의 오두막에서 기다리겠다’는 여지를 어머니에게 주었을 것이다. 그러나 그날 밤 어머니는 오두막에 오지 않았다. 그리고 율이 삼촌은 그 오두막에서 밤을 지새우고 날이 밝자 혼자 떠났다. 오지 못하는 사람과 두고 떠나지 못하는 사람의 발길들이 올올이 내 가슴에 새겨졌다.

“그렇다면 엊그제에는 이 교수가 어땠습니까?”

손 교수는 영감에게 현재의 시점으로 화제를 돌렸다.

“엊그제의 서방님 옷차림은 흰 와이셔츠에 검은 양복 차림이었어요. 넥꾸다이는 매지 않았고 양복 위에는 이 솜잠뱅이를 입고 있었더랬지요. 그런데 저를 보자 이 잠뱅이를 얼른 벗어서 제게 주었습니다. 제게 주려고 일부러 챙겨왔다면서요.”

산지기 영감은 나와 손 교수 앞에서 겸연쩍은 듯 자신이 입고 있는 갈색 오리털 점퍼를 손으로 쓸어내렸다.

"서방님은, '이 오리털 잠바 하나면 영감님이 올 겨울엔 추위에 떨지 않을 거요'라고 했지요. 자신에게는 이제 이런 옷이 필요 없다는 말도 했어요. 그런데도 지는 다른 생각은 조금도 하지도 않고 덥석이 잠뱅이를 받았습니다요. 산사람들한테서 이런 오리털로 된 잠뱅이는 엄청나게 비싸다는 말을 들어서 횡재를 했다고만 생각했어요. 설마하니 그때 노관댁 서방님이 그렇게까지 모진 마음을 먹고 계신지 누가 알았겠습니까?"

산지기 영감의 옹달샘처럼 움푹 들어간 두 눈에 물기가 어렸다.

"엊그제 저녁 무렵에 작은 토방에 군불을 때드렸어요. 음력 시월이라 산속의 밤은 여간 추운 게 아니거든요. 그런데 지도 문득 노관댁 서방님이 산 너머 십 분 거리에 좋은 제 집을 놔두고 왜 이런 누추한 곳에서 지내려고 하실까 하는 생각을 하긴 했었습니다. 그러나 더 이상은 생각지 않았습니다. 사람에게는 마지막 느낌이라는 게 있는데 늙은이들은 그걸 잘 알지요. 그런데 엊그제에 지는 옷을 받아서 기분이 들떠 있었고 몇 개월 전에도 제 오두막에서 지내고 간 적도 있어서 그분에게서 다른 낌새를 알아채지 못했지요. 제가 조금만 살폈어도 귀한 분의 목숨을 구했을 텐데요. 그저 지가 죽일 놈입니다. 그 젊은 분이, 그 똑똑하고 인정 있는 분이, 너무 아깝습니다요."

산지기 영감은 언 볼에 흘러내리는 눈물을 손등으로 밀어냈다.

"영감님이 이 교수의 시신을 처음 발견하셨다고 했는데 그때 이 교수의 모습은 어땠는지요?"

이미 사망진단이 끝난 후에 도립병원에 도착한 손 교수는 그 죽음의 경위를 의사에게 전해 듣기는 했지만 현장을 발견한 영감에게서 좀 더 자세히 듣고 싶어 했다. 장례를 치르는 동안에는 나도 삼촌의 죽음에 관해서 누구에게 물을 경황이 없었다. 산지기 영감은 옆의 소나무 줄기에 등을 기대어 단단하게 서더니 순서를 더듬어서 이야기를 시작했다.

"삼일 전이지요. 저녁때 군불을 때놓은 토방에서 한밤중까지 서방님은 전등불을 켜놓고 앉아 있었습니다. 그건 지가 알지요. 그런데 그다음에는 서방님이 언제 제 오두막을 나갔는지는 모릅니다. 새벽에 군불을 한 번 더 때려고 문틈으로 토방을 들여다봤을 때는 서방님이 이미 없었거든요. 댁으로 가셨나 하는 생각만 했지 달리 신경 쓰지는 않았습니다. 본가가 봉우리 하나 너머로 지척에 있으니까요. 그리고 지는 아침나절에 벌집 터로 일하러 나갔지요. 제가 벌집을 놓아둔 곳이 바로 노관댁 선산 뒤 언덕배기입니다. 점심때가 돼서 제 오두막으로 돌아와 찬밥을 한 술 챙겨먹고는 다시 벌집을 향해 가는데 이상하게도 그날따라 뭣에 끌리듯 잘 다니지 않던 노관댁 선산의 아랫길로 발길이 향해졌습니다요. 지는 노관의 선산을 지나면서 아무 생각 없이 걸어가고 있었지요. 그런데 무심코 주위를 둘러보는데 제 눈길에 휙 하고 뭔가가 잡히는 겁니다. 갑자기 무섬증이 들더군요. 그러나 해가 중천에 있으니 귀신은 아닐 테고 해서 멈춰 서서 찬찬히 선산 주변을 살폈지요. 아래 줄의 봉분에서부터 위 줄의 봉분으로 훑어가며 보고 있는데 반듯하게 줄지어 놓인 비석과 검은 상석들 중간에서 흰색 옷자락이 눈에 띄었습니다. 가까이로 다가가보니 글쎄, 두 상석의 틈 사이에 노관 서방님이 누워 있는 게 아니겠습니까? 흔들어

보니 벌써 몸이 싸늘하게 굳어 있었어요. 코에 손을 대보아도 훈기는 커녕 숨기도 없었지요. 이미 가망이 없었습니다. 양복 옷깃을 잠근 채 두 손은 배 위에 가지런히 놓고 있었습니다. 그 발 밑에는 빈 농약병이 있더군요. 지는 그 순간, 서방님이 지난 초봄에 토방에서 밤을 지샐 때부터 벌써 종자자루 옆에 있던 농약병을 눈여겨보아두었다는 생각이 들었어요. 늙은이의 직감이지요."

영감은 참담한 듯 마른입맛을 다셨다.

"지는 어떻게 언덕을 굴러서 노관댁 문간에 도착했는지는 기억도 안 납니다. 허겁지겁 마당으로 뛰어들어서 노관댁의 묘자에게 이 사실을 알렸어요. 이를 안방에서 듣고 있던 젊은 마님이 미닫이문을 열어젖히고 나오더니 마루에 그대로 주저앉더군요. 두 사람은 혼이 빠진 것처럼 허둥댔어요. 묘자가 마님을 부축을 해서 안방으로 들이고는 읍내 병원으로 다급하게 전화를 걸었습니다. 그리고 묘자는 저더러 병원 사람들이 올 때까지 시신 옆에 있어달라고 부탁하더군요. 지가 다시 선산으로 올라와 시신 곁에서 담배 한 대를 다 태우고 조금 앉아 있었더니 노관 마님과 묘자가 언덕으로 올라왔습니다. 그때까지는 사람들이 아무도 오지 않았을 때였어요. 그만 젊은 마님이 시신 곁에 앉더니 죽은 서방님의 얼굴과 손마디 하나하나를 차례로 어루만졌습니다. 얼마나 기가 막혔던지 넋이 나가서 울음소리도 내지 못하는 것 같았습니다. 묘자는 마님의 그런 모습을 지가 보지 못하도록 막아서더군요. 젊은 마님이 어찌나 애절하게 주검을 쓰다듬는지 보는 사람이 애간장이 다 녹을 정도였습니다. 홀로 살던 분이 의지하던 시동생마저 잃게 되니 얼마나 기가 막혔겠습니까? 그리 애통해하던 마님이 그만 그 자리에서 실신을 하지 뭡니까? 삼거리에서는 막 병원차가 도착해서 들것을 내리고 있더군요. 묘자가 지더러 마님을 사람들 눈에 띄지 않게 노관으로 데려가달라고 했어요. 저는 마님을 들쳐업고 다른 옆길로 해서 노관의 뒷마당으로 내려왔어요. 마침 막서리 어멈이 소식을 듣고 달려오는지 대문간을 숨이 끊어질 듯 뛰어들기에 마님을 맡겼습니다. 대문간을 나서면서 삼거리를 내다보니 묘자가 시신을 실은 병원차에 함께 타고 읍내로 나가더군요. 이게 제가 본 전붑니다. 지가 본 것은 아무에게도 말하지 않았습니다. 혼자 산속에 사는 늙은이라 말할 이웃도 없지만 노관댁 묘자가 입막음해달라고 당부를 해서요……."

산지기 영감은 말하는 동안 입은 옷에 신경이 쓰이는지 삼단으로 박음질한 오리털 점퍼의 앞섶을 자꾸 손으로 쓸어내렸다.

"노관댁 서방님이 저승 가면서 주고 간 옷이니 지가 요긴하게 입겠습니다요."

그는 죄지은 사람처럼 언 손을 비비며 산길로 올라갔다.

장례 기간 동안 어머니는 고인에 대한 예우로 상복은 갖춰 입었으나 대문 밖을 나서지는 않았다. 어머니는 장례 손님을 맞지도 않았고 인사도 하지 않았다. 막 뒤의 손위 어른으로만 처신했다. 손 교수의 도움으로 내가 병원에서부터 상주 역할을 하고 문상객을 맞았다. 이일장이었고 부고도 내지 않았으니 아주 가까운 지인들만 급하게 모인 셈이었다. 나는 몇 명의 손님들과 함께 예약 없이 강 저편으로 가는 율이 삼촌을 간소하게 배웅했다.

손 교수는 장례식을 치른 후 노관에서 하루를 더 머물렀다. 장례 다음날에는 율이 삼촌이 생전에 서울에서 보내온 소포 세 상자가 도착했다. 삼촌은 나흘 전에 서울을 떠날 때 자신의 소지품을 정리해 부친 것이었다. 소포 상자에 노관 주소를 쓴 율이 삼촌의 필체를 보니 그 짐을 정리하던 생전의 심경이 떠올라 다시 마음이 미어졌다.

나는 손 교수와 함께 삼촌의 유품을 사랑채 방으로 들였다. 유품을 정리하는 일은 남은 사람들에게 그를 추억하는 시간을 갖게 했다. 문 밖에는 초겨울 바람이 나무 등걸을 엉키게 하고 마른 땅 위의 낙엽들을 쓸고 다녔다. 소포 상자에는 평소 삼촌이 보던 책들과 노트, 자명종 시계, 만년필과 잉크병, 펜 꽂이, 낡은 사진첩, 잡지에 기고했던 칼럼들을 스크랩한 것들이 들어 있었다. 나는 삼촌 방에 있던 책장과 방 한 귀에 놓인 서궤에 삼촌의 물건들을 정리해서 넣었다. 그 서궤 안쪽에서 노란 보자기에 싸놓은 원고지 보퉁이를 발견했다. 원고지 뭉치는 높이가 삼십 센티미터는 되는 것으로 보아 이백자 원고지 천 장은 족히 되어 보였다. 누렇게 탈색된 갱지는 대부분 적어도 이십 년 넘게 보관된 것들이었다. 손 교수는 보물을 발견한 것처럼 반기며 원고 보따리를 풀었다.

서궤에서는 원고지들과 함께 오래 된 삼촌의 일기장들도 보관되어 있었다. 소포로 온 1981년 가을까지의 일기에서, 서궤에 보관되어 있던 서울에서 중고등학교를 다니던 1956년도부터의 일기까지 연도가 맞춰졌다. 어떤 해는 몇 장에 불과한 빈약한 기록을 남기기도 했지만 그 일기 노트는 열네 권이나 되었다. 한 사람의 영혼의 궤적이 미라처럼 잘 보존되어 있었다. 나는 삼촌이 가장 최근 날짜에 기록한 노트 장을 펼쳤다.

'슬픔이여, 오늘은 어느 간이역에서 오지 않는 기차를 기다리려는 가.'

'끝나지 않는 긴 회랑을 밤이 새도록 걷고 또 걷는다.'

불과 이십 일 전에 쓴 구절들이었다. 그동안 평온치 않았던 삼촌의 심정이 고스란히 전해졌다.

손 교수는 방 한구석에서 원고지 뭉치를 무릎 안쪽에 끼고 앉아서 삼촌이 쓴 시에서 몇 구절을, 때로는 시의 전문을 소리내어 읽었다. 감탄의 소리를 내거나 애달픈 표정을 지으며 원고지를 살펴보던 손 교수가 원고지 하나를 들고는 들뜬 목소리로 말했다.

"자네 이 시 구절을 좀 보게, 이 절절한 이별의 시를! 잠깐 들어봐. 어디 내가 한 번 읽어보지."

나는 손을 멈추고 손 교수의 시 낭독에 귀를 기울였다.

"……우리는 지상에서 다시 연인으로 만나지 못하리…… 그대는 어느 날 우연히 무덤가에서 내 이름을 보게 되리…… 백발인 그대는 탄식하며 말하리…… 우리는 지상에서 다시 연인으로 만나지 못했네. 찬란한 여름을 함께하지 못했네, 라고……."

어느 날 비석 앞에서 옛 연인의 이름을 발견한다는 슬픈 시였다.

"율이 이 친구는 이미 오래 전부터 이런 죽음의 이별을 예감하고 있었나보네."

손 교수가 그 시를 쓴 날짜가 율이 삼촌이 독일에 있던 시절이라는 걸 들여다보고는 말했다. 손 교수는 그 시를 몇 번이나 다시 읽었다.

"황금색 보자기에 싸인 이 원고뭉치가 바로 보물상자야. 여기에는 사랑에 관한 시들이 잔뜩 들어 있어. 내가 전에 말한 적이 있지? 이 교수, 율이는 시를 한 번도 지면에 발표한 적이 없다고 말이야. 나는 오래 전부터 그가 빛나는 보물들을 숨기고 있을 줄 짐작하고 있었다네. 율이가 쓴 것은 모두 사랑의 시야. 단 한 편도 다른 주제로 쓴 시가 없지. 그의 시는 한평생 단 한 여인에게 사랑을 바치는 오마주라고. 지상에서 단 한 사람만을 위해 부르는 노래! 그는 단 한 번도 다른 피조물을 위해 노래하지 않았어. 그게 어디 가능한 일인가? 율이는 세상에서 오직 한 사람을 향해서만 노래를 부르는 새였지. 그래서 그는 세상에서 가장 슬픈 새였다네."

감정을 과도하게 몰고 가던 손 교수가 잠시 말을 멈추더니 힘을 주며 말했다.

"율이는 사랑에 승리하지는 않았지만 사랑을 완성했어!"

나는 동의의 표시로 눈을 맞추고는 힘 있게 고개를 끄덕였다. 손 교수는 젖은 낙엽처럼 축축해진 눈길을 내게서 비끼더니 천천히 어느 먼 곳으로 향하였다. 그곳이 지상은 아니었다.

밤이 깊어지고 동네 개 짖는 소리와 산부엉이 소리가 그친 지도 오래 되었다. 하얀 달빛이 손수건처럼 창호지 문 위에 걸쳐졌다. 이윽고 원고지뭉치를 대충 마지막 장까지 넘겨본 손 교수는 확신에 찬 목소리로 말했다.

"이 교수의 유고시집을 내야겠어. 남은 자들의 몫이지. 이율 시인의 시는 사랑시의 시금석이 될 거네."

손 교수는 이 찬란한 모국시의 등장에 열광했다. 그러나 이내 표정이 어두워졌다.

"지금은 시절이 안 좋아. 자네도 알겠지만 지금은 우리가 역사의 왜곡된 방향과 싸우고 있는 전시나 마찬가지지. 이런 폭압 아래에서는 문화가 제대로 꽃필 수 없어. 독재는 실생활보다 예술에 가장 독이 된다고 하지 않던가? 억압과 불안, 두려움이 창조의 씨앗을 깨끗이 말려버린다고. 모험과 자유가 없는 상상력이란 얼마나 비루한가! 독재라는 좀벌레가 파먹어서 날지 못하고 지천에 버려져 있는 이 마법의 양탄자들을 좀 보라고!"

손 교수는 목이 타는지 아주머니가 들여준 수정과 한 대접을 끝까지 비우고 나서는 말했다.

"꽃밭이 무슨 콘서트처럼 지휘자의 지시에 따라 일제히 꽃을 피웠다가 또 일시에 꽃을 지웠다가를 할 수 있는 일인가 말이야. 그런데 그런 당치도 않은 일이 지금 우리 눈앞에서 벌어지고 있지 않은가? 언론이 통제되고 공연과 노래가 금지되고 청춘과 사랑까지도 검열되는 불행한 시절이야."

손 교수의 얼굴이 숯불처럼 벌겋게 달아올랐다가 차츰 거뭇한 재로 잦아들었다. 그는 두터운 손으로 내 무릎을 세게 치면서 말했다.

"머지않아 이 땅에 봄은 오면, 그때 이 교수의 사랑시를 우리 함께 출판해보세. 그동안 이 원고는 노관에서 잘 보관하고 있게. 굉장한 보물이니!"

나는 그에게 깊은 우정을 느꼈다.

다음날 손 교수는 아침부터 서둘러 서울로 돌아갔다. 어머니는 그 점심나절부터 죽을 조금씩 들었다. 지난겨울에 다녀갔던 노의사는 올 봄에 노환으로 사망해서 더 이상 왕진을 올 수 없었다. 노관을 반세기 동안 드나들었던 명주의원 의사가 비로소 발걸음을 멈추었다. 노관은 다른 것들과 마찬가지로 의료방식도 시대에 비해 지나치게 늦은 편이었다.

나는 대학으로 돌아가지 않았다. 당분간 어머니 곁에서 지내기로 했다. 지도교수는 휴학으로 학사처리를 해주었다. 기숙사 룸메이트인 역사과 학생은 내가 남긴 주소로 기숙사에 두고 온 책과 옷가지들을 소포로 보냈다. 그는 전화로 짧게 주변 소식을 전했는데 대자보와 유인물을 인쇄하던 학생들이 검찰에 검거되었다고 했다. 룸메이트는 기숙사 전화도 도청될지 모른다고 생각을 했는지 내가 고향에 남기를 잘했다는 말을 하고는 급히 전화를 끊었다. 나는 현석이의 하숙방에서 본 비쩍 마른 학생과 각진 턱을 가졌던 또 다른 학생을 떠올렸다. 그리고 명동성당 서점에서 긴 머리카락 사이로 세상을 내다보던 여학생도 걱정이 되었다.

어머니 이야기

율이 삼촌의 사십구재 날에는 서울에서 손 교수가 왔다. 일월 초순경이라서 봉분 둘레에 흰 눈이 안경테처럼 남아 있었다. 손 교수는 생전의 삼촌에게 하는 것처럼 손으로 산소 봉분을 다정하게 쓸어내리고 제 소매를 잡아당겨 검은 비석을 말끔히 닦아냈다. 인부 두 사람은 언 땅을 파헤쳐 비석을 세워놓았다. 비석은 팔절 크기의 지붕돌이 없는 까만 오석으로 뒷면에는 삼촌의 생몰연도가 앞면에는 묘비명이 새겨졌다. '당신의 문 밖에 오래 세워두지 마십시오'가 삼촌의 비문이었다.

손 교수는 비문으로 릴케 시의 한 구절인 '사랑하는 이여, 당신의 창가에 오래 서 있게 하지 마세요'를 제안했다. 삼촌의 연구 논문이 「릴케 시문」이라는 것도 추천 이유 중 하나였다. 어머니는 이를, '주여, 당신의 문 밖에 오래 세워두지 마십시오'로 수정하자고 했고 손 교수는 거기서 '주여'라는 호칭을 생략하자고 해 삼촌의 묘비명은, '당신의 문 밖에 오래 세워두지 마십시오'로 정해졌다. 그것은 삼촌이 마지막으로 어머니에게 남긴 말이기도 했다. 그는 지상을 떠나면서 누구를 불렀을까? 운명을 주관하는 신을? 아니면 그가 사랑하는 여인을? 호칭이 생략된 이 묘비명은 율이 삼촌이 지상에 남긴 화두였다.

손 교수는 나에게 그간의 근황을 묻고 어머니의 건강을 염려했다. 어머니는 율이 삼촌의 장례식 이후로 한 번도 바깥 거동을 하지 않고 있었다. 오후에 손 교수는 어머니에게 서울로 떠난다는 인사를 하려고 안채로 들어갔다. 어머니는 안당으로 나와 상주의 예를 갖추어 손 교수를 맞았다.

"무슨 말씀을 드려야 할지…… 참으로 참척한 일입니다. 그러나 이제는 건강을 돌보셔야지요."

손 교수가 염려를 담아 말했다.

"교수님께 큰 신세를 졌습니다. 장례서부터 오늘까지 손 교수님이 일을 맡아서 해주지 않았다면 저희 모자는 얼마나 난감했을까 하는 생각이 듭니다."

어머니는 요긴한 물을 따르듯 천천히 말했다.

"당연히 제가 해야 하는 일들이지요. 앞으로도 언제든지 저에게 상의하십시오. 제 마음을 우정으로 받으십시오."

"고맙습니다. 제가 앞으로 얼마나 살아낼지 용기가 나질 않기에 더욱 진실한 우의로 받겠습니다. 제게 남은 것은 이제 와서 뒤늦은 후회뿐입니다. 이를 어찌해야 할런지요?"

어머니가 뜻밖에 심중의 고뇌를 털어놓았다. 손 교수는 나를 대문간에 세워두고 잠시 인사차 안채로 들어갔던 터라 곧 일어나려고 하였다. 그러나 어머니는 더 깊은 심중을 손 교수 앞에 꺼내놓았다.

"저는 겨울철 강둑에 남은 시든 풀입니다. 한낱 검불이지요. 이제 제게 남은 시간은 모래처럼 부서져 회한의 강변에 쌓일 것입니다. 영혼이 부서진 사람이 몸인들 곧 부서지지 않겠습니까? 그것도 얼마 걸리지 않을 것입니다."

"무슨 그런 말씀을…… 시간이 지나면 점차 회복될 것입니다. 어서 몸을 추슬러야지요. 부인께서 강건하셔야 떠난 사람도 오래 기억하지 않겠습니까?"

손 교수도 예상치 못한 상황에 당황하고 있었다. 그러나 어머니는 이때를 위해 준비를 해 둔 듯 말을 계속 이어갔다.

"손 교수님께 한 가지 부탁이 있습니다. 무겁게 여기지 마시고 부디 우정으로 헤아려주십시오."

"어서 말씀하십시오." 손 교수가 흔쾌히 말했다.

"바쁘신 분인지는 잘 압니다만 시간을 내서 제 이야기를 좀 들어주십시오. 그렇게 해주신다면 천금 같은 제 마음이 덜어질 것 같습니다.

저는 성당에 발을 들인 지도 오래 되었고 신부님께 고해성사한 지는 더욱 까마득하답니다. 저는 돌이킬 수 없는 죄를 지은 죄인입니다. 주님께서 그간의 제 고해를 신부님을 통해 들었다면 심기가 몹시 불편하셨을 것입니다. 이제 손 교수님께서 제 이야기에 귀를 기울여주십시오. 한 마리의 다친 새를 구하는 일이 세상을 구하는 일이라고 하지 않던가요? 아, 이 시구는 율이씨가 저에게 구원을 요청하면서 했던 말이지요. 왜 그때는 몰랐을까요? 그가 얼마나 다급하게 저에게 구조를 요청했는지를요! 전 왜 그 절절함을 미처 깨닫지 못했을까요?"

어머니는 간곡했다. 손 교수는 나를 향해 문 밖으로 손짓을 하고는 그 자리에 그대로 앉았다. 묘자 아주머니는 찻상을 안당으로 들였다. 어머니는 마주 앉은 손 교수에게 차를 권하고는 그간 눌러두었던 이야기를 시작했다.

"손 교수님도 아시다시피 저와 율이씨는 고등학교 일학년 초에 재경동문회에 나가서 만난 이래로 고교시절 삼 년 내내 거의 주말마다 만났습니다. 서울 언니 집에서 고교를 졸업하고 고향에 내려오니 아버지가 자유당선거에서 패하시고 중풍이 들어 자리에 누워 계시더군요. 형편도 예전 같지 않은지 성남동집 이층은 국수공장에, 삼층은 연필공장에 임대하고는 일 층만 쓰고 있었지요. 한눈에 보기에도 전과는 달리 영락한 살림살이였어요. 고향집에 내려와 며칠이 지나자 어머니가 병석에 계신 아버지 앞으로 저를 데리고 갔습니다. 아버지 말씀이, 과년한 여식의 혼사를 당신이 벌써 결정해두었다면서 보름 후로 약혼식 날이 났고 일 년 후에는 혼례식을 치르기로 결정했다고 통보를 하시더군요. 저는 그 자리에서 그만 머리가 아득해졌습니다. 그래도 서울에서 신교육을 받고 돌아온 저한테 한마디 상의도 없이 혼처를 정했고 게다가 약혼식 날짜는 보름밖에 남지 않았었지요. 어머니는 저를 뒤따라 나오면서 저의 혼인 상대가 누구인지 어느 집안의 자식인지를 말해주었지만 제 귀에는 하나도 들리지 않았습니다. 아버지 앞에서는 차마 거절하지 못했던 저는 그날로 즉시 율이씨에게 편지 한 통을 썼어요. 제가 처한 사정을 알리고 도저히 제 힘만으로는 이 혼인의 진행을 멈출 수가 없다는 내용이었어요. 약혼 전에 꼭 한 번 만나야겠다는 말도 했지요. 그러나 그 편지는 제 약혼식 전에 율이씨에게 전달되지 못했어요. 그가 대학고사를 보는 그 보름 동안 저에게는 이런 엄청난 일이 일어났습니다. 그리고 약혼날짜는 너무 촉박했지요…… 제 약혼식은 예정대로 치러졌답니다."

"저런!" 손 교수는 옹기그릇을 놓친 듯 안타까워했다.

"저희 성남동집 길 건너편이 중앙시장이었는데 곶감전과 포목전 사이의 평상에 아낙들이 모여 제 혼처에 대해 이 지방의 절반 이상이 그 집 영토여서 노관의 땅을 밟지 않고는 걸어 다닐 수가 없다는 등 여러 말들을 하곤 했어요. 그런데도 저는 그 집안이 율이씨와 직접 연관이 되리라고는 꿈에도 생각지 못했답니다.

양력설이 지난 열흘 후에 두 집안의 어른과 가까운 친지 몇 사람씩만 모시고 약혼식을 치렀습니다. 저는 그날 아침부터 저녁때까지의 시간이 어떻게 지나갔는지 모를 정도로 넋을 놓고 있었지요. 마치 적국에 볼모로 잡혀가는 듯 마음이 무겁고 두려웠습니다. 제 약혼자는 너무 말라서 광대뼈는 물론이고 이 틀이 비칠 정도로 볼이 창백하더군요. 솜을 넣고 두툼하게 바느질한 겹두루마기를 입었으나 그 옷 속의 수수깡 같은 팔다리는 깃대처럼 옷깃을 펄럭이게 했지요. 처음 본 사람들은 충격을 받을 정도로 수척한 외모였어요. 제 친정어머니도 그 정도로 허약할 줄은 몰랐는지 당황한 표정을 감추지 못하셨어요."

"율이에게서는 그동안 연락이 없었는지요?"

잠자코 듣고 있던 손 교수가 조바심을 참지 못하고 말했다.

"그 시절에는 편지나 전보가 연락수단이었지요. 이전에 율이씨에게 보낸 편지에 답신이 없으니 저도 더 이상은 편지를 보내지 않았습니다. 그런데 제가 약혼을 한 날로부터 한 달이 지난 이월이었어요. 오후 무렵이었는데 마침 어머니는 집 앞의 시장 포목전에 나가고 안 계셨습니다. 현관에서 차임벨이 울리더니 한 사내아이가 노란봉투를 제게 내밀었어요. 좀 은밀한 눈치여서 얼른 받아들고는 제 방으로 뛰어들어왔습니다. 율이씨에게서 온 전갈이었어요. 내용은 단 두 줄이었지요. 그동안 성남동집으로 서너 통의 편지를 보냈는데 답장이 없어서 이번에는 인편으로 보낸다고 했습니다. 그리고 그 아래에는 남대천 다리 앞에서 저녁 여섯시에 만나자고 쓰여 있었어요. 그동안 저의 어머니는 율이씨에게서 온 편지를 감추고 저에게 전해주지 않았던 겁니다. 율이씨의 전갈을 받자 저는 불꽃같은 감정에 휩싸였습니다. 마치 율이씨가 저를 구출하러 오는 것처럼 온 몸과 온 마음이 그를 향해 열망했습니다. 약속시간까지 세 시간 남았는데도 그동안이 천 년처럼 느껴지고 손끝이 떨려서 수틀 앞에 더 이상 앉아 있을 수 없었습니다. 약속시간이 점점 다가올수록 제 머릿속에는 율이씨를 만나서 그간의 제 상황을 설명하고 우리의 사랑을 되찾아야 한다는 계획으로 가득 차 있었어요. 그때는 정말 아무것도 생각나지 않았어요. 제 어머니의 욕심도, 아버지의 선거 빚도, 약혼자도, 집안의 체통도, 세간의 이목도 저에게는 조금도 중요하지 않았습니다. 그날 저녁 저는 그 약속장소로 나갔습니다.

남대천은 성남동 저의 집에서 오 분 정도의 가까운 거리였어요. 어스름해진 쌀쌀한 저녁 여섯시에 율이씨가 남대천 다리 입구에서 검은 파일럿 외투를 입고 나를 기다리고 섰더군요. 율이씨는 저를 보자마자 좀 걷자면서 먼저 앞장을 섰어요. 저는 한 발자국 뒤에 떨어져서 그를 따라갔습니다. 저희 두 사람은 남대천 방죽을 따라 송정 바닷가 쪽으로 아무 말 없이 걷기만 했어요.

한참을 앞장서 걸어가던 율이씨가 나를 돌아보더니 그 첫 마디가, '나와 결혼합시다'였어요. 그 말에 저는 깜짝 놀랐지요. 그러나 그 다음 말은 저를 더욱 망연하게 했습니다.

— 정의씨가 약혼한 사람이 내 친형님이란 걸 알고 있었소?

갑자기 저는 정신이 아득해져서 그 자리에 주저앉고 말았습니다. 저는 그런 사실이 금시초문이고 아무도 이제껏 그런 말을 해주지 않았다고 했어요.

잠시 후 저의 놀라움은 곧 분노로 바뀌었습니다. 아니 주어진 운명에 분통을 터뜨렸지요. 밤 기온에 살풋 얼어서 흘러가는 남대천 물소리가 제 귀에는 와글와글 자갈이 구르는 것처럼 들렸어요. 기구한 운명의 소리라는 생각이 들었어요. 저는 아무 대책 없이 무력하게 주어진 운명 앞에 서 있었습니다. 밤 서리가 소리 없이 덮이는 남대천 방죽 길 위에서 우리 두 사람은 깊이 절망했습니다."

어머니는 잠깐 이야기를 멈추고 손짓으로 손 교수에게 차와 다식을 권하였다. 겨울햇살이 창호지 문에 노란 치자 물을 들였다.

"이윽고 우리 두 사람은 찬바람을 피해 남대천 둑 아래로 내려섰습니다. 이대로 헤어질 수는 없었습니다. 우리에게는 함께할 시간이 좀 더 필요했어요. 그때 저는 성남동 시내로 이사오면서 오래 비워둔 저희 시골집을 생각해냈습니다. 소작인이 가끔씩 들러서 대강 소제는 해놓지만 오랫동안 사용하지 않은 집이었지요. 저는 율이씨더러 함께 그 시골집으로 가자고 제안했습니다. 시내에서 십여 리 떨어진 가까운 거리에 있었지요. 한 시간 정도 걸어서 그 집으로 가는 동안 율이씨는 이 혼인은 받아들일 수 없다고, 절대로 이 혼례식은 치러져서는 안 된다고 저를 설득했어요. 그는 구체적인 미래의 계획까지 세워왔더군요. 저와 함께 일단은 서울로 가자고 했어요. 율이씨는 독일로 먼저 나가고 저더러는 서울에서 간호공부를 마치고 독일로 따라 나오라고 했습니다. 아무도 알지 못하는 독일 마을에서 함께 결혼해서 살자고 했어요. 그가 얼마나 고심해서 세워온 계획인지 그날 밤에는 한 치의 어긋남이 없이 완벽하다고 생각했습니다. 우리는 잠시 동안 다가올 미래를 생각하면서 행복해했어요. 함께 바라본 밤하늘에는 우리의 사랑을 축복해주는 별들이 총총히 떠 있었고요. 그날 밤이 우리 두 사람의 전 생애를 통틀어 가장 행복한 시간이었습니다.

깜깜한 시골집에 도착해서 저는 우선 처마 밑에 있는 오래된 장작을 가져다가 사랑방에 군불을 땠어요. 방이 훈훈해지자 우리는 짚자리에 윗옷을 깔고 나란히 앉았습니다. 둘이 그렇게 앉아 있으니 불안감은 오히려 그림자처럼 더 커지더군요. 미래를 굳게 약조했지만 우리는 서로를 다시는 못 볼 것처럼 두려워했어요. 율이씨가 그렇게 불안해하는 모습을 전에는 본 적이 없었습니다. 그날 밤 우리는 시골집에서 함께 보냈습니다. 우리 두 사람은 이 생애에서 다시는 헤어지지 않을 거라고 확신했고 사랑하니까 함께 밤을 보낼 자격이 충분하다고 생각했어요. 아니 당연히 함께해야 한다는 굳은 필연성마저 있었지요. 앞으로 함께할 사랑의 약조이며 미래의 징표인 두 육체의 결합이 오히려 운명처럼 느껴졌으니까요."

손 교수는 목을 빼고 있는 자신을 의식했는지 허리를 곧추세웠다.

"다음날 새벽 동이 트기 전에 우리는 시골집을 떠났습니다. 시내로 들어오는 성덕 입구에서 삼 일 후 저녁 여섯시에 남대천 다리 앞 그 자리에서 다시 만나기로 약속을 하고 헤어졌습니다. 우리는 계획대로 경포대로 가서 밤을 지내고 다음날 새벽기차를 타고 함께 서울로 갈 예정이었지요. 우리는 그토록 들떠서 현실은 잊은 채 아무런 두려움이나 의혹도 없이 도피행을 준비하고 있었던 겁니다."

그러나 집으로 돌아온 저는 망설여졌습니다. 무엇보다도 이런 엄청난 결정을 스스로 해야 한다는 것이 두려웠습니다. 제 눈앞으로 어머니가 신명나서 혼수를 마련하는 모습과 수년간 가세가 기울던 차에 딸의 혼사가 당신의 자존심을 세운다고 좋아하던 병석의 아버지 얼굴이 빠르게 스쳐가더군요. 그리고 약혼식 때 보았던 제 약혼자의 정직한 시선과 예의바르고 신중한 행동들도 머리에 떠올랐습니다. 거기에다가 뒤에 남게 될 제 부모님에게 쏟아질 비난과 불명예를 생각하니 눈앞이 깜깜했어요.

제 의지는 이 모든 것을 뿌리치고 시동생 될 사람하고 사랑의 도주를 할 만큼 강하지 못했습니다. 저는 맹목적일 만큼 사랑에 용감하지 못했습니다. 율이씨만큼 용기 있는 사람이 아니었어요. 저는 단지 단순하고 변덕스러운 여자일 뿐이었어요! 마침내 저는 그 약속장소에 나가지 않기로 마음먹었습니다. 삼 일째 되는 날, 날이 밝았을 때 저는 율이씨와의 약속을 머릿속에서 애써 지우고 있었습니다."

손 교수는 어머니에게 차를 권하였다. 말을 멈추어 잠시 쉬게 해주려는 것이었다. 그러나 어머니는 식어진 차를 한 모금 마신 뒤 곧바로 이야기를 이어갔다.

"약속한 날 아침이 되었습니다. 저는 그 삼 일 동안을 허공에 떠서 지냈습니다. 불안과 두려움과 상실감으로 가슴이 터져나갈 듯했습니다. 율이씨를 생각할 때마다 눈물이 쏟아졌지요. 그가 약속장소에서 망연히 저를 기다릴 생각을 할 때마다 맨발로 가시밭길을 걷는 것 같았어요. 그러는 중에도 시간은 계속 흐르고 있었어요. 약속시간이 세 시간 전, 두 시간 전으로 점점 다가왔습니다. 저는 독 안의 쥐처럼 방 안을 빙빙 돌고 있었지요. 그러다가 약속시간이 한 시간 남았을 때 서둘러 가방을 챙기기 시작했습니다. 저도 제 마음이 그렇게 갑자기 뒤집힐 줄은 몰랐었지요. 의지로는 그곳에 가지 않겠다고 단단히 붙잡고 있었지만 마음은 한순간도 잊지 않고 그곳으로 달려가고 있었던 겁니다."

"이거 예상 밖이군요. 저는 부인께서 약속장소에 나가지 않을 거라고 생각했는데요."

손 교수는 다시 귀를 바싹 기울였다.

"친정어머니와 일하는 아이 분이는 이른 저녁상을 물리고는 다행히 보이지 않았습니다. 거리를 내다보니 저녁의 어스름이 베일처럼 시장의 골목 어귀까지 내려와 있더군요. 걸어가는 모양새만 봐도 뉘집 딸이고 어디로 마실을 가는지 짐작이 되는 그런 동네라서 저는 뜨개 머플러로 얼굴을 가리고 동네길을 걷다가 큰길로 나서자마자 가방을 들고 뛰었습니다. 남대천 둑 아래의 건널목을 건너려고 섰는데 그 건너편에 지켜서 있던 어머니와 분이를 딱 마주쳤지요. 도로 건너편의 다리만 건너면 바로 약속장소였지요. 두 사람이 그 길목을 막고 서 있었던 겁니다. 그 자리에서 어머니를 마주치자, '이것이 우리 두 사람의 운명이구나!' 하는 생각이 들면서 그만 다리에 힘이 풀렸습니다. 그렇게 우리 두 사람은 영영 어긋나고 말았습니다."

어머니는 이야기에 감정을 몰입한 나머지 기력이 소진된 것처럼 보였다. 그때 손 교수가 차례가 돌아온 듯 천천히 입을 열었다.

"이 교수는 올해 안식년 휴가를 받아서 다른 해 겨울휴가 때와는 달리 두 달 가까이 노관에서 지냈습니다."

어머니는 기억을 더듬어 고개를 끄덕였다.

"율이는 올 초에 서울로 떠났다가 꼭 구 개월 만에 주검으로 다시 노관에 돌아왔고요. 그 친구가 올 초봄에 노관을 떠나기 전 부인께 어떤 결단을 요구했었지요? 그날 밤 율이는 산지기의 오두막에서 밤새도록 부인을 기다렸습니다. 부인은 그 약속장소에 끝내 나타나지 않았습니다. 지금 부인께서는 여기에 대해서는 일절 언급을 하지 않고 있습니다. 올 겨울에 산지기 오두막에서 만나기로 한 두 사람의 약속이 고뇌의 핵심일 텐데 말이지요. 그럼 제가 친구를 대신해서 묻겠습니다. 율이도 그 이유를 마땅히 알아야 할 테니까요."

손 교수는 비단 자신의 호기심 때문에 묻는 게 아니었다. 당사자인 어머니에게 후회와 죄책감을 덜게 하려면 심중의 이야기를 모조리 털어놓도록 해야 했다. 남은 자의 절망을 줄이고 두려움의 무게를 덜어주려는 그의 배려에서였다.

"부인께서는 이번에는 왜 율이와 함께 떠나지 않았는지요? 왜 그의 사랑을 받아들이지 않았나요? 무슨 이유로 이십 년 전과 똑같은 결정을 반복했던 겁니까?"

손 교수는 가혹하리만치 다그쳤다. 그러자 그만 어머니가 울음을 터뜨렸다. 본인조차 예상하지 못한 일이었는지 황급히 당신의 손바닥으로 입을 틀어막았다. 그러나 이미 터진 울음은 손가락 사이를 빠져나왔다. 손 교수는 눈길을 다른 곳으로 돌려 기다려주었다.

"저는 비겁한 사람입니다. 저는 한 번도 진정한 용기를 갖지 못한 사람이었어요. 돌이킬 수 없다는 것이야말로 인생에서 가장 불행한 일입니다. 이 어이없음을 세상 무엇과 비교할 수 있을까요? 목을 놓아 통곡을 해도 천일은 하겠고 피를 토해도 내를 이루겠습니다. 까무룩 쓰러져서 천 년 뒤에 깨어난다면 애통함이 덜어질까요? 수백 일 비가 퍼붓는다면 이 슬픔이 엷어질까요? 그를 저편으로 보내고 저는 이편에 남아 있습니다. 이편의 절절한 부재를 앞으로 어떻게 견디어야 하는지 저는 알지 못합니다."

어머니의 절절한 심경 고백에 손 교수도 눈시울이 붉어졌다.

"율이가 남긴 유품에서 부인을 향한 사랑의 시들을 읽어보세요. 그리고 그의 사랑 안에 가서 머무르세요. 위안이 되고 회한도 점차 줄어들 겁니다."

"율이씨의 체취가 남은 옷가지와 밑줄 그어놓은 책들, 시를 쓴 원고뭉치와 노트 속의 메모들, 낡은 흑백사진들…… 제가 율이씨의 방으로 들어간다면 다시 온전하게 세상으로의 문을 열고 나올 수 있을까요?"

어머니는 눈물자국이 남은 얼굴에 힘없이 미소를 지었다. 손 교수는 힘을 내라고, 살아 있는 자가 진정으로 용기를 가진 자라고 말해주었지만 어머니는 다르게 말했다.

"저는 이제 어떤 다른 삶도 살지 못할 것입니다. 제 가슴의 빛은 시들었고 모든 길은 텅 비어 있습니다. 저에게 율이씨가 없는 생이란 존재하지 않습니다. 저 문 밖에는 제가 살아보지 못한 시간들이, 새로운 아침과 새로운 밤들이 문을 두드리겠지요. 그러나 저는 그 문을 열지 않겠습니다. 이번 생에서는 저 문 밖이 더 이상 궁금하지 않으니까요."

어머니는 생의 종착지에 도착했으므로 자신에게 남은 시간은 그 광장을 둘러보는 것에 쓸 것이라고 말했다. 세상으로 길을 나서는 일은 더 이상 없을 것이라고도 했다. 어머니의 이야기는 끝났다. 창호지 격자문 위로 해가 기울고 있었다.

손 교수는 그 오후에 바로 떠났다. 그는 서울로 가면서 나에게 노관에 조만간 무엇을 보낼 테니 당분간 숨겨달라는 부탁을 했다. 나는 숨길 것이 등사기나 불온책자 등 운동권의 물건일 거라고 생각했다. 손 교수는 노관은 무엇을 숨기기에 유리한 조건이라면서 조심스럽게 이 말을 꺼냈는데, 첫 번째 이유로 외부 사람의 왕래가 없다는 점을 들었다. 노관은 이전에도 외부와의 소통이 드물었지만 율이 삼촌의 장례식 이후에는 동네 이웃들조차 문 안 출입을 꺼렸다. 심지어는 노관의 언덕에조차 발을 딛지 않으려고 먼 길을 돌아다니는 사람도 있었다. 노관은 점점 소문으로만 떠도는 섬이 되어갔다.

방문객

청년

창밖에는 다시 봄이 돌아왔다. 들에는 산들바람이 춤추고 만물은 햇빛을 향해 일제히 행진하고 있었다. 어머니는 이전의 일상을 찾지 못했다. 밤늦게까지 잠들지 못하고 양초처럼 홀로 녹아내렸다.

"가슴에 두지 말고 지한테 뭐든지 말하세요."

묘자 아주머니가 거듭 말했으나 남에게 위로를 받아본 적이 없는 어머니는 애통함을 혼자 삼켰다.

유월의 이른 아침이었다. 하늘에는 보랏빛 구름이 붓꽃처럼 펼쳐지고 산들바람은 감나무 잎을 시폰치마처럼 가볍게 뒤집었다. 나는 스러지기 전의 아침이슬을 발끝으로 터뜨리며 연못가를 걷고 있었다. 앞 들판의 푸른 벼들은 바람 따라 누웠다가 옷솔처럼 재빠르게 일어났다.

한 사람이 삼거리에 들어서서 노관 쪽으로 빠르게 이동하는 것이 눈에 들어왔다. 검은 챙 모자를 눈썹까지 눌러쓰고 검은 사파리의 한쪽 어깨에 가방을 둘러멘 이십대의 청년이었다. 그는 삼거리의 편지함을 정점으로 직각으로 꺾어 돌더니 노관의 비탈 오름길을 빠른 걸음으로 올라왔다. 그는 연못가 버드나무에 기대고 서 있는 나를 보지 못한 모양으로 가쁜 숨을 몰아쉬며 그냥 지나쳤다.

나는 초입의 삼거리부터 노관의 앞마당까지 그가 들어오는 전 과정을 뒤에서 지켜보았다. 적어도 기습당하지는 않은 기분이었다. 제기척에 놀라 연못에 뛰어드는 개구리처럼 그는 내 생에 그렇게 들어왔다.

나는 그보다 한 걸음을 늦게 앞마당에 들어서면서 헛기침을 했다. 경계심을 담은 살쾡이 같은 두 눈이 나를 뒤돌아보았다. 모자 차양 밑의 눈동자는 둥지에 남은 새끼 제비처럼 두려움이 가득했다. 수염이 웃자란 턱이 천천히 움직였다.

"손상기 교수님이……."

나는 그 뜻을 바로 알아차렸다. 손 교수가 숨겨달라고 부탁한 건 물건이 아니라 바로 이 청년이었다. 나는 얼른 대문 안으로 그를 끌고 들어왔다. 그는 안마당에 와서도 달아날 구멍을 알아두려는 생쥐처럼 주변을 두리번거렸다.

"신세를 좀 지겠습니다……."

청년은 바지춤에 제 손을 사과처럼 닦더니 내게 악수를 청했다. 그의 손바닥은 축축했다. 눈꼬리는 완두콩깍지처럼 길었고 콧날은 통마늘처럼 뭉툭했으며 굳게 다물어진 입술은 쇠 빗장처럼 완고했다. 그의 목소리는 심지가 있었으나 말끝에 꼬리를 내려서 무엇에 쫓기는 인상을 주었다.

"우선 씻어야겠군요." 내가 말했다.

청년은 나무둥치를 찾아 먼 길을 날아온 새처럼 기진하여 마루 끝에 걸터앉았다. 언제, 어디서 본 듯한, 누구를 닮은 인상이었지만 기억이 나질 않았다. 나는 청년을 안채에 두고 묘자 아주머니를 불렀다.

청년은 경찰의 수배를 받고 있는 학생 신분이었다. 지난해에 서울의 한 대학에서 열렸던 학생연합집회를 주도한 주동자로 경찰에 쫓기는 중이었다. 시국선언을 한 학생들은 교문을 뛰쳐나와 가두행진을 시도하다가 대치하던 경찰과 충돌하여 적지 않은 부상자들이 속출했고 많은 학생들이 현장에서 검거되었다고 했다. 이후 집회 주동자들은 영등포구치소로 끌려가 검찰에 송치되었고 그중 일부는 강제 징집을 당했다고 했다.

그는 수개월 동안 정릉의 한 수녀원에 숨어 있다가 노관으로 은신처 이동을 감행했다고 했다. 서울서부터 강릉 비행장 옆의 노관을 목적지로 그는 나침반 하나만 들고 왔다. 동해안은 검문소의 해안경비가 삼엄해서 국도 옆길을 따라 걸었고 대관령 목장으로 가는 우유차를 만나서 진부까지 타고 와서는 다시 산길을 타고 넘어왔단다. 비행장 부근이라는 말만 듣고서 무작정 찾아왔는데 입구의 연못을 보고서야 바로 왔다는 생각이 들었다고 했다. 그의 발목을 덮은 농구화에는 밭을 갈아엎은 농부처럼 붉은 흙이 엉겨 있었고 검은 면 소재 점퍼에는 건초부스러기들이 붙어 있었다. 수일 동안 제대로 먹지도 잠들지도 못한 그의 외양은 영락없이 탈영병이었다.

묘자 아주머니는 우선 쇠 가마에 물을 덥혀 청년을 씻게 하고 내 옷으로 갈아입게 했다. 어머니는 안채 뒤편의 상방에 청년을 머물도록 했다. 그 방은 노관에서 가장 깊은 곳에 위치한 방으로 토지문서나 중요한 귀중품들을 넣어두는 곳이었다. 부엌 위의 다락과 연결되고 다락방에서 바라지창을 열면 바로 뒤란으로 이어져 통풍도 잘 되었다. 어머니는 청년에게 상방과 다락방을 함께 사용해도 좋다고 했다. 식사는 묘자 아주머니가 양은오봉에 담아서 끼니때마다 날라주었다. 청년은 감읍해하며 밤낮을 두더지처럼 그곳에 숨어 지냈다.

이제 안당에서는 어머니의 책을 읽는 모습과 수를 놓는 모습을 볼수 없었다. 어머니는 하루 중 낮시간의 대부분을 율이 삼촌의 방에서 보냈다. 매일 아침 사랑채로, 삼촌의 흔적이 있는 방으로 산보를 갔다. 어머니의 '시든 풀' 벨벳의자는 아예 사랑채로 옮겨졌다. 아침나절 묘자 아주머니는 어머니의 머리와 옷차림을 정돈시켜서 사랑방으로 데리고 나갔다. 삼촌의 방에서 미닫이 장지문을 열면 넓은 벌판과 나지막한 앞산과 그 아래로 조용히 흐르는 실개천이 내다보였다. 어머니는 낡은 초록의자에서 아무 말 없이, 아무 일 없이, 넋을 놓고 하루 종일 앉아 있었다. 산 그림자가 파초의 끝자락까지 내려오는 저녁나절이면 묘자 아주머니는 어머니를 다시 안채로 데리고 왔다.

시내 병원의 내과의사는 어머니를 심근경색이라고 진단했다. 그는 어머니에게 이처럼 극심한 스트레스 상태에 있다가는 어느 날 갑자기 생명을 잃을 수 있다고 경고했다. 그러나 어머니는, "하느님은 용기

없는 자를 적당한 시간에 데려가실 것이다"라며 담담하게 대응했다.

나는 어린 시절처럼 어머니의 무릎 아래에서 책을 읽으면서 뒹굴고는 했다. 어머니는 감미롭거나 쓸쓸한 표정을 짓다가 고개가 기울어지면서 잠이 들었다. 시간의 조각배가 꿈결 속을 떠다니다가 어느 추억의 기슭에 닻을 내렸는지 어머니의 표정은 평화로웠다.

때는 벌써 팔월이고 매미들은 초록 들판을 깨물듯 낭랑하게 울어댔다. 다락방 청년은 온 지 두 달 동안 문 밖으로 거의 나오지 않았다. 그는 묘자 아주머니에게 제 동료가 고문 끝에 실토를 하여 경찰이 곧 자기를 잡으러 올지도 모르니 집 밖으로 망을 봐달라고 했다고 한다. 그런 종류의 불확실한 공포들이 그를 폐쇄된 곳에 발목잡고 있었다. 다행하게도 상방 문을 열면 뒷산의 대나무 숲이고 다락방으로는 바람이 잘 통해 지낼 만은 하였다. 나는 소형 라디오와 내가 읽던 책 몇 권을 들여주었을 뿐 그를 조금도 방해하지 않았다.

시간은 불안한 사람에게나 평온한 사람에게나 같은 양으로 흘러갔다. 해가 지자 한풀 꺾인 더위가 마당가로 내려앉았다. 잉크 빛 초저녁 하늘에는 목걸이에서 터진 양 노란 별들이 사방으로 흩어져 있었다. 땅으로 쏟아질 것 같은 위태로운 별들이었다. 한 줄기 밤바람이 불어와서는 촘촘히 매달린 풋사과들을 흔들어댔다. 나는 푸른 달빛을 따라 앞뜰로 나섰다. 화단의 철쭉 아래 동그란 길을 걷다가 연못으로 발길이 나아갔다. 백일홍 나무 그림자 속에 겹쳐 서 있던 다락방 청년이 내게 먼저 인사를 건네지 않았으면 나는 그를 못 알아볼 뻔하였다.

"안녕."

문 밖으로 처음 나온 청년이었다. 그가 달밤에도 모자를 쓰고 나온 모습에 웃음이 나왔지만 나도 "안녕." 하고 문어체로 대답했다. 우리는 은박지 그림 같은 연못을 바라보며 나란히 섰다. 침묵이 한동안 이어졌다. 그 빈칸은 밤공기를 잘게 씹어대는 개구리 소리가 채웠다. 논 웅덩이에 그 많던 올챙이가 모두 개구리로 자라서 한 중대를 이룬 것 같았다.

"정말 고맙습니다. 그동안 지내보니 이곳이 비교적 안전한 곳이라는 생각이 드네요. 정식으로 인사하지요. 김경수라고 합니다."

순간 머릿속에서 쾅하고 심벌즈가 울렸다.

"저는 이요입니다." 나는 그의 두 손을 맞잡고 과도하게 흔들면서 즉시 말했다.

"선배님, 제가 고등학교 한 해 후배입니다. 선배님은 학교 때 워낙 유명해서 잘 알고 있지요. 그런데 몰라보게 변했네요!"

그때 그의 얼굴이 갑자기 놋 등잔처럼 밝아지며 내 어깨를 덥석 잡았다.

"이거 정말 반갑네! 한 해 후배라면 재호 학년? 유재호를 알아?"

"예. 재호하고는 기숙사 룸메이트였고 축제 때 연극에서 연출과 각본도 함께 했고요."

나는 학생 때의 기억으로 기분이 좋아졌다.

"아, 그래? 재호는 예과 일학년일 때 캠퍼스에서 우연히 한 번 만났었지."

김경수는 첫 흥분이 가라앉자 차분하게 말했다.

"의대생들은 잘 볼 수가 없어. 데모하는 곳은 일부러 피해다니지. 전장에서는 약에 쓸래도 찾을 수가 없으니 원. 하기는 걔네들은 후방의 적십자들이잖아?"

그가 코웃음을 흘리며 선을 그었다.

"재호와 같은 학년이면 내가 일 년 선배는 맞는데…… 동문의 계보도 있으니 최소한의 예우만 하자고…… 아무튼 존칭 모조리 떼고 형이라고 불러."

김경수는 마치 포로수용소에서 만난 전우처럼 계급장을 흔쾌히 정리했다. 우리는 버드나무에 등을 기댄 채 연못을 바라보고 서 있었다. 연못은 검은 하늘 가운데로 나타난 달을 골대처럼 먹고 있었다. 침묵은 이어지고 이따금 지루해진 개구리들이 연못 속으로 뛰어들었다. 어둠 속에서 반딧불이가 반짝이고 날자 문득 지난 기억들이 깜빡거리며 이어졌다. 처음 교무실에서 광채를 뿜어내던 그의 얼굴과 달리는 말 위에서의 균형 잡힌 등허리, 운동장을 걸어나가던 당당한 어깨에 대한 기억들이 반딧불이가 반짝하고 빛을 낼 때마다 하나씩 나타났다가 사라졌다. 그 김경수가 겨울 늑대처럼 황폐해진 모습으로 지금 내 옆에 있다!

그때 무슨 생각을 했는지 김경수의 숨소리가 갑자기 돌개바람처럼 거세졌다. 그의 호흡은 무쇠라도 밀어낼 것처럼 강하고 점점 가팔라졌다. 이윽고 그가 분통을 터뜨리며 말했다.

"주동자는 큰 건 하나를 터뜨린 다음 바로 잠수를 타는 게 수순이야. 당분간은 그 바닥에 나타나지 않는 거지. 신변보호를 위해 다른 운동원들과의 연락도 모조리 끊어. 모든 기록과 연락처, 어떤 문건에서도 존재를 삭제시키는 거야. 나는 이미 폭탄을 안고 자멸한 거야. 경찰들은 내 흔적을 찾느라고 난리겠지. 몸통은 분명한데 꼬리를 잡을 수가 없으니…… 그런데 이곳으로 오기 직전에는 내 거취가 드러났다는 감이 왔어. 누군가 고문을 이겨낼 수 없었겠지. 더욱이 나는 숨겨준 사제님들이 다칠 것 같아서 마음이 조급해졌는데 마침 손 교수님에게 연결이 되어 노관으로 왔어…….”

그는 딱히 나를 향해 이야기를 하는 것도 아니었다. 그저 침을 뱉듯 속내에 있는 불균형을 내뱉고 있었다. 그렇게 해서라도 균형으로 돌아가려는 그의 부단한 정신운동이었다.

김경수는 신군사정권이 이번 학생시위를 북한과 연계한 사상범들이 주동했다고 조작 선전한다고 했다. 북한연계설은 정치인 김대중을 감옥에 잡아넣은 죄목과 광주폭도들을 진압한다는 구실로 독재정권이 이미 여러 번을 써먹은 수법이었다. 자신도 이번에 잡혀 들어가면 반국가 반란죄로 유신시절의 인혁당사건처럼 형 확정 열여덟 시간 만에 사형이 집행될 수도 있다고 했다.

“지금의 신군부는 유신독재보다 더 파국으로 치닫고 있으니…… 만약 그 개장수들에게 잡힌다면 전시의 군사재판보다 더 속전속결로 진행될 거라고. 한마디로 개죽음 당하는 거지.”

김경수는 저들이 던지는 올가미 줄을 피해 숨 쉬는 목을 들고 도망다니는 중이었다. 그는 청개구리처럼 숨을 한꺼번에 머금고 연못 바닥에 숨어야 하는 처지였다. 마음속의 뜨거운 돌덩이를 다 뱉어냈는지 그가 다소 식어진 목소리로 말했다.

"어린 시절에 우리 어머니는 여름철만 되면 노랗게 익은 복숭아로 병조림을 만들었어. 투명한 미제 병에 수백 개를 담아서 친지들과 군부대의 부인들에게 선물을 하곤 했었지. 특히 겨울철에 마시는 황도 국물이 차고 달콤했어. 병마개를 열 때는 압축된 공기로 '뻥' 하는 소리가 났지. 아무튼 일 년 내내 부엌 선반에는 복숭아 병조림 병들이 줄지어 놓여 있었어. 그런데 말이야……."

김경수는 상처를 입은 짐승처럼 의기소침해지며 말했다.

"난 요즈음 그 병조림의 유리병 속에 사람의 잘린 머리가 들어 있는 꿈을 꿔. 내가 아는 청년들의 목이 포르말린 용액에 담겨서 선반 가득 놓여 있는 거야. 그들은 표정을 멈춘 끔찍한 얼굴로 유리병에 갇혀 있어. 나는 그 병뚜껑을 열려고 애쓰다가 땀에 흠뻑 젖어서 깨어나지. 꿈속에서 본 그 끔찍한 머리들이 종일토록 잊혀지지가 않아."

그는 기억의 채널이 한 시기에만 맞춰져 있었다. 깊은 우물 바닥에서 맨홀 뚜껑만 한 하늘을 쳐다보고 있었다. 한 곳에 눈길을 주어 골똘히 앉아 있다가도 어떤 분노의 기억이 치솟으면 화산처럼 꿈틀거렸다. 그의 내면은 날선 바람이 늘 휘몰아치는 거친 벌판이었다.

햇살이 깊어지는 시월이 되었다. 들판에는 벼가 패고 몸피를 키운 과실들이 가지들을 휘어지게 했다. 아침저녁으로 서늘한 바람이 불어왔다. 김경수는 다락방에서 늦은 밤까지 책을 읽고 삼성녹음기로 음악을 들었다. 주로 존 바에즈와 에어 써플라이, 퀸의 노래를 들었는데 특히 레너드 코헨의 노래는 수십 번을 반복해 들어서 녹음테이프가 늘어날 지경이었다. 드물게 쇼스타코비치의 5번 〈혁명〉 교향곡이 바라지창을 통해 희미하게 새어나오기도 했다.

김경수가 어느 정도 경계심이 풀렸는지 해가 있는 낮 동안에도 한 번씩 앞마당으로 나왔다. 그가 햇빛 아래로 나온 건 노관으로 온 지 육 개월 만이었다. 그는 화단 안의 동그란 오솔길을 걸으면서 다채로운 자연풍광을 관찰했다. 꽃잎과 풀잎, 벌레와 흙, 뿌리와 바람까지도 대상이 수줍어서 몸을 움츠릴 때까지 그는 집요하게 눈을 떼지 않았다.

지는 해가 처마 끝을 지날 때면 우리는 툇마루에 나란히 서서 시를 낭송했다.

'저녁의 푸른 날개가 검은 대지와 초가지붕 위를 덮는다……'로 시작하는 트라클의 서정시는 가슴을 감미로운 호박 빛으로 물들였다.

어둠이 사물의 경계를 지우는 저녁 무렵까지 기다렸다가 언덕길을 함께 올라갔다. 하늘가에는 붉은 숯덩이가 식어지더니 이내 검은 재로 사그라졌다. 산길에도 밤의 커튼이 내려왔다. 둥지를 찾아드는 새소리가 들렸다. 내 뒤에 바싹 붙어 걷는 김경수는 독백을 하듯 무언가를 계속 중얼거렸다. 우리는 언덕 가에 나란히 앉았다. 어둠의 밤바다가 무릎 아래에 펼쳐지고 외등 불빛에 유람선처럼 떠다니는 노관의 안마당이 내려다보였다.

"나는 사람들에게, 사물 하나하나에 지극한 애정을 가지고 있는데 그들은 나에게로 와서 온기가 되지 못하고 그냥 통과해버리지. 아마 나는 곧 사라져버릴 거야. 태산은 닳아서 언덕이 되고 비탈이 되고 마침내는 평평한 대지가 되겠지. 그 땅 위로는 여전히 햇살이 내리고 바람이 불겠지만 아무도 태산처럼 서 있던 나를 기억하지는 못할 테지."

그는 숨을 한 번 몰아쉬더니 다시 중얼거렸다.

"어느 날에는 미꾸라지 떼같이 사람들이 우글거리는 거리에 가고 싶어. 그 시냇물처럼 흐르는 길을 걸으면서 나도 그 사이로 머리를 들이밀고 싶지. 언젠가는 뜰채에 건져지겠지만 내 생도 술렁 빠지겠지만 그래도 사람들 사이에서 속도를 내 걸어보고 싶어."

오랜 은신으로 절절한 외로움이 배인 말이었다.

"난 갓난아이 적에 사용하던 검은 고양이가 수놓아진 베갯잇을 아홉 살이 되도록 어디든지 가지고 다녔어."

갑자기 그의 목소리가 아이처럼 순해지며 말했다.

"그 베갯잇에 코를 묻어야만 마음을 진정시킬 수 있었지. 앞다리를 세우고 꼬리로 동그랗게 몸을 감싸고 앉아 있는 그 초록 눈의 검은 고양이는 나중에는 수실이 뜯겨 나가서 비루먹은 것처럼 온전한 모양이 아니었어. 그런데도 아무도 나에게서 그것을 빼앗거나 새 것으로 바꾸자는 제안을 하지 못했지. 오직 그 낡은 베갯잇만이 나를 달랠 수 있었거든. 그것은 천식환자처럼 끊임없이 쿨럭대는 나의 불안을 진정시키는 유일한 도구였어. 그런데 지금은 그 낡은 고양이가 언제, 어디로 가버렸는지 기억이 나질 않아. 유년이 언제 끝나고 내가 언제 어른이 되었는지…… 어느 언저리, 어느 골목에서 그 초록 눈의 고양이를 잃어버렸는지……."

나는 그의 말을 들으면서 눈물이 났다. 가버린 내 유년이 생각났다. 우리가 말없이 앉아 있는 동안 김경수도 눈물을 흘렸는지는 모르겠다. 어두워서 볼 수도 없었지만 일부러 옆을 돌아보지 않았다.

산책을 하고 돌아오는데 마침 일몰이었다. 우리는 언덕에 멈추어

서서 고개를 하늘을 향해 꺾고는 한 발을 들고 뒤꿈치를 중심으로 빙그르 한 바퀴 돌아보았다. 원반 같은 하늘이 춤추는 개더스커트처럼 빙글빙글 펼쳐졌다. 우리는 황혼의 붉은 치마 속에 있었다. 전에는 해보지 않았던 새로운 경험이었다. 황혼이 긴 치맛자락을 다 거두고 어두워질 때까지 우리는 그 언덕에 오래도록 앉아 있었다. 어둑한 산비탈길을 내려오는데 마음속에서는 가만히 어떤 노래 소리가 들려왔다. 시간이 만물과 이별하면서 속삭이는 소리였다.

지나가고
지나가니
모든 게
지나가는구나
그러나 나는
자주 뒤돌아보리라

산비탈을 앞서 내려가던 그가 고개를 돌려 시를 낭송하는 나를 쳐다보았다.

"아폴리네르의 시집, 『알코올』에 나오지." 내가 말해주었다.

그러자 그는, "지나가고 지나가니, 지나가고 지나가니, 지나가고 지나가니⋯⋯"를 발걸음을 떼어놓을 때마다 계속 반복했다. 그 이유를 묻자 그는 순간순간과 이별하기 때문이라고 했다. 나는 갑자기 유쾌해졌다.

그날은 다른 날보다 일찍 산책을 나섰다. 해가 넘어가는 산길에 보랏빛 그림자가 내려와 있었다. 우리는 밤 외출을 하는 여인처럼 발꿈치를 들어서 조용히 사라지는 빛을 함께 바라보았다. 그리고 뒷산 선산의 비석들 사이에 나란히 누웠다. 우리는 미리 입장한 관객들처럼 치장한 별들이 제자리를 찾아 앉을 때까지를 처음부터 지켜보았다. 꽤 오랫동안 밤하늘을 올려다보았던 것 같다. 싸늘한 바람이 숲의 밤나무 잎을 흔들어서 비릿한 향기를 싣고 내려왔다. 내 옆자리의 김경수의 숨결이 고르고 평온했다. 별들은 은은한 빛으로 소리 없는 음악을 연주하고 있었다. 이윽고 김경수가 부드러운 목소리로 말했다.

"나에게는 사랑하는 사람이 있어."

그 말을 할 때만큼은 그는 강인한 투사가 아닌 행복한 왕자였다.

"난 그녀를 만난 걸 행운이라고 생각해. 그녀는 내게 별이야. 어두운 밤을 견디게 하고 아침이 온다는 희망을 주는 저 하늘의 별!"

김경수는 그녀의 모습을 떠올리려는지 밤하늘의 잔별들 사이로 가늘게 눈을 맞추었다.

"그녀는 나에게 포근한 솜이불 같아. 아마 천사가 있다면 그녀와 같은 모습일 거야. 이요, 네가 그녀를 봤다면 내 말에 즉각 동의했을 건데, 아쉽네."

그는 바지주머니에서 묵주를 꺼내서 손 안에 감아쥐고는 말했다.

"성당에 다니는 여자분?"

나는 호기심이 더 넘치기 전에 한술을 따라냈다.

"응, 그녀는 성당 수녀원에서 성장했어. 천사가 날아다니는 걸 보고 자란 사람이지. 내가 그녀가 천사를 닮았다는 말이 이제 이해가 가지? 사진이 있었으면 네게 보여줄 텐데. 그녀의 작은 사진이라도 있다면 이 생활을 견디기가 훨씬 나았을 건데. 언제 검거될지 모르니 사진을 지니고 다닐 수가 없어…… 참, 책표지 뒤에 내가 그녀를 연필로 스케치해놓은 게 있는데 나중에 보여줄게."

기분이 좋아진 그는 청하지 않아도 여자친구 이야기를 계속했다.

"전국 수배령이 내렸을 때 처음 몇 개월 동안 정릉의 한 수녀원에 숨어 있었어. 그녀는 정릉수녀원에서 수녀님들과 함께 생활하면서 학교를 다니고 있는 사회사업과 학생이었지. 내가 그곳에 숨어들었을 때 나를 보살피는 임무가 그녀에게 주어졌어. 다행히도 수련하시는 다른 수녀님들은 모두 바쁘셨거든. 우리는 얼마 안 있어 바로 사랑에 빠졌어. 곧 이별이 올 줄 알면서도 서로의 감정을 멈출 수가 없었지." 그가 아쉬운 듯 한숨을 쉬었다.

"그녀는 내가 잃어버린 초록 눈의 고양이야. 그녀는 어린 시절 이후 처음으로 거칠고 분노에 곤두선 털을 가지런히 빗겨준 사람이기도 해."

김경수는 말을 끊고 잠시 생각에 잠겼다. 밤하늘은 끌어당긴 이불처럼 목전에 가까이 펼쳐져 있었다. 그가 말했다.

"나는 정릉 수녀원에서 지내다가 손 교수님에게서 강릉 비행장 옆의 한 고택을 찾아가라는 전갈을 받았지. 그 길로 바로 길을 떠났어. 그런데 바깥세상은 그야말로 이랑마다 덫을 놓은 감자밭 같더군. 나는 들쥐나 토끼처럼 덫을 피해다녀야 했어. 해안도로에 전봇대처럼 많은 검문소들, 도심의 눈 빠른 경찰들, 심지어는 국민들까지 반정부 학생시위자들을 신고하는 분위기였으니 그야말로 목숨을 건 대탈주였지. 무사히 노관에 도착한 게 정말 기적 같은 일이야. 내 수호천사가 기도해준 덕분이지. 내가 이곳에서 잘 있다는 소식을 그녀에게 전할 수 있다면! 밤낮으로 내 걱정을 하고 있을 텐데……."

그의 말을 끝으로 우리는 말없이 밤하늘의 별을 쳐다보았다. 밤이 깊어졌는지 별들이 더욱 뚜렷하게 빛났다. 누군가와 함께 별을 본다는 것은 혼자서 별을 보는 것하고는 달랐다. 하늘에 모여 있는 별처럼 우리의 바람이 모이는 느낌, 희망이 두 배로 커지는 느낌이었다.

우리는 언덕에서 내려와 사랑채의 처마 끝에 섰다. 밤하늘 한가운데 솟은 노란 달이 청동빛 연못에 또 한 얼굴을 내려놓고 있었다. 화단 철쭉나무 둘레의 동그란 오솔길이 금가락지처럼 노랗게 빛났다. 나는 김경수를 곧바로 사랑채 대청으로 데리고 갔다. 김경수는 사랑채 서재에 들어오자마자 대나무의자에서 서랍식 발판을 꺼내 길게 앉았다.

"여기 책장에는 정말 종이가 누렇다 못해 벌겋게 된 옛날 책들로 채워져 있네? 서궤에는 필사를 한 고 문고집이 가득 차 있고. 모든 책들을 수집해놓은 책 박물관 같아. 전통에 냄새가 있다면 아마 이런 냄새일 거야. 수백 년 동안의 낙엽이 쌓인 오랜 숲속에 들어온 느낌, 기분이 좋아지는데?"

김경수는 사방 벽에 둘러져 있는 서가를 보며 놀랍다는 듯 말했다.

"요요! 그거 알아?"

그는 나의 애칭을 부르며 소년처럼 들떴다.

"네가 그동안 다락방에 들여보내준 책들은 대부분 인문학 서적이었지. 아무리 학문의 기본이 인문학이라지만 그 인문학도 사회 속에서 있는 거잖아. 인문학이 인물이라면 사회학은 배경이니 안 그래?…… 아무튼 인생이든 학문이든 사회라는 배경 없이는 가치가 없는 거라고."

인문학 위주의 독서 편향을 비난하던 그가 나를 위로하려고 한 줄기를 덧붙였다.

"그런데, 비트겐슈타인의 『논리철학논고』는 좋았어. '의자는 의자가 아니다. 어떤 장소에 있는 의자가 비로소 의자이다.' 내 기억이 대충 맞나 모르겠는데 이 문장에 네가 밑줄을 그어 놓았던데? 이 말이 정답이야. 배경이 없는 의자는 그저 관념일 뿐이지. 실재하는 의자가 아니라고. 마찬가지로 사회 배경이 없는 한 개인도 관념일 뿐이야. 실재하는 사람은 아닌 거지."

김경수의 말이 옳았다. 나의 독서는 철학과 문학에 지나치게 편중되어 있었다. 그는 이어서 말했다.

"지바고, 데미안, 베르테르, 나르치스까지 네가 알고 지내는 주인공들은 모두 고뇌하는 자들뿐이야. 더구나 니체니 쇼펜하우어니 하는 자들은 달변가이고. 넌 그런 행동 없는 대화에만 귀 기울이면서 책 속에서만 살고 있어. 한마디로 명작 병에 걸린 거야. 책은 그림이지. 액자일 뿐 창문은 아니야."

그는 이제 몸을 일으키더니 내게 눈을 맞추었다. 나는 무섭도록 그에게 몰입되어갔다. 그는 나의 진지한 눈빛에 힘이 솟는지 계속해서 독려를 했다.

"이젠 벽에 걸린 그림 액자나 드나들지 말고 실제의 창문을 뛰어넘어! 요요, 세상 밖으로 뛰쳐나가라고! 햇살 아래로 저 바람 속을 달려봐! 산이 막으면 넘어가고 강이 막으면 건너가!"

김경수의 말들은 내 가슴의 벽들을 일시에 무너뜨릴 만큼 힘이 있었다. 물꼬가 터지면서 급물살은 견고한 담벼락을 흔적 없이 휩쓸어 갔다. 나는 거칠 것 없는 광활한 대지와 마주하고 있었다. 이런 순식간의 내면의 변화를 알 리가 없는 김경수는 방금 한 생각이 떠올랐다면서 나를 쳐다보았다.

"이요, 너도 이제 조국을 만나보는 건 어때?"

"그런데 조국은 어디에 있지?" 내가 말했다.

"저런!" 그가 안타까운 표정을 지으며 말했다.

"조국은 어디에나 있어. 너의 언어에, 너의 생각에, 너의 핏줄에, 너의 들숨 날숨에, 네 발아래의 흙덩이에, 관습에, 문명에…… 그러니까 온 삼천리강산에 조국은 편재해 있는 거지."

"아?"

나는 즉시 반응해주었다. 그러자 김경수는 대나무의자에서 내려와 내 앞에 섰다.

"네가 조국을 만나면 악수를 청하면서 이렇게 말하는 거야."

그는 허공에 한 손을 내밀면서 조국에게 악수를 청하는 시늉을 했다.

"안녕하시오? 난 이요요. 내게 무엇을 원하시오? 원하는 걸 드리겠소."

김경수가 이번에는 나를 향하여 말했다.

"그러고는 조국과의 약속을 지키는 거야. 어때, 잘 해낼 수 있겠지?"

나도 사뭇 유쾌해져서 조국과의 악수를 연습해보려고 일어섰다. 그때 문득 한 걱정이 앞섰다.

"그런데 만약 조국이 내게 다른 일을 원하면 어떡하지? 난 시인이 되고 싶은데?"

그러자 김경수는 파안대소를 했다. 그가 허리를 휘면서 한동안 웃음을 그치지 않아서 나도 그의 웃음 끝을 따라 조금 웃었다. 우리는 이 즉흥극에 무척 고무되어 있었다.

김경수가 엄숙하게 내 앞에 섰다. 그는 내 양 어깨 위에 두 손을 견장처럼 올리며 조국을 대역해서 말했다.

"이요군! 이 조국은 자네가 훌륭한 시인이 되길 원하네!"

연극조의 그의 말 한마디가 평원을 내달린 산맥과도 같은 장엄한 힘으로 가슴을 뚫었다. 그것은 내가 처음 정의감을 느꼈을 때와 같이 고양되고 정화된 기분이었다. 그것은 아치형의 높은 천장을 지날 때처럼 고귀함이 내 머리의 끝자락을 위로 당기면서 어떤 사명을 일깨워주는 것 같았다.

그때 갑자기 김경수가 내 발을 걸어 넘기려 했다. 나는 얼결에 그의 어깨를 움켜잡아서 바닥으로 그와 함께 나뒹굴어졌다. 우리는 한동안 몸씨름을 하다가 바닥에 나란히 누워 천장 대들보를 올려다보았다. 숨 가쁜 웃음이 터져나왔다.

그날 밤 자정이 조금 지나서 김경수는 떠나갔다. 나는 그 시간에 사랑채의 내 방에서 깊이 잠들어 있었다. 묘자 아주머니는 자정 무렵 우연히 대문께로 나갔다가 연못가에서 어슬렁거리는 검은 그림자를 보았다고 했다. 아주머니는 즉시 상방으로 달려가 김경수를 깨웠고 그는 자다가 깨서 뒤란으로 뛰쳐나갔다. 달빛이 하얗고 찬바람이 불어대는 한밤중에 김경수는 뒷산 대나무 숲을 뚫고 산등성이를 넘어갔다.

아침에야 그 소식을 들은 나는 그가 머물던 상방으로 가보았다. 그의 서안에는 『백범일지』와 김정훈 신부 유고집인 『산, 바람, 하느님 그리고 나』가 놓여 있고 그 옆에는 그의 만년필과 묵주, 하모니카가 고스란히 남겨져 있었다. 그는 급하게 겉옷 하나만 걸치고 길을 나섰던 것이다. 김정훈 신부의 책을 펼치니 표지 안쪽에 4B 연필로 스케치한 여자 그림이 있었다. 묶지 않은 커튼처럼 귀를 덮은 긴 머리카락에 갸름한 턱을 내밀고 웃고 있는 여학생이었다. 나는 그의 소지품들을 챙겨서 좋은 시절이 오면 전할 수 있도록 다락방 선반에 올려놓았다. 노관으로 처음 왔을 때의 그의 동굴 같은 눈동자가 떠올랐다. 닥쳐올 겨울에 정처없이 떠돌아다닐 그를 생각하니 가슴이 아팠다. 묘자 아주머니는 일을 하다가 자주 손을 멈추고 기도목록에 '김경수 학상' 한 명을 추가해서 더 길게 중얼거렸다.

어머니

어머니는 거동하기가 어려울 정도로 점점 쇠약해졌다. 그런 중에도 매일 아침 사랑채 삼촌 방으로 나갔다. 마지막으로 소원하는 일이었다. 어머니는 하루 종일 벨벳 초록의자에서 눈을 감고 있다가 세상으로 눈을 뜨는 유일한 이유라는 듯 한 번씩 눈을 뜨고 그 방을 천천히 살펴보고는 했다. 이제 어머니의 마음은 들꿩처럼 그물 없는 공중을 마음껏 날고 있었다. 어머니를 옭아매는 세상의 관습 따위는 어디에도 없었다.

어머니는 내가 가까이 다가가자 시가 적힌 종이를 내밀었다.

"읽어주겠니?"

어머니의 입가에는 어린 새처럼 천진한 미소가 퍼졌다. 나는 그 앙상한 무릎 아래에서 율이 삼촌의 시, 「아침」을 낭송했다.

눈을 뜨면 당신은
내 옆에 잠들어 있고

당신의 볼에 입맞춤을 한 나는
검은 새벽에 앉아
시를 쓴다

푸른 창문은
인디언 핑크빛으로 물들다가
어느새 문득
노란 깃털들이 날으는
아침이 된다

앞 들판은 하얀
어깨를 드러내고

잠에서 깬 당신은
언덕의 나무처럼
기지개를 켠다

앤틱한 컵에 커피를 따르면
원두향이 온 방 안에 퍼지고
나는
우리의 사랑처럼 천천히
커피를 마신다

비엔나 크림처럼
침대 끝에 앉은 당신은
남은 잠에게 투정부리고
나는
스푼으로 크림을 밀어내며
원액의 시를
완성한다

당신과 함께 있는
아침에는
서두르지 않는다

평화로운 아침풍경이었다. 아침햇살이 퍼지는 언덕에서 나란히 풀을 뜯는 흰 염소 두 마리를 보는 것 같았다. 그러나 실제의 연인들은 그 시 안에 없었다. 함께 있을 법도 했을 어느 아침을 상상한 시였다. 연인들이 한 번도 함께하지 못해서 더욱 간절히 가지고 싶었던 아침 풍경이었다. 아침의 방 안을 두 사람은 각기 다른 창문을 통해 보고 있었다. 그는 시를 남겼고 그의 연인은 그 시로 공명을 했다. 낭송을 마치자 어머니의 감은 눈가에 눈물이 배어나왔다.

　어머니는 「겨울 여행」이라는 시도 낭송해달라고 청했는데 이 시는 운율이 없어서 숨이 가쁠 정도였다. 쉼없이 달리는 긴박한 운율이, 그러한 쫓김이 이 시가 의도하는 바이기도 했다.

　나와 함께 겨울 여행을 떠나려오?
　지바고에게서 털모자와 눈썰매는 빌리는 거요.
　여우털이거나 토끼털이 틀림없을
　귀를 덮는 모자의 재료이니만큼 토끼의 털이 더 맞을 듯한데
　단정으로 시들기보다는 의혹과 가정 사이를 영원히 절룩이는
　회색 토끼와 회색 여우에게 반반의 기회를 주어 관대한
　털모자와
　좌석제가 아니어서 등급이 매겨지지 않는
　어떠한 경우라도 화물칸에 내쳐져 수화물 취급을 받지 않는
　민족의 이동같이 역사적이지 않고 지극히 개인적인
　재촉하지 않고 잦은 기적 소리로 목적지의 환상을 깨버리지도
않는
　집약된 열정을 싣고 은밀한 장소로 이동하기에 알맞은

눈썰매를

빌려서 어둔 새벽길을 떠나는 겁니다.

하루 종일 지도 없는 설원을 달리다가

밤공기에 등불을 내건 외딴 주막에 눈썰매를 멈추는데

데운 맥주를 주문하고 페치카의 장작불에 몸을 녹이고 있는 동안

주막 주인은 이들이 애정도피 중인 연인임을 딱 알아보는데

그도 그럴 것이 일세기 전 안나와 브론스키를 맞은 적이 있고

느린 썰매보다 먼저 도착한 소문은 벌써 주인에게 귀띔을 했기
마련이어서

주인은 유행성 독감이나 날씨 정도의 인사말을 연습해두었으나

이런 날씨에는 멀리 달아나기는 어렵지요

밤바람을 쐬면 도망 중의 여자분은 반드시 독감에 걸린답니다

속마음을 불쑥 드러내고 말아

눈치 빠른 연인들은 서툰 핑계를 대고 서둘러 떠나고

장사와 낭만적인 호기심을 망쳐버린 주인은

성에 긴 유리창 뒤에 남아 지바고처럼 애통히 외칠 거요

나는 내 손님을 떠나보냈고 남에게 영영 주어버렸구나!

어떠시오?

나와 함께 이 겨울에 여행을 떠나보겠소?

이 시 또한 두 사람이 함께 떠났을 법도 한 겨울 여행을 그린 시였
다. 그 해 겨울 어머니의 병세는 빠르게 진행되어 홍통에 자주 시달
렸다. 나는 어릴 때 어머니가 했던 것처럼 어머니 곁에서 오랜 시간

을 보냈다. 어머니가 무심코 흘린 말이라도 놓치지 않아서 당신 생에 깊은 관심을 보이고 있는 것을 알리려고 했다. 어머니가 내게 자장가를 불러주던 어린 시절처럼 나는 어머니 옆에서 시를 낭송했다. 어머니는 눈을 감은 채 숨죽여 듣고 있었다.

> 사랑하는 당신에게
> 라고 쓸 때에는
> 당신의 품 안에서
> 영혼을 가만히 빗질하는
> 온 세상은 고요하고
> 깃을 접는 새 소리만 들리는
> 짙지 않은 향기와 요란하지 않은 음향이 자장가처럼 흘러
> 어떤 근원으로 이끌어주는
> 시간은 목줄을 맨 강아지처럼 곁을 따르고
> 같은 보폭으로 오후의 뜰을 산책하고 있는
> 절로 익고 절로 떨어지는 열매처럼 알맞은 욕망만을 지니고
> 등불 아래에서 함께 책을 읽는
> 감동한 구절에 손가락을 끼운 채 무릎 위에 책을 놓고
> 쇠 난로에 장작을 더 넣는 당신을 바라보는
> 마당 가득한 눈 위엔 선물 같은 별이 쏟아지고
> 졸음으로 기운 당신의 고개를 바로 눕힌 뒤
> 바람이 새는 창문을 꼭 닫으러 일어서려는
> 순간들이

느껴집니다

임종 전까지, 요셉 신부님이 병자성사를 하러 오기 직전까지, 깃털처럼 내려앉는 죽음 앞에서도 어머니는 「연애편지」 시를 들려달라고 했다. 지상에서 한 번도 부쳐보지도 받아보지도 못한 연인들의 연애편지였다. 하느님이 지상의 창문을 꼭 닫을 때까지 어머니는 이 시에 귀를 기울였다. 어머니는 시 「겨울 여행」에서처럼 눈이 가득 쌓인 일월의 새벽에 생을 마감했다. 그리고 그들은 노관의 양지 바른 언덕에 나란히 묻혔다.

집안 정리

노관은 삼백 년을 내려온 종가여서 일 년 내내 처리해야 할 일이 많았다. 식민지 시기와 해방 후, 두 차례의 토지개혁으로 농지는 줄었지만 그제까지 남겨진 전답들은 소작인들이 짓고 있었다. 거기에다가 토지 임대, 송이 산 임대, 염전과 벌목 관리, 종가의 위토 관리도 있었다. 마름 아저씨를 통해서 관리해왔던 집안일들을 어머니가 돌아가시자 나는 대폭 줄여나갔다.

정동진의 갯가 토지와 비행장 부근의 집터를 거주자들에게 서류비용만으로 등기를 내주기로 했다. 그곳에 사는 백삼십여 가구의 사람들은 근 백여 년 동안 노관에 토지세를 내왔다. 이제 그들은 제 땅의 소유권을 갖게 될 터였다.

나는 마름 아저씨를 불러서 이를 의논했다. 묘자 아주머니는 매년 마름이 소작세를 결산하러 왔을 때처럼 사랑채 툇마루에 술상을 내왔다. 마름 영감은 사랑 툇마루에 혼자 개다리소반에 차린 술상을 받아 옆으로 앉고 나는 사랑방에 앉아 문지방 너머로 그와 마주했다. 할머니와 어머니가 하던 관례를 그대로 따랐다. 칠순이 넘은 마름 영감이 나무주판을 손등으로 한 번 쓸어내리면서 말했다.

"잘 생각하였소. 젊은 사람이 쉽지 않은 결정인데. 내가, 오십 년 동안을 정동진 갯가와 비행장 땅에 토지세를 받으러 댕겼지 않았는가. 도령도 한 번 같이 가보면 알겠지만 참 어렵게 살아온 사람들이요. 지금은 산업이 발달하고 교육도 시키고는 해서 도시로 나간 자식들 덕에 가난을 면한 집들도 꽤 되네만 전 시절에는 사는 게 아주 어려웠소. 정동진에 백여 가구 되는 집들은 남편들이 작은 고깃배를 타고 고기를 잡는 어부들이 대부분이었제. 예편들은 미역과 절인 생선을 머리에 이고 와서 곡식으로 바꾸어 가곤 했소. 저 철길 너머 비행장 옆의 삼십여 가구도 수대째 제 땅이라고는 한 뼘도 없이 노관댁 땅만 지어온 작인들이요. 노관댁 어르신도 홍수나 가뭄 때, 풍랑과 해일 같은 천재지변일 때는 토지세를 면해줄 때도 있었지만 그들에게 제 땅 등기를 내줄 생각은 못 하셨제. 그때는 양반 상놈이 딱 갈라진 시절이었으니까. 하지만 노관댁 어르신같이 아래 사람의 형편을 헤아려준 분도 드물었소. 그 어르신의 환갑잔치가 생각나는구먼. 이 세오랖 뜰에서 잔치를 삼 일 동안이나 열었어요. 마지막 날에는 군내 문둥이들과 각설이패들을 모다 불러서 배불리 먹였지요. 하! 거렁뱅이들에게도 대장이 다 있더라고요. 저희들끼리 아주 질서 있게 음식들을 배분하더라니. 해떨어지는 저 앞 둑길로 배부르고 거나하게 취한 백여 명의 거지 행렬이 노관댁 어른의 송덕비를 세워야 한다고 짓떠들며 돌아갔었소."

마름은 해방 전, 사십 년 전에 열린 증조부의 환갑잔치 이야기를 하고 있었다. 그는 옛 생각에 흥이 나는지 양은주전자의 막걸리를 연거푸 따라 마셨다. 그러던 마름 영감이 더 취하기 전에 일을 해야겠다며 돋보기를 코끝에 걸쳤다. 윗옷 주머니에서는 그만 알 수 있는 서툰 글씨와 숫자, 혹은 표식이 비 온 후 지렁이들처럼 잔뜩 그려져 있는 토지세 장부를 꺼냈다. 그는 모나미 볼펜을 귀에 꽂고 주판을 수숫대처럼 다시 한 번 훑더니 토지세를 거두는 한 집, 한 집을 짚어가며 각 집들의 사정을 내게 설명했다. 집집마다 아무리 빨리 등기를 낸다고 해도 이 년은 족히 걸릴 거라고 했다. 그 정도의 시간은 예상했던 일이었다. 나는 그해 봄부터 다음해 늦가을까지 이 년 동안을 꼬박 노관에 머물렀다.

어머니가 세상을 떠난 후 두 번째 가을이 왔다. 시국은 불안했고 들려오는 소문은 흉흉했다. 사람들은 점점 많이 광장으로 뛰쳐나왔고 침묵하던 이들은 자신들의 양심으로 혼란스러워했다. 온 나라가 매캐한 최루탄 연기 속에 휩싸였다. 폭압과 불공정에 대한 거부가 먹구름처럼 모여들고 있었다. 지하에서 결집되고 있는 분노의 급물살은 맨홀 뚜껑을 튕겨버리고 거리로 쏟아져 나오기 바로 직전이었다.

그동안 누구도 김경수의 소식을 듣지 못했다. 그런데 그해 시월, 우체통에서 조간신문을 들고 들어오다가 무심코 펼친 일면 하단의 기사에 나는 그만 망연자실하였다.

'……오후 네시경…… 수배자 김경수 학생은…… 급습한 경찰을 피하려다가…… 오층 도서관 난간에서…… 추락사했다.'

어이없는 죽음이었다. 산사태가 덮친 듯 눈앞이 깜깜해졌다. 나는 연못 둔덕에 등을 대고 가만히 눈을 감았다. 사방이 고요해지고 주변의 모든 소리가 멈추었다. 정의로 뛰던 그의 심장이, 근원에 대한 그의 애정이, 첫사랑에 대한 그의 떨림이 고스란히 전해져왔다. 감았던 눈을 뜨고 앞마당을 들어서는데 세상은 이전과 달랐다.

그날 자정에 손상기 교수에게서 국제전화가 왔다. 그는 미국 동부의 한 대학에 가 있었다. 손 교수는 어머니의 장례식에 관해 애도 말을 전하고는 곧바로 김경수 이야기를 꺼냈다.

"경수군 일은 안타까운 일이네. 너무나 기가 막히고 통절해서 가슴을 칠 일이지. 대한민국은 미래의 한 대들보를 잃은 거네. 청년 한 사람 한 사람이야말로 국가의 미래이고 보물이지…… 그동안 경수군은 전국대학연합집회에 참석하러 그 이틀 전에 서울로 갔었다는군. 캠퍼스 내에서 실족사라니! 참으로 허망한 죽음 아닌가! 그 전도 유망한 청년을 그렇게 잃다니 애통하이…… 이참에 경수군을 옥천동 성당에 도피하도록 해준 묘자 아주머니에게도 인사말을 전하게. 아주머니는 그 삼엄한 시절에 아무나 할 수 없는 용기를 내신 거네…… 이곳에서 지내다 보면 고국 강산이 그리워질 때가 많아. 율이가 있는 양지바른 노관 언덕에도 가보고…… 그 친구의 유고시집도 내고…… 우리에게도 그런 좋은 시절이 오겠지. 안 그런가?"

잠시 상념에 젖던 손 교수는 정작 중요한 용건을 깜빡 잊을 뻔했다면서 말했다.

"참, 내가 자네에게 꼭 할 말이 있어 전화를 했네. 여기 미국에서 지내보니 꿈을 가지고 각자의 미래를 개척해 나가는 젊은이들이 너무나 부럽네. 고국에 두고 온 청년들을 생각하면 더욱 안타깝지…… 요군, 자네도 이참에 한국을 떠나오게. 멀리서 보면 숲이 더 잘 보이는 법이지. 충분히 역량을 길러서 다시 돌아가면 될 일 아닌가. 대충 집안 정리가 끝났으면 초청장은 내가 마련할 테니 이곳으로 건너오게…… 조만간 다시 연락하세."

나는 묘자 아주머니의 낮은 어깨를 자라서는 처음으로 안아보았다.
"다시 돌아오겠어요."
"어여 가서 훌륭한 사람이 되어요."
아주머니는 서운한 나머지 무뚝뚝하게 말했다.
"그럼 건강하세요."
할 말이 남아 있었으나 목이 메어왔다.
차가 윗길로 접어들 때 뒤를 돌아보니 묘자 아주머니는 마당가에 그대로 서 있었다.

열려라 연못

　나는 그동안 이십 년을 미국 동부의 뉴욕에서 지냈다. 처음 갈 때에는 몇 년 안에 돌아올 생각이었으나 인생은 기차처럼 연이어 달리고 있어서 도중에 내리기는 쉽지가 않았다. 이국에 있는 동안 나는 까닭 없이 슬펐다. 휘황한 불빛의 도심을 걷다가도 느닷없이 시간의 색깔이 바뀌고 마음 가에는 두런두런 우울이 둘러앉고는 했다. 해가 갈수록 보이지 않는 그리움이 나를 채근하고 어떤 목소리가 부르는 것 같아서 자주 뒤돌아보았었다. 뉴욕생활을 청산하고 귀국을 결정했을 때는 어느덧 사십대 중반이 되어 있었다.

　다시 십일월이었다. 노관으로 돌아온 지 세 번째 겨울이 되었다. 그동안 무엇보다도 궁금한 건 수녀원의 소녀였다. '열려라, 연못'을 외치며 노관의 대문을 두드리는 소녀의 모습이 자꾸 머릿속에서 그려졌다.

나는 툇마루에서 콩을 고르고 있는 아주머니 곁에 슬며시 걸터앉
았다. 황태껍질 같은 겨울 햇살이 안마당에 엷게 펼쳐져 있었다.

"옥천동 수녀원의 테레사는 누구죠? 그동안 물어볼 기회가 없어
서요."

나는 에두르지 않고 말했다.

"데레사 아가씨가 궁금해요?"

아주머니는 옆 눈으로 힐끗 나를 보더니 둥근 상 위에 골라놓은 콩
을 빈 자루에 쏟아부었다.

"데레사는 율이 서방님과 새애기씨 사이에 낳은 딸이래요."

아주머니는 이젠 놀랍지 않은 낡은 스캔들이라는 듯 불쑥 말했다.
나는 충분히 예상하고 있었음에도 가슴은 타작하는 콩처럼 뛰었다.
아주머니는 이에 아랑곳하지 않고 말을 이어갔다.

"데레사 아가씨는 태어나자마자 그 댁 외할미가, 명주핵교 교장으
로 퇴직한 여동생에게 보내서 키우게 했대요. 노처녀 이모할미가 데
레사 아가씨를 여덟 살 먹을 때까지는 잘 키우다가 이녁이 무거운 병
이 걸리고 외할미는 이태 전에 교통사고로 세상을 떠났고 하니 할 수
없이 노관으로 사람을 보내왔더군요. 데레사 아가씨의 장래를 의논
하자고요. 큰마님은 며칠 고심을 하더니 지한테 원장수녀님과의 만
남을 남모르게 주선해달라고 했지요. 원장수녀님을 만나서는 관동골
삼십만 평의 토지를 성당에 봉헌하겠으니 데레사 아가씨를 맡아서
길러달라고 직접 부탁했답니다. 그러니 세상의 소문과는 달리 노관
은 제 핏줄은 거둔 셈이지요."

테레사가 율이 삼촌이나 내 어머니를 만난 적이 있는지 물어보고 싶었다. 그러자 가슴이 요동치고 머리가 아득해지면서 목울대가 꽉 막혀 왔다.

"요즘도 옥천동 성당에는 다니세요?" 나는 한참 만에 겨우 말할 수 있었다.

"한 달에 한 번 정도는 댕겨요. 주일미사만 참석하고 온답니다. 참 그리고……."

구부정하게 섬돌로 내려서려던 묘자 아주머니가 잊을 뻔했다는 듯 나를 돌아보았다.

"삼 년 전에 옥천동 성당은 그 옆에 땅을 모두 사서 학교를 얼마나 크게 지었는지 몰라요. 원장수녀님 말씀으로는, 에구, 그분도 이제 구십세가 넘었지요, 그래도 아직 바깥 거동은 하신답니다, 아파트대단지를 짓는 건설회사에다가 관동골 토지 삼십만 평을 몽땅 팔아서 성당 둘레에 학교 건물을 여러 채나 지었답니다. '데레사 여학교'라고 그 안에는 유치원부터 고등학교까지 모두 들어 있는 큰 학교래요. 데레사 아가씨가 교장으로 있고요."

내가 머뭇거리고 있는 사이에 묘자 아주머니는 벌써 중문으로 사라지고 없었다.

남대천을 따라 송정 바다에 이르는 양편의 방죽 너머로 고층아파트 단지가 가득 들어서 있었다. 단오제를 지내던 남대천 제방 밑에는 운동기구와 놀이기구를 설치한 도심공원이었다. 남대천의 세 번째 다리를 건너 강릉여고 앞 도로의 신호등에 섰다. 건너편의 낮은 골목들

위로 성당의 지붕이 높이 솟아 있었다.

수녀원과 부속 건물들은 예전 그대로이고 종탑 옆의 채마밭은 반으로 줄어 고춧대와 방울토마토의 마른 줄기가 남아 있었다. 낡은 골목길을 지나 성당 정문의 오른편으로 돌아가니 '테레사 여학교'라고 새겨진 초록색 주물 교문이 눈에 띄었다. 운동장에 들어서자 붉은 벽돌의 교실건물 세 동이 해안선처럼 멀리 나앉아 있었다. 나는 교사건물 뒤로 보이는 뜰로 들어섰다. 마른 잔디 위로 플라타너스의 낙엽들이 노란 손수건처럼 굴러다녔다. 이정표대로 교장 관저의 현관 앞에서 벨을 누르자 단발머리에 눈웃음이 가득한 중년 여인이 나와서 나를 맞았다.

"제가 어제 선생님의 전화를 받은 사람입니다. 학교에서 가정과목과 생활지도를 맡고 있는 양원희라고 합니다. 교장선생님께서 선생님의 방문을 기다리고 계십니다. 곧 오실 겁니다."

양 선생은 일층의 거실로 나를 안내하고는 가버렸다. 한 벽 가득한 유리창으로 거실 안은 밝았다. 맞은편의 벽난로 위의 사진들을 잠시 들여다보고 서 있자니 기척이 났다.

"이요 선생님, 어서 오십시오. 제가 테레사 이안입니다."

둥근 이마와 갸름한 얼굴선을 가진 테레사가 내게 다가와 기꺼이 두 손을 맞잡았다.

"묘자 아주머니에게서 말씀을 전해듣고는 한 번 방문해야겠다고 생각했습니다."

테레사가 권하는 브라운색 소파에 앉으며 내가 말했다.

"이렇게 방문해주시니 얼마나 기쁜지 모릅니다. 이런 날이 오기를 기다렸습니다. 안젤라 자매님께서 그간의 노관 소식을 들려주었습니다. 이요 선생님이 귀국했다는 소식도 전해 들었어요. 소설을 쓰신다고 하던데 탈고는 하셨는지요?"

테레사의 눈가에 잔주름이 퍼지자 단아했던 어머니의 모습이 겹쳐졌다.

"그 소설 때문이라도 테레사 선생님을 만나보려고 왔습니다. 수녀원 학생 시절에 노관으로 보낸 편지들을 기억하는지요?"

출발선에 서 있는 수많은 이야기 중에 편지 이야기가 가장 먼저 튀어나왔다.

"열려라, 연못!"

동시에 말해지자 테레사는 긴장이 풀린 듯 소리내어 웃었다.

"그런데 왜 편지를 찾으러 노관으로 오지 않았는지요?"

좀 더 친근해진 내가 물었다. 생각을 조금 하더니 테레사가 말했다.

"처음 편지를 쓸 때부터 그 편지들을 다시 찾아오려는 생각은 없었습니다. 제가 성장기에 편지를 보낸 이유는 노관에 속할 수 있는 유일한 방법이었기 때문이었어요. 저는 제 성장의 기록을 그곳에 보관하고 싶었습니다. 제 존재를 노관에 알리고 싶었지요. 수녀원에서 성장하는 동안 저는 늘 노관을 그리워하고 동경했습니다."

테레사의 눈가에 눈물이 어렸다. 뜻밖의 고백이었다. 나는 그 편지들 속에서 그런 마음까지 헤아려 읽지 못했었다.

"제 소설 속에 그 편지들을 넣었는데…… 어찌 생각하는지요? ……"

이는 무엇보다 중요한 일이었다. 나는 답변을 기다리는 동안 잠시 눈을 감았다. 그 짧은 시간 동안 침묵은 술래 뒤에서 말을 하고 있었다. 이윽고 테레사가 흔쾌히 말했다.

"저에게는 대단한 영광입니다. 수녀원의 소녀가 그토록 원했던 노관에 그렇게나마 참여하게 되었으니까요. 이요 선생님의 소설이 기대가 됩니다."

그때 양원희 선생이 다탁에 찻잔을 내려놓고 테레사 옆에 가서 앉았다. 나와 테레사는 녹차를 한 모금씩 마셨다. 그때 양 선생은 테레사와 의미 있는 눈길을 주고받더니 그 뜻을 내게 전했다.

"교장선생님이 이요 선생님께 아들을 소개시키고 싶다고 하십니다."

나는 놀랍고 또 반가운 마음에 당장 만나보겠다고 했다.

양 선생이 이층에 대고, "자경아!" 하고 이름을 부르자 미리 준비하고 있었는지 달팽이형 계단의 주물 장식 사이로 스무 살 정도의 앳된 청년이 바로 내려왔다.

청년이 가까이로 다가오자 나는 그가 누구의 아들인지 한눈에 알아보았다. 영락없는 김경수였다. 깎은 생밤 같은 이마에 짙은 일자눈썹, 단호한 사각턱선까지 청년은 그토록 김경수와 닮아 있었다.

"이요 선생님이시다. 절을 하도록 해라."

테레사가 청년에게 소개를 하였다. 나는 얼결에 앵초꽃 무늬의 자주색 양탄자 바닥에 내려앉아 청년의 큰절을 받았다.

"김자경이라고 합니다. 어머니께 말씀을 많이 들었습니다."

청년이 무릎으로 앉으며 말했다.

"이런, 만나서 반갑네. 그래 반가워. 정말이지 반갑네."

어리둥절한 나는 같은 말을 반복하고 있었다.

"그럼 말씀들 나누십시오."

청년이 뒷걸음질로 물러나가자 나는 얼른 목소리를 낮추어 테레사를 향해 물었다.

"김경수 선배 아들이지요?"

"네. 자경이는 유복자입니다." 얼른 양원희 선생이 대신 답변했다.

이 상황들이 나에게는 장면을 건너뛰는 영화처럼 잘 연결이 되지 않았다. 그때 머리에서 맴돌던 의문 하나가 단박에 깨우쳐졌다.

"그럼, 명동성당 서점에서 책을 판매하던 그 여학생이 테레사 선생님이었소?"

"네. 정릉에서 대학을 다니면서 명동성당에는 일주일에 한 번씩 봉사하러 갔었어요. 저는 그 당시에도 시를 전하는 청년이 노관의 도령인지 알고 있었는데요?"

테레사는 만감이 교차하는 미소를 지었다.

"그럼, 경수 선배가 육 개월 동안을 노관에서 지냈던 일은 알고 있나요?"

봉인된 비밀들이 잇달아 열리자 나는 흥분이 되었다.

"경수씨는 노관에서 지냈던 이야기를 자주 했었어요. 그는 노관을 떠나오던 날 밤에는 노관의 자매님이 일러줘서 옥천동 성당까지 걸어서 왔다고 했지요. 저는 겨울방학이 되어 옥천동 성당으로 돌아왔는데 경수씨가 이곳에 있는 걸 보고 깜짝 놀랐습니다. 그를 다시 만나다니요! 얼마나 기적 같은 일이던지요! 이후 이 년 동안 경수씨는 이 수녀원에서 저와 함께 지냈어요. 그해 시월에 상경했다가 그만……."

테레사가 여기서 말을 멈췄다. 정면 유리창으로 들어오는 석양이 테레사의 얼굴을 붉게 물들였다.

돌아오는 남대천 다리 중간에서 문득 율이 삼촌이나 내 어머니에 대해서는 테레사와 이야기를 나누지 않았다는 걸 깨달았다. 다리 아래에는 쉼없이 강물이 흐르고 있었다.

하늘이 푸르고 날씨는 쾌청했다. 소나무로 둘러서 있는 선산 묘역에는 솔바람을 타고 산새 소리가 초롱초롱 들려왔다. 테레사가 자경이를 데리고 어머니와 삼촌의 묘지 앞에서 절을 했다.

묘자 아주머니는 이십 몇 년 만에 오늘이 최고로 기분 좋은 날이었다. 시내의 아들 집으로 이사 간 태경어멈까지 불러 손님 상차림을 했다. 아주머니는 부엌에서 끊임없이 자식에 이어 손자 자랑까지 하는 태경어멈을 이번에는 타박하지 않고 모조리 들어주었다.

언덕 비탈길에서 자경이는 테레사의 손을 잡아주면서 함께 동녘 마당으로 들어섰다.

우리는 음식이 식기 전에 안당으로 이동했다.

사랑의 현기증과 불가능한 사랑의 힘

유난히 예리하고 날카로운 여러 눈을 견뎌내고 제4회 혼불문학상 본심 무대에 당당하게 올라선 작품은 모두 4편이었다. 예년 수준에 비해 높낮이가 고르지 않다는 것이 중평이었지만, 이 정도의 밀도를 지닌 작품들을 한 자리에서 볼 수 있는 것이 결코 쉽지 않은 일이란 의견 역시 여러 사람의 동의를 얻었다. 본심 무대에 오른 4편 모두 나름 본심에 오를 만한 특이성과 무게를 지니고 있었다. 아니, 본심에 오른 작품 대부분이 우리가 기대하는 밀도를 유지하지 못한들 무슨 상관이랴. 야속하게 들릴지 모르겠지만, 우리가 기대하는 것은 나름 수준을 유지하고 있는 착한 소설 몇 편이 아니다. 우리가 정말 기대하는 것은 기존의 소설문법을 방법적으로 지양하거나 새로운 소설 장르를 세운 작품, 더 나아가 그 둘을 모두 행한 바로 그 작품이다. 간단하게 말하면 '혼불문학상'은 착하고 모범적인 소설이 아니라 어떤

식으로도 기존의 장르에 도전하는 혁신적인 작품을 원한다. 우리는 제4회 혼불문학상에서도 모범적이지는 않지만 기존에 볼 수 없었던 또 다른 특이성을 지닌 소설을 만날 수 있었다.

본심에 오른 4편의 작품 중 박혜영 씨의 『비밀 정원』이 까다롭고 혹독한 심사위원의 다각적이고 전방위적인 추궁을 이겨내고 당선의 영예를 안게 되었다. 먼저 최영아 씨의 『세븐틴』은 동시대의 핵심적인 증환을 소설의 무대로 끌어내어 관심을 모았다. 『세븐틴』은 우리 시대에 만연해 있는 폭력, 그중 성폭력이라는 너무 무거워 많은 사람들이 기피하고 있는 간단치 않은 주제를 소설의 무대로 끌어온다. 그리고 의식은 물론 피해자의 무의식 그 깊숙한 곳까지를 지배하는 성폭력의 상처가 얼마나 치명적인지를 묘사하는 한편 왜 그 삼엄한 감시와 처벌, 그리고 대책에도 불구하고 성폭력이 끊이지 않고 반복되는지를 진단한다. 특히 성폭력의 문제를 개인의 양심과 내면의 깊이를 괄호치고 육체적 외형만을 중시하는 피상성의 시대적 논리와 결합시키고 있는 부분에서는 현존재들과 인간 본성에 대한 만만치 않은 정신분석 드라마를 기대케 하기도 했으나, 후반부에 갑작스레 돌올하고 잇단 우연적 사건이 잘 유지되어왔던 긴장감과 밀도를 한순간에 흐트러놓고 말았다.

김혜진용 씨의 『산말랑의 아라리』는 어느 소설, 어느 역사서에서도 주목하지 않고 기록하지 않았던 '떼꾼'이라는 실존적이고 역사적인 주체들을 전면에 끌어들이는 한편 '떼꾼'들의 고통과 염원을 〈정선아라리〉와 연결시키는 대목이 신선했다. 그간 쓸모없는 실존으로 일방적으로 격하되었던 엄연한 실체 혹은 실재들이 외설적으로 모습을 드러내는 장면이었기 때문일까, 강원도 정선의 나무를 한강 나루터까지 물길로 실어 나르며 '떼꾼'들이 그 존재를 드러내는 소설의 전반부는 어떤 소설에서도 맛보기 힘든 활력이 넘쳐났다. 하지만 아쉽게도 이 자족적이고 매력적인 공동체를 너무 강박적으로 역사와 연관시키려는 중반부부터는 현저하게 소설의 활력이 떨어졌고, 특히나 식민지 말기를 다룬 작품의 후반부는 지나치게 대문자의 역사가 전면에 포진해버려서 ''떼꾼'들의 한국사'라 할 만한 이 소설의 특장이 모두 지워져버리고 말았다.

강동수 씨의 『깊은 골짜기』는 여러 가지 점에서 모범적이고 잘 짜여진 소설이었다. 또 충분히 의미 있고 값어치 있는 이야기 거리를 가지고 있었다. 각기 다른 역사와 세계관을 지닌 세 명의 도반들의 우정과 갈등, 용서와 화해의 과정을 〈수월관음도〉라는 예술작품 탄생의 순간으로 모아내는 장면은 『깊은 골짜기』의 역량을 느끼기에 충분했다. 하지만 작품 전체가 지나치게 도식적이라는 느낌을 지울 수 없었고, 〈수월관음도〉가 탄생하는 순간 있었음직한 황홀경에 대한 시적 묘사 같은 것을 찾아볼 수 없어 아쉬웠다.

앞의 세 작품이 안정되고 완결된 소설이었다면, 이번에 당선작으로 결정된 박혜영 씨의 『비밀 정원』은 아직 충분히 정제되지 않은 날 것 같은 소설이었다. 간혹 불안정한 문장들이 튀어나와 독서를 방해하기도 하고, 몇몇 생경한 비유는 오히려 작품이 말하고자 하는 의미를 불분명하게 만들기도 하였다. 뿐만 아니라 부분과 전체의 변증법도 치밀하지 않아 어떤 부분은 소설 전체의 질서를 훼손할 정도로 길거나 짧기도 했으며, 작중화자의 역능이 주인공인지 관찰자인지 애매하여 소설의 초점이 분산되는 듯한 느낌도 있었다. 이런 불만에도 불구하고 『비밀 정원』에는 다른 소설에는 없는 어떤 것이 있었다. 매혹적인 사랑 이야기와 그 불가능한 사랑이 뿜어내는 강렬함. 『비밀 정원』의 중핵을 이루는 이 비극적이면서도 강렬한 사랑 이야기는 이 소설의 정제되지 않은 모든 부분들을 덮고도 남기에 충분했고 그만큼 압도적이었다.

『비밀 정원』은 '노관'이라는 그전에는 볼 수 없었던 독특한 분위기의 가문과 그 가문의 질서 때문에 좌절할 수밖에 없었던 이해하기도 납득하기도 힘든 강렬하고도 마성적인 사랑 이야기를 중핵으로 삼고 있으며, 이런 비극적이고 마성적인 사랑 이야기를 통해 『비밀 정원』은 불가능한 사랑 혹은 사랑의 불가능성을 극복하는 사랑만이 진정한 사랑의 길임을 보여주는 한편 오늘날 우리의 사랑이 얼마나 텅 빈, 그러니까 사랑하는 사람을 위해 자신의 어느 것도 버릴 준비가 되어 있지 않은 채 열정 없는 계산만으로 이루어진 사랑인가를 되돌아보게 한다. 분명 『비밀 정원』은 착하고 모범적인 소설이 아니었다. 약점이 있는 소설이지만 이전의 작품에서 볼 수 없었던, 과잉과 결여가 있을 때에만 그 작품이 매혹적이고 강렬할 수 있다는 점을 온몸으로 보여주는 소설이었다. 정말, 그랬다.

이렇게 『비밀 정원』을 당선작으로 뽑고 나니 불현듯 드는 생각이 있다. 하나의 위대한 작품은 그 작품이 그 이전의 소설들을 비약적으로 집대성하는 역능을 행사하기도 하지만 동시에 그 이후 문학의 원점으로도 작동한다는 것. 『비밀 정원』은 의식적이건 무의식적이건 『혼불』에 빚진 것이 많은 소설이다. 가문의 질서와 그 질서 때문에 좌절한 사랑 이야기가 그러하고 작품 전체를 마냥 균질적이게 놔두지 않는 과잉과 결여들이 그렇다. 이 두 요소야말로 『혼불』의 가장 핵심적인 특징이 아닌가. 그렇다면 이렇게 말할 수도 있을 듯하다. 혼불문학상은 『혼불』을 원점으로 또 다른 '혼불'들의 역사를 만들어가고 있다고.

　하여튼 제4회 혼불문학상은 『비밀 정원』을 당선작으로 뽑는 것으로 마무리되었다. 수상자와 응모자들의 또 다른 작품들을 기대해본다.

　　　　　　　　　　　심사위원: 황석영(심사위원장)
　　　　　　　　류보선, 성석제, 이병천, 전경린, 하성란
　　　　　　　　　　　　　　　　(대표집필: 류보선)

묘한 빈티지의 매력을 지니고 있는 작품

『비밀 정원』은 좀 특이한 소설이다. 개인의 인생을 죽 적어나간 낡은 일기장을 보는 것 같으면서 어느 시대에선가 멈춰 있는 듯한 느낌이 든다. 이를테면 '요즈음도 이렇게 소설을 쓰는 사람이 있구나' 할 정도로 구닥다리이면서 그게 또 묘한 '빈티지'의 매력을 지니고 있는 것이다. '노관'이라는 삼백 년이나 물려온 봉건시대의 잔재가 그대로인 강원도 강릉 어느 집안의(그 모델이 어느 댁일지 대강 짐작은 가지만) 장원을 배경으로 그 집안 장손인 이요의 성장소설 형식으로 이 소설은 진행된다. 대장원의 토지와 마님과 아기씨와 도련님이 있고, 마름과 소작인과 충직한 하인과 하녀가 있으며, 신사임당의 포도 그림과 수많은 묵객들의 글씨며 족자와 일제시대의 신문물인 오르골이며 출판물들이 곳곳에 쌓인 이 집안의 분위기는 조선식 전통 봉건가문의 분위기가 아니다. 읽다보면 오히려 영국 귀족의 일상을 보는 듯한 착각에 빠질 정도로 그 교양이며 감수성이 서구 지향적이다. 송이호박국이니, 황태보풀이니, 밥풀강정이니 하는 음식이 나올 적에야 비로소 아 참 한국이었지, 라는 감탄사가 저절로 나올 정도다. '노관' 인근에 있는 가톨릭 수녀원의 수녀원장이며 수녀들이 주는 인상 때문에도 더욱 이곳은 '조선'이 아닌 것 같은 느낌을 준다. 이를 다른 말로 하면 식민지를 거친 뒤의 퇴색한 '개화' 분위기 때문일 테지만.

글쓴이의 고전에 대한 지식이나 한시와 서구시의 인용에서도 보이듯 문사철에 대한 교양과 감성이 남다르다는 것을 느낄 수가 있다. '노관'을 둘러싼 분위기며 작중 인물들의 관계 그리고 사계절의 자연을 묘사하는 데서도 글쓴이의 뛰어난 문학적 감수성이 엿보인다. 그래서 작품의 전반부까지 스토리의 전개가 진전되지 않는 중에도 나는 묘한 즐거움을 가지고 읽었다(물론 나로서는 추구하는 문학적 세계나 취향도 다르고 이런 작품에 전적으로 동의하는 것은 아니지만). 이를테면 19세기의 서구 고전을 읽는 것 같은 아련하고 낯익은 감흥이 일었다. 특히 테레사의 편지 부분은 그 기발한 상상력과 문장에 의해 매우 아름다운 동화를 읽는 것 같았다. 그런데 탄탄한 문장 실력과 상상력을 갖추고 있음에도 불구하고 아쉬운 점은, 고전적으로 절제되고 상징화된 아름다운 도입부가 지나고 후반부에 이르면서 '가족의 비밀'이 사건과 등장인물의 행동에 의하여 차츰 드러나게 되는 것이 아니라, 돌발적인 인물들의 발설과 충동적인 대화에 의하여 오로지 '말'로 풀어버림으로써 긴박감과 흥미를 잃게 한다는 것이다. 이는 작가가 참지 못하고 전면에 나서서 맨얼굴로 들이대는 듯한 느낌이다. 작가가 말을 아끼고 전달하고자 하는 내용을 작중 인물들의 일상적 관계를 통하여 축약된 몇 줄 문장으로 표현하였더라면 하는 아쉬움이 있다.

아무튼 작가의 뛰어난 문학적 기량을 엿볼 수 있었으며, 이러한 약점들은 앞으로 계속해서 작품을 써나가는 가운데 더욱 보완되고 완숙하게 발현이 되리라 믿으면서, 다른 심사위원들과 더불어 당선작으로 정하는 데 뜻을 같이했다.

황석영(소설가 · 심사위원장)

작가 후기

『비밀 정원』을 탄생할 수 있게 해주신 심사위원 선생님들께 존경과 감사의 말씀을 드릴 수 있어서 더없이 기쁩니다. 세상을 여행하기에는 다소 번잡하고 커다란 배낭을 알맞게 꾸릴 수 있도록 해준 출판사에게도 고마움을 전합니다.

저는 이생에서 그저 물결처럼 흘러갔어도 무방했습니다. 익숙한 산과 들을 지나 뒤 물결에 밀리고 앞 물결을 따르면서 다음 생으로 건너간다고 해도 그다지 억울할 건 없었습니다. 계절마다 바람과 햇빛도 좋았고 가끔씩 비와 눈도 운치가 있었습니다.

그런데 오랜 시간 동안 제 머릿속에서 배회하는 사람들은 세상 밖으로 한 번 내보내고 싶었습니다. 그들에게 호흡을 틔워주고 세상 사람들과 함께 대화하고 소통하는 자리를 마련해주고 싶었습니다.

이요, 테레사 이안, 이율, 손상기, 김경수…… 그들도 세상에 나가 보길 원했지만 저는 이 일을 점점 열망하게 되었습니다. 묘자 아주머니는 노관 부인을 등 뒤에 막고 손사래를 치며 한사코 세상으로 나가기를 거부했지요. 그러나 결국에는 두 부인도 세상으로 여행할 여장을 꾸려주었습니다.

이제 이 인물들이 내 머릿속의 터널을 빠져나와 세상의 역 광장에 차례로 내리고 있습니다. 그들은 광장에서 세상 사람들과 만날 것입니다. 그들의 성장과 사랑이, 우정과 혁명 그리고 시가 그 광장에 사람들과 함께 오래 머물게 될 것을 희망합니다. 눈이 부시고 눈물이 납니다.

눈물 난다, 혜영아! 당선 소식에 제 일처럼 기뻐해준 친구들이 고맙습니다. 기대를 끝까지 버리지 않았던 여고동창들도 많이 고맙습니다. 그들은 세대 별 줄다리기에서 한 팀이 되어 저에게는 큰 힘이 되었습니다.

중앙초등학교 홍덕희 선생님의 노란 깃발을 따라 일학년 일반 교실에 들어간 이래 근 이십 년 동안 저를 가르쳐주신 선생님들 고맙습니다. 선생님들의 칭찬이 오늘의 저를 있게 했습니다. 오늘 이 말씀을 스승님들께 드릴 기회를 늦게나마 갖게 되어서 그동안 죄송했던 마음이 조금 덜어집니다.

그 시절 처음 출판된 계몽사 번역동화 전집 스무 권과 마해송 방정환 이주홍 한국아동문학독본 열 권, 네 권씩 삼 회에 걸쳐 출간되는 디즈니 그림책 열두 권을 매 회 기다렸다가 구입해주시고 닳아진 동화책 모서리마다 헝겊을 붙여 지금도 옛 서책들 옆에 보관해온 아버지와 세모시 옥색치마 옷고름을 휘날리며 손잡고 다니면서 신문사 주최 그림대회마다 상을 타게 하고 마침내는 미국 워털루 시에까지 그림전시를 하게 했던 어머니의 남다른 예술적 열정이 유년기를 거쳐 오늘의 저를 있게 했습니다.

책이니 신문이니 글이 있는 것이면 무엇이든 들여다보느라고 소홀했던 밥상임에도 장신으로 잘 자라준 Ellie, 휘수, 원준이 고맙다. 그리고 제 옆에서 오랫동안 변함없는 신뢰와 지지를 보내준 '나의 Rabbit'—양지쪽에 사는 이 토끼가 없었다면 이 소설은 완성되지 못했을 것입니다—에게 고맙다는 말을 할 기회를 갖게 돼서 기쁩니다.

고(故) 최명희 선생님의 『혼불』을 처음 보았을 때 그런 소설의 출현이 놀랍고 반갑고 작가에게 감사했습니다. 제가 그 문학상을 타게 되어서 의미가 남다릅니다. 앞으로 더욱 생명이 긴 소설들을 써서 혼불문학상의 수상에 보답하겠습니다. 고맙습니다.

2014년 9월
박혜영 드림.

제4회 혼불문학상 수상작

비밀 정원

초판 1쇄 발행 2014년 10월 6일
초판 9쇄 발행 2021년 11월 12일

지은이 박혜영
펴낸이 김선식

경영총괄 김은영
콘텐츠사업6팀장 이호빈 **콘텐츠사업6팀** 임경섭, 박수연, 한나래, 정다움
마케팅본부장 이주화 **마케팅3팀** 이미진, 박태준, 배한진
미디어홍보본부장 정명찬 **홍보팀** 안지혜, 김민정, 이소영, 김은지, 박재연, 오수미, 이예주
뉴미디어팀 허지호, 임유나, 송희진 **리드카펫팀** 김선욱, 염아라, 김혜원, 이수인, 석찬미, 백지은
저작권팀 한승빈, 김재원 **편집관리팀** 조세현, 백설희
경영관리본부 허대우, 하미선, 박상민, 김민아, 윤이경, 김소영, 이소희, 이우철, 김재경, 최완규, 이지우, 김혜진, 오지영

펴낸곳 다산북스 **출판등록** 2005년 12월 23일 제313-2005-00277호
주소 경기도 파주시 회동길 490
전화 02-704-1724 **팩스** 02-703-2219
이메일 dasanbooks@dasanbooks.com
홈페이지 www.dasan.group **블로그** blog.naver.com/dasan_books

ISBN 979-11-306-0408-4 (03810)

다산북스(DASANBOOKS)는 독자 여러분의 책에 관한 아이디어와 원고 투고를 기쁜 마음으로 기다리고 있습니다.
책 출간을 원하는 아이디어가 있으신 분은 다산콘텐츠그룹 홈페이지 '원고투고'란으로 간단한 개요와 취지, 연락처 등을
보내주세요. 머뭇거리지 말고 문을 두드리세요.